Über die Autorin

Vor einigen Jahren bewarb sich Casey Daniels auf einem historischen Friedhof in der Nähe ihres Wohnortes als Fremdenführerin. Den Job bekam sie zwar nicht, dafür aber die Idee zu ihrer Pepper-Martin-Reihe. Dank ihres Vaters, eines Clevelander Polizisten, der Sherlock-Holmes-Geschichten mochte und seine freien Tage – oftmals in Begleitung Caseys – damit verbrachte, nach gestohlenen Autos zu suchen, lernte sie Krimis schon früh lieben.

Später las sie nahezu alle Kriminalromane derer sie habhaft werden konnte, und nach wie vor gehören Agatha Christie und Arthur Conan Doyle zu ihren Lieblingsautoren. Casey Daniels studierte Englisch und arbeitete früher als Journalistin und Lehrerin. Die Zeit, in der sie nicht schreibt, verbringt sie mit ihrer Familie. Sie strickt gerne, liebt Gartenarbeit und – natürlich – Spaziergänge über Friedhöfe, um Inspiration und Ideen für neue Geschichten zu finden. Casey Daniels lebt im Nordosten Ohios.

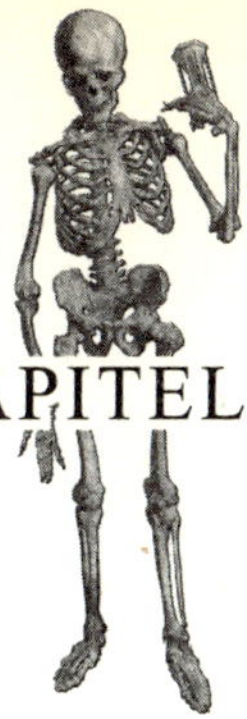

KAPITEL 1

Angefangen hat alles mit Gus Scarpetti.

Genauer gesagt hat alles mit einer Führung auf dem Friedhof angefangen, auf dem ich arbeite. Bei dieser Führung schlug ich mir den Kopf an einer der Marmorstufen an, die zu Gus Scarpettis Mausoleum führen. Zu dem Mausoleum, in dem seine sterblichen Überreste ruhen, heute in Frieden, damals noch nicht.

Hochhackige Schuhe, unebener Boden, Schwerkraft.

Keine gute Kombination.

Das wurde mir vielleicht noch nicht gleich klar, als ich nach dem Sturz in der Notaufnahme aufwachte, links und rechts Doktoren, die auf mich herabstarrten und wissen wollten, ob ich mich an meinen Namen erinnerte und ihnen sagen könne, welcher Wochentag sei, aber danach fiel der Groschen schnell. Denn danach ...

Nach diesem Unfall fing ich an, tote Menschen zu sehen.

Moment – sagte ich tote Menschen? Das ist nicht ganz korrekt. Nach der schmerzhaften Kontaktaufnahme meines Kopfes mit einer bestimmten Marmorstufe fing ich an, einen Toten zu sehen. Einzahl, nicht Mehrzahl. Ich sah einen verstorbenen, aber noch längst nicht in Vergessenheit geratenen Mafiatypen, einen ehemaligen Clevelander Paten, den eingangs erwähnten Gus Scarpetti.

Alles in allem dauerte meine Affäre mit der Geisterwelt nur wenige Wochen – Gott sei Dank. Ich stellte ein paar Nachforschungen an, und so hatte es Gus letztlich mir zu verdanken, daß ein paar Dinge erledigt wurden, die er unerledigt gelassen hatte. Ehe er mich traf, hatte sein ruheloser Geist geschlagene dreißig Jahre lang nach jemandem gesucht, der in der Lage war, ihm zu helfen. Aber nun war dank meiner Wenigkeit der Mord an ihm aufgeklärt, und Gus hatte sich endlich zur ewigen Ruhe begeben können. Oder war ins Licht gegangen. Oder wo auch immer Geister hingehen, wenn sie ihre Zeit auf Erden abgesessen haben.

Als Gus verschwand, dachte ich, wie jeder logisch denkende Mensch, damit sei die Sache, wie man so schön sagt, gegessen.

Aber das war sie wohl nicht.

Denn kaum hatte ich mich endgültig von Gus verabschiedet und war in mein Büro im Verwaltungsgebäude des Garden-View-Friedhofs zurückgekehrt, als ich mich dort einer Blondine gegenübersah. Sie trug eine Strickjacke und einen Pudelrock. Dazu Sportschuhe aus hellem Leder mit andersfarbigem Einsatz – aber so genau mußte ich gar nicht hinsehen. Ich wußte auch so, daß ich es nicht mit einer Frau aus dem 21. Jahrhundert zu tun hatte.

Die Erkenntnis versetzte mir einen Stich, vergleichbar mit einer Botoxinjektion. Ein paar nicht enden wollende Sekunden lang konnte ich nichts anderes tun, als dazustehen und zuzuhören, wie das Blut durch meine Adern rauschte und das Herz lautstark gegen meine Rippen klopfte.

Ich konnte nur dastehen – und starren.

Die Frau anstarren, die mit übereinandergeschlagenen Beinen auf meiner Schreibtischkante hockte und mit dem Fuß wippte. Den Fuß und den Sportschuh aus hellem Leder mit dem andersfarbigen Einsatz. Den blonden, dauergewellten Bubikopf und das Chiffontuch, das sich meine Besucherin um den Hals geschlungen hatte. Die rosa Strickjacke mit dem direkt über dem Herzen eingestickten leicht schrägen Buchstaben D aus Straßsteinen.

Sie war ein Geist. Das wußte ich so sicher, wie daß mein Name Pepper Martin ist. Daran führte kein Weg vorbei. Darauf, wie verärgert, entnervt und mißtrauisch ich war, will ich gar nicht erst eingehen. Sagen wir einfach, ich freute mich nicht gerade über den Anblick.

Instinktiv wich ich zurück – nur ist mein Büro nicht besonders groß, man kommt nicht weit, wenn man zurückweicht. Nur allzubald bohrte sich mir die Türklinke in den Po.

„Nein. Nein. Nein. Ich sehe dich nicht, du bist nicht hier, das kommt nicht in Frage. Du bist nicht Gus."

Sie ließ munter ihren Kaugummi knallen und produzierte eine große rosa Blase. „Nun krieg dich mal wieder ein! Klar bin ich nicht Gus. Sehe ich etwa so aus?" Sie richtete sich auf und nahm die Schultern zurück, um einen Busen besser zur Geltung zu bringen, der fast so üppig war wie meiner. „Gus hat doch wohl kein so klasse Fahrgestell", sagte sie. „Nein, ich bin nicht Gus – aber Gus hat mich hergeschickt."

„Aber Gus ist tot." Gut, das war für niemanden eine neue Erkenntnis, aber irgendwie fand ich trotzdem, die Tatsache müßte erwähnt werden. Nur für den Fall, daß meine Besucherin es noch nicht wußte. Resolut heftete ich meinen Blick auf die rückwärtige Wand meines Büros. Wenn ich ein Fenster gehabt hätte – was nicht der Fall war –, hätte ich durch dieses Fenster quer über den Garden-View-Friedhof das Scarpettimausoleum sehen können, das ebenso aufsehenerregend war wie Gus selbst. „Ich habe den Mord an Gus aufgeklärt, er ruht in Frieden. Ruhe und Frieden – das gilt auch für mich. Keine Geister mehr."

„Meinst du?" Blondie grinste. „Dann habe ich Neuigkeiten für dich: So läuft das nicht."

Was „das" sein sollte, brauchte ich nicht zu fragen: meine Fähigkeit, Tote zu sehen und mit ihnen zu reden. Soweit ich wußte – wenigstens bis zu diesem Zeitpunkt –, betraf sie ausschließlich einen Toten, nämlich Gus, und nur ihn.

Ebenfalls meiner Meinung nach hieß das auch, daß ich jetzt, wo Gus von uns gegangen war, nicht mehr die Privatermittlerin für die lieben Verstorbenen spielen mußte.

So hatte ich es mir jedenfalls vorgestellt.

Ich habe karottenrotes Haar, lange, dichte Locken, die ich jetzt mit beiden Händen zerwühlte, während ich verzweifelt versuchte, ein wenig Sinn in die Sache zu kriegen. „Hör mal", wandte ich mich flehentlich an meine Besucherin, „das kann nicht sein, okay? Ich habe mir den Kopf an Gus' Mausoleum angeschlagen, nicht an deinem. Ich weiß noch nicht mal, wer du bist. Ich dürfte dich eigentlich gar nicht sehen können."

„Aber du siehst mich, stimmt's?" Sie bedachte mich mit einem verschmitzten Lächeln – hatte ich schon erwähnt, wie sehr ich so was hasse? –, ehe sie anmutig von meinem Schreibtisch hüpfte. „Du hast dank deines Unfalls das, was man offiziell als die ‚Gabe' bezeichnet."

„Oh nein!" Ich rutschte an der Wand entlang, bis ich den Schreibtisch zwischen mir und der Frau hatte. „Egal, was das ist, ich will diese Gabe nicht. Nimm sie wieder mit. Keine Gabe. Ich will mein Leben zurück. Mein stinknormales altes Leben."

„Echt?" Sie schüttelte ihren Rock aus und rückte den Knoten des Chiffontuchs zurecht. „Da sagt Gus aber etwas anderes."

„Falls es dir entgangen sein sollte, Gus ist von der Mafia. Einer von den bösen Buben. Er gehört nicht zu den ehrlichsten Menschen auf der Welt – egal, in welcher er gerade ist. Wann hast du mit ihm geredet?" Meine Gedanken irrten zurück zu unserem Abschied vor seinem Mausoleum. Eben noch hatte Gus neben mir gestanden, und dann ... puff! „Er ist doch gerade erst hoch zum großen Spaghettiessen im Himmel."

Sie zuckte die Achseln, als sei das keine große Sache. „Zeit funktioniert dort anders als hier. Gus hat mir alles über dich erzählt. Er sagte, er sei ziemlich sicher, daß du erst mal rumjammern würdest, wie ungern du für ihn gearbeitet hast und wie sehr dir die ganze Angelegenheit auf den Keks gegangen ist. Aber tief in deinem Innern, sagt Gus, warst du froh, daß er aufkreuzte. Kein Wunder. Dein Leben war vorher todlangweilig. Hab ich gehört."

„Ach ja? Hat er das erzählt?" Dann tratschte Gus also auf der anderen Seite über mich? Eigentlich unerhört – er hätte sich ruhig etwas lobender äußern können. Immerhin hatte ich ihn als einzige lebende Person sehen und hören und auch mit ihm reden können. Ohne mich würde der Mann immer noch in seinem Mausoleum rumgeistern und den Jungs aus seiner alten Bande zusehen, wie sie ihm jeden Donnerstag frische Rosen auf das Grab legen. Donnerstag war der Tag, an dem man ihn vor der Tür seines Lieblingsrestaurants über den Haufen geschossen hatte.

Wenn ich ehrlich war, mußte ich zugeben, daß ich wirklich nicht gerade mitten im prallen Leben gesteckt hatte, als Gus aufgetaucht war. Ich hatte mich eher am Rande des Spielfelds herumgedrückt, das Leben war ziemlich an mir vorbeigerauscht.

Ein absoluter Sackgassenjob in einer toten Stadt.

Ein Verlobter, der mich kalt abserviert hatte, um seine gesellschaftliche Stellung nicht zu gefährden, als mein Paps seine Zulassung als Arzt und unseren mehr als behaglichen Lebensstil als Teil der oberen Mittelschicht gegen Sträflingskleidung eingetauscht hatte.

Dazu noch haufenweise unbezahlte Rechnungen und ein Privatleben, das dem Begriff „langweilig" eine ganz neue Bedeutung verlieh.

So ließ sich mein Leben vor Gus zusammenfassen.

Aber trotzdem paßte es mir echt nicht in den Kram, daß sich ein großspuriger Toter hinter meinem Rücken das Maul über mich zerriß.

„Was hat dir Gus denn sonst noch erzählt?" erkundigte ich mich ein wenig spitz bei der Blonden.

Sie grinste – als hätte sie die ganze Zeit über gewußt, daß meine Neugier letztlich siegen würde.

„Er sagte, ehe er auftauchte, hättest du dich nie irgendwie beweisen müssen, und daß dir jetzt endlich klargeworden ist, wie klug du eigentlich bist. Er sagte, ehe du ihn kennengelernt hast, hast du gedacht, das Leben an sich sei zu nichts anderem gut, als neben einem Pool zu liegen und sich bräunen zu lassen."

Was bitte schön soll daran schlecht sein?

Diese Frage verkniff ich mir. Hauptsächlich, weil es mir herzlich gleichgültig war, was dieses neueste Überbleibsel des letzten Jahrhunderts zu dem Thema auf Lager hatte. Außerdem hatte ich in den Wochen, in denen mir Gus auf Schritt und Tritt gefolgt war, eine gewisse Sensibilität entwickelt. Ich wußte, daß man als Geist empfindlich reagieren kann, wenn man an die Tatsache erinnert wird, daß man sich selbst nie wieder eine schicke Sommerbräune zulegen kann.

Möglich, daß ich einfach nur deswegen den Mund hielt, weil die Behauptungen meines Mafiageistes ein Körnchen Wahrheit enthielten.

Ich hatte mich einigermaßen mit meinem Schicksal abgefunden, ehe ich ihn kennenlernte. Ein Job, der nirgendwo hinführte. Ein Leben, für das im großen und ganzen dasselbe galt. Vor Gus wäre ich nie auf die Idee gekommen, ich könnte einen Mordfall aufklären. Noch dazu einen, der so lange zurücklag, daß ihn einen „ungeklärten" Fall zu nennen wohl die Untertreibung des Jahres sein mußte. Der Fall lag schon so lange auf Halde, der hatte Schimmel angesetzt.

Andererseits hatte ich mich, ehe ich Gus kennenlernte, auch nie mit der Mafia herumschlagen müssen. Es hatte nie die Notwendigkeit bestanden, dem FBI aus dem Weg zu gehen, und Auftragskiller hatten auch nicht zu meinen täglichen Problem gehört.

Auf dem Grund meines Magens breitete sich langsam, aber sicher eine Eisschicht aus. Erschöpft ließ ich mich auf den Besucherstuhl fallen, der vor dem Schreibtisch bereitstand. Sämtliche bösen Vorahnungen hintanstellend nahm ich meine Besucherin noch einmal in Augenschein. Ich mußte die Frage stellen, auch wenn ich sicher war, daß ich die Antwort eigentlich nicht hören wollte. „Willst du mir sagen, ich kann nicht nur Gus sehen? Ich kann ...?"

„Auch andere Geister sehen. Klar." Diesen speziellen Geist schien das lange nicht so sehr aus der Fassung zu bringen wie mich. „Cool, was?"

„Ja. Cool." Ich war nicht halb so begeistert wie sie – gelinde gesagt. „Aber wenn ich das gar nicht will? Geister sehen?"

Schon wieder dieses lässige Achselzucken. „Ich hab' doch schon gesagt, Schätzchen, so läuft das nicht. Wenn es darum geht, wer lebt und wer stirbt und wann jemand stirbt, haben wir keine

Wahl. Wenn wir eine hätten – glaubst du denn, ich wollte tot sein?"

Da hatte sie mich kalt erwischt.

„Du bist also ...?"

„Didi." Sie beantwortete meine Frage, noch ehe ich sie gestellt hatte. „Du mußt entschuldigen, daß ich dir nicht die Hand gebe. Wie das läuft, weißt du doch, oder?"

Ja. Deswegen hatte sich Gus ja überhaupt erst an mich wenden müssen.

Geister sind körperlos. Von daher können sie nichts tun, wenn es um ganz praktische Dinge geht, die unsere Welt betreffen. Sie können nichts anfassen. Sie können nichts spüren. Als Gus einmal versucht hatte, mich am Arm zu packen, um mich aus der Bahn eines heranfahrenden Autos zu ziehen, hatte ich auf die harte Tour lernen müssen, daß auch das nicht geht. Seine Hand war einfach durch mich hindurchgeglitten und hatte dabei in meinem Körper eine Kälte hinterlassen, die bis ins Mark drang und die mir tagelang nicht aus den Knochen wich.

Das wollte ich auf keinen Fall ein zweites Mal riskieren. Großzügig wischte ich Didis Entschuldigung beiseite und stellte die nächste Frage, die ich eigentlich lieber ungestellt gelassen hätte. „Warum bist du hier?"

„Weil Gus sagte, du könnest mir helfen."

„Gus spinnt."

„Das würden manche Leute auch von dir behaupten."

Das war unfair, das brauchte sie mir nicht extra unter die Nase zu reiben. Ich hatte einen Gutteil der ersten Woche meiner Bekanntschaft mit Gus damit verbracht, mich zu fragen, ob ich durchgeknallt war. Während der darauffolgenden Wochen hatte ich keine Zeit mehr für solche Überlegungen gehabt. Man hatte mir aufgelauert, mich überfallen, mich verfolgt und auf mich geschossen. Durchgeknallt hin oder her – von so etwas hatte ich die Nase voll. So etwas wie die letzten Wochen wollte ich auf keinen Fall noch einmal durchleben.

„Hör mal ..." Ich stand auf und bemühte mich, möglichst befehlsgewohnt zu wirken, als wäre ich Herrin der Lage. „Ich weiß nicht, was Gus dir erzählt hat, aber laß dir gesagt sein: Der Typ hat das gründlich falsch verstanden. Ich mache hier nicht noch mal die Privatdetektivin. Das habe ich hinter mir. Gut, spannend war es vielleicht, aber es war auch verdammt gefährlich. Außerdem, wie kommt Gus eigentlich dazu? Wie kann er es wagen?" Langsam wurde ich richtig wütend. „Der Mann hat vielleicht Nerven! Denkt der wirklich, er kann einfach so Leute oder Geister oder was auch immer herschicken, und ich bin dann verpflichtet, ihnen zu helfen? Weißt du was? Du kannst gleich wieder dahin verschwinden, wo du hergekommen bist, und Gus kannst du ausrichten, daß er nicht mehr mein Chef ist."

Das klang, als sei es mir ernst damit. Dabei hatte ich eine entscheidende Sache wohlweislich außer acht gelassen: Genaugenommen war Gus mein Chef. Er hatte neuntausend Dollar bezahlt. Aus einem Geldvorrat, den er zu Lebzeiten als Notgroschen in seinem Mausoleum versteckt hatte.

Allerdings hatte ich mich an meinen Teil unseres Abkommens gehalten. Ich hatte den Mord an ihm aufgeklärt und damit ein Rätsel gelöst, an dem die Bullen gescheitert waren. Die neuntausend Dollar waren redlich verdient, und nun verdiente ich eine Pause.

Ich hatte meine Entscheidung getroffen und schoß an Didi vorbei Richtung Tür. Meine Arbeitszeit war ohnehin bald zu Ende, es würde nicht auffallen, wenn ich einen hastigen Abgang hinlegte. Der war auch angebracht, denn ich wußte aus schmerzlicher Erfahrung nur allzu genau, wie entschlossen Geister vorgehen können, wenn es darum geht, ihren Willen durchzusetzen. An der Tür blieb ich stehen, um meine Abschiedsworte loszuwerden.

„Das läuft nicht", verkündete ich Didi. „Jetzt nicht und auch in Zukunft nicht. Das machst du dir am besten gleich klar. Ich riskiere nicht noch mal, daß man versucht mich umzulegen."

Erinnern Sie sich an meinen Versucht, befehlsgewohnt zu wirken? Das hätte eigentlich hinhauen müssen. Ich bin ziemlich groß – ich verfehle den Meter achtzig nur um Haaresbreite –, und Didi maß bestimmt nicht mehr als einen Meter fünfundfünfzig. Trotzdem schien sie mein Auftritt nicht die Bohne zu beeindrucken. Ich merkte es daran, daß sie, statt klein beizugeben und sich dafür zu entschuldigen, daß sie unterbrochen hatte, was eigentlich meine Gus-ist-endlich-weg-Feier hätte werden sollen, ihr Handtäschchen aufklappte, um ihm einen Handspiegel nebst Lippenstift zu entnehmen. Sorgsam zog sie sich die Lippen nach – pfirsichfarben! – und ließ sie schmatzend aufeinanderknallen. „Du bist die einzige, die mir helfen kann", sagte sie.

„Nicht mein Problem."

War es nicht, und allein um das zu beweisen, trat ich noch einen Schritt auf die Tür zu, wodurch ich mich von ihr und ihren Problemen distanzierte. „Ich habe mir diese Gabe nicht ausgesucht. Gus habe ich nicht freiwillig geholfen. Wenn der Typ nicht so genervt hätte, hätte ich mich bestimmt nicht mit ihm abgegeben. Aber das ist Geschichte. Jetzt ist jetzt, und Gus hat recht: Ich bin inzwischen schlauer als damals. Schlau genug, um zu wissen, daß ich es nicht noch mal tun werde. Auf keinen Fall! Auf meine Wenigkeit ballert kein böser Bube mehr." Ich hatte mich erneut in Rage geredet und funkelte meine Besucherin wütend an. „Nur für den Fall, daß du es immer noch nicht kapiert hast: Wenn du willst, daß jemand den Mord an dir aufklärt, dann mußt du dir gefälligst ..."

Als direkt hinter mir die Bürotür aufging, sprang ich hastig zur Seite und schluckte vorsorglich den letzten Rest meines Satzes hinunter. Trotzdem spürte ich, wie mir Hitze in die Wangen stieg. Ella Silverman trat ein. Ella ist meine direkte Vorgesetzte, und ich wußte genau, daß ihr unmöglich entgangen sein konnte, daß ich hier drinnen Selbstgespräche führte.

Krampfhaft zermarterte ich mir das Hirn auf der Suche nach einer halbwegs schlüssigen Erklärung für mein seltsames Benehmen, während ich gleichzeitig fasziniert zusah, wie Didi langsam verblaßte wie ein Fernsehbild bei schlechtem Empfang. Sie verschwand in einem Wölkchen, das aussah wie rosa Zigarettenqualm.

Ich stieß einen Seufzer der Erleichterung aus. Vielleicht war dieses rosa Wölkchen ja das letzte, was ich von Didi je sehen würde. Jetzt mußte ich mich mit Ella befassen. Genauer gesagt mit der Frage, was ich sagen sollte, um ihr mein seltsames Verhalten zu erklären.

Da merkte ich, das konnte ich mir sparen.

Mein Verhalten erklären, meine ich.

Irgend etwas sagte mir, daß Ella von meinem Gespräch mit der leeren Luft absolut nichts mitbekommen hatte.

Die Augen meiner Vorgesetzten glänzten, die Pupillen waren riesig. Ellas Wangen strahlten rot wie der weite, ihre Knöchel umspielende Rock, den sie an diesem Tag zu einer mit bunten Blumen bestickten weißen Bauernbluse trug. Wem das noch nicht reichte, um ihren Gemütszustand einzuschätzen ...

Ella konnte nicht stillstehen – um das zu erkennen, brauchte man wahrlich keine Detektiverfahrung. Sie tänzelte quasi durch mein Büro, wobei jeder Hüpfer ihre rotblauen Perlenohrringe erzittern und erbeben ließ, als wären sie lebendig.

„Ella?" Ich war automatisch versucht, mit ihr Schritt zu halten, um im Notfall rasch bei der Hand sein zu können. Was mochte der Frau fehlen? Wenn ihr allerdings etwas fehlte, warum sah sie dann aus wie jemand, der gerade den Jackpot im Lotto geknackt hat? „Ella, ist alles in Ordnung?"

„Oh, Pepper!" Ellas Augen blitzten im Licht der summenden Neonröhren an der Decke. „Ich hoffe, es macht dir nichts aus, wenn ich dich kurz vor Arbeitsschluß noch überfalle."

Ein Blick auf die Uhr, die meinem Schreibtisch gegenüber an der Wand hing, bestätigte Ellas Worte. Während ich mich mit Didis aufdringlichem Ektoplasma herumgeschlagen hatte, war der große Zeiger dort oben an der Zwölf vorbeigehüpft. Es war bereits nach fünf, womit ich offiziell Feierabend hatte und jederzeit gehen durfte.

Was nicht erklärte, wieso ich blieb, wo ich war.

Ich tat es wegen Ella. Ella ist nicht nur meine unmittelbare Vorgesetzte, sondern auch ein richtig dufter Kumpel. In der Nacht, als mich ein Auftragsmörder zu seinem Opfer auserkoren hatte, war sie mit sauberen Klamotten für mich auf dem Garden-View-Friedhof erschienen. Die hatte ich gut gebrauchen können, denn der Killer hatte mich zwar verfehlt, nicht jedoch seinen Kumpan, der nur wenige Schritte von mir entfernt gestanden hatte.

Seitdem weiß ich, wieviel Blut aus einer Schußwunde spritzen kann.

Das war der Grund für meinen dringenden Bedarf an frischer Kleidung gewesen.

Aber auch abgesehen von ihrer Hilfestellung in puncto Sauberkeit in jener Nacht war Ella eine wirklich nette Frau. Eine nette, normale, nicht mehr ganz junge Frau, die ihre Aufgaben als Kommunikationsbeauftragte auf dem Friedhof ebenso ernst nahm wie ihre Verantwortung für die drei Töchter im Teenageralter, die sie allein erzog. Sie war besonnen und professionell – womit ich nicht sagen will, daß sie nicht auch lustig sein konnte. Wenn es darum ging, Witze zu erzählen, stand sie niemandem in der Verwaltung nach. Manchmal waren diese Witze sogar komisch. Außerdem wußte ich von Kollegen, die schon länger auf dem Friedhof arbeiteten als ich, daß Ella jedes Jahr eine ziemlich coole Chanukka-Weihnachts-Kwanzaa-Party schmiß.

In der Regel hyperventilierte sie aber nicht.

„Irgend etwas stimmt nicht." Auch dafür war nicht unbedingt Detektiverfahrung vonnöten, aber da Ella nichts von meiner Detektivarbeit wußte, brauchte ich mich für diesen lahmen Spruch nicht zu schämen. „Was ist, Ella? Du siehst aus wie eine Rakete, die jeden Moment hochgeht."

„Ach ja?" Ella legte die Hände an die Wangen. „Ich glühe ja förmlich!" Das schien sie allerdings nicht zu beunruhigen. Sie wirkte keineswegs so besorgt, wie man es von jemandem erwarten durfte, der gerade festgestellt hat, daß sich seine Körpertemperatur irgendwo in den höheren Sphären des Weltraums bewegt. Sie tänzelte an der Rückwand meines Büros entlang (das war schnell getan) und kam wieder zurückgehüpft, grinste dabei über das ganze Gesicht und fummelte an einem Anstecker herum, den sie sich an die Brust geheftet hatte. Diesen Anstecker sah ich an jenem Tag zum ersten Mal. Ich sah ihn mir genauer an. Er war so groß wie ein Vierteldollarstück und zeigte auf leuchtend türkisfarbenem Hintergrund in protziger gelber Schrift die Buchstaben DMSF.

„Pepper, ich habe so aufregende Neuigkeiten!"

Die Worte sprudelten Ella nur so aus dem Mund und lenkten meine Aufmerksamkeit weg vom türkisen Anstecker wieder hin zu der Frau, die ihn trug. Die konnte einfach nicht stillstehen. Ihre unruhigen Füße trugen sie in einem weiteren kleinen Tanz quer durch mein Minibüro.

Inzwischen machte mich dieses ganze Hin und Her doch etwas nervös. Energisch wies ich auf meinen Besucherstuhl. „Willst du dich nicht hinsetzen und mir alles in Ruhe erklären?"

„Unmöglich. Ich kann nicht sitzen. Es ist einfach ..." Ella preßte beide Hände auf den Busen, direkt unter einem Strauß Stickblumen. „Na ja, ich weiß gar nicht, wo ich anfangen soll. Ich nehme an, am Anfang, was?" Ella kicherte. Das tat sie nicht oft, und dieses Kichern machte mir mehr Sorgen als alles andere.

„Brauchst du Wasser?" erkundigte ich mich ängstlich. „Eine Tasse Tee? Vielleicht sollte ich nachsehen, ob Jim noch in seinem Büro ist und ..."

„Jim trifft sich mit dem Verwaltungsbeirat. Ich glaube nicht, daß er ganz nachvollziehen kann, wie mir zumute ist. Ich meine, er weiß Bescheid. Ich mußte ihn informieren, schließlich ist er der Verwaltungsleiter des Garden-View-Friedhofs. Aber ob er versteht, was das für mich bedeutet? Das kann ich nicht von ihm erwarten, und das tue ich auch nicht. Aber du wirst es verstehen, und deswegen wollte ich dich auch sofort einweihen, und wenn ich schon mal dabei bin ..." Ella holte tief Luft, um dann langsam wieder auszuatmen. „Aber der Reihe nach. Ich habe gute Nachrichten ..." Sie legte eine Pause ein und sah betreten zur Seite. „Allerdings leider, fürchte ich, auch schlechte."

Schlechte Nachrichten wie in: Ich habe gerade herausgefunden, daß ich die Gabe besitze und mich von jetzt an bis in alle Ewigkeit von den ewig Untoten nerven lassen muß?

Wohl kaum.

„Egal, was es ist, spuck es aus", ermunterte ich meine Vorgesetzte. So schlimm wie die Dinge, die ich gerade gehört hatte, konnten ihre Neuigkeiten unmöglich sein. „Bring es hinter dich, und fang mit der schlechten Nachricht an."

„Du verstehst die schlechte Nachricht nur, wenn du die gute kennst. Die eine ergibt ohne die andere keinen Sinn."

„Dann fang mit der guten Nachricht an."

„Aber das wäre nicht fair, weil ich mich doch darüber so freue, und dann hältst du mich für unsensibel, und das bin ich wirklich nicht, Pepper. Ich hab dich fast so lieb wie meine Mädels. Damit will ich sagen, daß du eine wirklich fabelhafte Mitarbeiterin bist, und eine feine junge Frau und ..."

„Ella!" Ich war so genervt, ich kreischte. Anders kam man nicht mehr durch bei ihr. „Spuck es aus! Es nicht zu wissen ist sehr viel schlimmer als alle schlechten Nachrichten, die du für mich haben kannst."

„Ja, natürlich. Du hast recht." Ella drückte sich eine Hand aufs Herz. Sie zwang sich zum Stillstehen, und ich sah, wie schwer ihr das fiel. Mein Gott, die Frau war das reinste Nervenbündel. Ella sah aus, als würde sie gleich aus allen Nähten platzen.

„Dann also die gute Nachricht." Ella räusperte sich und reckte das Kinn. Als sie den Mund aufmachte, wirkte ihr Gesicht wie von innen erleuchtet. Als hätte sie wirklich das große Los gezogen. Oder ihren Ekel-Ex Jeffrey dazu bewegt, alle ausstehenden Unterhaltszahlungen auf einmal zu leisten. „Die gute Nachricht ... bist du bereit? Die gute Nachricht ist die, daß Merilee Bowman kommt. Nach Cleveland!"

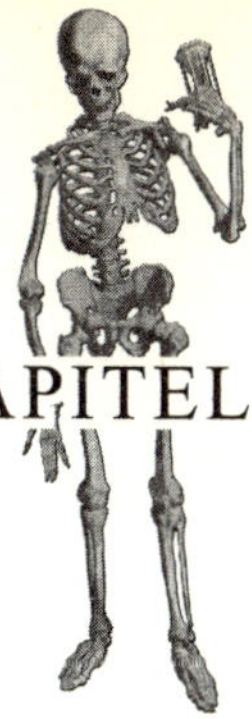

KAPITEL 2

Ich hätte gelogen, hätte ich die Kraft dazu gehabt.

Der Großteil meines Tages war für die Entlarvung eines Mörders draufgegangen. Dann hatte ich mich ein für alle Mal von Gus verabschiedet, nur um gleich darauf vom nächsten Geist überrumpelt zu werden – und von der Erkenntnis, daß diese Sache mit der „Gabe“ mir unter Umständen an den Hacken klebenbleiben würde, bis ich selbst zum Geist geworden war. Wäre mein Tag anders verlaufen – vielleicht hätte ich es geschafft, mir ein paar Brocken intelligenter Konversation aus dem Hirn zu klauben und Ella vorzuspielen, ich sei ehrlich und ernsthaft in der Lage, ihre freudige Erregung zu teilen.

Wie die Dinge lagen, konnte ich nur verwirrt piepsen: „Wer?“

Ellas fröhliche Miene schmolz dahin wie meine gesellschaftlichen Kontakte, nachdem mein Vater, der Schönheitschirurg, des massiven Abrechnungsbetrugs an diversen Krankenkassen überführt worden war. Meine Chefin blinzelte. Ihr Gesicht war eine Studie in Unglauben.

„Was soll das heißen, wer? Merilee Bowman.“ Ella sprach den Namen sehr deutlich aus – in der Annahme, ich hätte ihn beim ersten Mal bloß nicht richtig verstanden. Ehrfürchtig berührte sie den Anstecker an ihrer Brust. „Die Merilee Bowman. Komm schon, Pepper, die kennst du! ‚Der Morgen so fern?‘“

Ich starrte die fließende gelbe Schrift auf türkisem Grund an, und plötzlich ergab auch der Button an Ellas Brust Sinn. „DMSF! Klar! Der Morgen so fern. Das ist ein Film, oder?"

Eins mußte man Ella lassen, ihr Seufzer der Verzweiflung fiel zwar tief, aber nicht laut aus. Allerdings verdrehte sie die Augen, das hatte sie anscheinend nicht unterdrücken können. „Pepper, Pepper, Pepper", stöhnte sie. Ich war in Rekordzeit von einer wunderbaren jungen Frau und Vorzeigemitarbeiterin zur Enttäuschung des Jahres mutiert. „Ich fasse es nicht – ihr jungen Leute heutzutage! Ja, ‚Der Morgen so fern' ist ein Film. Aber ehe es den Film gab, gab es ein Buch. Du willst mir doch wohl nicht sagen, daß du es nie gelesen hast?"

So, wie sie die Frage stellte, war klar: Ella ging davon aus, daß es auf der ganzen Welt keine Menschenseele gab, die dieses Buch nicht gelesen hatte. Wer war ich, ihr diese Illusion zu rauben? „Ich habe den Film gesehen", verkündete ich. Vielleicht erübrigte sich die ganze Debatte ums Bücherlesen damit, ehe ich eingestehen mußte, daß ich außer Cosmopolitan schon lange nichts mehr las – und auch da immer nur das Quiz über Sex.

„Ich glaube wenigstens, ich habe ihn gesehen. Einmal. Vor Urzeiten. Es ging um Frauen in Reifröcken und um Männer in Uniformen." Irgendwie war das wichtig für Ella, also strengte ich mich gehörig an. „Pferde?"

Diesmal unternahm Ella noch nicht einmal mehr den Versuch, ihr Seufzen zu unterdrücken. Mein Kulturbanausentum hatte ihre freudige Erregung gründlich gedämpft. Erschüttert ließ sie sich auf meinen Besucherstuhl fallen. „Am besten fangen wir noch mal von vorne an", sagte sie.

Ob das wirklich das beste war? Ich war mir nicht so sicher, immerhin war es ja schon nach fünf. Aber nun hatte ich Ellas Freude bereits brutal unter den Sohlen der bezaubernden Riemchenpumps aus Seide und Krokoleder zerquetscht, die ich mir mit einem Teil des bei den Ermittlungen im Mordfall Gus verdienten Geldes zugelegt hatte – mehr Schaden wollte ich nicht anrichten.

Gehorsam nahm ich auf meinem Schreibtischstuhl Platz, legte die Hände zusammen und versuchte, interessiert zu wirken.

„Aber irgendwie habe ich recht, oder?" erkundigte ich mich höflich. „‚Der Morgen so fern' ist ein Film?"

Ich sah förmlich, wie Ella um Fassung rang. Sie schloß die Augen und atmete tief durch – wahrscheinlich zählte sie dabei bis zehn. „Es ist nicht einfach irgendein Film", sagte sie und warf mir einen Blick zu, bei dem ich alle Hoffnung auf einen baldigen Feierabend fahrenließ. Ella würde mich umfassend aufklären, ob ich das nun wollte oder nicht. „Es ist der Film überhaupt. Der romantischste, wundervollste Film aller Zeiten. Nach dem wunderbarsten, romantischsten Buch aller Zeiten."

„Und diese Frau Bowman?"

„Ist die Autorin des Buchs." Jetzt ließ sich Ellas sprudelnder Elan nicht länger zügeln. Meine Chefin sprang auf. „Sie kommt her. Hierher. Nach Cleveland. Weil sie hier lebte, während sie das Buch schrieb. Weil die Geschichte hier spielt. Das Buch ist ein Klassiker! Eine Familie aus den Nordstaaten im Bürgerkrieg, wie sie lebte, wie sie liebte. Jetzt erinnerst du dich doch bestimmt wieder!"

Klar: Frauen in Reifröcken, Männer in Uniformen und Pferde. Daran hatte ich mich vorher auch schon erinnert.

„Was ist so toll daran?" fragte ich, weil sie bestimmt nicht wollte, daß ich zugab, wie wenig mir zu diesem Film einfiel. „Dann kommt also die Autorin in die Stadt. Es kommen andauernd Autoren nach Cleveland."

„Merilee Bowman ist nicht irgendeine Autorin. Sie ist die Autorin überhaupt, ein Superstar. Eine Supernova am literarischen Himmel. Ein Buch wie ‚Der Morgen so fern' ist einmalig, so etwas hat außer ihr nie jemand geschrieben. Vorher nicht und hinterher schon gar nicht. Das Buch hat sich Millionen und Abermillionen Mal verkauft, es wurde in sämtliche Sprachen der Welt übersetzt. Es gibt Lesezirkel und Studiengruppen, die sich mit ‚Der Morgen so fern' befassen, Tagungen, bei denen es nur um dieses eine Buch geht. Leute veranstalten Wochenendtreffen, bei denen sie die Handlung nachstellen, und jedes Jahr kommen viele, viele Reisegruppen nach Cleveland, um jeden einzelnen Ort aufzusuchen, der in dem Buch erwähnt wird. Es gibt Sammler, die haben sich auf Opal-und Palmerpuppen spezialisiert – Opal und Palmer sind die Hauptfiguren im Buch. Es gibt auch Sammler, die sich auf Erst- und vergriffene Ausgaben des Buches spezialisiert haben und die ..."

„Die diese echt schrägen Porzellanfigürchen aller handelnden Personen sammeln!" Jetzt war mir doch noch etwas eingefallen: meine Tante Carolyn, die Schwester meiner Mutter, und ihre große Liebe zu dem, was meine Mutter liebevoll als „Carolyns Sammlerstücke" bezeichnete. „So was machst du nicht, oder?"

Ella nahm die Schultern zurück, und sie musterte mich mit hochgezogener Braue. „Was meinst du mit ‚so was'? Du meinst sammeln? Darauf kannst du Gift nehmen! So hat alles angefangen. Seit ich Sammlerin bin, stehe ich in Kontakt zum Fanclub."

Ella ein Groupie? Auf die Idee wäre ich in Millionen Jahren nicht gekommen. Anscheinend gab es Facetten im Leben meiner Chefin, die ich in meinen kühnsten Träumen nicht erraten hätte. „Jetzt verstehe ich auch den Anstecker!" Ich wies auf die unheimlich leuchtenden gelben Buchstaben, die sich Ella an die Brust geheftet hatte. „Das ist ein Fanclubding."

„Meine Idee." Sie strahlte. „Damit wir einander erkennen. Die Kampagne mit den Buttons habe ich gleich nach meiner Wahl zur Präsidentin der IDMSFG gestartet."

In meinem Kopf brodelte die reine Buchstabennudelsuppe. Ich verstand nur Bahnhof.

Das sah man mir an. „Die Internationale Der-Morgen-so-fern-Gesellschaft", erklärte sie. „Ich war Ortsgruppenvorsitzende, dann Vorsitzende der nationalen Vereinigung, und jetzt haben sie mich für die beiden nächsten Jahre zur Vorsitzenden der internationalen Gruppe gewählt. Ich bin stolz darauf, sagen zu können, daß ich maßgeblich für das Zustandekommen von Merilee Bowmans Besuch in Cleveland verantwortlich bin. Ich mußte mit der Ankündigung warten, bis die Planung unter Dach und Fach war, vorher wollte ich die Sache niemandem gegenüber erwähnen. Aber eben kam die endgültige Bestätigung, und ..." Sie ließ sich wieder in meinen Besucherstuhl fallen. „Ich bin so glücklich! Ich könnte heulen."

Sie sah tatsächlich aus, als würde sie gleich in Tränen ausbrechen, und darauf hatte ich nun wirklich keine Lust. Nicht nach so einem Tag. Ich beschloß, gute Miene zu einem mir unverständlichen Spiel zu machen, und rang mich zu einem Lächeln durch, das zumindest ein klein wenig echt wirkte. Hoffte ich wenigstens. „Dann kommt also diese Schriftstellerin nach Cleveland. Das ist toll."

„Nicht nur nach Cleveland." Nun hatte ich mir solche Mühe gegeben, feinfühlig auf meine Vorgesetzte einzugehen, und alles für die Katz. Tränen rannen Ella über die runden Apfelwangen. „Sie kommt auf den Garden-View-Friedhof."

Plötzlich konnte ich Ellas Stimmungslage wesentlich besser nachvollziehen. „Dann lernst du sie persönlich kennen?" Mit so etwas konnte ich mehr anfangen. Ich stellte mir vor, wie mir zumute wäre, erhielte ich Gelegenheit zu einem Treffen mit dem genialen Menschen, der auf die Idee gekommen war, Seide und Krokoleder zu kombinieren und zu Riemchenpumps zu verarbeiten, und plötzlich ergab alles Sinn. Ich streckte beide Daumen hoch. „Absolut cool."

Ella war zu überwältigt, um etwas zu sagen. Es dauerte ein wenig, bis sie sich wieder gefangen hatte, und auch dann noch drohten ihre Worte von Zeit zu Zeit in einem heftigen Schluckauf unterzugehen. „Merilee lebt sehr zurückgezogen. Man könnte sie fast schon als Eremitin bezeichnen. Sie ist kurz nach Erscheinen des Buches nach Kalifornien gezogen, um als Beraterin an dem Film mitzuwirken. Sie ist dann dort geblieben und lebt heute auf einem riesigen Anwesen. Achtzigtausend Quadratmeter mit Mauer drum herum und reichlich Sicherheitsleuten. Niemand kriegt sie je zu Gesicht. Es grenzt an ein Wunder, daß sie sich bereit erklärt hat, nach Cleveland zu kommen." Eine weitere Runde

Tränen unterbrach Ellas Erklärung, und mir blieb nichts anderes übrig, als meine Wissenslücken selbst zu schließen.

„Ein Teil ihrer Familie liegt auf dem Garden-View-Friedhof?"

Ella nickte.

„Die wird sie besuchen, wenn sie schon mal in der Stadt ist?"

Wieder ein Nicken – zu mehr war Ella im Moment nicht in der Lage.

„Sie kommt in die Stadt, weil ..." Das war eine Sache, die ich ohne Hilfe nicht herausbekommen konnte. Ich mußte warten, bis Ella sich beruhigt und ihre Stimme wiedergefunden hatte.

„Sie kommt, weil der Film digital überarbeitet wurde", sagte sie schniefend. „Das mußt du doch mitbekommen haben! Es stand in allen Zeitungen."

Ich machte mir nicht die Mühe, darauf hinzuweisen, daß ich in letzter Zeit zu sehr damit beschäftigt gewesen war, mich nicht umbringen zu lassen.

„Die Premiere ist am 12. Juli, am Datum der Erstveröffentlichung des Buchs. Das war am 12. Juli 1959. Zwischen heute und dem 12. Juli hat unsere Gesellschaft alles mögliche geplant. Miss Bowman ist zu einem Fernsehinterview bereit – ihrem ersten seit damals, nach der ersten Premiere. Es soll auch eine große Gala geben, in der alle in Kostümen aus der Zeit des Bürgerkriegs auftreten. Pepper, das wird sagenhaft!"

Ich war mir da nicht so sicher. Reifröcke und Kniebundhosen? Das klang für mich nicht sagenhaft.

„Oh, und natürlich das Museum."

Ellas Postskriptum riß mich aus meinen Reifrockgedanken, was mehr als in Ordnung war, hatte ich doch in einer furchterregenden Vision festgesteckt – in den beengenden Kleidern nämlich, die die Frauen Anno dazumal zu tragen hatten. Erleichtert schob ich einen Finger unter den Träger meines Victoria's-Secret-IPEX-Halbschalen-BHs und konnte Ella wieder meine ungeteilte Aufmerksamkeit zuwenden.

„Das Haus der Bowmans in Ohio City hat man Gott sei Dank nie abgerissen. Viele der alten Häuser in der Gegend stehen nicht mehr. Aber das Bowmanhaus gibt es noch, und es ist auch noch im Besitz der Familie. Ist das nicht irre?" Ich wußte nicht, ob das irre war – Ella klang aber, als sei die Tatsache wirklich erstaunlich. „Das zeigt wieder, was für eine warmherzige, liebevolle Person Merilee ist. All die Jahre hat sie das Haus der Familie behalten, obwohl sie nie wieder darin gelebt hat. Jetzt schenkt sie es der Stadt, es wird restauriert und soll in ein Der-Morgen-so-fern-Museum umgewandelt werden. Mit der Gala feiern wir die große Eröffnung."

„Nun, dann wirst du viel zu tun haben, was?" Die Frage schien mir netter als „Was, bitte schön, geht mich das alles an?" Ich warf einen weiteren Blick auf die Wanduhr und stand auf. „Dann sollte ich dich nicht weiter aufhalten."

Offenbar hörte Ella in meinen Worten nichts Zweideutiges und nahm sie, wie sie waren. „Das geht schon klar", meinte sie großzügig. „Ein großer Teil der Vorbereitungen ist schon abgeschlossen. Anders ginge es ja gar nicht. Daß Merilee jetzt kommt, ist das Tüpfelchen auf dem i." Irgendein Nebengedanke ließ ihr Lächeln verblassen. „Natürlich bestand nie die Hoffnung, Elizabeth bei der Premiere zu sehen." Ella seufzte. „Aber ich hatte so gehofft, daß wenigstens Kurt bei uns sein würde."

Ich war müde. Wohl deshalb wollte mir niemand einfallen, der Kurt hieß, so sehr ich mir auch das Hirn zermarterte. Ein Liebhaber konnte es nicht sein. Ella ging selten aus. Die Arbeit und die Mädchen, behauptete sie, hielten sie viel zu sehr auf Trab ... und Elizabeth? Eine Kollegin dieses Namens gab es auch nicht; müde oder nicht, das wußte ich genau.

Gut – ich gab auf. „Elizabeth?" fragte ich. „Kurt?"

„Elizabeth Goddard? Kurt Benjamin?" Ellas Brauen rutschten ganz langsam die Stirn hinauf. Sie fixierte mich mit einem Blick, von dem sie sich anscheinend allerhand versprach. Als mir nach einer Weile immer noch nichts eingefallen war, stellte sie ihre Bemühungen mit einem verzweifelten Seufzer ein. „Opal und Palmer im Film! Das weiß nun aber wirklich jeder. Elizabeth verstarb in den sechziger Jahren, aber ich bin mir sicher, du würdest sie erkennen, wenn du ein Bild von ihr sähest. Eine umwerfende Blondine – und eine großartige Schauspielerin. Was Kurt betrifft ..." Wieder der starre, durchdringende Blick. „Komm schon! An den mußt du dich doch erinnern, das gibt es doch gar nicht. Keine Frau der Welt, die diesen Film gesehen hat, kann Palmer vergessen! Ich sage dir eins ..." Ella fächelte sich mit der Hand Kühlung zu. „Postmenopausal hin oder her – der bloße Gedanke an diesen Mann schickt meine Hormone auf eine Reise zum Mond. Himmel, sah der gut aus! Ein richtiger Mann und solch ein Haudegen. Erinnerst du dich noch an die Szene, in der er sich von Opal verabschiedet und denkt, es sei ein Abschied für immer?"

Offenbar hatten wir ein Thema am Wickel, über das Ella nur zu gern redete. Ohne meine Reaktion abzuwarten, plapperte sie weiter.

„Opal will nach Baltimore, erinnerst du dich? Sie will dieses Schwein Charleton Hanratty heiraten, der es zum Millionär gebracht hat – na ja, damals waren es wohl noch keine Millionen, aber heute wären es welche, du weißt schon, was ich meine. Jedenfalls hat er viel Geld zusammengerafft, indem er illegal Waffen an die Konföderierten geliefert hat. Erinnerst du dich noch, was Palmer zu Opal sagt? Beim Abschied?"

Nein, ich erinnerte mich nicht, und mein Gesichtsaudruck sprach offenbar Bände.

„Palmer sieht Opal ganz tief in die Augen, und dann sagt er: ‚Eine Frau wie dich wird es für mich nie wieder geben. Ich werde nie wieder eine andere Frau lieben können. Aber ich glaube, ich werde es trotzdem immer wieder versuchen. Bei jeder Frau, die ich treffe.'" Ella kreischte vor Entzücken. „Wird dir da nicht komplett anders?"

Nein. Um ehrlich zu sein, fand ich den Spruch ziemlich lahm. Aber die Bemerkung verkniff ich mir, um statt dessen die logische Frage zu stellen. „Dieser Typ, dieser Palmer ... ich meine, Kurt ... kommt nicht zur Premiere, weil ...?"

„Weil er verstorben ist natürlich. Vor ein paar Wochen erst." Wieder war Ella erschüttert darüber, daß ich vom aktuellen Tagesgeschehen so wenig mitbekam. Sie schlug mit der flachen Hand auf den Tisch. „Dabei hatten wir seine feste Zusage! Ich schwöre dir, Pepper, eine Begegnung mit ihm wäre einer der Höhepunkte meines Lebens gewesen. Vergleichbar höchstens mit der Geburt meiner Kinder. Ein Blick aus diesen lodernden Augen ..." Wieder seufzte sie.

Ich konnte nicht anders, ich rümpfte die Nase. „Nun mach mal halblang, Ella. Der Typ hatte inzwischen mindestens neunzig Jahre auf dem Buckel. Das ist doch nun echt gruselig."

„Kurt war dreiundachtzig, als er starb. Eigentlich kein Alter heutzutage. Er sah immer noch so phantastisch aus wie damals. Außerdem ist und bleibt er für mich Palmer. Die blitzenden Augen. Das dunkle, dunkle Haar. Der buschige Schnurrbart. Weißt du noch, was Opal sagt, als er sie zum ersten Mal küßt? Da liebte sie ihn noch nicht oder war jedenfalls noch nicht bereit, sich diese Liebe einzugestehen. Sie sagt, es komme ihr vor, als küsse sie eine Raupe." Ella lachte. „Wenn er mich geküßt hätte, hätte ich bestimmt nicht an Raupen gedacht."

Ich hatte mich gleich bei der ersten Erwähnung von Raupen und Küssen im selben Satz gedanklich ausgeklinkt, und jetzt fand ich, es sei höchste Zeit, Ellas Fan-Höhenflügen ein temporäres Ende zu bereiten. Folglich strebte ich Richtung Tür.

„Ich freue mich für dich", versicherte ich meiner Chefin, und das stimmte ja auch. „Ich hoffe, alles läuft total rund. Die Gala, die Premiere und überhaupt alles. Du hast jetzt bestimmt eine Menge zu tun, und deshalb werde ich mal lieber ..."

„Da ist noch etwas."

Die Erregung war aus Ellas Stimme gewichen, im Gegenteil: Sie klang bedrückt. Mir fiel wieder ein, was sie am Anfang gesagt hatte.

Die Sache mit der guten Nachricht.

Aber auch etwas mit einer schlechten.

Mein Magen schnürte sich zusammen. Ich blieb stehen und drehte mich um, um zu sehen, daß Ella aufgestanden war.

„Sag mir nicht, ich muß einen Reifrock anziehen!" bat ich.

Nun war es an ihr, mich verständnislos anzustarren – so, wie ich sie angesehen hatte, als sie anfing, mir was von „Der Morgen so fern" vorzufaseln. Erst nach einer ganzen Weile fiel der Groschen, und sie kapierte den Witz. Lachen hörte ich sie trotzdem nicht. „Setz dich lieber", sagte sie.

Der Kloß in meinem Magen nahm ungeahnte Ausmaße an. Ich beschloß stehenzubleiben, wo ich war.

Ella räusperte sich. Sie zupfte sich am rechten Ohrläppchen, und der Ohrring darin klingelte. „Nun ..." Sie sah zur Decke hoch, als erhoffe sie sich Hilfe von dort. Dann musterte sie vorgeblich interessiert den abgetretenen Holzfußboden. Ella nahm ihren DMSF-Button und fummelte daran herum, dabei hatte er gar nicht schief gesessen. Sie heftete ihn sich sorgsam wieder an. „Wie gesagt: eine gute Nachricht und eine schlechte. Die gute Nachricht ..."

„Ja, Merilee. Das weiß ich."

„Die schlechte Nachricht ... nun ..." Ella trat von einem Bein aufs andere. „Ist auch die Sache mit Merilee. Sie kommt hierher, auf den Friedhof, und wenn sie kommt ..."

Inzwischen konnte ich richtig prima zwischen den Zeilen lesen – dachte ich. „Schon kapiert." Ich stieß einen Seufzer der Erleichterung aus. „Du hast es selbst gesagt. Merilee lebt fast wie eine Einsiedlerin und ist megaberühmt. Wenn sie zu Besuch kommt, folgt ihr die Presse auf den Fersen. Zeitungsleute, Fotojournalisten, Fernsehteams. Du wolltest sagen, daß jede Menge Überstunden anstehen."

„Eigentlich nicht." Ella setzte sich hin – und stand wieder auf. „Was die Presse und die Reporter angeht, hast du recht. Jim hat mich deswegen tatsächlich heute schon zu sich bestellt. Die Leute vom Gartenbau haben die ersten Fotografen gesichtet."

„Paparazzi?" Das Wort klang aufregend. Unwillkürlich kämmte ich mir mit den Fingern die Haare zurecht. Klar waren sie nicht hinter mir her, und ich rechnete auch gar nicht damit, daß sie draußen auf der Lauer lagen und nur darauf warteten, mich ablichten zu dürfen, wenn ich aus dem Büro trat. Aber möglich war es doch, und ein Schnappschuß war auf jeden Fall um Längen besser als all die anderen Schüsse, die in letzter Zeit auf mich abgefeuert worden waren. „Das ist doch spitze“, meinte ich zu Ella. „Klasse Werbung für unseren Friedhof.“

„Werbung? Klar. Wenn wir vorsichtig sind und alles richtig machen. Das bedeutet eine enge Zusammenarbeit mit Merilees Sekretärin. Wir müssen auch zusätzliches Sicherheitspersonal anheuern und uns einen Plan ausdenken, wie wir all die zusätzlichen Besucher rein- und rausschleusen. Gleichzeitig müssen wir uns um die Beerdigungen kümmern, die für diese Zeit geplant sind. Das ist wichtiger als alles andere.“

„Damit wären wir beim Thema: längere Arbeitszeiten.“ Klar sprang ich bei der Vorstellung nicht vor Freude im Dreieck, aber eigentlich fand ich, Ellas schlechte Nachricht hätte um einiges schlechter ausfallen können. Ein paar Extraeinnahmen konnten auch nicht schaden. Klar, ich besaß die neuntausend Dollar von Gus – besser gesagt: Ich hatte sie besessen. Nach Durchsicht und Begleichung sämtlicher offener Rechnungen (da waren so einige zusammen gekommen), einem Ausflug zu Saks (wo die Riemchenpumps herstammten) und einem Regennachmittag, an dem ich mit der Kreditkarte in der Hand über die Webseiten von White House, Black Market, Victoria's Secret und BCBG gesurft war, sah mein Konto schon wieder ziemlich gerupft aus. „Du kannst dich auf mich verlassen!“ versicherte ich forsch. „Wenn ich gebraucht werde, bin ich hier.“

„Das ist es ja, Pepper! Es tut mir wahnsinnig leid, aber du wirst nicht hier sein.“

Ich war plötzlich ganz Ohr.

Die Hand bereits auf der Türklinke blieb ich stehen und sah meine Chefin über die Schulter fragend an.

„Es tut mir leid“, wiederholte diese. „Ehrlich. Es war nicht meine Entscheidung. Ich weiß, das dürfte ich dir nicht sagen, denn ich bin deine unmittelbare Vorgesetzte, und als solche erwartet man von mir, daß ich für sämtliche dich betreffenden Entscheidungen die Verantwortung übernehme. Aber mir tut die Sache nun mal so wahnsinnig leid, und ich könnte dir nicht mehr in die Augen schauen, wenn ich denken müßte, du denkst ..."

„Was?"

Sie schluckte vernehmlich. „Daß ich es war, die beschlossen hat, dich zu entlassen."

„Was?"

Ella eilte zu mir herüber. „Es tut mir ja so leid!" sagte sie zum fünften Mal in etwa dreißig Sekunden. „Ich weiß, es ist beschissen, dir das so zwischen Tür und Angel mitzuteilen. Ich weiß, es ist total beschissen, dich zu entlassen. Aber wenn hier erst einmal jede Menge Paparazzi herumtollen und die Fernsehkameras und die Reporter ... wir gehen davon aus, daß der Friedhof ab einem bestimmten Punkt förmlich aus allen Nähten platzt. Wie gesagt: Wir müssen uns auf die Beerdigungen konzentrieren, und auf diejenigen, die hier schon liegen. Deren Angehörige müssen natürlich freien Zugang haben, und mit all den ... wie dem auch sei: Jim hat beschlossen, und ich habe dem zugestimmt, wenn auch nur ungern, aber ich habe zugestimmt, daß für Führungen keine Zeit und kein Raum sein wird. Aber keine Sorge!" Ella ging ohne Pause zu den aufmunternd gemeinten Worten über. „Deine Stelle wird auf gar keinen Fall gestrichen. Ehrenwort. Sobald sich die Aufregung gelegt hat, bist du wieder da, wo du hingehörst."

Den Großteil des Sommers frei? Ich habe mich nie beschwert, wenn sich mir die Möglichkeit bot, ausgiebig an meiner Sonnenbräune zu arbeiten. Aber da war die Sache mit dem Gehaltsscheck, und wenn ich an den dachte ...

Mein Gesicht muß Bände gesprochen haben, denn ehe ich wußte, wie mir geschah, sah ich mich Ellas mütterlichem Blick ausgesetzt.

„Ich weiß genau, was du denkst", sagte sie. „Wie sollst du nur all die leeren Stunden füllen? Aber weißt du, ich habe ein paar neue Führungen im Kopf, und du könntest die Zeit für gründliche Recherche nutzen."

„Du hast recht. Das wäre eine Möglichkeit."

Meine Worte klangen nach Zustimmung (nach der mir keineswegs zumute war) und nicht nach Verzweiflung (nach der mir ausgesprochen zumute war). Erleichtert klopfte mir Ella auf die Schulter und eilte aus meinem Büro. „Das ist meine Pepper! Jim hat sich Sorgen gemacht. Er fürchtete, du könntest verärgert sein, aber ich habe ihm gleich gesagt, daß er sich irrt. Ich wußte, du würdest die Nachricht gut aufnehmen. So schnell passiert außerdem sowieso nichts, zerbrich dir also nicht jetzt schon unnötig den Kopf. Wir erwarten Merilee erst in ein paar Tagen. Ach, Pepper, das sieht dir ähnlich. Da willst du gleich mit der Recherche für die neuen Rundgänge anfangen, wo du doch eigentlich gar nicht arbeiten müßtest. Wenn doch alle jungen Frauen wären wie du. Ich wünschte, meine Mädchen ..."

Ellas Worte verklangen, während meine Chefin den Flur hinuntereilte. Das machte aber nichts, ich wußte auch so, was sie hatte sagen wollen. Sie wünschte sich, ihre Mädchen würden zu jungen Frauen heranwachsen, wie ich eine war.

Wollte sie das wirklich?

Hätte sie das immer noch gewollt, wenn sie die Wahrheit gewußt hätte? Daß aus mir letztlich nicht mehr geworden war als eine Fremdenführerin auf einem Friedhof, die dem Pleitegeier ins Auge sah, weil man ihr gerade den Job unter den Füßen weggezogen hatte?

Ach ja, außerdem redete ich mit toten Leuten.

Kaum war mir das durch den Kopf geschossen, als ich auch schon meinte, Zigarettenrauch riechen zu können.

Irgendwie wußte ich, daß er rosa war.

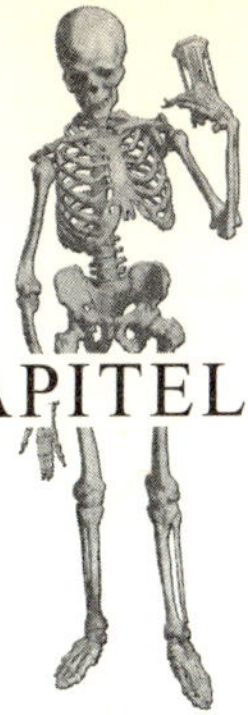

Kapitel 3

Vielleicht war es der Zigarettenrauch, der mein Hirn auf Touren und mich zum Nachdenken brachte.

Vielleicht war es die Tatsache, daß ich in dieser Nacht kein Auge zutat. Nach dem Tag, der hinter mir lag, hätte ich eigentlich schlummern müssen wie in Abrahams Schoß. Aber Fehlanzeige: Kaum schloß ich die Augen, drehten sich meine Gedanken wie ein Karussell immer im Kreis, Ellas Infos munter vermischt mit allem, was mir noch von Didis Besuch im Gedächtnis war.

Gute und schlechte Nachrichten.

Rosa Chiffon und apricotfarbener Lippenstift.

Keine Arbeit.

Kein Geld.

Ach ja, und die „Gabe"!

Da war es nicht verwunderlich, daß meine Nerven zerrüttet waren, als ich am nächsten Morgen die Arbeit antrat. Zu allem Überfluß fühlte sich mein Schädel an, als würde er jeden Moment bersten.

Aber wie gesagt, ein jedes Ding hat auch seine guten Seiten. Die schlaflose Nacht hatte mir viel Zeit beschert, und die hatte ich genutzt. Ich hatte nachgedacht, und so kam es, daß mein armer Kopf schon einen Plan beherbergte, noch ehe sich mein müder Körper an den Schreibtisch schleppte, um den Joghurtbecher voll Salat, den ich als Mittagessen mitgebracht hatte, in der mittleren Schublade zu deponieren.

Der Plan mochte einfach sein, aber er war auch genial.

Ich wollte Didi mitteilen, daß ich es mir anders überlegt hatte und nun doch bereit war, in ihrer Mordsache zu ermitteln.

Wenn sie mich wie Gus für meine Dienste entlohnen konnte.

Obwohl der Plan so einfach wie genial war, hatte die Sache einen Haken. Im Grunde sogar zwei. Haken eins: Didi ließ ihr geisterhaftes Antlitz nicht ein Mal sehen, obwohl ich den ganzen Morgen im Büro auf sie wartete (und bei der Gelegenheit doch tatsächlich mal eine Menge Arbeit erledigte). Haken zwei: Ich konnte nicht auf eigene Faust nach ihr suchen, da sie leider versäumt hatte, mir ihren vollständigen Namen zu verraten.

Im Grunde keine große Sache, so eine Namensrecherche. Immerhin hatte ich gerade eine Weile als persönliche Privatdetektivin für den meistberüchtigten Mafiaboß meiner Stadt gearbeitet und in dieser Position, was Ermittlungsarbeit betraf, das eine oder andere gelernt.

Nur förderte eine erste Suche in der Datenbank des Friedhofs keine einzige Didi zutage – trug mir aber ein dickes Lob von Ella ein, die wohl der Meinung war, ich säße an einer Recherche, die etwas mit meinem Job zu tun hatte. Ich ließ mich von diesem Mißerfolg allerdings nicht entmutigen, war ich doch wild entschlossen, so schnell nicht aufzugeben.

Nachdem ich meine kleinen grauen Zellen etwas mehr angestrengt hatte, buddelte ich tiefer und förderte auch tatsächlich etwas zutage (das ist im übertragenen Sinn gemeint, nicht wörtlich! Auf einem Friedhof ist es wichtig, das klarzustellen). In unseren Ordnern gab es drei Dionnes, sechs Deirdres und jede Menge Dees. Theoretisch hätte jede dieser Frauen den Spitznamen Didi tragen können, nur stimmten bei keiner von ihnen die Geburts- oder Todesdaten mit den Schlüssen überein, die ich nach meiner letzten Begegnung der übernatürlichen Art in bezug auf meine Besucherin gezogen hatte. Die einzigen Ausnahmen waren eine Frau, die dem Orden des heiligen Franziskus angehört hatte (ich war mir ziemlich sicher, daß Didi keine Nonne war), und eine andere, deren Unterlagen besagten, ihre Großeltern seien noch

Sklaven gewesen (was nicht gerade nach meinem blonden, blauäugigen Gespenst klang).

Gut, Didi hatte mir nie mitgeteilt, wann sie gelebt hatte oder wann sie gestorben war. Aber wenn es um Kultur geht, bin ich nicht blöd. Ich hatte John Travolta in Grease gesehen, ich wußte, wann ich die fünfziger Jahre vor mir hatte.

Letztlich lief es natürlich auf eins hinaus: All mein Hirnen, all meine Recherchen hatten mich unter dem Strich keinen Schritt weitergebracht.

Was im Prinzip eine Schande war. Ein bezahlter Job als Detektivin schien mir zur Zeit die einzige Antwort auf meine Geldsorgen – und würde bestimmt schützend zwischen mir und der Kreditkartenabrechnungsstelle stehen, wo man unter Garantie nervös wurde, sobald die Rechnungen von White House, Black Market, Victoria's Secret und BCBG eintrudelten.

Verdammt.

Wäre es, wenn ich nun schon diese dämliche Gabe am Hals hatte, gegen die offenbar kein Kraut gewachsen war, nicht schön gewesen, ich hätte sie von Zeit zu Zeit nutzbringend anwenden können?

Zum Beispiel, um herauszufinden, wie eine Kontaktaufnahme mit Didi möglich war.

Wie die Dinge lagen, hatte ich keinen blassen Schimmer, wie ich sie finden sollte – oder wo.

Ella ist fix, ihr kann niemand vorwerfen, daß man ihr beim Laufen die Gesundheitsschuhe besohlen kann. Noch kein Tag war vergangen, seit sie mir den Hammer mit dem unbezahlten Zwangsurlaub vor den Latz geknallt hatte, und schon hatte sie eine Liste von Dingen, die ich ihrer Meinung nach in meiner freien Zeit sinnvollerweise tun könnte, zusammengestellt.

Mißtrauisch beäugte ich den gelben Notizblock, den sie mir in die Hand gedrückt hatte. „Such dir was aus!“ stand gleich oben über der ersten Seite. In Ellas charakteristischer Schnörkelschrift, mit rosa Marker geschrieben, was ihr Markenzeichen war. „Was für eine wunderbare Gelegenheit, kreativ zu werden! Hier hast du die Chance, einen völlig neuen Themenrundgang selbständig zu gestalten. Das grobe Plus: Sobald du dich entschieden hast, welche Bewohner für deine Führung in Frage kommen, kannst du bequem zu Hause an den Recherchen arbeiten."

„Grobes Plus"? Das sollte wohl großes Plus heißen. Ella hatte sich verschrieben, aber daraus wollte ich ihr wirklich keinen Strick drehen. Nach allem, was sie mir über „Der Morgen so fern" erzählt hatte, über ihr Engagement im Fanclub und den bevorstehenden Besuch der Überautorin Merilee Bowman, war es kein Wunder, wenn sie abgelenkt war. Dabei ging es ja jetzt erst los – ich wußte, es würde noch schlimmer werden. Allein an diesem Vormittag hatten zwei örtliche Fernsehsender im Büro angerufen, eine regionale Zeitung und der für die Kolumne „Was macht eigentlich ...?" zuständige Redakteur einer Zeitschrift, die sich auf Klatsch und Tratsch spezialisiert hatte. Muß ich erwähnen, daß es bei jedem dieser Anrufe um Merilee gegangen war?

Bei uns herrschte ein solches Gewusel, daß ich gar nicht mehr klar denken konnte. Doch wenn ich nicht klar denken konnte, wie sollte ich dann je einen Plan aushecken, mit dem sich Didi von der Ebene loseisen ließ, auf der sich die Geister herumtrieben, wenn sie es nicht gerade vorzogen, bei mir herumzuspuken?

Ich brauchte unbedingt Ruhe und Frieden. Eins muß man meinem Job ja lassen: Er mag nicht viel hermachen, wenn es um Prestige und Coolness geht, reich wird man hier auch nicht, und er bietet mir weiß Gott kaum Möglichkeiten, neue Menschen kennenzulernen (jedenfalls nicht in Hinsicht auf lebende Personen), aber Ruhe und Frieden findet man hier immer.

Bei der erstbesten Gelegenheit machte ich mich aus dem Staub. Es war ein warmer Frühlingsnachmittag, wie geschaffen, um draußen zu sein. So war es im großen und ganzen keine Zumutung, so zu tun, als würde ich mir die von Ella für einen neuen Themenrundgang vorgeschlagenen Gräber ansehen.

Auf dem Weg durch die Vordertür und über die Straße warf ich noch einmal einen betont aufmerksamen Blick auf die Notizblätter an meinem Klemmbrett – nur für den Fall, daß jemand von der Verwaltung gerade aus dem Fenster sah.

„Hier ein paar Vorschläge für Themenführungen, die meiner Meinung nach phantastisch ankommen würden."

Rosa Marker auf gelbem Papier – im grellen Tageslicht ließen sich Ellas Wörter schwer entziffern, und ich kniff die Augen zusammen.

„Sportgrößen."

Eher nicht. Ich wußte so gut wie nichts über Sport – außer, daß er mir zuwider war.

Den ersten Vorschlag strich ich wieder.

„Räuber und Gendarm."

Noch so ein Thema, an das ich lieber nicht heranwollte. Sobald ich an Gendarmen dachte, kam mir als erstes Quinn in den Sinn – und wenn ich an Quinn dachte ...

Hier muß ich wohl ausholen. Quinn ist Detective Quinn Harrison vom Clevelander Morddezernat. Wenn ich an Quinn denke, werden Phrasen wie „ein Bild von einem Mann", „ein ganz heißer Typ" oder „in Liebe entbrannt" seltsam fad und farblos. Denn dieser heißen, umwerfend männlichen, hinreißenden Person, bei deren bloßem Anblick mich lodernde Flammen zu verzehren drohten, wird keine Beschreibung gerecht. Ich hatte ihn bei einem Besuch des Museums der Historischen Gesellschaft der Polizei Cleveland kennengelernt, als ich Informationen im Mordfall Gus gesucht hatte. Quinn und ich ...

Wie soll ich das sagen, ohne daß gleich alle rot werden?

Zwischen Quinn und mir hatte es gefunkt. Zwischen uns gab es diese gegenseitige Anziehung vom ersten Moment an, so ein Seelenverwandtschafts-Karma-Ding.

Soll heißen: Er war scharf auf mich – und ich war genauso scharf auf ihn. Wahnsinnig scharf. Nur, daß beim ersten und einzigen Mal, bei dem es uns fast vergönnt gewesen wäre, irgend etwas in bezug auf dieses rattenscharfe Aufeinanderabfahren zu unternehmen, Gus aufgetaucht war. Wie ein Springteufelchen. In meinem Wohnzimmer, live und in Farbe, wie es immer so schön heißt. Nur, daß er das nicht war. Live, meine ich.

Um es ganz deutlich zu sagen – mit Quinn in die Federn zu hüpfen, solange die Gefahr bestand, daß Gus uns zusah, kam nicht in Frage. Absolut nicht.

Quinn, na ja, der verstand natürlich überhaupt nicht, warum die Frau, die doch eben noch bereit und willig gewesen war – und mehr als das! –, plötzlich die Notbremse zog. Wie auch? Er wußte ja nichts von Gus, und ich konnte ihm kaum von ihm erzählen. Ich konnte niemandem von Gus erzählen, ohne als lupenreiner Fall für die Klapsmühle rüberzukommen. Also hielt ich die Klappe, was mein seltsames Verhalten betraf, weshalb meine Beziehung zu Quinn (wenn man denn von einer reden wollte) in einem einzigen, schrecklichen, total grauenhaften Augenblick, den ich bis an mein Lebensende nicht vergessen werde, total den Bach runter ging.

Resolut strich ich „Räuber und Gendarm" mit einem dicken X aus und tat, als stamme der Seufzer, der dabei in der Luft lag, nicht aus meiner Kehle.

Ich war beim Nachdenken weitergegangen, ohne darauf zu achten, wohin. Jetzt blieb ich in einem kleinen Sonnenfleck am Straßenrand stehen, um mir erst einmal wieder einen Überblick zu verschaffen. Rechts von mir, in der Nähe der hohen Steinmauer, die den Garden-View-Friedhof vom ihn umgebenden Stadtteil trennt, stand eine Frau an einem Grab. Sie hatte mir den Rücken zugewandt, aber ich mußte ihr Gesicht nicht sehen, um zu wissen, was sie empfand. Sie trug ein schwarzes Kleid und einen dieser altmodischen Hüte mit breiter Krempe und einem Schleier, der ihr Gesicht verbarg. Mit gesenktem Kopf stand sie da und schaute auf das Grab zu ihren Füßen.

Ich sah zu, daß ich Abstand hielt. Die paar Monate Arbeit auf dem Friedhof hatten mich gelehrt, daß manche Trauernde allein sein wollen – die meisten aber wollen reden. Über ihr Leben. Über die Lieben, die sie verloren haben. Über ihren Schmerz. All diese Gefühle lassen mich nicht kalt. Ich hatte im Augenblick nur genug eigene Probleme, mit denen es fertig zu werden galt. Also hütete ich mich wohlweislich, der Frau zu nahe zu kommen.

Nachdem ich den Bereich, in dem sie sich aufhielt, in großem Bogen umrundet hatte, warf ich erneut einen Blick auf mein Klemmbrett.

„Berühmte Gesichter."

Das klang nicht schlecht. Diesmal blätterte ich um zur nächsten Seite und las die Liste der Bewohner (Ella nennt sie so, meine Idee war das nicht!), die Ella für diese Führung vorgeschlagen hatte. Als erstes stand ein Bandleader aus den vierziger Jahren des zwanzigsten Jahrhunderts auf der Liste. Ich sah mir die Grabnummer und die entsprechende Sektion an, brachte beides in Relation zu meinem augenblicklichen Standort, drehte mich um und machte mich in die entsprechende Richtung auf.

Das Grab, nach dem ich suchte, befand sich in dem Teil des Garden-View Friedhofs, den wir in der Verwaltung den „neuen" nennen. Das mag sich merkwürdig anhören, wenn man bedenkt, daß manche Gräber dort aus den dreißiger Jahren des letzten Jahrhunderts stammen, aber neu ist ja oft ein relativer Begriff, und so eben auch hier. Ein erheblicher Teil unseres ungefähr dreitausend Quadratmeter großen, landschaftlich perfekt durchgestylten Friedhofs ist bereits seit Ende des neunzehnten Jahrhunderts bewohnt (wie Ella sagen würde). Damals ließ sich mit dem Tod ein gutes Geschaft machen, und der Pomp, mit dem jemand zu Grabe getragen wurde, sagte viel über das Leben dieses Menschen aus. Da viele Menschen, die auf dem Garden View begraben lagen, zur Spitze der Clevelander Gesellschaft gehört hatten, war auf dem älteren Teil des Friedhofs Pomp sozusagen das Leitmotiv und das Gelände ein Labyrinth aus Obelisken, protzigen Mausoleen und Grabsteinen, die oft um einiges größer waren als ich.

In den dreißiger Jahren des vergangenen Jahrhunderts hatte man den Tod schon ein wenig anders gesehen. Auch hatten die Gärtner, die von Hand das Gras um all die Obelisken, Mausoleen und Grabsteine kurz halten mußten, dazugelernt. Im „neuen" Teil des Friedhofs standen die Grabsteine in der Regel nicht aufrecht, sondern lagen flach am Boden, so daß sie mit der Rasenkante eine Fläche bildeten. So war es einfacher, den Rasenmäher darum herum zu manövrieren.

Ich stieg über einen Grabstein nach dem anderen und verglich die Angaben auf Ellas Liste mit den Nummern auf den kleinen Schildern, die überall in den Boden eingelassen waren und die einzelnen Sektionen markierten. Dabei verlief ich mich nur ein einziges Mal, was nicht schlecht ist, wenn man bedenkt, daß ich noch recht neu dabei war. Ich merkte, daß ich mich vertan hatte, drehte sofort um und bog nach rechts ab.

Das erste, was ich sah, war die Frau mit dem schwarzen Kleid und dem Schleierhut.

Sie stand etwa zehn Meter von mir entfernt, immer noch mit dem Rücken zu mir, immer noch mit gesenktem Kopf, und etwa eine Sekunde lang dachte ich, ich hätte meine Suche gründlich in den Sand gesetzt und wäre wieder dort angelangt, wo ich losgegangen war.

Allerdings wußte ich genau, daß das unmöglich der Fall sein konnte.

Ich warf einen Blick über die Schulter in die Richtung, aus der ich gekommen war.

Ich sah wieder nach vorn, wo die Frau in Schwarz ...

Nicht mehr zu sehen war.

„Verdammt." Nicht gerade das richtige Vokabular für einen Friedhof, wo von jedermann erwartet wird, sich respektvoll und leise zu verhalten. Aber wenn jemand in diesem Moment, Friedhof hin oder her, Grund zum Fluchen hatte, dann doch wohl ich. Irgend etwas sagte mir, daß dieser Hokuspokus mit der „Gabe" gerade mal wieder sein häßliches Haupt erhoben hatte – und das wollte mir so gar nicht gefallen. Noch einen Geist, der sich meine verschrobene Hirndisposition zunutze machte, konnte ich echt nicht brauchen. Mein Hirn mußte für Didi empfangsbereit bleiben.

Vielleicht gelang mir das ja, wenn ich den Gedanken an die Frau in Schwarz ausblendete und mich pflichtbewußt wieder auf die Suche nach dem Grab dieses Bandleaders machte. Noch ehe ich herausfinden konnte, ob dies eine effektive Strategie war, mußte ich, kaum war ich um eines der wenigen aufrecht stehenden Monumente in dieser Sektion gebogen (einen fast zwei Meter hohen schwarzen Granitpfeiler), feststellen, daß ich nicht allein war.

Meine Instinkte befahlen mir, das Flattern von etwas Schwarzem, das ich aus dem Augenwinkel wahrnahm, einfach zu ignorieren. Mein Hirn sah das anders, und mein Hirn hatte Erfahrung. Mein Hirn und ich, wir wußten inzwischen, wie solche Begegnungen abliefen. Je mehr man sie ignoriert, desto heftiger nerven sie einen. Das hätte glatt mein Mantra werden können.

Ich fuhr herum, fest entschlossen, diesem neuen Geist energisch entgegenzutreten und ihm zu sagen, er möge sich gefälligst sonstwohin scheren.

Die Frau in Schwarz hatte sich bewegt. Sie lehnte jetzt anmutig an dem Granitpfeiler, eine Hand auf dem Rücken, die andere elegisch gegen die Stirn gedrückt. Den Hut hatte sie abgelegt, und Sonnenstrahlen spielten auf ihren kurzen blonden Locken.

„Didi!" Ich war so froh, daß sie dort stand und nicht schon wieder jemand anders, der zwar tot, aber noch lange nicht von uns gegangen war, daß ich sie beinahe umarmt hätte. Ich konnte mich allerdings im letzten Moment zusammenreißen. Zum einen war da diese Sache mit dem Gefrieren bis ins Mark, zum anderen hatte Gus mir gleich am Anfang unserer Beziehung etwas Wichtiges beigebracht. Wer pokern will, darf seine Trümpfe nicht zu früh auf den Tisch legen.

Diesen Rat wollte ich auch jetzt nicht vergessen, also behielt ich die ganze Mensch-bin-ich-froh-dich-zu-sehen-Nummer hübsch für mich. „Didi, wo zum Teufel warst du?" fragte ich statt dessen, wobei ich fasziniert das enge schwarze Satinkleid musterte, das sich meinem Geist um Hüfte und Schenkel schmiegte. „Wie siehst du überhaupt aus?"

„Der Hammer, oder?" Stolz strich Didi den Rock ihres Kleides glatt. „Einer der wenigen Vorteile, wenn man tot ist. Ich kriege jetzt all die Kleider, die ich mir nie leisten konnte, als ich noch am Leben war. Ist schon verrückt, Mensch."

„Du meinst, wie ein himmlischer Internetshop? Bitte treffen Sie Ihre Wahl und bestätigen Sie diese mit einem Mausklick?" Die Vorstellung gefiel mir, obwohl ich die Wahl, die Didi getroffen hatte, nicht gutheißen konnte. Ihr Kleid wurde in der Taille von einem breiten Gürtel gehalten, der ziemlich straff zu sitzen schien. Überhaupt war das Teil ungefähr so eng geschnitten wie ein Bleistift mit Ärmeln. Letztere endeten knapp über dem Ellbogen und der Saum unter dem Knie. Kein Wunder, daß in den Sechzigern eine Art Moderevolte stattgefunden hatte (wenn man die Kleidung, die Ella bis heute trug, denn als Mode bezeichnen wollte). Die Kleider der fünfziger Jahre engten doch sehr ein – und altbacken sah man darin auch noch aus.

Ich rief mich zur Ordnung – was ging Didis Kleidung mich an? Außerdem würde ich selbst nur allzubald altbacken aussehen, wenn es mir nicht gelang, genügend Geld herbeizuschaffen, um weiterhin meinem exzellenten Modegeschmack gerecht werden zu können. „Ich hatte damit gerechnet, daß du heute im Büro vorbeikommst", sagte ich zu Didi. „Ich wollte mit dir reden."

Sie zitterte theatralisch, als sei ihr kalt. „Bei euch geht es zu wie im Taubenschlag", meinte sie. Hieß das, sie war ohne mein Wissen im Büro gewesen? „War mir zu chaotisch", fuhr sie fort. „Außerdem hat es ausgesehen, als wärst du ziemlich beschäftigt. Ich dachte, du kannst keinen Besuch gebrauchen." Neugierig beugte sie sich vor und warf einen Blick auf den Notizblock in meiner Hand. „Bekannte Gesichter? Nimmst du mich da mit rein?"

Nennen Sie mich ruhig skeptisch. Ich finde eher, ich bin Realistin. Jedenfalls hakte ich nach. „Bist du berühmt?"

Didi versuchte, bescheiden auszusehen, wobei ihr ihr breites Grinsen einen Strich durch die Rechnung machte. „Nur, wenn man als berühmt gilt, wenn man beim Film war", sagte sie kokett. „Immerhin stand ich mal mit Kurt Benjamin vor der Kamera."

„Mit diesem Palmer-Typen?"

„Genau! Den Palmer hat er in einem anderen Film gespielt." Sie reckte das Kinn und versetzte ihren Locken von unten einen Schubs. „Ich hatte keine große Rolle und habe mich danach auch nicht weiter um meine Karriere gekümmert. Hollywood ..." Sie zog ein wenig das Näschen kraus. „War irgendwie anders, als ich es mir vorgestellt hatte."

„Dann bist du hierher zurückgekehrt – und gestorben."

Ihr Lächeln verblaßte. Sie ließ die Schultern sinken. „Ja. Aber wenn du nichts von meiner Filmkarriere wußtest und nicht die Absicht hattest, mich in eine neue Führung aufzunehmen, warum wolltest du dich dann mit mir unterhalten? Du hast mir unmißverständlich zu verstehen gegeben, daß du mir nicht helfen willst."

„Stimmt." Ich lächelte süß – hoffentlich sah es nach einer Entschuldigung aus. „Ich habe noch einmal darüber nachgedacht, über dich und darüber, wie du mich um Hilfe gebeten hast."

„Dann wirst du es tun?" Didis Lächeln strahlte so hell wie der Sonnenschein, in dem wir standen. „Du wirst mir helfen? Ich wußte es."

Sie war so begeistert, daß ich mir richtig mies dabei vorkam, ihr die Illusionen zu rauben. Aber nicht annähernd so mies wie bei dem Gedanken, unter einer Brücke schlafen zu müssen.

„Unter einer Bedingung. Gus mag das erwähnt haben: Er hat mich bezahlt. Wenn du willst, daß ich den Mord an dir aufkläre ..."

„Moment! Das hast du falsch verstanden." Didi schüttelte den Kopf. Ich sah ihr förmlich an, daß sie nicht genau wußte, wie sie mir die Sache am besten erklären sollte. Schließlich gab sie es auf. „Komm mit!" befahl sie, winkte mich zu sich heran, drehte sich um und trat dichter an die Mauer heran, die die Friedhofsgrenze markierte. „Ich muß dir etwas zeigen."

Ich trottete brav hinter ihr her – bis zu einer Stelle ziemlich im hintersten Winkel des Friedhofs. Dort, nicht weit von der Stelle entfernt, an der wir haltmachten, stand ein großer Baum. An seinen Zweigen hatten sich die ersten Blätter geöffnet und ließen die

Sonne nicht mehr durch. Hier, wo der nördliche Teil der Mauer auf den östlichen Rand des Friedhofs traf, war die Luft noch eisig, und die Schatten waren tief. Dickes Moos hatte sich einer Decke gleich um die eine Baumseite gelegt, und es war deutlich zu sehen, daß die Gärtner bei ihrem Frühjahrsputz noch nicht bis in diesen Winkel vorgedrungen waren. Die Grabsteine, zwischen denen hindurch ich mir meinen Weg bahnte, waren mit Gras und Unkraut überwuchert.

„Hier liegst du?" Ich konnte nicht sagen, warum mir diese Vorstellung widerstrebte, aber sie tat es. Vielleicht lag es daran, daß Didis heiteres Lächeln, ihre ganze lebendige Persönlichkeit, überhaupt nicht zu dieser traurigen und vergessenen Ecke unseres Friedhofs passen wollten.

Vielleicht auch daran, daß ich viel oberflächlicher war, als ich mir selbst eingestehe.

Ich ließ den Kopf hängen. „Damit willst du mir sagen, daß du nicht wohlhabend warst, nicht wahr? Du kannst mich nicht dafür bezahlen herauszufinden, wer dich umgebracht hat."

Didi warf mir einen Seitenblick zu, und in dem Dämmerlicht sah ich nicht, ob er verständnisvoll oder angewidert war, beschloß aber, ihn für verständnisvoll zu halten. Einfach, weil ich damit leichter umgehen konnte.

„Es ist nicht so, daß ich dir nicht helfen möchte, zum Licht zu gehen. Oder wohin du sonst unterwegs bist", sagte ich schnell, ehe sie mich in bezug auf den Blick eines Besseren belehren konnte und ich mich damit auseinandersetzen mußte, daß ich sie anwiderte. „Aber ich habe im Moment ernsthafte Geldsorgen, und dank dieser Merilee Sowieso haben sie mir hier auf dem Friedhof die Stundenzahl komplett zusammengestrichen. Also, selbst wenn ich wollte, könnte ich mich nicht auf die Arbeit für dich konzentrieren, weil ich die nächsten sechs Wochen eine Schürze tragen und die Leute fragen werde, ob sie Ketchup oder Mayo auf ihre Fritten wollen."

Didi zog eine Grimasse, und diesmal war mir klar, daß die weder angewidert noch verständnisvoll gemeint sein konnte. Mein

Geist verstand nicht, wovon ich redete. „Mach mal halblang, Mädel", riet sie mir. „Du schüttest ja das Kind mit dem Bade aus. Hol tief Luft, und dann bitte das Ganze noch mal von vorn. Wer hat gesagt, du sollst herausfinden, wer mich umgebracht hat?"

„Heißt das ...?" Jetzt verstand ich nichts mehr. „Willst du damit sagen ...?"

Didi wies auf das Grab zu unseren Füßen. „Warum siehst du es dir nicht an?" schlug sie vor.

Genau das tat ich dann auch.

Wie gesagt, das Licht war schlecht, und die Gräber waren überwuchert. Ich ging auf dem feuchten Rasen in die Knie und bemühte mich, das Gras und das Unkraut, die Didis Grabstein fast vollständig verdeckten, mit der Hand beiseite zu schieben. Das klappte nicht, und ich packte eine Handvoll Gras und Klee. Ich zog, und als das Büschel nachgab, warf ich es beiseite und schnappte mir das nächste.

Langsam, aber sicher gelang es mir, den Stein freizuräumen. Deborah.

Einer der Namen, die ich nicht in Betracht gezogen hatte – wofür ich mir umgehend gedanklich in den Hintern trat. Obwohl – wenn ich es getan hätte, hätte ich wahrscheinlich immer noch im Büro gesessen, vollauf damit beschäftigt, mich durch die Hunderte Deborahs zu wühlen, die auf dem Garden View begraben lagen.

Deborah Bow...

Ich schnappte mir ein weiteres Grasbüschel.

...m...a...

„Bowman?" Immer noch kniend sah ich zu Didi auf, verwirrter denn je. „Bowman wie in Merilee Bowman?"

Didi nickte. „Richtig. Sie ist meine Schwester."

Ich stand auf und wischte mir die Hände an den Jeans ab. „Merilee Bowman, die berühmte Autorin, ist deine Schwester, und du wurdest ermordet von ...?"

Didi schüttelte den Kopf, als könnte diese Bewegung unser beider Gedanken klären. „Ich sagte doch schon, mit Mord hat das nichts zu tun. Es geht um das Buch."

„‚Der Morgen so fern'?" Welches Buch auch sonst? Offenbar hatten sich sogar die Toten von dem Wahnsinn infizieren lassen, der Ella und den Rest der Welt gefangen hielt. „Deine Schwester schrieb also dieses Buch, du bist gestorben und ..."

„Ich bin gestorben, ja. Aber das andere hast du komplett falsch auf dem Schirm. Merilee hat ‚Der Morgen so fern' nicht geschrieben. Das war ich. Ich will, daß du das beweist, und zwar vor dieser Filmpremiere."

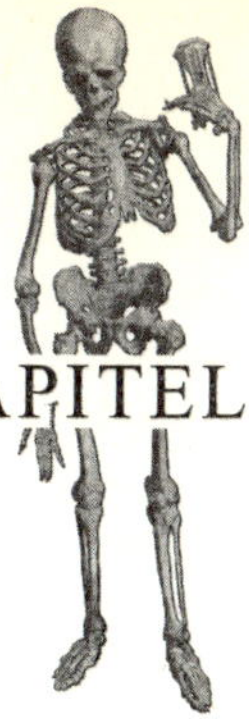

Kapitel 4

„Nein.“

Bei mir häuften sich inzwischen die Mantras, und nein gehörte auf jeden Fall dazu. Ich hatte das Wort wenigstens hundert Mal ausgesprochen, seit mir Didi anvertraut hatte, sie sei Merilee Bowmans Schwester. Den ganzen vergangenen Nachmittag und einen Gutteil des Vormittags hatte ich praktisch nichts anderes von mir gegeben.

„Nein, nein, nein! Ich habe es dir schon ein paarmal gesagt, Didi, und ich sage es dir jetzt noch einmal: Es geht einfach nicht.“

„Aber Gus sagte, du seist echt gut in solchen Dingen.“

Jetzt sollte ich also dahinschmelzen, nur weil sie mir Komplimente machte. Aber da hatte Didi sich geschnitten. Ich ließ mich nicht mehr um den Finger wickeln, nur weil jemand lieb und freundlich zu mir war.

Das hatte ich auf die harte Tour gelernt. Vom besten Lehrmeister.

Es ist kaum jemand so hartgesotten wie ein Pate der Mafia.

Um meinem Geist zu beweisen, wie immun ich gegen Didis Bitten war, stand ich auf, schaltete meinen Computermonitor aus und schnappte mir die braune Tüte, die mein Mittagessen enthielt. Es war Mittagszeit, Zeit für die Brote, die ich mir mitgebracht hatte. Erdnußbutter und Traubengelee auf Weißbrot. Nicht gerade der Traum meiner schlaflosen Nächte, ernährungstechnisch gesehen – der ging eher in Richtung Cobb Salad mit einem feinen, kühlen Glas Chardonnay in einem der entzückenden kleinen Bistros drüben am Murray Hill. Aber solche Träume konnte ich mir abschminken. Es galt, sparen zu lernen. Die Armut kratzte an meiner Tür, und das Geräusch wurde stündlich lauter.

Ich schüttelte den Gedanken ab und strebte zur Tür. Die Sonne schien bereits den dritten Tag in Folge, was sie in Cleveland im Frühling nicht immer tut, und vor der Hintertür des Verwaltungsgebäudes stand ein Picknicktisch. Ich hatte Pläne für die Mittagspause, zu denen Erdnußbutter und Traubengelee gehörten, aber keine Didi. Ich wollte ihr keine Sekunde länger zuhören.

„Mord ist eine Sache", verkündete ich – auch nicht zum ersten Mal. „Wenn ich hätte herausfinden sollen, wer dich umgebracht hat, das hätte ich vielleicht hingekriegt. Aber Betrug ist ein ganz anderes Paar Schuhe. Auch wenn du mich bezahlen könntest ..." Hier legte ich eine Kunstpause ein. Vielleicht geschah ja doch noch ein Wunder, und Didi war in der Lage, mit einer Lösung für meine dringenden Geldprobleme aufzuwarten. Aber nein, in dieser Frage hüllte sie sich in Schweigen. „Als ich Gus' Fall bearbeitete", fuhr ich fort, „hatte ich Hilfe. Gus hat mich unterstützt. Ich hatte keinen blassen Schimmer, wie man bei einer Mordermittlung vorgeht. Es war reines Glück, daß mir die Lösung des Falles gelungen ist."

Wobei: In diesem Fall von Glück zu reden war ziemlich gewagt. Glück ist ein relativer Begriff, was mir eigentlich auch klar war. Mit Glück hatten die Wochen in Gus' Diensten, die ich mit Mafiosi, Mätressen und Mitarbeitern der Bundespolizei hatte verbringen dürfen, wenig zu tun. Das einzige, bei dem man in dem Zusammenhang von Glück sprechen durfte, war die Tatsache, daß ich überlebt hatte.

„Es ist nicht so, als würde ich dir nicht helfen wollen." Auch das betonte ich nicht zum ersten Mal – allerdings verschwieg ich, daß das mit dem Wollen bestimmt ernsthafter ausgefallen wäre, wäre von ihrer Seite aus eine kleine finanzielle Unterstützung dringewesen. „Ich weiß nur ganz ehrlich nicht, wie. Du sagst, du hast ein Buch geschrieben, ein berühmtes Buch. Merilee, sagst du, hat es nicht geschrieben. Das Ganze ist so komplex, da kriege ich beim bloßen Nachdenken schon Bauchschmerzen. Wie gestern schon gesagt: Ich wüßte noch nicht mal, wo ich anfangen sollte."

„Aber Gus sagte, du seist schlau."

„Gus kann einen sehr gut verarschen."

„Er sagte, du bist richtig intelligent."

„Das hat er zu mir nie gesagt, als ich an seinem Fall saß."

„Gus sagte, du würdest einen Freund nie im Stich lassen."

„Ich habe gar nicht gewußt, daß wir Freunde sind."

Ich bin sicher, jeder Geist mit ein klein wenig Selbstachtung hätte diesen Wink mit dem Zaunpfahl verstanden und kehrtgemacht, um wieder in den ewigen Jagdgründen zu verschwinden. Wie es schien, gehörte Didi nicht zu den Geistern mit Selbstachtung.

Als ich zur Tür ging, stellte Didi sich mir in den Weg.

„Du bist die einzige, die mir helfen kann."

Dasselbe Argument hatte ich genau in diesem Büro auch schon von Gus zu hören bekommen, und das war noch nicht einmal lange her. Didi erhielt die Antwort, die ich auch Gus gegeben hatte. „Ich kann dir nicht helfen. Ich weiß nicht, wie. Ich bin keine ..."

„Detektivin? Klar bist du eine. Sagt Gus jedenfalls."

Nach diesem Kompliment mochte ich ihr nicht mehr gestehen, was ich eigentlich hatte sagen wollen: Daß ich mir nicht sicher war, ob ich ihr glaubte. Mir klang ihre Geschichte ein wenig zu wild, zu weit hergeholt, ich mochte sie nicht so ohne weiteres für bare Münze nehmen. Noch schaffte ich es nicht, ihr das zu sagen, aber letztlich lief es doch auf folgendes hinaus: Ich besaß nur einen einzigen Beleg für Didis Behauptung, Autorin eines weltberühmten Buches zu sein: ihre eigene Aussage. Doch die zählte nicht als Beweis, auch wenn sie bereit war, mit ihrem Ehrenwort dafür einzustehen. Nennen Sie mich zynisch, ich traute dem Braten nicht. Die ganze Chose mit dem „Glaube mir, vertraue mir" kannte ich zur Genüge.

„Ehrenwort."

Genau das hatte mein Paps zu mir gesagt, als durchzusickern begann, daß man gegen ihn wegen Abrechnungsbetrugs ermittelte.

„Ich habe es nicht getan, Pepper. Darauf gebe ich dir mein Wort."

Als ein Beweis nach dem anderen zum Vorschein kam, als immer klarer wurde, daß er es doch getan hatte ...

Ein kalter Schauer kroch mir den Rücken hinauf, um es sich auf meiner Schulter bequem zu machen. Dort blieb er liegen, schwer wie eine Tonne Ziegel.

Ich schob mich seitlich an Didi und meinen schmerzlichen Erinnerungen vorbei. „Ich wollte sagen, ich bin nicht sicher, ob ich genügend mit den Tatsachen vertraut bin." Ich log ihr ins Gesicht, so heftig, daß sich die Balken bogen. „Ich habe das Buch nie gelesen, und an den Film erinnere ich mich kaum noch. Bis auf die Pferde."

„Du glaubst, ich lüge."

Vielleicht bekam Didi doch mehr mit, als ich für möglich gehalten hatte.

Ohne auf ihre Worte einzugehen, blieb ich stehen und sah sie nachdenklich an. Sie trug einen grauen Faltenrock, der ihr knapp bis über die Knie reichte, dazu eine rosa Bluse mit aufgerollten Ärmeln und einem aufgestickten D über dem Herzen. Auf ihren Lippen lag ein feiner rosa Schimmer, und just in diesem Augenblick rollte ihr ganz langsam eine Träne die Wange hinab.

„Oh nein!" Ich wich zurück und drückte die braune Papiertüte und die Handtasche gegen die Brust, als könnten sie mich vor den Schuldgefühlen schützen, die sich unweigerlich nur allzubald einstellen würden, wenn ich befürchten mußte, meine Insensibilität sei für den gespenstischen Wasserfall verantwortlich. Meine Insensibilität und mein kaltblütiger Skeptizismus. „Das kannst du mir nicht antun."

„Was denn?" schniefte Didi.

„Diese Heulnummer."

„Das ist keine Nummer.“ Ich weiß nicht, wo es herkam, aber unter meinen faszinierten Blicken fuhr sich meine Besucherin mit einem spitzenbesetzten Taschentuch über die Augen. „Du hast all meine Hoffnungen zerstört. Du hast meinen Glauben an das Gute im Menschen vernichtet. Gus hat gesagt, so wärst du nicht. Er hat es mir quasi versprochen. Er hat gesagt, du würdest mir helfen, und jetzt bin ich hier und kriege die kalte Schulter gezeigt. Du stehst vor mir, lebendig, jung und hübsch, und statt dich über das zu freuen, was du hast, und dankbar zu sein, bist du ständig nur am Jammern und am Klagen und ...“

„Jetzt reicht es aber!“ Es gelang mir gerade noch, nicht laut zu kreischen, aber nur, weil ich nicht riskieren wollte, daß mich jemand draußen im Hauptbüro hörte und sich fragte, warum um alles in der Welt ich in meinem Kabuff Selbstgespräche führte. „Didi, ich fühle mit dir, wirklich. Aber ich habe auch Sorgen. Es gibt ein paar wichtige Dinge, über die ich mir dringend Gedanken machen muß. Zum Beispiel, wie und vor allem wovon ich mir in Zukunft was zu essen kaufen soll. Ich kann dir nicht helfen. Es tut mir echt leid, aber ich kann nicht.“

Damit sie kapierte, daß ich meine Meinung nicht ändern würde, drehte ich Didi den Rücken zu und trat auf den Flur.

Aus dem Reich des Geflennes mitten ins Chaos.

Kaum aus der Tür, knallte ich gegen eine Wand aus Lärm. Völlig verdattert sah ich mich auf dem Flur um, der normalerweise ruhig war und so leer wie die Grabmäler, die uns umgaben.

Direkt vor meiner Bürotür saß ein Kerl auf dem Boden. Er trug eine Fernsehkamera auf der Schulter und schrie in ein Walkie-Talkie: „Test, eins, zwei, drei.“

Ich hörte vom anderen Ende des Flurs ein Knistern, die Antwort einer Frau, die ich als den winzigen Körper mit dem riesigen Kopf und dem noch größeren Lächeln erkannte, der in den Achtzehnuhrnachrichten den Schreibtisch der Chefmoderation bemannte, drang an mein Ohr.

„Nicht gut, Larry!“ Die Brauen der zierlichen Großköpfigen – zwei perfekte Bögen – senkten sich tief, die Lippen – ein ebenso perfekter Bogen – verzogen sich zu einem besorgten Strich. „Wir können uns keinen Schnitzer erlauben. Nicht bei so einer Geschichte. Ich verstehe kaum, was du sagst. Sprich deutlicher. Mach's noch mal."

Larry machte es noch mal. Jedes einzelne seiner langsam und deutlich gesprochenen Wörter brach sich wie eine kleine Welle an den Geräuschen, die ein anderes Kamerateam verursachte, das gerade in der meinem Büro gegenüberliegenden Aktenkammer seine Gerätschaften aufbaute, am Klingeln von gleich zwei von unseren Telefonen und dem aufgeregten Summen einer Unterhaltung, die weiter unten auf dem Flur geführt wurde. Neugierig bog ich um die Ecke, weil ich sehen wollte, wer sich da so angeregt unterhielt, und mußte feststellen, daß alle, aber auch wirklich alle meine Kollegen ihre Büros verlassen hatten und aufgeregt schnatternd auf dem Flur umherwimmelten. Von Jim, dem Verwaltungsdirektor, bis zu Jennine, der Frau, die fürs Kaffeekochen zuständig war und die die trauernden Hinterbliebenen begrüßte, wenn sie zu uns kamen, um sich ein angemessenes Fleckchen für die ewige Ruhe ihrer Lieben auszusuchen.

Auch sie redeten alle zur gleichen Zeit.

„Was meinst du, Pep?" Da Ella meine unmittelbare Vorgesetzte war, bestand für Jim und mich selten die Notwendigkeit, miteinander zu reden. Ich wußte zwar, daß er ein ruhiger Mann und nicht im geringsten laut oder aufdringlich war, und hatte gehört, daß er verheiratet war und bereits Enkelkinder besaß. Auch wußte ich, daß Ella ihn für kompetent hielt und fand, er arbeite sehr professionell (wobei man hinzufügen muß, daß Ella so etwas beurteilen kann), aber eigentlich kannte ich den Mann kaum.

Weswegen ich mich verwundert fragte, seit wann ich für ihn nicht mehr Miss Martin, sondern Pep war.

Jim hüpfte normalerweise auch nicht von einem Bein auf das andere. Er strich mit einer Hand seine blau-braun gestreifte Krawatte glatt, auf der sich, wie ich sofort feststellte, ein Suppenfleck von der Größe eines Zehncentstücks befand.

Jims Haar war silbern, seine Wangen waren rot. Der Bauch wölbte sich über seinen Gürtel, und immer, wenn die Moderatorin in seine Richtung sah, zog er ihn ein. Sobald sie sich wieder ihrem Funkgerät zugewandt hatte, atmete er erleichtert aus, steckte die Hände in die Hosentaschen, klimperte mit dem Kleingeld darin und zog die Hose ein Stück höher.

„Glaubst du, diese Farben kommen auf dem Bildschirm gut rüber?" wollte er wissen.

Er sprach wohl von seiner Krawatte. Ich nickte ihm ermutigend zu und ließ den Suppenfleck unerwähnt. „Was ist denn hier los?"

Ehe Jim antworten konnte, kam Ella aus ihrem Büro gerauscht. Ihr Outfit des Tages war ein kleines Rot-Gelbes, das bis auf den Boden floß und zu dem sie eine passende Jacke trug. Das Kinn hochgereckt, die Schultern zurückgenommen, die Augen flammend. Ella sah aus wie eine ein wenig in die Jahre gekommene Wonderwoman.

Sie benahm sich auch so.

Kaum stand sie bei uns, hatte sie auch schon alles unter Kontrolle.

„Ich habe gerade gehört", sagte sie, und als die Leute auf dem Flur mitbekamen, daß Ella sprechen wollte und man sie nicht hören konnte, hielten alle wie auf Kommando die Klappe.

Larry, der Kameramann, sprang auf und schaltete seine Videokamera ein. Die Moderatorin bahnte sich mit den Ellbogen einen Weg hin zur Spitze der Meute.

„Ich habe gerade gehört", wiederholte Ella ein wenig lauter, „daß Merilee um exakt zwanzighundert am gestrigen Abend alles gepackt hatte und zum Aufbruch bereit war. Um Punkt achthundert heute morgen hat sie ihr Anwesen in Kalifornien verlassen. Westküstenzeit natürlich."

Die Ankündigung führte zu aufgeregtem Schnattern.

Das laute Gemurmel störte mich beim Denken – ich hatte das mit dem zwanzighundert und achthundert nicht verstanden.

Es blieb mir keine Zeit, darüber nachzudenken; Ella hob erneut die Stimme. „Geschätzte Ankunftszeit ist sechzehnhundert Clevelander Zeit. Sie fliegt mit ihrem Privatjet. Ich weiß noch nicht, wo sie landet, habe aber aus gut informierten Kreisen gehört, daß Miss Bowman bis zur Premiere im Haus ihrer Familie wohnen wird."

„Dem, das gerade in ein Der-Morgen-so-fern-Museum umgewandelt wird?" Als ihr die Moderatorin das Mikro unter die Nase hielt, nickte Ella hoheitsvoll.

„Kommt sie gleich vom Flughafen hierher?" schrie jemand vom hinteren Ende der Menge.

„Das ist noch unsicher. Sobald ich weiß ..."

Unsicher war das entscheidende Wort. Sobald die Moderatorin wußte, daß im Moment nichts Neues mehr kommen würde, wich sie zurück und gab Larry das Zeichen zum Ausschalten der Kamera. Die Menge ging wieder zum geschäftigen Summen, Schnattern und Schwatzen über. Der Lärmpegel schien mir höher denn je.

Ich nahm die Gelegenheit wahr, mich bis zu Ella vorzuarbeiten. „Zwanzighundert? Was zur Hölle ..."

„Wir koordinieren", informierte mich Ella, „sämtliche Ortsgruppen der IDMSFG. Da ist es leichter, mit militärischen Zeitangaben zu arbeiten. So weiß man immer, wo man steht, und alle sind auf dem gleichen Stand. Mein Gott, Pepper! Ist es denn zu fassen? Nur noch ein paar Stunden, dann ist Merilee hier in Cleveland." Sie holte tief Luft und drückte sich die Hand aufs Herz. „Ich kann kaum klar denken. In meinem Kopf geht es zu wie in einem Bienenstock, und ständig dreht sich alles. Ich bin so aufgeregt!"

„Ella!" Jennine war zu ihrem Arbeitsplatz zurückgekehrt, weil es dort ein klingelndes Telefon zu betreuen gab, und als sie nun wiederkam, kriegte sie sich vor Kichern kaum noch ein. Mit zitterndem Zeigefinger wies sie auf das fragliche Telefon. „Ich habe die Abendnachrichten am Apparat. Stone Phillips! Er will dir ein paar Fragen stellen."

„Da muß ich drangehen.“ Mit blitzenden Augen tätschelte Ella meinen Arm und ging zurück in ihr Büro.

Ich eilte hinaus zum Picknicktisch beim Hinterausgang, wobei mir durch den Kopf ging, daß Stone Phillips und ich etwas gemeinsam hatten: Auch ich hätte Ella gern ein paar Fragen gestellt.

Zum Beispiel, wie zum Teufel sie es so weit hatte kommen lassen können, daß unser sonst so friedliches Büro plötzlich aussah wie ein Armeehauptquartier einen Tag vor einer geplanten Invasion.

Es hätte mich auch interessiert, was sie gesagt hätte, hätte sie gewußt, daß deren tote Schwester Superstar Merilee Bowman übler Betrügereien bezichtigte.

Vor der Vordertür des Verwaltungsgebäudes standen zwei Ü-Wagen vom Fernsehen, zwei Geländewagen, die mir auf den ersten Blick unbekannt vorkamen, und ein Typ mit einer großkotzigen 35-Millimeter-Kamera, die er ans Auge riß, sobald er die Tür aufgehen sah.

„Rick Jensen!“ rief er. „National Inquisitor. Sind Sie ...“

„Jemand?“ Ich enttäuschte den Mann ungern, wollte aber auch nicht, daß er unnötig Film verschwendete. Also schenkte ich ihm ein strahlendes Lächeln, ehe ich entschuldigend abwinkte. „Tut mir leid, ich arbeite hier nur.“

Rick trug es mit Fassung. Er zuckte die Achseln und schoß trotzdem ein Foto. Wahrscheinlich wollte er kein Risiko eingehen – womöglich hatte ich ihn belogen, und es stellte sich später heraus, daß ich doch jemand war, und was dann?

Ich blieb nicht stehen, um mich mit ihm zu unterhalten. Erst Didi und dann der Zirkus, in den sich mein Arbeitsumfeld verwandelt hatte, das im großen und ganzen, von den Geistern mal abgesehen, eigentlich immer recht normal gewesen war. In meinem Kopf dröhnte es wie im Übungsraum einer Heavy-Metal-Band. Hastig eilte ich zur Rückseite des Verwaltungsgebäudes, in der Hoffnung, dort Ruhe zu finden.

Hinten war es ruhig wie eh und je, vielleicht sogar noch ruhiger. Oder es kam mir nur so vor. Ich schloß die Augen und genoß die Stille. Dabei war ich sonst gar nicht so ruhebedürftig, sondern genoß, wie wohl die meisten Menschen Mitte zwanzig, die Berieselung durch Computer, DVDs und iPods sehr. Nur an diesem Tag nicht – an diesem Tag wollte ich allein sein und meine Ruhe haben. Der Picknicktisch stand ein wenig verborgen in einer kleinen Nische und war von keiner der Grabstellen aus leicht einzusehen. Hierher zogen sich Jennine und die anderen Qualmer zu ihren Rauchpausen zurück, und der Gestank ihrer Kippen schien auch jetzt noch in der Luft zu liegen. Angewidert wischte ich die Bank ab, ehe ich mich setzte – wer wußte schon, wo die Raucher ihre Asche verloren. Ich lehnte mich zurück, massierte mir mit den Fingerspitzen die Schläfen und versuchte, die Anspannung in meinem Kopf durch reine Willenskraft zu vertreiben und mir einzureden, Butterbrote mit Erdnußbutter und Traubengelee seien, abgesehen von den Kalorien, ein prima Mittagessen.

Ich hatte gerade meine braune Tüte geöffnet und ihr mein Sandwich entnommen, als ich das unverkennbare Klicken eines Kameraverschlusses hörte.

„Rick!" Mal ehrlich, hatte der Mann nichts anderes zu tun? Es gab weiß Gott interessantere Dinge zu fotografieren als ausgerechnet mich beim Verzehren eines Sandwichs. „Sie sollten sich Ihre Energie echt für ..."

Dann hatte ich mich in die Richtung gewandt, aus der das Klicken gekommen war.

Rick war nicht da.

Da war sie wieder, die Frage, die ich mir in den vergangenen Wochen so oft gestellt hatte: War bei mir eine Schraube locker?

Nein.

War es meine Schuld, daß Ella und der Rest der Garden-View-Belegschaft im Groupiewahn waren? Konnte ich etwas dafür, daß all diese an und für sich klar denkenden Menschen ihr Hirn an Merilee Bowmans Türschwelle abgegeben hatten?

War es meine Schuld, daß das Universum beschlossen hatte, mir die „Gabe“ zu verpassen?

Nein, nein und nochmals nein.

Momentan war ich auf dem Garden-View-Friedhof die einzige, bei der nicht sämtliche Schrauben locker waren. Das wußte ich. Ebenso sicher erkannte ich das Klicken eines Kameraverschlusses, wenn ich es hörte. Mit Halluzinationen hatte das nichts zu tun.

Ich sah mich um, konnte aber nach wie vor keine Spur von Rick entdecken. Dabei war mir der Mann im Laufe unserer zugegeben kurzen Bekanntschaft nicht gerade wie der stille, zurückhaltende Typ erschienen. Gerade wollte ich mich umdrehen, um die Umgebung der Seitenfront des Verwaltungsgebäudes näher in Augenschein zu nehmen, als ich wieder ein Klicken hörte. Aus der anderen Richtung.

Diesmal klickte es vier- oder fünfmal in rascher Folge.

Ich ließ mein Sandwich fallen und fuhr herum.

Gerade noch rechtzeitig, um zu sehen, wie sich ein Mann hinter das große Monument duckte, mit dem man sämtlicher ehemaliger (und verstorbener) Mitglieder des Friedhofsbeirats gedachte.

Ein Mann, der mir furchtbar bekannt vorkam.

Noch ehe mir bewußt war, was ich vorhatte, war ich aufgesprungen und auf dem Weg zu seinem Versteck.

Was gar nicht einfach war, wenn man bedenkt, daß sich in meinem Kopf plötzlich alles drehte und meine Knie sich so weich anfühlten wie das süße Zeug, das zwischen meinen Weißbrotscheiben klebte.

Eine Überreaktion?

Ach was.

Ich schwöre, der Mann, den ich hinter dem Monument hatte verschwinden sehen, hatte zerzaustes Haar und eine Brille mit Drahtgestell.

Gut – er trug enge Jeans und unter einer schwarzen Lederjacke ein Hemd, das fast mit der exzellent gebauten Brust zu verschmelzen schien – das war nicht gerade der Aufzug, in dem ich ihn sonst anzutreffen pflegte.

Aber trotzdem: Der Mann, der mich gerade fotografiert hatte, war Dan Callahan.

Nun ist wohl eine weitere Erklärung angebracht.

Dan ist ... nun, ich muß gestehen, daß ich eigentlich nicht genau weiß, wer Dan ist.

Ich hielt ihn lange für einen braven Streber. Den Eindruck hatte er auf mich gemacht, als ich ihm im Krankenhaus über den Weg gelaufen war. Das war bei meinem zweiten Besuch dort gewesen, als Gus aufgetaucht war und ich mir noch einmal den Kopf untersuchen lassen wollte. Weil ich mir den doch an der untersten Treppenstufe des Scarpetti-Mausoleums angeschlagen hatte.

Vom Männertyp her war Dan eher niedlich und knuddelig, aber er war auch das erste männliche Wesen, das es geschafft hatte, mich und meine Hormone daran zu erinnern, daß ein Leben ohne meinen beschissenen Ex-Verlobten Joel Panhorst vielleicht doch gar nicht so schlecht war. Wenn es um modische Fragen ging, kam Dan erst Längen nach Quinn Harrison, aber irgendwie war bei ihm dieser Mangel an Schick unwichtig, der sich im Kombinieren blauer Hemden zu braunen Hosen manifestierte (das Ganze zu Turnschuhen). Der Mann war zum Anbeißen – auf eine zerstreute Professorenart. Was fast schon die manische Besessenheit ausglich, mit der er hinter einer Hirnstudie her war, an der er im Auftrag des Krankenhauses arbeitete.

Kaum hatten wir einander kennengelernt, sehnte ich mich nach einer persönlichen Beziehung zu ihm.

Dan dagegen sehnte sich, wie sich rasch herausstellte, danach, mich an eine Maschine mit vielen summenden Drähten anzuschließen, um herauszufinden, ob sich das, was er als mein „abweichendes Verhalten“ bezeichnete, in irgendeiner Weise mit meiner alten Kopfverletzung oder mit der Beschaffenheit meiner Okzipitallappen in Verbindung bringen ließ.

Irgendwann war ich sauer geworden, hatte ihm geraten, sich zu verpissen, und war davon ausgegangen, daß er diesen Rat auch befolgen würde.

Bis er aus dem Nichts aufgetaucht war, um mit wirklich atemberaubenden Jackie-Chan-Moves den Kerl auszuschalten, der mich gerade mit seiner ziemlich großen Knarre wegpusten wollte.

Ich war dankbar gewesen – und verwirrt. Besonders, nachdem Dan mich geküßt hatte, um sich gleich darauf zu verabschieden.

Natürlich hatte sich zwangsläufig die Frage gestellt, ob ich diesen Dan Callahan je wiedersehen würde. Viel hatte ich darüber bislang nicht nachdenken können, dazu hatte mir die Zeit gefehlt, aber tief drinnen war ich sehr wohl davon ausgegangen, daß ich ihn nicht wiedersehen würde. Nach seinem fulminanten Abgang wäre auch jede weitere Begegnung eine Enttäuschung gewesen.

Mit Ausnahme eines Auftritts wie diesem hier.

Inzwischen hatte ich das Monument erreicht, hinter dem der Mann mit der Kamera verschwunden war. Von Dan weit und breit keine Spur – abgesehen von zertrampeltem Gras, das klar bewies, daß dort vor nicht allzu langer Zeit jemand gestanden hatte.

„Scheiße." Hektisch sah ich mich um, nur um sicherzugehen, daß der Mann wirklich verschwunden war. „Scheiße, Scheiße, Scheiße", grummelte ich und zitterte trotz des hellen Sonnenscheins wie Espenlaub. Mit hängendem Kopf machte ich mich auf den Rückweg zum Picknicktisch und meinem Erbnußbutter-Traubengelee-Sandwich

Um ein Haar wäre ich mit Didi zusammengestoßen.

„Mach doch so was nicht mit mir!" Ich sprang zurück, außer Reichweite der Eiseskälte, die, wie ich wußte, unweigerlich von mir Besitz ergreifen würde, käme mein Körper aus Fleisch und Blut in direkten Kontakt mit ihrem Ektoplasma. „Kannst du dich nicht räuspern oder sonst etwas tun, damit ich weiß, daß du in der Nähe bist? Ein Lied singen vielleicht?"

„Wie wär's mit Elvis?" Didi ließ die Hüften kreisen, wie ich es aus den alten Filmen mit dem King kannte. Keine leichte Sache, wenn man bedachte, wie sie gekleidet war.

„Warum ziehst du dich so an?“ Meine Gedanken hüpften so schnell von einem Thema zum anderen, daß ich keine Zeit hatte, mich groß zu erklären. „Ist wer gestorben oder was?“

Didi schniefte und zupfte an den weißen Handschuhen, die ihre Arme bis zu den Ellbogen bedeckten. Sie rückte den Hut gerade, der zu ihrem braun-weiß gestreiften Kleid paßte. Auch dieses Kleid hatte eine Wespentaille und einen so engen Rock, daß jeder Hüftschwung – überhaupt jede Bewegung, wollte mir scheinen – zur Herausforderung wurde. Über dem Kleid trug sie eine kurze, kurzärmlige braune Jacke, die von einem breiten Gürtel gehalten wurde.

„Ist die Zivilisation komplett vor die Hunde gegangen, seit ich gestorben bin?“ wollte sie wissen. „Eine Dame macht sich nicht nur schick, wenn sie zu einer Beerdigung geht. Sie zieht sich auch für einen Höflichkeitsbesuch anständig an.“

„Ich glaube, dazu tauge ich nicht.“

„Zur Dame?“ Didi krümmte sich vor Lachen über ihren eigenen Witz.

Ich war absolut nicht in Stimmung dafür.

Ich warf einen letzten Blick hinter das Monument – wo es genauso aussah wie vor ein paar Minuten –, dann wandte ich mich leise grummelnd meinem Mittagessen zu.

„Ich meinte, daß ein Besuch bei mir nicht als Höflichkeitsbesuch gelten kann“, erklärte ich, als sich Didi mir anschloß. „Du mußt dich nicht umziehen, wenn du mich besuchen kommst.“

„Ich habe mich nicht für dich umgezogen, Dummchen!“ Inzwischen waren wir wieder auf der Straße hinter dem Verwaltungsgebäude angekommen, und sie wandte sich dem kleinen Parkplatz zu, auf dem wir Friedhofsangestellten unsere Autos abstellten. Fragen Sie mich nicht, woher sie wußte, welcher Wagen welcher war, jedenfalls steuerte sie zielsicher auf meinen roten Mustang zu. „Ich habe mich für den Besuch umgezogen, den wir beide machen werden.“

Mir blieb keine Gelegenheit zu einem energischen „Ohne mich!“ Just in diesem Moment öffnete sich die Tür des Verwaltungsgebäudes, und die Nachrichtenmoderatorin trat in Begleitung ihres Mitarbeiters Larry heraus. Beide gingen rückwärts vor Jim her, der ebenfalls aus dem Haus kam. Jim hatte an diesem Nachmittag einen Termin beim Bürgermeister, um noch einmal die Planung für Merilees Besuch durchzugehen. Ella kam dicht hinter Jim, von einem Ohr zum anderen grinsend – wahrscheinlich die Nachwirkung ihres Gesprächs mit Stone Phillips. Hinter Ella kam Jennine herausgestürzt, um Jim daran zu erinnern, daß für den Abend eine Mitarbeiterbesprechung angesetzt war, um alle auf den neuesten Stand zu bringen, damit sie, wenn Merilee endlich auf dem Friedhofsgelände anlandete, funktionierten wie die Rädchen einer wohlgeölten Maschine.

Ein Blick auf die Versammlung reichte, und ich fischte meine Autoschlüssel aus der Handtasche. „Komm“, sagte ich zu Didi. „Laß uns hier abhauen.“

KAPITEL 5

Ich war zwar mehr als gewillt, einzusteigen und abzuhauen – und dem ganzen Trubel im und um das Büro den Rücken zu kehren –, ahnte allerdings nicht im entferntesten, wohin Didi und ich unterwegs waren. Didi hatte es sich auf dem Beifahrersitz bequem gemacht und erteilte mir Anweisungen. Sie konnte mir genau sagen, wann ich wo abzubiegen hatte, was mich vor die (rein akademische) Frage stellte, wie sie das anstellte. Wie behielt ein Geist die Übersicht über Einbahn- und Schnellstraßen, die, soweit ich das beurteilen konnte, gar nicht existiert hatten, als der betreffende Geist unter uns weilte?

Didi wollte ich zu dem Thema nicht befragen. Es war ja auch eigentlich egal, außerdem hatte ich alle Hände voll damit zu tun, ihren Befehlen nachzukommen. Sie sagte mir immer erst in letzter Sekunde Bescheid, wenn ich abbiegen sollte, und drängte mich mehrmals dazu, über eine eindeutig knallrote Ampel zu fahren.

Geduldig erklärte ich ihr die Sache mit den Überwachungskameras und den Strafzetteln, die einem ins Haus flattern, ohne daß man mit einem netten Streifenpolizisten darüber verhandeln kann. Als meine Gespensternavigatorin es mir schließlich befahl, bog ich auf die Interstate 77 ein, die Nord-Süd-Autobahn, die Cleveland fein säuberlich in zwei Teile teilt, mitten durchs alte Industrieherz der Stadt hindurch.

Auf Didis Anweisung verließ ich die Autobahn ziemlich bald wieder. Dann bogen wir noch ein paarmal ab und befanden uns in einem Stadtteil, in dem die Straßen eng und die Vorgärten der Häuser winzig waren. Zu beiden Seiten dieser Straße standen ebenfalls winzige Häuser, die – wie wir in meiner Welt zu sagen pflegten, ehe diese auseinanderfiel – allesamt deutlich bessere Tage gesehen hatten.

Wir kurvten durch eine Straße, in der vier Häuser mit Brettern vernagelt waren. Eines aufgrund eines Feuers (was man sah), die anderen den Schildern vorn auf dem Rasen zufolge aufgrund von Verstößen gegen das Betäubungsmittelgesetz. Vorsichtig lenkte ich den Mustang um ein paar zerbrochene Bierflaschen, die auf dem schwarzen Asphalt wie Juwelen glitzerten. Als zwei Teenager in Jeans, die aussahen, als würden sie ihnen jeden Moment von den mageren Hintern rutschen, mir wie aus dem Nichts auf ihren Skateboards vor die Reifen schossen, trat ich mit Macht auf die Bremse. Ich ließ erst wieder locker, nachdem die zarten Wesen mir den Stinkefinger gezeigt hatten und weitergerast waren.

„Mann oh Mann, ohne Paps und sein sechsstelliges Einkommen ..."

Erst als Didi mich fragend von der Seite her ansah, wurde mir klar, daß ich die Worte laut ausgesprochen hatte. „Sechsstellig?" erkundigte sie sich. „Was macht dein Vater denn?"

Mir war nicht nach einem Frauengespräch, aber es war besser, als aus dem Fenster den alten Typen an der nächsten Straßenecke anzustarren, der offensichtlich Selbstgespräche führte. „Mein Paps ist ... war Arzt", erklärte ich, mich selbst verbessernd. Genug gebeichtet. „Was war deiner?"

Didi strich eine Falte aus ihrem braunen Kleid. „Papa war Geschäftsmann. Er hat gut für uns gesorgt." Die Ampel sprang um, und sie sah aus dem Fenster. „Das soll nicht heißen, daß ich keinen Ehrgeiz hatte. Immerhin habe ich ein Buch geschrieben. Einen Job hatte ich auch, in der Stadt. Die Arbeit habe ich am selben Tag bekommen wie meinen Abschluß an der West Tech High. Ich habe bei Howell, Michaels und Roose gearbeitet, der großen Anwaltskanzlei. Wenn ich lange genug gelebt hätte, wäre ich bestimmt zur Schreibstubenvorsteherin aufgestiegen."

„Cool." Ich wußte nicht einmal genau, was eine Schreibstube war, aber Vorsteherin klang richtig gut.

Die Ampel sprang auf Grün, und wir konnten weiterfahren. Den nächsten Straßenblock beherrschte ein großes rotes Backsteingebäude, das ziemlich alt und verlassen wirkte. Dahinter ging eine Straße ab. Didi befahl mir, rechts einzubiegen, und nachdem ich das getan hatte, sollte ich anhalten.

Ein Parkplatz fand sich gleich in der Kurve vor einem Haus, in dessen Vorgarten ein auf vier Betonblöcken aufgebocktes Auto stand. Plötzlich fühlte ich mich in meinem glänzenden (und Gott sei Dank vollständig abbezahlten) Mustang verdächtig und viel zu sichtbar. Vorsichtig lenkte ich den Wagen in die Parklücke, stellte den Motor ab und wandte mich an Didi.

„Was nun?"

Didi antwortete nicht. Ihr Zeigefinger trommelte auf ihrer Oberlippe herum, und sie beobachtete unverwandt das Haus auf der gegenüberliegenden Straßenseite.

Auch dieses Haus wirkte, wie so viele seiner Nachbarn, klein und vom Wetter arg mitgenommen. Die Stufen, die zur Haustür führten, hingen schief, das Dach sah aus, als müsse es dringend erneuert werden, und bei einem der Fenster im ersten Stock zog sich ein Riß quer über die Scheibe. Aber irgendwer hatte sich bemüht, dem Ganzen einen freundlichen Anstrich zu geben. Im Beet neben der vorderen Veranda hatten sich ein paar Tulpen und Osterglocken aus der Erde gewagt, die allerdings noch nicht aufgeblüht waren.

Gerade wollte ich fragen, was wir hier eigentlich vorhatten und wonach wir suchten, als die Eingangstür des Hauses aufging und ein junges Mädchen heraustrat.

Sie mochte an die fünfzehn sein – vielleicht aber auch nicht. Das war schwer zu sagen. Irgend jemand hatte ihr die Haare gefärbt, und dieser Jemand war kein Profi gewesen. Der Farbton schwankte zwischen Braun und Schwarz mit diesem Rotstich, der jedes Mädel hart und älter aussehen läßt. Von billig ganz zu schweigen. Daß noch dazu weder Schnitt noch Styling der Frisur von einem Profi stammten, half auch nicht. Auf dem Kopf standen die Haare spitz ab wie bei einem Punk, hinten und an der Seite hingen sie glatt abgeschnitten bis zu den Schultern. Dann gab es noch einen langen, zerzausten Pony, der der Kleinen bis zu den gepiercten Brauen reichte.

Sie trat von der Veranda, öffnete den Rucksack, den sie in der Hand trug, griff hinein und zog eine Schachtel Zigaretten heraus. Sie zündete sich eine an, nahm einen tiefen Zug, steckte die Schachtel zurück und warf sich den Rucksack über die Schulter. So gewappnet machte sie sich auf den Weg die Straße hinunter.

„Komm!" Didi war ausgestiegen und stand neben dem Fahrerfenster. „Wir müssen hinterher."

Muß ich betonen, wie wenig Lust ich dazu hatte?

Allerdings schien es mir angenehmer, in Begleitung eines Geistes hinter einem Teenie herzuschleichen, als in meinem Wagen sitzen zu bleiben und zu warten, bis besagter Geist von wer weiß woher zurückkam. Es war außerdem wesentlich besser, als zu versuchen, auf eigene Faust den Rückweg zum Friedhof zu finden. Wir waren so oft abgebogen, daß ich wirklich nicht mehr im entferntesten ahnte, wo wir waren.

Ich stieg aus, verschloß die Tür und verstaute die Schlüssel in meiner Handtasche.

„Warum?" fragte ich und eilte über die Straße, um zu Didi aufzuschließen. „Warum laufen wir hinter diesem Mädchen her? Wer ist sie?"

„Sie heißt Harmony." Ich ging etwas zu schnell, und Didi fand wohl, ich sei dem Mädchen zu nah auf die Pelle gerückt. Sie streckte die Hand aus und hielt sie mir vor den Bauch. Wir warteten, bis Harmony eine Querstraße überquert hatte, ehe wir uns wieder in Bewegung setzten.

„Sie ist ein Adoptivkind", erklärte Didi. „Die Familie ist gut zu ihr."

„In modischen Fragen könnten sie sie besser beraten." Harmonys Jeans bestanden aus mehr Löchern als Stoff. Das schulterfreie gelbe Top, das sie dazu trug, war um einiges zu klein – wobei das

Absicht sein mochte, auch wenn es klar gegen die Regeln der aktuellen Mode verstieß. Von einem Busen konnte man bei Harmony noch nicht sprechen, aber das Top brachte ihren hübschen flachen Bauch zur Geltung, dazu den Ring, den sie im Bauchnabel trug, und die tätowierte Schlange auf ihrer rechten Schulter.

„Sie haben wenig Geld“, meinte Didi entschuldigend. Als müßte sie mich daran erinnern! Die Gegend, in der diese Leute wohnten, sagte alles. „Aber sie ist ein gutes Mädchen – und sie arbeitet hart.“

„Warum ist sie heute nicht in der Schule?“

„Sie hat sich krank gemeldet.“

Ich warf meiner Begleiterin einen Seitenblick zu. „Woher weißt du das?“

Didi zuckte die Achseln. Irgend etwas sagte mir, daß das die einzige Erklärung war, die ich bekommen würde.

Danach folgten wir Harmony schweigend. Vor uns lag ein kleiner Supermarkt, bei dessen Anblick mir klar wurde, daß es später sein mußte, als ich gedacht hatte. Anscheinend war die Schule schon aus, denn auf dem Parkplatz vor dem Laden hing eine Gruppe Teenies herum.

„He, Arschloch!“ rief eines der Mädchen aus der Gruppe Harmony zu – ein blondes, stämmiges Geschöpf, dessen Haar zu vielen Zöpfen geflochten und straff aus einem Gesicht gekämmt war, das dadurch etwas zu deutlich zum Vorschein kam und das man mit viel gutem Willen als schlicht bezeichnen konnte. Harmony reagierte nicht auf den Ruf, ich sah aber, wie ihre Schultern sich verkrampften. „Was willst du hier?“ höhnte die Blonde. „'ne Schachtel Buntstifte?“

Ein paar der anderen Mädchen lachten. Die Jungs, die auch bei der Gruppe standen, musterten Harmony abschätzend.

Sie ging einfach wortlos an ihnen vorbei.

„He, Harmony. Ich rede mit dir.“ Das große Mädchen schnappte sich einen Träger von Harmonys Rucksack und riß daran. Harmony blieb nichts anderes übrig, als stehenzubleiben. „Glaubst du etwa, du kannst mir aus dem Weg gehen, indem du nicht in der Schule aufkreuzt? Scheiße, du bist blöder, als ich dachte!"

In einer einzigen Bewegung zerrte das große Mädchen Harmony herum und griff in deren Rucksack. Sie zog ein großes Notizbuch heraus und hielt es hoch über ihren Kopf, außerhalb von Harmonys Reichweite.

Harmony war halb so groß wie ihre Kontrahentin, und bisher hatte sie sich vollkommen ruhig verhalten, wenn auch mit unheilvoll steinerner Miene, aber jetzt drehte sie durch. Mit funkelnden Augen holte sie aus und drosch auf das größere Mädchen ein. Die Blonde mochte zwar stämmig und recht unbeweglich wirken, war aber nicht dumm. Es gelang ihr problemlos, sämtlichen Schlägen auszuweichen. Als die Kleine sah, daß ihr Wüten sie nirgendwohin brachte, trat sie dem größeren Mädchen mit Schwung gegen das Schienbein.

„Ficken!" Das große Mädchen hüpfte auf einem Bein umher, und als die anderen Jugendlichen lachten, warf sie ihnen zornige Blicke zu.

„Das gehört mir", sagte Harmony und griff erneut nach dem Notizbuch. „Gib es mir, Shayla. Sofort."

„Gib es mir. Sofort." Shayla wiederholte Harmonys Worte in einem spöttischen Singsang. Sie wedelte mit dem Notizbuch dicht über Harmonys Kopf herum, immer gerade so, daß die Kleinere es nicht erreichte.

Ich hatte genug gesehen.

„Verdammt, ich hasse nichts mehr als zu sehen, wie ein großer Depp auf den Kleinen rumhackt", sagte ich und rückte mit schwingenden Hüften und lässig hochgerecktem Kinn vor, wobei ich auszusehen hoffte, als gehöre ich hierher und wüßte, was ich tat.

Natürlich traf weder das eine noch das andere zu, was diesen Kindern auch klar gewesen wäre, hätten sie mal anständig nachgedacht. Was sie nicht taten. Aber will man es ihnen verdenken? Ich war gut zehn Jahre älter als sie, und da an diesem Tag im Garden View keine Führungen anstanden, trug ich auch nicht meine

Standardkluft aus Khakihose und weißem Polohemd, sondern meine eigenen Klamotten. In diesem Fall einen Jeansrock, ein wirklich heißes rosa Hemdchen und dazu absolut entzückende rosa gepunktete Mochino-Cheap&Chic-Riemchenpumps, die mich noch mal vier Zentimeter größer machten, als ich ohnehin schon bin.

Ich muß wohl nicht extra erwähnen, daß ich auffiel. Besonders in dieser Gegend, wo man vielleicht wußte, was billig ist, aber bestimmt kaum jemand einen Begriff von Chic hatte. Hier war ich eine Prinzessin in einem Meer schlecht gekleideter (und, wenn ich das noch hinzufügen darf, schlecht frisierter) Frösche, und so funktionierte die Sache mit dem ersten Eindruck wie eine Wunderwaffe. Ganz wie ich gehofft hatte.

Shayla, nach außen hin hart und unerbittlich, schien tief drinnen eher weich und wabbelig wie ein Schokokuß. Sie wartete nicht ab, ob ich mich als Bulle oder Sozialarbeiterin entpuppte, sondern ging lieber auf Tauchstation. Nach einem Blick auf mich warf sie Harmonys Notizbuch auf den Bürgersteig und eilte davon. Da die Vorstellung damit beendet und der ganze Spaß verdorben war, tat ihr Gefolge es ihr gleich.

„Das hätten Sie nicht tun sollen." Richtig, Harmony war ja auch noch da! Ich hatte sie fast vergessen, so sehr war ich damit beschäftigt, mich wie David zu fühlen, der gerade Goliath gezeigt hat, was eine Harke ist. Als ich mich zu ihr umdrehte, mußte ich feststellen, daß ihre Augen zornig blitzten – leider schien sie auf mich wütend zu sein und nicht auf Shayla. „Ich wäre auch ohne Ihre Hilfe klargekommen."

„Das sah irgendwie anders aus." Ich schob die Hände in die Taschen und wippte locker auf den Hacken vor und zurück. Vielleicht wirkte das weniger aggressiv und trug dazu bei, Harmony zu beruhigen. „Da muß ich wohl was falsch verstanden haben."

„Sieht so aus." Harmony bückte sich, um nach dem Notizbuch zu greifen, aber ich war schneller als sie und hielt das Heft schon in der Hand.

Das Notizbuch war bei der Landung aufgesprungen, und ich sah eine Bleistiftzeichnung vor mir. Blumen – Osterglocken und Tulpen. Außergewöhnlich detailliert und mit beträchtlichem Können wiedergegeben. Ich hatte die Blumen im wirklichen Leben gesehen und wußte, daß sie in natura einen traurigen, gestutzten Eindruck machten. Die Zeichnung hatte sie verwandelt. Mir kam es vor, als bräuchte ich nur die Hand auszustrecken und könnte jede einzelne seidige Knospe berühren.

Staunend sah ich Harmony an. „Hast du das gezeichnet? Das sind doch die, die vor eurem Haus stehen."

Sie wich zurück und musterte mich mißtrauisch. „Woher wissen Sie, wo ich wohne?"

Ein Geist hat mich zu dir geführt.

Auch wenn er mir als erstes in den Sinn kam, konnte ich diesen Satz nicht laut sagen. Achselzuckend spielte ich die Rolle weiter, in die ich gerutscht war. „Ich bin Pepper Martin. Ich kümmere mich um Adoptivkinder." Das war noch nicht einmal gelogen. Aus Gründen, die ich noch immer nicht verstand, sah es ganz so aus, als würde ich mich zumindest um dieses eine Pflegekind kümmern. „Ich bin hier, um sicherzustellen, daß alles klargeht. Du weißt schon, bei dir zu Hause."

„Bei den Millers?" Irgendwann bei ihrem Rumgehopse mit Shayla war Harmony die Zigarette aus dem Mund gefallen. Sie zündete sich eine neue an. „Die sind in Ordnung."

„Dann macht es ihnen keine Sorgen, daß du heute nicht in der Schule warst?"

Harmony konzentrierte sich darauf, möglichst viel giftigen Qualm in ihre Lungen zu ziehen. „Doug und Mindy – die Millers – arbeiten beide. Sie wissen nicht, daß ich mich heute krank gemeldet habe." Sie musterte mich prüfend durch das Reetdach braunschwarzen Haars, das ihr in die Augen fiel. „Die beiden sind in Ordnung. Die kriegen doch jetzt wegen mir keine Probleme, oder?"

Dazu konnte ich nichts sagen. Statt unbegründete Hoffnungen zu verbreiten und falsche Versprechungen von mir zu geben, blätterte ich Harmonys Skizzenbuch durch. Seite um Seite war mit Zeichnungen gefüllt, jede einzelne sorgfältig ausgeführt und mit Emotionen aufgeladen. Es gab eine des Hauses, in dem sie wohnte, und ich spürte praktisch in jedem Bleistiftstrich die Hoffnungslosigkeit, die die ganze Nachbarschaft gefangenhielt. Dann hatte sie einen Hund mit langer Schnauze und Zottelhaar gemalt, den ich am liebsten sofort gekrault hätte. Es gab sogar ein Porträt Harmonys selbst, darunter in verschnörkelter Teenagerhandschrift die Worte „Harmony im Spiegel".

„Du bist gut!" Ich blätterte das gesamte Notizbuch durch. Ganz hinten entdeckte ich eine Zeichnung von Shayla. Karikatur konnte man das Bild nicht nennen, dazu war die Zeichnung zu detailgetreu, dennoch war es Harmony gelungen, die gesamte Persönlichkeit des kräftigen Mädchens einzufangen, eine Mischung aus Baby Huey und dem fröhlichen Grünen Riesen aus der Werbung. Ich lächelte.

„Zeigen Sie ihr die nicht." Harmony sah über meine Schulter, und ich bemerkte, daß Shayla und ihre Bande gar nicht ganz verschwunden waren, sie hatten sich nur ein wenig zurückgezogen. Nicht weit entfernt hingen sie bei einer von diesen Altkleidersammeltonnen der Heilsarmee rum, die immer irgendwie aussehen wie überdimensionale Briefkästen. „Ich will ihre Gefühle nicht verletzen."

„Warum nicht?" Ich klappte das Skizzenbuch zu. „Shayla hat es verdient, daß man ihre Gefühle verletzt. Sie schubst Leute herum und hat Spaß daran."

Harmonys Augen, konnte ich gerade feststellen, waren blau. „Ich habe nicht viele Freunde", gestand sie leise.

„Deshalb willst du mit denen rumhängen?" Ich warf einen Blick über die Schulter. Shayla und Anhang hatten sich in etwa drei Metern Abstand vom Kleidercontainer aufgebaut und versuchten herauszufinden, wer von ihnen aus dieser Entfernung ein brennendes Streichholz in die Kleidersammlung werfen konnte. Zum Glück konnte keiner der Jugendlichen anständig zielen. „Das sind doch Idioten."

Harmony zog die Nase kraus. Na ja, was hätte sie auch sagen sollen?

Ich beschloß einen Themenwechsel und schlug erneut den Skizzenblock auf. „Willst du auf dem College Kunst belegen?“ fragte ich

Harmony lachte. Nicht, weil das witzig gewesen wäre. Eher, als wäre diesmal ich der Idiot. „Doug und Mindy können es sich nicht leisten, mich aufs College zu schicken. Wenn ich achtzehn bin und der Staat nicht mehr für mich aufkommt, können sie es sich nicht mehr leisten, mich zu behalten. Ich werde mir nach der Schule einen Job suchen.“ Sie zuckte die Achseln. „Ich weiß auch nicht. Irgendwo.“

Es lag mir auf der Zunge, sie darauf hinzuweisen, daß sie einen besseren Plan brauchte. Irgendwie waren wir in derselben Lage. Auch ich hatte, was mein Leben betraf, keinen Plan gehabt. Nur hatten sich meine Gedanken, als ich in Harmonys Alter gewesen war, weniger in Richtung Job und mehr in Richtung reicher Ehemann bewegt.

Ich wußte aus Erfahrung, daß eine solche planlose Haltung im sicheren Ruin endet.

Oder doch zumindest in einem absoluten Sackgassen-Job in einer Gegend mit wenig Leben und reichlich vielen Toten.

In der Regel strebe ich nicht danach, Ella nachzueifern, aber in diesem Fall spürte ich unversehens die ersten Worte einer eindringlichen Gardinenpredigt schon auf den Lippen. Nur Shaylas Einmischung verhinderte, daß ich sie aussprach.

„He, Harmony! Komm hier rüber, ja?“

„Du wirst da doch nicht etwa hingehen?“ Völlig verblüfft sah ich zu, wie das Mädchen, das eben noch von der Chefin der Bande am Kleidercontainer gequält worden war, Anstalten machte, sich ebendieser Bande anzuschließen.

„Ich habe es Ihnen doch gesagt“, sagte sie , „ich habe nicht viele Freunde.

Sprach's, riß mir den Skizzenblock aus der Hand und gesellte sich zu ihren ehemaligen Folterern, und da traf mich eine Erkenntnis: Es hatte eine Zeit gegeben, da hatte ich haargenau dasselbe getan.

In der ersten Klasse der Oberstufe.

Tiffany Blaine und ihre Freundinnen. Die coolsten, bestgekleideten, gesellschaftlich einflußreichsten Mädchen an der Beachwood High – und ich sehnte mich danach, in ihren hehren Kreis aufgenommen zu werden.

Selbst wenn es bedeutete, bei der Geometriearbeit Wissen zu teilen (eine freundliche Umschreibung für abschreiben lassen).

„Was meinst du?"

Der Klang von Didis Stimme riß mich aus meinen Gedanken. Sie stand direkt neben mir.

„Was ich von Harmony halte?" Ich schüttelte den Kopf. Es war eine Sache, auf die Forderungen der falschen Bande einzugehen, wenn man einen Paps wie meinen hat, mit Einfluß und Geld, um einen aufzufangen, wenn man auf die Fresse fällt. Eine andere Sache ist es, wenn man niemanden hat als sich selbst. „Sie kriegt demnächst Ärger."

„Meinst du?" Didi trat zurück und schaute, was sich auf der anderen Parkplatzseite abspielte. Shayla und Harmony plauderten miteinander, und ich stand quasi in den Startlöchern, für den Fall, daß sich das größere Mädchen wieder entschließen sollte, ihre körperliche Überlegenheit auszuspielen. Zu meiner Verwunderung blieb alles friedlich. Seite an Seite schlenderten die beiden über den Parkplatz. Shayla hielt den Kopf gesenkt und flüsterte Harmony etwas ins Ohr. An der Eingangstür des Supermarkts blieben sie stehen. Shayla schien draußen warten zu wollen. Harmony ging allein hinein.

Ich folgte ihr auf dem Fuße.

Ich achtete auf den nötigen Abstand, denn ich wollte nicht, daß Harmony mitbekam, was ich tat. Ich zockelte hinter ihr her durch den Gang mit dem Frischfleisch, an den Dosen vorbei, den ganzen Weg bis hinüber zu der Abteilung, die jemand in einem Anfall von Wahnsinn doch wahrhaftig „Kosmetika" genannt hatte. Dieser

Jemand war unmöglich je in seinem Leben bei Saks gewesen, sonst wüßte er, wie eine wirkliche Kosmetikabteilung aussieht.

Von wegen „Kosmetika", da träumen die doch bloß von, dachte ich verächtlich, während ich um ein Display mit Wattebäuschen herumlinste und zusah, wie Harmony die Shampoos zu sechsundneunzig Cent und den Nagellack zu zweifünfundneunzig die Flasche begutachtete.

Dabei huschte ihr Blick immer wieder durch den Laden. Als eine andere Kundin in ihre Nähe kam, griff sie nach einer Dose Haarspray und tat so, als lese sie sämtliche Informationen darauf genau durch. Sobald die Kundin fort war, griff sie nach dem Nagellack.

Genau, womit ich gerechnet hatte.

Der kleinste Gegenstand in der ganzen Abteilung – was bedeutete, daß er sich am leichtesten einstecken ließ.

Didi war nirgends zu sehen. Schade, ich fand die Situation nicht ohne und hätte mich gern ein wenig beraten. Eigentlich, schoß es mir durch den Kopf, hatte ich auch das mit Harmony gemeinsam: Wir waren auf uns allein gestellt, hatten niemanden, an den wir uns im Notfall wenden konnten, und ich überließ die Sache meinen Instinkten und folgte Harmony zur Kasse.

Der Supermarkt war klein, am Ausgang gab es nur zwei Kassen, von denen eine geschlossen und der Durchgang mit einem Einkaufswagen voller Käsecrackerschachteln verbaut war. Also führte der einzige Weg hinaus an einem Verkäufer mit starkem Überbiß vorbei, dessen Adleraugen Harmony argwöhnisch musterten, um an der kleinen Ausbuchtung an ihrer vorderen Jeanstasche hängenzubleiben.

Die schmalen Lippen des Mannes zuckten, verzogen sich zu einem Raubtierlächeln. Er machte Anstalten, hinter der Kasse hervorzukommen.

Ich war schneller.

Ehe er sich von der Kasse entfernen konnte, hatte ich auch schon einen Fünfdollarschein auf das klebrige Laufband geknallt.

(Wovon es so klebrig geworden war, wollte ich wirklich nicht wissen!)

„Harmony", sagte ich und erschreckte das Mädchen, das vor lauter Aufregung gar nicht mitbekommen hatte, daß ich hinter ihm stand. Es schrak zusammen. „Laß mich das bezahlen. Dein nächster Nagellack geht auf mich, das hatte ich doch versprochen."

Harmony erstarrte. Sie langte in ihre Hosentasche, zog den Nagellack heraus und knallte ihn neben mein Geld auf das Laufband.

„Ich hab es mir anders überlegt", sagte sie widerborstig. „Das Zeug ist scheiße. Ich will es gar nicht."

„Aber das ist doch genau die Farbe, die du gesucht hast." Ich lächelte, schüttelte die Locken und ließ meine Stimme ein wenig kippen, als sei ich ganz aufgeregt. Männer fanden das unwiderstehlich. So auch der Verkäufer, der sowieso angestrengt damit beschäftigt war, mir auf den Busen zu starren, und gar nicht mitbekommen hatte, worüber Harmony und ich sprachen. Lieblich schwankendes Stimmchen hin oder her, es bewahrte mich nicht vor einem Blick Harmonys, der mich glatt getötet hätte, wenn denn Blicke töten könnten.

„Ich habe gesagt, ich will das Zeug nicht!" zischte die Kleine.

„Ja, und ich sagte, es würde mich freuen, es dir zu schenken."

Sie ließ mich stehen und ging.

Ich schnappte mir den Fünfer und eilte ihr nach.

„Was zum Teufel soll das eigentlich?"

Die Frage hatte eigentlich ich stellen wollen, aber Harmony war schneller.

„Was das soll?" In mir brodelte inzwischen rechtschaffene Empörung, und als wir bei den Kaugummiautomaten angekommen waren, die in gerader Reihe den Bereich vor dem Ladenausgang zierten, blieb ich stehen, die Hände in die Hüften gestemmt. „Ich versuche, dich vor einem Vorstrafenregister zu bewahren, das soll das. Hast du gedacht, du kommst mit der Nummer durch?"

Harmony reckte das Kinn und sah mir direkt in die Augen. „Ich wäre sehr wohl damit durchgekommen, und jetzt ..." Sie warf einen Blick nach draußen, wo Shayla, die an der Tür gewartet hatte, uns aufmerksam beobachtete. Gerade verzog die Blonde verächtlich den Mund, wandte sich um und ging. Alle anderen Teenies taten es ihr nach.

Harmony ließ die Schultern sinken, als sie sie gehen sah. „Sie hat gesagt, ich könnte mit ihnen abhängen", grummelte sie, „wenn ich ihnen beweise, daß ich es wirklich will."

Mir wurde vor Mitleid ganz anders. Genau das hatte damals, vor all den Jahren, Tiffany Blaine zu mir gesagt. „Ladendiebstahl beweist gar nichts", erklärte ich weise und ignorierte stur die historischen Tatsachen. Ich war in die ersehnte Clique aufgenommen worden, nachdem ich Tiffany hatte abschreiben lassen. „Du handelst dir damit nur einen Haufen Scherereien ein."

„Verpiß dich!" Harmony wandte mir den Rücken zu und schritt davon.

Mir blieb keine andere Wahl, als ihr zu folgen, wobei ich erneut auf den nötigen Abstand achtete. Wenn es darum ging, anderen Ratschläge zu erteilen, war ich eine Null, da biß die Maus keinen Faden ab. Ich setzte mich auf die Bank, die vor dem Laden stand, und sah zu, wie Harmony Richtung Zuhause abmarschierte.

„Wirklich schade, daß die Kleine in ihrem Leben nicht mehr zu erwarten hat."

Didi war direkt neben mir.

„Ich bilde mir nicht ein, ich könnte ihr irgendwie helfen, sie irgendwie ermutigen. Ich wäre blöd, wenn ich das dächte." Ob wohl jeder, der zufällig in meine Richtung sah, dachte, ich führe Selbstgespräche? Wie der Alte, den ich vorhin an der Straßenecke hatte stehen sehen? „Harmonys Leben läßt sich nicht ändern."

Didis Seufzer hing in der Frühlingsluft. „Sie wird alles tun, um zu beweisen, daß sie Shaylas Freundschaft wert ist, und wenn das nicht hinhaut, sucht sie sich wen anderes und buhlt um dessen Anerkennung. Ich denke dabei an diesen mageren, großen Jungen, den mit dem dunklen Haar und dem kleinen Schnurrbart. Sie ist noch vor der elften Klasse schwanger. Garantiert."

„Du scheinst allerhand über sie zu wissen."

„Ich weiß, daß es etwas gibt, das etwas ändern könnte."

Da war ich mir nicht sicher, und das sagte ich Didi auch. „Nichts kann ihr Leben ändern."

„Geld schon."

Ich wandte mich zu meiner Begleiterin um. „Wenn es um Geld geht, bist du bei mir an der falschen Adresse."

„Nein." Sie strich sich den Rock glatt und zog ihre Handschuhe gerade. „Weißt du, ich weiß etwas, das du nicht weißt."

Mir war nicht nach Spielchen. Ich warf ihr einen tadelnden Blick zu.

Didi packte aus, ohne sich groß zu zieren.

„Harmony ist meine Enkelin", sagte sie. „Sie ist die Tochter meiner Tochter Judy. Judy ist tot. Krebs. Sie starb, als Harmony fünf Jahre alt war. Der Vater der Kleinen war ein absoluter Versager. Deswegen lebt Harmony auch bei einer Pflegefamilie. Wie es aussieht, steht ihr das gleiche Schicksal bevor wie meiner Tochter: Wo sie auch hinschaut, keine Hoffnung in Sicht. Keine Ausbildung. Zu früh schwanger. Aber ich könnte dafür sorgen, daß sich ihr Leben anders entwickelt. Wenn es dir gelingt zu beweisen, daß ich ‚Der Morgen so fern' geschrieben habe, dann stehen ihr die Tantiemen zu. Dann braucht sie sich nie wieder Sorgen um Geld zu machen – und auch nicht um Ekelpakete wie diese Shayla."

KAPITEL 6

KONNTE ES SEIN, daß Didi mich für ein Weichei hielt, bei dem man mühelos auf die Tränendrüse drücken konnte?

Anscheinend sogar für ein großes.

Anscheinend lag sie damit auch gar nicht falsch.

Mein Herz blutete ordentlich, und ich war sozusagen stellvertretend für Harmony komplett aufgebracht über die Ungerechtigkeit der Menschheit und des Lebens und erklärte mich umgehend bereit, alles in meiner Macht Stehende zu tun, um für einen Sieg der Gerechtigkeit zu sorgen.

Schade, daß ich nicht wußte, wo ich anfangen sollte.

Am nächsten Tag saß ich im Büro an meinem Schreibtisch und trommelte mit den Fingern auf einem gefährlich hohen und wirren Papierstapel herum. Dieser Stapel war nicht allein. Mein Schreibtisch sah aus, als wäre ein papierener Schneesturm darüber hinweggefegt. Ich war in aller Herrgottsfruhe im Büro aufgelaufen, um die Friedhofsarchive zu plündern und mich im Internet herumzutreiben. Ich hatte sowohl „Deborah Bowman" als auch „Didi Bowman" gegoogelt, ohne etwas Nützliches zutage zu fördern. Ich hatte die Datenbank des Friedhofs befragt, aber in Didis Akte stand weder etwas über ihre Familie noch über ihren beruflichen Werdegang, obwohl das bei vielen der Akten unserer Bewohner der Fall ist. Wenn meine neueste geisterhafte Nervensäge Mutter war (und somit eine Enkelin gehabt haben könnte), so hatte sich niemand die Mühe gemacht, das irgendwo zu verzeichnen. Sollte irgend jemand sie je mit „Der Morgen so fern" in Verbindung gebracht haben ... na ja, dafür fand ich erst recht keine Beweise. Doch das lag nicht am Mangel an zu sichtendem Material. Die Webseiten, auf denen sich alles um das Buch, den Film und die Autorin dieses Klassikers drehten, waren zahlreich. Gelinde gesagt.

Wieder hörte ich in meinem Ohr ein leises Stimmchen des Zweifels.

Es klang wie mein Papa.

Ich befahl ihr zu schweigen und warf einen kurzen Blick auf Didi, die mir gegenüber auf dem Besucherstuhl Platz genommen hatte. Sie trug die Klamotten, in denen ich sie kennengelernt hatte, und rückte gerade den rosa Chiffonschal zurecht, der farblich haargenau zur rosa Schleife paßte, die der Pudel auf ihrem Rock um den Hals trug.

„Wenn du das Buch geschrieben hast, wie kommt es, daß du nie jemandem davon erzählt hast?" fragte ich.

„Das habe ich." Sie runzelte die Stirn. „Ich habe es vielen Leuten erzählt."

„Warum sind die nicht an die Öffentlichkeit gegangen, als es unter dem Namen deiner Schwester erschien?"

Sie zuckte die Achseln.

Nicht gerade eine allumfassende Antwort und keine, die mir neues Vertrauen eingeflößt hätte. Ich versuchte es anders.

„Warum kann sich Harmony nicht an Merilee wenden und um Geld bitten?"

„Merilee hat keine Ahnung, daß Harmony existiert."

„Ich könnte es ihr sagen."

„Das würde nichts ändern." Didi stand auf und ging zur Rückwand meines Büros. Als sie weitersprach, wandte sie mir den Rücken zu. „Meine Familie hat mich nicht verstoßen oder so, aber sie waren alle ziemlich unglücklich. Als ich in Schwierigkeiten geriet, weißt du. Gut – sie haben mich weiter in unserem Haus in Ohio City wohnen lassen, und Judy auch, aber irgendwie war zwischen uns alles anders als vorher. Sie haben kaum mehr mit mir geredet, und die arme kleine Judy haben sie behandelt wie ein Stück Dreck."

In Schwierigkeiten geraten – Didi gebrauchte diesen Ausdruck nicht zum ersten Mal. Offenbar handelte es sich hier um einen im zwanzigsten Jahrhundert gängigen Code für schwanger werden. „Sowas interessiert heute niemanden mehr", erklärte ich. „Wenn Merilee zur einzigen Tochter der einzigen Tochter ihrer einzigen Schwester Kontakt aufnimmt, dann geht das ganz rührselig, warm und herzlich ab, da würde ich mein letztes Hemd drauf verwetten, und wenn Merilee irgendwann mal den Löffel abgibt, erbt Harmony alles."

Didi wandte sich zu mir um und verdrehte die Augen „Harmony erbt keinen Pfennig! Merilees Testament überschreibt all ihr Hab und Gut dem Großorden der Enkelinnen der Großen Armee der Republik. Niemand wird es fertigbringen, sie zu etwas anderem zu überreden."

Das kaufte ich ihr nicht ab. Ich war in einer Familie der oberen Mittelschicht aufgewachsen, ich hatte zu Hause reichlich Geschichten über Geld und Vermögen zu hören bekommen. Es war oft genug darum gegangen, daß A sauer auf B war, weil B A ein Stück vom Kuchen hinterlassen hatte, das A zu klein fand. „Harmony könnte das Testament anfechten", sagte ich.

„Ja", gab Didi zu. „Wenn sie schlau genug wäre – was sie aber nicht ist und nie sein wird, es sei denn, sie kommt endlich auf eine richtig gute Schule. Außerdem müßte sie einen Anwalt finden, der ihr die Geschichte abkauft, daß sie nicht nur die Großnichte einer weltberühmten Autorin ist, sondern auch noch deren einzige lebende Verwandte. Das wird ihr nie gelingen, weil Harmony, da sind wir uns doch bestimmt einig, nicht aussieht wie jemand, der einen Anspruch auf zig Millionen Dollar hat."

„Zig Millionen?" Ich mußte plötzlich schwer schlucken. „Wir reden wirklich über so viel Geld?"

Didi zog eine Schnute – gekonnt, wenn ich das mal sagen darf, diese Taktik wandte sie sicher nicht zum ersten Mal an. Sie sah aus wie die Unschuld in Person. „Sei unbesorgt", flüsterte sie mit

Tränen in der Stimme. „Du kriegst auch was ab. Das ist doch eh das einzige, was dich interessiert."

Geschürzte zartrosa Lippen, tränenfeuchte blaue Augen – bei Weicheiern, die auf so was reinfielen, wirkte die Kombination bestimmt Wunder. Ich hätte gewettet, daß Didi zu Lebzeiten eine Menge Weicheier gekannt hatte, bei denen sich diese Waffe erfolgreich einsetzen ließ.

Ich mußte sie aber enttäuschen, zu dieser Sorte Weichei gehörte ich nicht. Noch dazu hatte sie mich völlig falsch eingeschätzt, und das machte mich wütend.

Ich sprang auf. „Das stimmt gar nicht!" rief ich empört. „Mir geht es wirklich nicht ums Geld. Jedenfalls nicht in dem Sinn, wie du es mir unterstellst. Klar brauche ich Geld. Klar würde ich mich für die Arbeit an deinem Fall gern bezahlen lassen. Aber eben ging mir etwas ganz anderes durch den Kopf. Wenn es hier wirklich um sehr viel Geld geht ..."

„Was der Fall ist." Sie nickte.

„Gut, und wenn Merilee wirklich hinterhältig genug war, dein Manuskript zu klauen ..."

Didis Oberlippe zitterte. „Das war sie! Sie hat gewartet, bis ich tot war, und hat es dann unter ihrem eigenen Namen veröffentlicht."

„Wenn also für sie so viel auf dem Spiel steht ..."

„Das tut es."

„Vielleicht darf ich auch mal ausreden?"

Leider hatte ich keine Chance auszureden. Kaum war mir dieser Versuch, meinem Geist die Zwischenrufe zu untersagen, über die Lippen gekommen – ein wenig laut, gebe ich zu –, als mir bewußt wurde, daß meine Bürotür offenstand. Irgendwann während meiner Unterhaltung mit Didi war Ella hereingekommen. Da stand ich nun, den Zeigefinger anklagend gegen die hintere linke Ecke meines Zimmers erhoben, und schon wieder galt es, mir auf die Schnelle das Hirn zu zermartern, wie ich mein seltsames Verhalten halbwegs plausibel erklären könnte.

Wobei ich, wie sich herausstellte, meine Hirnzellen in diesem Fall hätte schonen können.

Ella hatte mein seltsames Verhalten wieder einmal nicht mitbekommen.

Wie auch, wo doch ihre Augen fiebrig glänzten, ihre Wangen knallrot schimmerten und ihr Atem so schnell ging, daß ich sicher war, sie würde jeden Moment hier in meinem Büro einen Schlaganfall erleiden.

„Ella?" Instinktiv sprang ich vor, die Hand ausgestreckt, um sie im Notfall auffangen zu können, wenn sie umfiel. Was sie, da war ich sicher, gleich tun würde.

Aber ich irrte.

Statt dessen packte Ella begeistert meine ausgestreckte Hand. „Die Limousine ist vorgefahren!" Sie hüpfte auf und ab wie ein Kind am Weihnachtsmorgen. „Komm! Diesen historischen Moment willst du doch nicht verpassen."

Sie gab mir keine Gelegenheit zu antworten. Auf dem Flur schwoll der Lärm aufgeregter Stimmen zu einem Crescendo an, um dann unvermittelt abzubrechen. Unheimliche Stille senkte sich über den Flur. Ella und ich wußten, was das bedeutete.

Die Eingangstür des Verwaltungsgebäudes war aufgegangen.

Merilee Bowman war eingetroffen.

Ella hätte sich um ein Haar an ihrem nächsten hektischen Atemzug verschluckt. Sie zerrte mich auf den Flur und durch die wartende Menge. Am Ende standen wir in der ersten Reihe des Empfangskomitees.

Ich weiß nicht, was ich erwartet hatte. Nerz vielleicht. Oder doch zumindest eine Kate-Spade-Handtasche und ein Paar richtig, richtig schicker Schühchen.

Aber die Frau in der Tür trug ein schlichtes, um nicht zu sagen langweiliges braunes Kostüm. Dazu eine am mageren Hals hochgeschlossene weiße Bluse aus Oxfordstoff. Die Schuhe? Braune Halbschuhe. Das sagt doch wohl alles.

Ihr Haar war braun wie das Kostüm und die Schuhe, mit zahlreichen grauen Strähnchen durchsetzt, kurzgeschnitten wie bei einem Mann und so dünn, daß man die Kopfhaut sehen konnte. Sie trug keine Spur Make-up – bis auf einen Hauch Farbe auf den Lippen. Lila, was ihrem blassen Teint nicht gerade schmeichelte.

Glauben Sie mir, würde ich zig Millionen mein eigen nennen, würde ich modetechnisch deutlich mehr aus mir machen!

Wie ein Kaninchen der Schlange blinzelte die mausbraune Frau den in der Eingangshalle versammelten Menschen entgegen. Als sie ein erschrockenes Schniefen von sich gab, lag plötzlich eine Wolke Mentholgeruch in der sie umgebenden Luft. Groß und dicht wie die Schar Paparazzi, die sich draußen vor dem Verwaltungsgebäude drängten – nicht, weil sie hereinwollten, sondern weil jeder von ihnen näher an die Limousine heranwollte, die vor dem Vordereingang gehalten hatte. Dieser Wagen war etwa so groß wie ein Schiff und glänzte so blank poliert, daß sich die Strahlen der Morgensonne darin spiegelten wie tausend kleine Sterne.

Dan – oder vielmehr der in Leder und Jeans gekleidete Fotograf, den ich am Vortag für Dan gehalten hatte – befand sich nicht in der Meute.

„Ich bin Trish Kingston, Miss Bowmans Sekretärin", sagte die magere Frau, woraufhin ich mir im Geiste eine Ohrfeige versetzte. Klar! Diese Trish mochte so um die vierzig sein, viel zu jung für eine berühmte Autorin, deren nicht so berühmte Schwester bereits in den fünfziger Jahren verstorben war, als beide schon erwachsen gewesen waren. Trish strich sich mit der knorrigen Rechten nervös über den braunen Rock, um sie dann Ella hinzustrecken, an deren Hand sie sich dann, statt sie zu schütteln, festklammerte. „Es ist alles bereit, oder? Alles perfekt? Bitte versichern Sie mir, daß wirklich alles so ist, wie wir es besprochen haben."

Ellas Lächeln war selig. „Da können Sie ganz sicher sein", meinte sie, woraufhin Trish einen vernehmlichen Seufzer ausstieß und ich mich erneut in einer Mentholwolke wiederfand.

Ella sah an der Sekretärin vorbei zur Limousine. „Freut sie sich, hierzusein?"

„Sich freuen?“ Trish wiederholte das Wort, als sei sie sich seiner Bedeutung nicht sicher. Die schmalen Schultern in Jacke, die sicher in den Sechzigern einmal modern gewesen war, hoben und senkten sich, die Hustenpastille im Mund wurde heftig bearbeitet – vielleicht half ihr das ja beim Nachdenken. „Ich weiß nicht recht. Das läßt sich bei Miss Bowman immer schwer sagen. Aber wenn Sie bereit sind ...“ Ihr Blick glitt über die versammelte Menge der Garden View-Angestellten und dann über ihre Schulter hinaus zu den zusätzlichen Sicherheitskräften, die der Friedhof für diese Gelegenheit angeheuert hatte. Sie hatten eine Barriere errichtet und waren nun damit beschäftigt, die übereifrigen Reporter und Fotografen am Überwinden derselben zu hindern.

Ella hob das Kinn. Sie schob einen Arm unter meinen, und ob ich es nun wollte oder nicht, ich befand mich in der Mitte der ersten Reihe, als wir Leute von Garden View geschlossen durch die Tür traten, um unseren Ehrengast zu begrüßen.

Vor der Tür nahmen wir Formation an. Sobald ich mich von Ellas Arm loseisen konnte, verdrückte ich mich an den Rand, wo auch Trish Kingston stand. Die Ehrenplätze an vorderster Front standen Ella und Jim zu. Didi, fiel mir auf, war nirgendwo zu sehen.

Ehe ich dazu kam, mir darüber Gedanken zu machen und mich zu fragen, was das wohl bedeutete, sprang der Fahrer der Limousine aus seinem Wagen und ging zur hinteren Tür des Fahrzeugs. Er öffnete sie und trat beiseite.

Ella hielt die Luft an.

Jim zog den Bauch ein.

Trish murmelte etwas vor sich hin, das nach „Bitte, lieber Gott, mach, daß nichts schiefgeht!“ klang

Merilee Bowman stieg aus.

Gut – was hatte ich noch mal gesagt? Ich würde, wenn ich reich wäre, mehr aus mir machen als die Frau, die ich für Merilee gehalten hatte? Nun. Selbst wenn ich mich im Besitz von zig Millionen befunden hätte, ich hätte Merilee in Sachen Mode nicht übertreffen können.

Sie neigte zum Ostentativen. Der Florentinerhut so blau wie ein Rotkehlchenei, dazu ein passendes Kostüm, ebenso blau, an den Füßen Pumps aus Krokoleder.

Auffallend war auch der golfballgroße Diamant am schlanken Hals.

Der Aufzug war völlig übertrieben. Ebenso wie das strahlende Lächeln, das sie für die uns umzingelnden Fotografen aufsetzte, die ein Bild nach dem anderen schossen.

Ihr Auftritt verfehlte seine Wirkung nicht. Bis auf Trish neben mir, die immer noch betete (inzwischen zu St. Judas, der, wie ich vom Vater meiner Mutter wußte, für hoffnungslose Fälle zuständig war), verharrten wir alle in ehrfürchtigem Schweigen: Es bestand kein Zweifel, vor uns stand eine Königin.

Einzig Ella verlor keine Sekunde die Contenance, und dafür gebührt meiner Chefin ein dickes Lob. Auch wenn es so aussah, als würde sie Merilee jeden Moment vor die Füße fallen, trat sie mit ausgestreckter Hand auf unsere Besucherin zu – und dann sah ich sie knicksen. Ich war nicht die einzige, die das Gefühl hatte, eine Königin begrüßen zu müssen.

„Miss Bowman ..." Ihre Stimme versagte, wurde erstickt von all der Aufregung, die ihr das Atmen schwer machte. Sie sah sich gezwungen, einen zweiten Anlauf zu nehmen. „Miss Bowman, ich bin Ella Silverman. Ich leite auf diesem Friedhof die Öffentlichkeitsarbeit und bin Präsidentin der IDMSFG. Herzlich willkommen."

Merilees Haut schimmerte wie Porzellan. Ihre Augen zeigten dasselbe Babyblau wie Didis. Unter dem Hut wippte schwungvoll eine Strähne silbergrauen Haars. Die berühmte Autorin nahm Ellas ehrfürchtige Begrüßung huldvoll entgegen, wobei sie ihre Hand so lange ausgestreckt ließ, bis sie sicher sein konnte, daß ein gutes Foto zustandegekommen war.

„Ihr Besuch ist uns eine Ehre", fuhr Ella atemlos fort.

„Natürlich." Merilee lächelte, und irgendwie bekam ich den Eindruck, daß sie Ellas Kopf getätschelt hätte, wäre sie nicht zu sehr damit beschäftigt gewesen, dafür zu sorgen, daß ein Fotograf, der sich rüde an allen anderen vorbeigedrängelt hatte, kein gutes Foto von ihr bekam.

Wie bei einem Hündchen.

Hatte ich schon erwähnt, daß ich rothaarig bin?

Ja, die Vorurteile! Ich weiß, Rotschöpfe sind cholerisch, Rotschöpfe bilden sich vorschnell eine Meinung, Rotschöpfe schlagen erst zu und stellen dann Fragen.

Stecken Sie mich ruhig in diese Schublade.

Weil diese Vorurteile nämlich keine sind.

Jedenfalls nicht, was mich betrifft.

Es brauchte nur diesen einen Moment, nur diese Andeutung von Herablassung, die Merilee ausdünstete wie Trish den Mentholgeruch, und die schöne Illusion von der berühmten Autorin platzte. Zumindest für mich. Von dem Bann befreit, der den Rest unserer Truppe nach wie vor gefangenhielt, verschränkte ich die Arme vor der Brust, trat einen Schritt zurück und sah mit gerunzelter Stirn zu, wie Ella Merilee erst Jim und dann den Rest der leitenden Angestellten des Garden View vorstellte.

Hatte diese elegante silberhaarige Egozentrikerin Didis Manuskript gestohlen und die Lorbeeren für ihre Arbeit eingeheimst?

Zum ersten Mal seit Didis Bericht von dem Unrecht, das ihr angeblich widerfahren war, war ich bereit, meinem Geist zu glauben. Mehr noch, ich wollte ihm glauben. Nicht nur, weil ich Harmony gern geholfen hätte und hoffte, auch einen kleinen Teil von diesen zig Millionen abzubekommen.

Aber nichts ist einfach – das hatte ich bei den Ermittlungen im Todesfall Scarpetti auf die harte Tour gelernt. Ein Motto, das bei Privatermittlungen für Verstorbene doppelt gilt.

Es war egal, ob ich Merilee mochte oder nicht (und während ich zusah, wie sie sich in der Anbetung ihrer Fans sonnte und diese Verehrung hinnahm, als stünde sie ihr von Rechts wegen zu, kam ich zu dem Ergebnis, daß ich die Frau eindeutig nicht leiden konnte). Ich mußte mich zwingen, die Dinge objektiv zu sehen. Immerhin stand Merilees, nicht Didis Name auf dem Umschlag von Millionen Büchern. Merilee war zuzutrauen, daß sie ein solches Meisterwerk geschrieben hatte. Sie verfügte über entsprechende Bildung und Kenntnisse. Die Recherchen des Morgens hatten mich gelehrt, daß sich in diesem Land kaum jemand mit dem amerikanischen Bürgerkrieg besser auskannte als Merilee. Sie war Bibliothekarin und hatte vom Beginn ihrer Laufbahn an ein Interesse für den Krieg zwischen den Staaten an den Tag gelegt. Sie hatte es sich zur Aufgabe gemacht, alles herauszufinden und zu lernen, was es zu diesem Thema herauszufinden und zu lernen gab. Sie hatte schon vor der Veröffentlichung von DMSF als Expertin gegolten.

Aber noch etwas war mir an diesem Morgen aufgefallen: Wohl versprach Merilee schon lange, ein zweites Buch zu schreiben, bisher hatte sie es allerdings nicht getan.

War das von Bedeutung in bezug auf meine Ermittlungen?

Klar. Wenn ich dem Klatsch und Tratsch in zahlreichen Foren zu diesem Thema Glauben schenken durfte, in die ich am Morgen hineingesehen hatte, konnte das allerhand bedeuten: (a) Merilee war längst tot, und die Frau, die an der Premiere in Cleveland teilnehmen sollte, in Wirklichkeit ein Double;

(b) Merilee konnte kein zweites Buch schreiben, weil DMSF das großartigste Buch war, das je geschrieben wurde, und sie sich ja schlecht selbst Konkurrenz machen durfte;

(c) Merilee war eine Außerirdische, die auf diesen Planeten geschickt worden war, um zu beweisen, daß Erdlinge, kulturell gesehen, nicht perfekt sind. Nur ein Angehöriger einer übermenschlichen Rasse konnte ein Buch produziert haben, das von vorn bis hinten einschließlich sämtlicher Punkte und Kommata perfekt war; und

(d) sie arbeitete dran. Das zumindest stand in dem von Ella unterschriebenen „Brief an unsere treuen Mitglieder“ auf der Webseite der IDMSFG. Merilee war Perfektionist sie saß nicht einfach an einem zweiten Buch, sie saß an der Fortsetzung von DMSF. Entsprach diese Fortsetzung erst einmal ihren Ansprüchen, würde sie es die Welt wissen lassen. Die Welt und Dutzende von Verlegern, die seit Jahren mit gezückten Scheckheften bereitstanden und sich jetzt schon um die Rechte stritten.

Das ging mir durch den Kopf, während Ella, Jim und der Superstar, mit dem wir es hier zu tun hatten, die Reihen der Versammelten abschritten und mir immer näher kamen. Die Sache mit dem zweiten Buch schien mir jetzt, da ich mir alles noch einmal hatte durch den Kopf gehen lassen, Didis Behauptung am ehesten zu stützen.

Merilee hatte mit ihrem ersten Buch einen Haufen Geld verdient. Warum in aller Welt riß sie sich nicht den Arsch auf und schrieb noch eins?

„Das hier ist natürlich Pepper. Pepper ist für die Führungen auf dem Garden-View-Friedhof zuständig." Ella war schneller zu mir vorgedrungen, als ich erwartet hatte. Ich schreckte aus meinen Gedanken auf, Merilee stand direkt vor mir. Sie erwartete, daß ich meinen Kratzfuß machte oder ihr den Ring küßte, aber das hatte ich nicht vor. Ich war zu dem Schluß gekommen, daß es meinem Vorhaben besser dienen würde, wenn ich den Stier bei den Hörnern packte.

„Also", sagte ich, „wann kommt denn nun die Fortsetzung?"

Trish Kingston neben mir wurde kreidebleich und fing an, hektisch zu husten. Wahrscheinlich hatte sie sich an ihrer Lutschpastille verschluckt. Ella schloß die Augen, wohl, um höhere Mächte um Geduld anzuflehen. Jim erinnerte sich wieder an die Fotografen und zog den Bauch ein.

Nur Merilee wurde spielend mit meiner Frage fertig. Sie lächelte mich an, ganz gütige Großmutter, und tätschelte meine Hand. „Wie sehr es mich freut, daß Sie so sehnsüchtig darauf warten", sagte sie, und ihre Stimme klang so weich und kultiviert wie Sauerrahm. „Wie oft haben mir meine lieben Fans in den letzten Jahren diese Frage gestellt! Ich kann auch Ihnen nur sagen, was ich allen immer sage: wenn sie fertig ist." Merilees Augen blitzten schelmisch mit dem Diamanten an ihrem Hals um die Wette.

„Wenn sie fertig ist!“ wiederholte sie ein wenig lauter und mit einem leisen Singsang in der Stimme, der alle Umstehenden zum Narren halten und sie glauben lassen sollte, sie vertraue uns ein Geheimnis an. „Bitte erinnern Sie mich daran.“ Erneut tätschelte sie meine Hand. „Sobald das Buch erschienen ist, erinnern Sie mich daran, und ich signiere ein Exemplar für Sie.“

Sie schnippte mit den Fingern, woraufhin Trish wie aus dem Nichts eine Visitenkarte herbeizauberte, um sie mir in die Hand zu drücken. Die Karte war an den Rändern ein wenig feucht und zeigte in Farbe ein Bild von Merilee, dazu eine Postfachadresse in Kalifornien und einen Satz, der mich ermunterte, Merilee ruhig einmal ein paar Zeilen zu schreiben: „Ich liebe es sehr, von meinen vielen, vielen Fans zu hören.“

Ich steckte die Karte ein, und als die Menge nach vorne drängte, ließ ich mich mitreißen.

„Zum Mausoleum Ihrer Eltern ist es nicht weit“, hörte ich Ella sagen. „Aber wir wollen lieber fahren, sonst gibt es ein großes Chaos. Sie nehmen die Limousine, und wir folgen in den Werksfahrzeugen des Friedhofs.“

„Die Blumen?“

Die Frage war an Trish gerichtet, die sich unbeholfen durch die Menge drängte, um zu antworten. „Sind bestellt“, sagte sie. „Rote Rosen. Rosa Orchideen. Weiße Fuchsien.“

Merilee hatte den Fotografen den Rücken zugewandt, als sie angewidert die Lippen verzog und eine Frage murmelte, die wohl nur für Trishs Ohren bestimmt war. „Wie zum Teufel können Fuchsien weiß sein?“

Trish verstand den Witz nicht.

Ich schon, aber ich lachte nicht.

Mit der Limousine vorneweg und der langen Wagenkolonne dahinter sahen wir aus wie ein Beerdigungszug. Ich war von Ella getrennt worden und fuhr mit den Jungs von der Gärtnertruppe zur Grabstätte der Familie Bowman. Dort wartete ich, bis alle

Gärtner aus dem Jeep gestiegen waren, ehe auch ich auf das Mausoleum aus grauem und rosa Granit zustrebte, an dem alle anderen schon warteten – einschließlich der Fotografen und Fernsehteams. Es war das einzige Mausoleum in der Gegend. Wir befanden uns auf dem neuen Teil des Friedhofs, nicht weit von Didis Grab entfernt. Die Grabsteine ringsum waren schlichte, in den Rasen eingelassene Rechtecke. Unter ihnen fiel das Mausoleum auf wie ein bunter Hund. Natürlich sah ich es nicht zum ersten Mal, aber bislang hatte ich dem Bauwerk wenig Aufmerksamkeit geschenkt. Außer vielleicht, um mich zu fragen, wer wohl den Mut besessen hatte, seine Grabstätte wie eine Zweihundert-Dollar-Hure daherkommen zu lassen, während sich sämtliche umliegenden Begräbnisstätten nonnenhaft bescheiden gaben.

Jetzt wußte ich wer. Merilee Bowman. Sie war für die Zinnen und Türmchen verantwortlich, für das Buntglasfenster und den weinenden Engel, der auf dem ganzen Schlamassel thronte wie eine Braut auf einer makabren Hochzeitstorte.

Irgendwie typisch für die Frau, fand ich.

Ich wollte mich gerade der Gruppe anschließen, die sich vor der Tür des Mausoleums versammelt hatte, als mir auffiel, daß Didi neben mir ging. Sie trug wieder einmal Schwarz und hatte ihr Gesicht hinter einem langen schwarzen Schleier verborgen. Selbst ihre Nylons waren schwarz, mit Naht.

Nennen Sie mich sentimental, aber mir war nicht wohl zumute bei dem Gedanken, daß Didis und Merilees Eltern ihre Ewigkeit im Garden-View-Äquivalent des Taj Mahal zubrachten, während Didi versteckt in einer dunklen, moosüberwucherten Ecke lag. So wußte ich nicht recht, worüber ich mit dem Geist neben mir plaudern sollte. Aber Didi kam mir zuvor.

„Meine Eltern lagen ursprünglich da hinten, in der Nähe meines Grabs“, sagte sie emotionslos. „Bis Merilee fand, das mache einen falschen Eindruck. Nicht den, den sie vermitteln wollte. Sie hat dieses Mausoleum vor zwanzig Jahren bauen lassen und ein Vermögen dafür ausgegeben. Wie findest du es?“

„Ich finde, du solltest wissen, daß ich vorhin nicht das Geld meinte, das ich gern verdienen würde, wenn ich deinen Fall übernehme", sagte ich, selbst überrascht darüber, daß mir die kleine Auseinandersetzung in meinem Büro immer noch im Kopf herumschwirrte. „Als ich sagte, mir sei nicht klar gewesen, daß wir über zig Millionen Dollar reden, da hatte ich nicht plötzlich Dollarzeichen in den Augen. Ich wollte nur sagen: Das ist verdammt viel Geld. Je mehr Geld im Spiel ist, desto gefährlicher werden die Ermittlungen. Wenn Merilee dir tatsächlich dein Buch gestohlen hat, wird sie dieses Geheimnis mit Zähnen und Klauen verteidigen. Sie wird wie eine Löwin darum kämpfen, daß ihr niemand auf die Schliche kommt."

„Klar, du Dummerchen." Didi schnalzte mit der Zunge. „Das hätte ich dir sagen können."

Wir standen inzwischen am Rande der Menge, so nah, daß ich keinen weiteren Kommentar riskieren konnte. Schweigend sah ich zu, wie Trish hinter dem Mausoleum verschwand und mit einer Urne zurückkehrte, die so groß wie sie selbst und doppelt so breit war. Sie war gefüllt mit roten Rosen, rosa Orchideen und den weißen Fuchsien, über die Merilee sich lustig gemacht hatte.

Trish schwankte unter ihrer Last, während sie sie dorthin schleppte, wo Merilee auf sie wartete, doch es gelang ihr, rückwärts vor Merilee her zu stolpern, während diese königlich aufrecht, gefaßt und ernst zur Tür des Mausoleums schritt. Mit leisem Stöhnen setzte Trish die gewichtige Urne ab, und Merilee legte sanft die Hand an eine der zarten Blüten.

„Meine Familie war mir lieb und teuer", verkündete sie, und die Kameras blitzten. „Ich empfinde es als großes Privileg und große Freude, daß ich sie heute hier besuchen darf. Meine liebe Mutter Louise und meinen lieben Vater Gerard. So viele gute Erinnerungen verbinden mich mit ihnen und meinen wundervollen Jahren hier in Ohio."

„Sind Sie froh, wieder einmal hier zu sein?" Die Frage kam von einem Reporter weiter hinten in der Menge.

Merilee legte die Hand an den Diamanten an ihrem Hals. „Ich hatte Zeit meines Lebens so viel Glück. Es ist ein großes Privileg, nach vielen Jahren den Menschen etwas zurückgeben zu können, die mich damals unterstützten und ermutigten. Wenn doch ..."

Ich hörte ein Schniefen und befürchtete eine Sekunde lang, Merilee würde wirklich und wahrhaftig so etwas wie echte Gefühle zeigen. Wie sich aber herausstellte, hatte Trish geschnieft. Sie packte ein weiteres Hustenbonbon aus, um es sich in den Mund zu schieben.

„Wenn doch nur meine Eltern mich jetzt sehen könnten." Merilees Lächeln konnte man nur als bittersüß bezeichnen. „Sie wären so stolz. Sie haben immer wieder gesagt, ich solle meinem Traum folgen. Das habe ich getan, und dieser Traum hat mich an die wundervollsten Orte geführt. Familie." Sie seufzte. „Meine liebe Mutter und mein lieber Vater. Das sind die wichtigen Dinge im Leben. Erfolg, Geld, Besitz – nichts bedeutet mir so viel wie meine liebe Familie."

„Besuchen Sie Ihre Familie noch einmal, ehe Sie die Stadt wieder verlassen?" rief ein Reporter.

„Werden Sie je Ihre Memoiren schreiben und uns erzählen, wie es war, als Sie ‚Der Morgen so fern' schrieben?" fragte ein anderer.

Das Problem war nicht, daß ich mich übergangen fühlte. Mir gefiel nur nicht, daß bei diesem ganzen Gesülze über Merilees liebe, liebe Familie eine wichtige Information ausgeklammert wurde. „Was ist mit Ihrer Schwester?" Ich hatte die Stimme erhoben, damit jeder mich hören konnte. „Wollen Sie deren Grab auch besuchen, wo Sie schon mal hier sind? Sie wissen schon, das schlichte Grab da hinten im Schatten der Mauer?"

Ella riß die Augen auf.

Trish keuchte und fing an zu husten, als ihr das Bonbon im Halse steckenblieb.

Merilees Miene erstarrte zu einer steinernen Maske. Mit zusammengekniffenen Augen musterte sie die Menge vor sich, und was dann geschah, dafür konnte ich niemandem einen Vorwurf machen. Sie mochten den Namen Didi Bowman noch nie gehört haben, aber dumm waren diese Reporter nicht. Wenn irgendwo Stunk drohte, dann rochen sie ihn als erste, und in diesem Fall konnte es sich niemand leisten, es sich mit Merilee zu verderben. Die Menge vor mir teilte sich wie das Rote Meer vor Moses, und der Blick aus Merilees himmelblauen Augen hatte freie Bahn, mich zu durchbohren. „Was haben Sie gesagt?" Ihre Stimme klang schneidend.

Langfristig gesehen brachte es mir nichts, mich hinter der Phalanx der Fotografen zu verstecken, also trat ich lieber gleich tapfer vor. „Ich habe nach Ihrer Schwester gefragt." Ich wandte mich an die Reporter – vielleicht wollte ja einer von ihnen auf neuesten Stand gebracht werden. „Sie hieß Deborah. Deborah Bowman, genannt Didi. Sie verstarb in den fünfziger Jahren hier in Cleveland, als sie noch ziemlich jung war. Kaum jemand scheint je von ihr gehört zu haben, dabei liegt sie gar nicht weit von hier. Ihr Grab ist allerdings nicht halb so elegant wie dieses." Ich drehte mich zu unserem Ehrengast um. „Ich habe mich einfach gefragt, ob Sie dort auch vorbeigehen wollen."

Eines mußte man Merilee lassen, sie hatte sich schnell wieder im Griff, dabei hatte ich sie eiskalt erwischt, und das nicht gerade auf die nette Tour. Ich sah, wie sich ihre elegant manikürten Hände zu Fäusten ballten, aber nur für einen kurzen Augenblick. Gleich darauf war sie wieder so ruhig und gefaßt, als wäre nichts geschehen. „Natürlich habe ich vor, meine liebe jüngere Schwester zu besuchen", sagte sie, indem sie die Kameras mit einem Lächeln bedachte, bei dem man unwillkürlich an eine ehrwürdige ältere Engelmatrone denken mußte. „Bei meinem nächsten Besuch hier im Garden View werde ich bei ihr vorbeischauen. Das bringt mich übrigens zu einer Ankündigung, die ich mir für mein nächstes Treffen hatte aufsparen wollen. Ich habe über meine eigene Sterblichkeit nachgedacht, denn das ist..." Sie legte eine Kunstpause ein, und ich schwöre, die Frau brachte es fertig, auf Stichwort hold zu erröten. „Das sollte man in meinem Alter. Ich habe beschlossen, mich während meines Aufenthaltes hier in Cleveland mit den wunderbaren Mitarbeitern des Garden-View-Friedhofs zusammenzusetzen und den Bau meines eigenen Mausoleums zu planen."

Das war neu, und zwar allen Beteiligten: den Reportern, den Fotografen, den Fernsehleuten und den Mitarbeitern des Garden-View-Friedhofs. Sie alle reagierten genauso, wie Merilee sich das gedacht hatte.

Die Reporter stolperten förmlich übereinander im Bemühen, möglichst dicht an unsere Berühmtheit heranzukommen, um sie mit Fragen nach dem Standort und Konzept des Mausoleums löchern zu können.

Die Fotografen lieferten sich erbitterte Kämpfe um die besten Plätze in den vordersten Reihen, weil natürlich jeder die schönsten Fotos schießen wollte.

Ella lächelte, als hätte man ihr gerade einen Scheck über eine Million Dollar ausgehändigt, und Jim war so glücklich, daß ihm, ich schwöre es, vor Stolz fast die Knöpfe von der Hemdbrust gehüpft wären.

In all dieser Aufregung ging Didi selbstredend sang- und klanglos unter.

„Tut mir leid", sagte ich, mußte aber feststellen, daß sie bereits verschwunden war. Vielleicht war das gut so, denn ich konnte jetzt nichts mehr tun. Egal was ich sagte, ich hätte genausogut Selbstgespräche führen können.

Um mich herum waren alle total durchgeknallt, und niemand hätte mir auch nur die geringste Aufmerksamkeit geschenkt, ganz gleich, was ich tat. Selbst wenn ich auf den nächsten Grabstein geklettert wäre, um von dort aus zu verkünden, ich sei in der Lage, Geister zu sehen und mit ihnen zu reden.

Aber daran lag es nicht, daß ich mich mit einem Mal elend fühlte – etwa so, als hätte man bei Saks meine Kreditkarte zurückgewiesen.

Nein, mir war elend, weil ich jetzt wußte, wie der Hase lief. Nennen Sie mich paranoid, aber irgend etwas sagte mir, daß es Merilee auch so ging.

Nachdem die berühmteste lebende Autorin der Welt unserem Friedhof eine Reihe von Besuchen angekündigt hatte, war die Bühne bereit. Von nun an würde es hier zugehen wie in einem Zoo – bis Merilee ihr rotkehlcheneiblaues Ich wieder in ihr Privatflugzeug verfrachtete und die Heimreise antrat. Für Führungen blieb da kein Platz und auch keine Zeit. Das brauchte man mir nicht noch mal zu erklären. Keine Führungen hieß leider auch keine Fremdenführerin.

Ab jetzt war ich offiziell arbeitslos.

Obwohl ich gewußt hatte, was auf mich zukam, traf mich die Realität härter, als ich gedacht hätte. Niemand sollte merken, wie mir zumute war, also beschloß ich, zu Fuß ins Büro zurückzugehen. Ich hatte mich bereits ein paar Schritte in die Richtung bewegt, als ich spürte, wie mir ein eiskaltes Gefühl in den Nacken kroch.

Als beobachte mich jemand.

Als ich mich umdrehte, stand Merilee keinen Meter von mir entfernt, die kalten himmelblauen Augen unverwandt auf mich gerichtet. „Ich mag keine Überraschungen", sagte sie.

Da waren wir schon zwei.

Noch ein Gedanke schoß mir auf dem Rückweg zu meinem Büro, um meine Sachen zu holen, durch den Kopf.

Wie es aussah, hatte Merilee zuletzt gelacht.

KAPITEL 7

OFFIZIELL WAR ICH NUN BEURLAUBT, und wenn ich schlau gewesen wäre, hätte ich sofort aufgehört, mir über Didi und Merilee den Kopf zu zerbrechen. Oder darüber, wovon ich in nächster Zeit Miete und Strom bezahlen sollte. Ich wäre losgezogen, um mich ausschließlich meiner Sonnenbräune zu widmen.

Bestimmt hätte ich das auch getan, doch leider begann es am Tag nach Merilees Besuch auf dem Friedhof zu regnen, und drei Tage später regnete es immer noch.

Ich saß in meiner Wohnung, konnte nicht raus und wurde, ehrlich gesagt, von gräßlicher Langeweile geplagt.

Klar hätte ich shoppen gehen können.

Nur konnte ich mir im Augenblick keine Klamotten leisten, eigentlich noch nicht mal das Benzin für eine Fahrt zum Einkaufszentrum.

Ich hätte eine Freundin zum Mittagessen einladen können.

Aber es ist schon merkwürdig, wie das läuft ... seit dem Tag, an dem sich hinter meinem Paps die Gefängnistore geschlossen hatten, hatten die meisten meiner sogenannten Freunde den Kontakt abgebrochen.

Ich hätte putzen können. Oder waschen. Vielleicht sogar den Fernseher einschalten, um nachzusehen, was sich in der Welt der Seifenopern tat. Aber mal ehrlich: Von Dramen im Tagesprogramm mal abgesehen kriegt man im Fernsehen kaum noch was Anständiges zu sehen. Doch selbst mit den Seifenopern war das so eine Sache. Bestimmt hätte ich einer Menge schicker, reicher Leute bei einer Menge wilder Liebesaffären zusehen können. Aber hätte mir das was gebracht? Nein. Da hätte ich doch bloß wieder darüber gehirnt, was nur mit mir los war, daß ich noch nicht mal eine einzige nicht wilde Liebesaffäre zustande brachte. Solche Gedanken waren schlicht deprimierend.

Damit blieben nur noch zwei Möglichkeiten: der Friedhof, wo ich Material für die Führung „Bekannte Gesichter" recherchieren konnte – und Didi.

Beides ließ sich zum Glück prima verbinden. Anders als Gus war mir Didi bislang noch nicht nach Hause gefolgt. Wenn ich mich mit ihr unterhalten wollte, mußte ich losziehen und sie suchen. Das wiederum bedeutete einen Ausflug zum Garden-View-Friedhof.

Die Scheibenwischer des Mustangs gaben den Takt vor, während ich die relativ kurze Strecke von meiner Wohnung immer die Mayfield Road hinauf zum Friedhof fuhr, mitten durch das Herz von Clevelands Little Italy. Als der Garden-View-Friedhof Mitte des 19. Jahrhunderts angelegt worden war, war ein Ruf nach Steinmetzen in die Welt ergangen, die man brauchte, um die nötigen Monumente, Mausoleen und Brücken zu bauen. In Italien gab es viele gut ausgebildete Arbeitskräfte, die willens und in der Lage waren, nach Amerika aufzubrechen, und die Arbeiter brachten ihre Familien und ihre Kultur mit und bevölkerten bald die den Friedhof umgebenden Stadtteile. Der Rest ist, wie es so schön heißt, Geschichte. Heute hat Little Italy viel zu bieten: wunderbare italienische Restaurants, interessante Kunstgalerien und zahlreiche Modeboutiquen, in denen sich ein Besuch immer lohnt. Für mich allerdings nicht. Die Zeit, in der ich es mir leisten konnte, all die schönen Läden, Restaurants und Galerien zu frequentieren, war ebenfalls Geschichte.

Wahrscheinlich lenkten mich diese trüben Gedanken ab – das würde jedenfalls erklären, warum ich fast die Abzweigung zum Friedhof verpaßt hätte.

Vielleicht lag es aber auch daran, daß an diesem Tag alles etwas anders wirkte. In all den Monaten, die ich nun schon auf dem Garden-View-Friedhof arbeitete, hatte ich noch nie erlebt, daß sich vor dem Eingang Dutzende von Menschen drängten. Eine Gruppe in Regenmänteln stand dicht beieinander und hielt ein Transparent hoch, auf dem „Willkommen Merilee" stand. Diese Gruppe stürmte wie ein Mann vor, als sie meinen Wagen sah, aber ein Blick in den Mustang genügte, und sie wußten, daß ich nicht der ersehnte Superstar war, und die Enttäuschung stand den Fans ins Gesicht geschrieben, als sie zum Bürgersteig zurückzockelten. Zurück zu den Menschen, die die Zeit des Bürgerkriegs nachstellten und sich entsprechend kostümiert hatten – sogenannte Reenactors –, zurück zu den Verkäufern, die ihre Ware unter Plastikpartyzelten ausgebreitet hatten und so gut wie alles verkauften, von „Der Morgen so fern"-T-Shirts bis zu Postern mit Merilees liebem, liebem lächelnden Gesicht.

Als ich ans Tor heranrollte, trat Nate, einer meiner Lieblingskollegen, aus dem hölzernen Wachhäuschen, in dem er vor dem Regen Schutz gesucht hatte. Ich fuhr noch langsamer und betätigte den Fensterheber. „Was ist denn hier los?"

Nate war ein großer, schlanker Afroamerikaner, der kurz vor der Rente stand. Er hatte ein streng geschnittenes, wie aus Stein gemeißeltes Gesicht mit Adleraugen, die ihm in seinem Job als Friedhofswachmann schon oft gute Dienste geleistet hatten, und trug an diesem nassen Tag einen langen orangefarbenen Regenmantel. Als er den Kopf schüttelte, flogen die Tropfen in alle Richtungen. „Ich verstehe es auch nicht", sagte er. „Die stehen da schon seit Tagen. Seit diese vornehme Alte hier aufgekreuzt ist. Sie gehen wohl davon aus, daß sie noch mal herkommt, und das wollen sie auf keinen Fall verpassen."

Ich warf einen Blick auf die versammelte Menge. „Findet die Stadtverwaltung das in Ordnung? Ist Jim damit einverstanden? Ella hat nichts dagegen?"

„Was sollen sie denn schon machen? Die Stadt hat ihnen eine Genehmigung erteilt. Ist wahrscheinlich besser, als einen Haufen

Leute wegen Landfriedensbruchs zu verhaften. Wir wissen doch beide, daß sie hier sowieso nicht verschwinden. Aber bis sie wieder weg sind, muß ich hier herumstehen und dafür sorgen, daß sie keinem Beerdigungszug in die Quere kommen oder reguläre Besucher stören, die zu ihren lieben Verstorbenen wollen." Wieder schüttelte er den Kopf – offenbar konnte er mit dem Spektakel hier draußen gar nichts anfangen. Wieder flogen Regentropfen. „Aber du", er grinste mich an, „du bist mir natürlich immer willkommen."

„Danke, Nate." Ich nahm den Fuß von der Bremse. „Soll ich dir heißen Kaffee bringen, wenn ich wieder fahre?"

„Ich habe eine Thermoskanne." Er wies mit dem Daumen über die Schulter auf das Schutzhäuschen, in dem er vorher gestanden hatte. „Aber trotzdem danke."

Ich winkte ihm zu und fuhr Richtung Verwaltung, wobei mir auffiel, daß sich mehr Besucher als sonst auf den Wegen herumtrieben. Merkwürdig, immerhin war ja kein Wochenende. Außerdem regnete es in Strömen – noch merkwürdiger. Auch schien eine Menge der Besucher Reifröcke zu tragen – und Schuten. Oder Bürgerkriegsuniformen.

Geister?

Eine Schrecksekunde lang setzte mein Herz aus, weil ich mich fragte, ob diese ganze Sache mit der Gabe etwa gerade dramatisch aus dem Ruder lief.

Bis ich sah, daß viele der reifberockten Damen Kameras um den Hals hängen hatten und einige der Jungs in Uniformen mit ihren iPods spielten.

Noch mehr Reenactors.

Ich stieß einen Seufzer der Erleichterung aus. Jetzt, wo ich wieder klar denken konnte, fiel es mir nicht schwer mitzubekommen, daß sich diese Besucher nicht so sehr für die Toten als vielmehr für die Lebenden interessierten. Genau wie die Leute vor dem Tor hofften auch sie, irgendwann, irgendwie einen Blick auf ihr Idol zu erhaschen.

Überraschend fand ich, daß sich niemand von ihnen vor dem Bowman-Mausoleum eingefunden hatte. Dort stand nur ein einziger Mensch: Rick Jensen, der Fotograf, der ein paar Tage zuvor ein Foto von mir gemacht hatte. Ich winkte ihm, aber er sah mich nicht, und ich fuhr weiter, steuerte den Parkplatz an, der am dichtesten beim Verwaltungsgebäude lag.

Dort warteten keine Überraschungen auf mich, nur die übliche Paparazzimeute. Minus Dan, der vielleicht doch nicht Dan gewesen war.

Auch Didi sah ich nirgends, weswegen ich beschloß, kurz im Büro vorbeizuschauen, statt im Regen nach ihr zu suchen.

Dort lief mir als erste Ella über den Weg, in einem Aufzug von derselben bleiernen Farbgebung wie der Himmel draußen. Grauer Rock, graues Jackett, und das einzige, was dem Ganzen ein wenig Pep und Farbe verlieh, waren rosa Ohrringe und die bunten Perlenstränge, die sie sich um den Hals geschlungen hatte. Mein Anblick brachte Ella zum Lächeln. „Du bist hier, weil du an der neuen Führung arbeiten willst."

„Ja." Endlich mal die Wahrheit – wenn auch nicht die ganze. „Ich will ein paar Sachen mit nach Hause nehmen. Das ist in Ordnung, oder?"

Sie tätschelte meinen Arm. „*Mi casa es su casa.* Du weißt, daß du jederzeit vorbeikommen kannst, auch wenn du gegenwärtig nicht auf der Lohnliste stehst. Ich bin froh, daß du hier bist. Ich habe wunderbare Neuigkeiten."

Ich sah mich mißtrauisch um. „Sag jetzt nicht, daß sich Merilee hier irgendwo versteckt."

Ella hielt das für einen Witz. „Nun sei mal nicht so. Miss Bowman ist es nicht gewohnt, im Glanz des Scheinwerferlichts zu stehen, deswegen hat sie sich neulich etwas komisch benommen. Sie ist eigentlich eine sehr freundliche und großzügige Frau."

Gut, daß ich gerade damit beschäftigt war, meine Bürotür aufzuschließen und das Licht einzuschalten. So mußte ich Ella weder zustimmen noch widersprechen. Ich stöberte auf meinem Schreibtisch herum, bis ich den gelben Notizblock mit Ellas Gedanken zu den neuen Rundgängen gefunden hatte, suchte mir im Bücherregal ein paar Bücher zusammen, schnappte mir eine Karte des Friedhofs und war auch schon wieder aufbruchsbereit.

Ella wartete vor der Bürotür auf mich. „Es läuft alles so gut!" Ihr Lächeln strahlte so hell, daß es mein Zimmerchen erleuchtete, auch nachdem ich die Neonlichter ausgeschaltet hatte. „Gleich können wir schon wieder glänzen – Merilee gibt ein Interview auf Kanal fünf. Für die Mittagsnachrichten. Ich soll mitkommen, haben die vom Fernsehen gesagt. Willst du auch mit?"

Ich warf einen Blick auf die Jeans und die vorn offenen, hochhackigen Schuhe, die ich mit einem kaffeebraunen Trägerhemd und einem leichten Pulli in derselben Farbe kombiniert hatte. „Fürs Fernsehen bin ich nicht passend gekleidet."

„Das ist egal. Du sollst ja nicht vor die Kamera. Komm schon, das wird ein Riesenspaß." Ob sich Ellas Vorstellung von Riesenspaß mit meiner deckte? „Merilee gibt ihnen drei Minuten", fuhr Ella fort. „Das ist für eine Nachrichtensendung ziemlich lang, ein ganzes Segment. Für mich ist auch ein Segment vorgesehen. Ich soll erzählen, was die IDMSFG für den Sommer alles geplant hat. Die Museumseröffnung und die große Gala und die Lesegruppen, die wir in Zusammenarbeit mit den örtlichen Bücherhallen einrichten werden ..." Sie zwinkerte mir zu und stieß mir spielerisch den Ellbogen in die Rippen. „Wenn ich schon mal dabei bin, lege ich natürlich nebenbei auch ein gutes Wort für den Garden-View-Friedhof ein. Wir sind hier so gut im Organisieren, es klappt doch alles wie am Schnürchen." Inzwischen gingen wir den Flur hinunter, wobei sich Ella immer wieder strahlend stolz und vergnügt umsah.

„Der Verkehr auf dem Friedhofsgelände läuft reibungslos, und niemand wird behindert. Das verdanken wir unseren Wachleuten und den Sicherheitskräften, die wir zusätzlich angeheuert haben. Um die Menge draußen vor dem Tor kümmert sich die Polizei." Ella freute sich. „Alle arbeiten gut zusammen, alles läuft wie geschmiert. Das ist kostenlose Werbung von unschätzbarem Wert. Der Bürgermeister hat angerufen, um sich zu bedanken. In der

Presse stehen nur nette Sachen über uns. Nichts in der Welt kann verhindern, daß wir Merilees Besuch in den Werbecoup schlechthin verwandeln. Wenn es so weitergeht ..."

„Ella!" Jennine kam mit quietschenden Sohlen angerannt, das Gesicht kreidebleich, die Stimme vor Aufregung ganz heiser. „Ella, du wirst nicht glauben, was gerade passiert ist. Jemand hat diesen Fotoreporter Rick Jensen in der Nähe des Bowman-Mausoleums gefunden. Er liegt auf dem Boden und blutet. Es sieht aus, als sei er überfallen und zusammengeschlagen worden!"

Rick saß schon wieder, als wir beim grau-rosa Mausoleum ankamen. Dicht neben ihm stand Robert E. Lee. Der General hielt ein Handy in der Rechten.

„Ich habe den Notarzt gerufen", teilte uns der Reenactor mit. Er war natürlich nicht der echte Robert E. Lee und auch kein Gespenst. „Sie sagen, sie sind im Handumdrehen hier."

Handumdrehen klang gut, dachte ich nach einem Blick auf Ricks aschfahle Haut und das Blut, das allem Anschein nach aus einer Wunde am Hinterkopf rann.

„Ach du meine Güte!" Das Gesicht zu einer Grimasse der Sorge verzogen, rang Ella die Hände und tigerte vor dem verletzten Fotografen auf und ab. All das Blut und dann noch der matte Glanz in Ricks Augen. Bei Ella meldeten sich lauthals die mütterlichen Instinkte, denen sie aber im Moment nicht so einfach nachgeben konnte. Sie steckte in der Klemme, hin- und hergerissen zwischen dem Drang, sich neben Rick zu kauern, Erste Hilfe zu leisten und ihn ein bißchen zu bemuttern, und der Sorge, was ein Niederknien im nassen Gras ihrem Outfit und damit auch ihrem bevorstehenden Fernsehauftritt antun würde.

Rettend warf ich mich in die Bresche, indem ich neben Rick in die Knie ging. „Was ist passiert?" fragte ich ihn.

Er legte sich die Hand auf die Stirn. „Wie ich diesem Typen da schon sagte ..." Sein Blick schweifte zu Robert E. Lee. „Ich stand hier und hoffte, Miss Bowman würde vorbeikommen und ich könnte ein paar prima Bilder machen, und im nächstem Augenblick traf mich irgendwas am Hinterkopf."

Ich sah mich um. Nicht weit von uns entfernt lag ein Stück Marmor auf dem Boden, etwa dreißig Zentimeter lang. Es sah aus wie die Flügelspitze eines Engels. Ich wußte, daß einer unserer Engel ganz in der Nähe stand, und irgendwie wußte ich auch, daß dieser Engel einen gebrochenen Flügel haben würde, wenn ich ihn das nächste Mal sah.

„Haben Sie jemanden gesehen?" fragte ich Rick.

Er versuchte, den Kopf zu schütteln, aber das war keine gute Idee. Jedenfalls holte er gleich darauf tief Luft und kniff die Augen zusammen. „Keine Menschenseele. Ich habe auch nichts gehört."

„Hat man Ihnen die Brieftasche geklaut?" Diese Frage kam von Ella, und ich konnte ihr nicht vorwerfen, daß sie ihr zu schaffen machte. Wenn die Öffentlichkeit erfuhr, daß es innerhalb des Friedhofsgeländes einen Raubüberfall gegeben hatte, war es aus mit dem Reklamecoup, für den sie so hart gearbeitet hatte.

Rick klopfte auf seine Hosentasche. „Das ist ja der Witz", sagte er. „Meine Brieftasche ist noch da. Auch das Bargeld, das ich dabeihabe. Insgesamt ein paar Hundert Dollar. Meine Kamera ist das einzige, was fehlt."

Das kam mir seltsam vor. Ich hätte nicht sagen können, warum, aber wahrscheinlich arbeitete mein Hirn, seit ich mich eine Weile mit der örtlichen Mafia abgegeben hatte, in so einer Situation automatisch schon wie bei den bösen Jungs. Ich hätte jedenfalls, wenn ich mir schon die Mühe gemacht hätte, Rick eins über den Schädel zu braten, Kamera Kamera sein lassen und mich auf das Bargeld konzentriert. Bargeld läßt sich nicht zurückverfolgen. Eine Kamera kann man versetzen, aber warum das Risiko eingehen? Heiße Ware ist immer ein Beweismittel und kann, wenn alles schiefläuft, benutzt werden, um die Verbindung zwischen Verbrechen und Verbrecher herzustellen.

Ich überließ es Ella und dem General, sich um Rick zu kümmern, und stand auf. Dann schritt ich einmal ums Mausoleum herum und sah mir alles genau an. Es war nichts Außergewöhnliches zu sehen, abgesehen von den Blumen, die Merilee drei Tage zuvor hatte bringen lassen. Ich hätte schwören können, daß Trish sie direkt vor die Mausoleumstür gestellt hatte. Nun stand die Urne leicht seitlich, und das Blumenarrangement wies Lücken auf. Als fehlten Blüten.

Ich ging zurück zu Rick. „Waren Sie jeden Tag hier?“ fragte ich.

„Fast.“ Von der Straße hörten wir das Martinshorn eines Krankenwagens. Hilfe nahte – und wenn die Rettungssanitäter jetzt ebenso geschickt und effizient arbeiteten wie die, die mir an dem Tag zu Hilfe geeilt waren, als ich mir den Kopf an der untersten Stufe des Scarpetti-Mausoleums aufgeschlagen hatte, dann blieb mir nicht mehr viel Zeit – ich wußte, sobald sie hier waren, lag Rick praktisch schon im Rettungswagen und war in Null Komma nichts unterwegs ins nächste Krankenhaus. Wenn ich noch etwas aus ihm herausbekommen wollte, dann mußte das schnell geschehen.

„Hat sich irgendwer an diesen Blumen zu schaffen gemacht?“ fragte ich.

„Irgendwer? Wie wäre es mit jedermann?“ Schon fuhr der Krankenwagen vor und spie zwei Rettungssanitäter aus.

Sie hatten das Martinshorn nicht abgestellt. Ich beugte mich vor, um ja keines von Ricks Worten zu verpassen. „Jedermann?“

„Die ganzen verrückten Bowmanfans“, sagte Rick. „Die kommen in einer Tour hier vorbei und klauen Blumen. Als Souvenir, nehme ich mal an.“

„Haben Sie sie dabei Fotografiert?“

„Klar. Ein paar. Nicht, daß eins dieser Fotos etwas wert wäre. Ich dachte nur, ich könnte vielleicht ein bißchen Geld als Freischaffender dazuverdienen, mir eine Zeitung suchen, die vielleicht was über verrückte Fans bringen will.“ Rick schenkte mir ein schiefes Lächeln. „Da hatte ich mächtig Glück, daß Miss Bowman nie aufgetaucht ist, was? So hat der Schweinehund, der mich überfallen und mir die Kamera geklaut hat, wenigstens keine wertvollen Bilder gekriegt."

Lag Rick richtig mit seiner Annahme, der Überfall beim Bowman-Mausoleum habe dem Übeltäter nichts Wichtiges eingebracht? Ich wünschte, ich hätte es ebenso sehen können, nur war ich mir leider nicht so sicher. Wie ich die Sache auch drehte und wendete, ich kam immer wieder an den Punkt, der mir gleich zu Anfang aufgestoßen war: Es paßte alles etwas zu gut zusammen.

Alle möglichen Leute hatten sich an den Blumen zu schaffen gemacht.

Rick hatte die Leute fotografiert, wie sie sich an den Blumen zu schaffen machten.

Ricks Kamera war weg.

Das mußte miteinander in Zusammenhang stehen.

Natürlich half mir weder das eine noch das andere weiter, auch wenn meine Logik lupenrein war und meine Schlußfolgerungen nichts zu wünschen übrigließen.

Ich wurde trotzdem nicht schlau daraus.

Außerdem standen beide Vorkommnisse in keinerlei Verbindung zu dem, was ich beweisen sollte: daß Merilee Bowman nicht die Autorin des Weltbestsellers „Der Morgen so fern" war.

Das war die Frage, der ich nachgehen sollte, rief ich mir ins Gedächtnis.

„Natürlich war es schwierig."

Merilees Stimme unterbrach meinen Gedankengang. Ich warf einen Blick quer durch das Fernsehstudio hinüber zum Set, wo Merilee gerade interviewt wurde. Laut Ella war der Auftritt an diesem Nachmittag für die Autorin ein Novum. Sie hatte mich auf dem Weg in die Innenstadt, wo wir uns mit Trish und Merilee getroffen hatten, umfassend aufgeklärt. Merilee war schüchtern wie ein bescheidenes Veilchen im Moose und hatte dem Interview nur zugestimmt, weil es eine gute Werbung für das DMSF-Museum war und helfen würde, die Spendenkampagne anzuheizen.

Unsere Starautorin war an diesem Nachmittag prächtig anzuschauen. Sie trug ein rotes Seidenkostüm und hatte das silbergraue Haar nach oben und aus dem Gesicht gekämmt. Da sie diesmal keinen Florentinerhut trug, bot sich mir hier zum ersten Mal die Gelegenheit, sie mir genauer anzusehen.

Ich kniff die Augen zusammen und strengte meine Phantasie an, und die Ähnlichkeit zwischen den Schwestern war nicht zu leugnen. Beide hatten blaue Augen und einen perfekten Teint.

So weit, so gut – mehr konnte meine Phantasie aber nicht feststellen.

Merilee war siebenundsiebzig Jahre alt und somit deutlich älter als die Didi, die ich kannte und die laut ihrem Grabstein ihre Reise in die dann doch nicht so ewige Ruhe im zarten Alter von vierundzwanzig Jahren angetreten hatte. Aber auch ungeachtet dieser Jahre fiel es schwer zu glauben, daß die beiden Frauen mehr als weitläufig miteinander verwandt waren.

Didi zeigte angenehme, fast sinnliche Rundungen. Merilee war dünn wie eine Bohnenstange.

Didis Lippen waren voll, Merilees schmal – und selbst die Schicht Lippenstift (scharlachrot), die sie extra nachgelegt hatte, ehe die Kameras zu surren begannen, konnte nicht verhindern, daß ihr Mund im blassen Gesicht wie eine blutige Klinge wirkte.

Didi war die lebendigste tote Person, die mir je über den Weg gelaufen war. Sie war lebhaft, freundlich und manchmal richtig witzig.

Merilee war nichts von alldem. Klar – sie war elegant. Wie denn auch nicht? Sie hatte Geld, und mit Geld konnte auch die unscheinbarste Frau wie eine Königin aussehen.

Aber unter der Seide, dem Diamanten und dem Ego, das keine Grenzen zu kennen schien, war Merilee genau das: unscheinbar. Eine graue kleine Bibliothekarin mit Bürgerkriegsobsession, die zufällig das berühmteste Buch der Welt geschrieben hatte.

Vielleicht.

Dieses Vielleicht durfte ich nicht aus den Augen verlieren. Ich richtete meine Aufmerksamkeit auf das Gespräch.

„Was wirklichen Wert hat, läßt sich nicht einfach mit einem Fingerschnippen vollbringen", verkündete Merilee gerade. „Ich erinnere mich, daß ich nächtelang wach saß und mich fragte, was Opal als nächstes zu Palmer sagen würde. Mir den Kopf zerbrach, wie Palmer wohl reagieren würde. Romanfiguren entwickeln ein Eigenleben. Über kurz oder lang glaubt selbst der Mensch, der die Personen erschaffen hat, daß sie real sind."

„So ist es Millionen Lesern ergangen!" Die Reporterin, ein munteres Ding mit blendend weißen Zähnen und leuchtend blondem Haar, rückte vor Aufregung bis auf die Stuhlkante vor. „Wann dürfen Ihre Fans ein neues Buch erwarten?"

„Wenn es fertig ist." Flüsternd sprach ich Merilees Worte mit.

„Woher wußtest du, was sie antworten würde?" wisperte Ella mir ins Ohr.

Ich zuckte zur Antwort die Achseln. „Nenn mich Hellseherin. Warum hat sie kein zweites Buch geschrieben?" fragte ich Ella. Ich dachte, als Präsidentin des Fanclubs verfüge sie vielleicht über Insiderinfos. „Wenn das eine Schreibblockade sein soll, dann ist es die längste in der Geschichte der schreibenden Menschheit."

„Psst!" Eine Frau mit einem Klemmbrett in der Hand, die zwischen mir und dem Set stand, drehte sich um und legte mahnend den Finger an die Lippen.

Peinlich berührt klappte Ella den Mund zu und trat zurück. Aus ihr würde ich kein Wort mehr herausbekommen. Vor uns gab der Regisseur der Interviewerin das Zeichen, langsam zum Schluß zu kommen. Jetzt sollte es eine Werbepause geben, und dann war Ella an der Reihe. Ich sah sie schon den Rock glätten und sich mit der Hand durchs Haar streichen. Ella war nervös, aber ich hatte Vertrauen zu ihr. Unter Beschuß verhielt sich meine Chefin stets ruhig und gelassen.

Im Gegensatz zu Trish. Obwohl ich der Frau bisher nur ein einziges Mal begegnet war – gleich am ersten Tag auf dem Friedhof –, hatte ich sofort mitbekommen, daß sie so ängstlich und nervös war wie der sprichwörtliche Affe auf dem Schleifstein. Sie hatte eine Heidenangst vor Merilee, und ich konnte es ihr nicht verdenken. Die Autorin war wirklich kein Ausbund an Liebenswürdigkeit. Suchend sah ich mich um. Eigentlich hatte ich erwartet, daß sich Trish ängstlich zitternd am Rande des Sets herumtrieb, auf den nächsten Befehl wartete und an Merilees Lippen hing, damit ihr ja kein Wort entging. Aber das war nicht der Fall.

Genauer gesagt: Trish war nirgends zu sehen.

Ein Phänomen, das mich neugierig machte. Mit einem ermutigenden Schlag auf die Schulter ließ ich Ella stehen und bahnte mir um Kamerakabel und Lichtmasten herum einen Weg nach draußen, auf der Suche nach Trish.

Ich fand sie im „Grünen Zimmer". Dort konnten zum Interview geladene Gäste warten, bis es Zeit wurde, vor die Kameras zu treten. Sie räkelte sich in einem edlen Ledersessel, und ich mußte zweimal hinsehen, ehe ich sie erkannte.

Sie trug einen blau-rot karierten Faltenrock mit passendem Jackett.

Plump, aber teuer. Ich wußte, was ich da vor mir sah, meine Mutter hatte auch immer bei Talbot gekauft.

Trish hatte die mageren Beine – und die blauen Pumps an den Füßen – weit von sich gestreckt und hielt eine Dose Cola in der Hand.

„Hallo, Trish." Als ich lächelte und ihr zuwinkte, schlug sie die Augen auf. Da wurde mir klar, daß sie ein Nickerchen gehalten hatte. „Merilee ist bald durch mit ihrem Interview", fuhr ich fort. „Ich dachte, das würde Sie interessieren."

„Ach ja." Trish streckte sich noch einmal und setzte sich dann auf. Sofort wehte mir Mentholgeruch entgegen. Sie trank den letzten Rest Cola aus. „Dann können wir ja bald abhauen. Gott sei Dank! Ich dachte immer, Fernsehstudios wären interessant."

„Ich auch." Mehr war nicht zu sagen. Außer der Frage, wer diese Person da vor mir war und was sie mit der Trish gemacht hatte, die ich kannte und die sich vor ihrem eigenen Schatten gefürchtet hatte. Aber diese Frage konnte ich unmöglich stellen, und auch wenn ich sie gestellt hätte, wäre wohl keine Antwort gekommen. Ich zog mich in den Flur zurück.

Wo ich mit Merilee zusammenstieß.

„Tut mir leid." Die Entschuldigung kam komplett automatisch, dabei war ich gar nicht diejenige, der irgend etwas leid tun mußte. Ich war rückwärts gegangen, Merilee vorwärts. Im Gegensatz zu mir hatte sie sehen können, wo sie hintrat, und hätte mich eigentlich bemerken müssen. Allerdings wirkte sie sehr unkonzentriert.

Ich machte Platz, damit Merilee das Grüne Zimmer betreten konnte. Dabei duckte ich mich hinter die Türöffnung. Nennen Sie mich ruhig eine Gafferin. Wie eine Augenzeugin eines besonders furchtbaren Unfalls war ich begierig zu erfahren, was sich zwischen Merilee und der neuen, verbesserten Trish abspielen würde.

Ich sah Merilee Trish einen Blick zuwerfen und den Mund öffnen. Ich meinte die beißenden Worte förmlich zu schmecken, die ihr auf den Lippen lagen.

Aber statt sie auszusprechen, schluckte sie laut und vernehmlich. Ein kleines, nervöses Lächeln zuckte um ihre Lippen. „Bist du soweit?" erkundigte sie sich. „Können wir gehen?"

„Worauf du Gift nehmen kannst!" Trish hievte sich aus dem Sessel und streckte Merilee ihre Dose hin. „Aber erst holst du mir noch eine Cola."

Merilee zuckte zusammen, als sei sie geschlagen worden, und ich stellte mich auf die Tirade ein, die unweigerlich folgen mußte, aber nichts dergleichen geschah. Merilee streckte die Hand aus, nahm die Dose, durchquerte das Zimmer und warf sie mit zusammengebissenen Zähnen in den Müll, ehe sie die nächste Frage stellte.

„Normal? Oder light?"

Wahrscheinlich erschien mir dieser bizarre Austausch zwischen Trish und Merilee in der nächsten Nacht im Traum. Das würde wenigstens erklären, warum ich am nächsten Morgen beim Aufwachen an Coladosen, Kameras und an eine unscheinbare, traurige

Gestalt, die sich vor meinen Augen in eine schottenrockgewandete Prinzessin der Shoppingmeile verwandelte, denken mußte.

Ich kochte gerade Kaffee, immer noch schwer damit beschäftigt, die Erinnerung an diesen Traum abzuschütteln, als mein Telefon klingelte.

„Pepper? Ella hier."

Ich hörte schon an der Stimme meiner Chefin, daß etwas Schreckliches passiert sein mußte.

Weswegen ich mich vorsichtshalber setzte. „Was?"

Am anderen Ende der Leitung hörte ich Ella schlucken. „Ich habe schlechte Neuigkeiten", sagte Ella. „Sehr schlechte Neuigkeiten. Trish Kingston ist tot."

Kapitel 8

In Anbetracht der Tatsache, daß der Tod für Ella zum Alltagsgeschäft gehörte, verstörte Trishs Ableben sie sehr.

Ich konnte ihre Gefühle nachvollziehen, obwohl ich ja im selben Geschäftszweig tätig war – und den zusätzlichen Vorteil genoß, zu wissen, daß tot nicht unbedingt auch von uns gegangen bedeutet.

Wenn man vierzig und mehr Stunden die Woche mit lieben Verstorbenen verbringt, die letztlich nicht mehr als Namen auf Grabsteinen und Informationen in einer Datenbank sind, ist das eine Sache. Eine andere ist es, wenn jemand stirbt, den man vor kurzem noch höchst lebendig und bei bester Gesundheit erlebt hat.

Auch wenn sie sich aufgeführt hatte, als hätten Außerirdische ihren Körper übernommen.

Auf dem Weg zum Friedhof hielt ich kurz bei Starbucks und besorgte einen Becher Jasmintee, den Ella so liebte. In der Verwaltung nickte ich Jennine kurz zu, die gerade mit einer trauernden Familie beschäftigt war, und eilte zu Ella ins Büro, um ihr den Tee zu bringen, solange er noch heiß war. Ella putzte sich gerade die Nase, als ich den Becher vor ihr auf den Schreibtisch stellte.

„Ich weiß, es ist lächerlich.“ Ihre Stimme klang wäßrig, ihre Nase war wund, die Augen rot wie die Perlen an dem Armband, das sie sich für diesen Tag ausgesucht hatte. „Ich kannte die Frau kaum. Aber es ist trotzdem ein Schock. Ein Jammer! Wo gerade alles so gut läuft."

Kaum waren ihr die Worte entschlüpft, als Ella auch schon kreidebleich wurde.

„Oh Gott", stöhnte sie. „Das habe ich nicht so gemeint. Nicht so, wie es klang. Ich meinte nur ..."

„Ich weiß." Ich wußte es nicht, jedenfalls nicht genau, und ich bin auch nicht gerade gut im Trösten. Aber ich fand, es sei die richtige Reaktion auf Ellas Verzweiflung und ein guter Einstieg, wollte man Trishs eigenartiges Verhalten vom Vortag zur Sprache bringen. „Ich wette, du hast damit gar nicht DMSF und die Premiere und all das gemeint. Du hast gemeint, daß für Trish persönlich alles gerade so gut lief."

„Genau." Ella nickte und tupfte sich die Nasenspitze trocken. „Sie hat es mir erzählt. Gerade gestern, als wir zusammen den Sender verließen. Sie hat erzählt, daß für sie alles gerade total gut läuft."

Ellas Büro war größer als meines und verfügte über zwei Besucherstühle. Ich suchte mir den aus, der näher am Fenster stand und von dem aus man einen guten Blick auf den Teil des Friedhofs hatte, auf dem Didi lag. „Echt? Das hat sie gesagt? Kam dir das nicht ein bißchen komisch vor?"

Ella schniefte. Verwirrt zog sie die Nase kraus.

Ich lehnte mich zurück. „Denk mal drüber nach. Als Merilee und Trish hier auf dem Friedhof waren, sah Trish aus wie ein Gast bei dieser Fernsehshow mit den schwulen Jungs, die einem Modetips geben, vor der Beratung. Sie stand unter Merilees Fuchtel. Ein Blick von der Chefin, und Trish versank praktisch im Boden. Gestern dann, im Sender, die komplette Kehrtwende. Gut, sie sah nicht aus wie frisch der Vogue entschlüpft, das war bei ihr auch gar nicht drin. Aber sie war anders angezogen als vorher. Modischer irgendwie. Definitiv teurer. Sie hat sich auch seltsam benommen."

„Hat sie?" Ella fuhr sich mit beiden Händen übers Gesicht. Mir fiel ein, daß sie das merkwürdige Zusammentreffen von Trish und

Merilee im Grünen Zimmer nicht mitbekommen hatte. „Natürlich sind mir ihre neuen Klamotten aufgefallen", fuhr Ella fort. „Ich dachte nur ..." Sie zuckte hilflos die Achseln. „Ich weiß nicht. Ich glaube, ich dachte, der Schottenlook steht für eine Seite Trishs, die wir einfach noch nicht kennen."

„Auf jeden Fall." Ich spielte mit dem Zopf, den ich mir vorm Verlassen der Wohnung rasch geflochten hatte. „Hast du dich nicht gefragt, weswegen?"

„Weswegen wir diese Seite von ihr noch nicht gesehen hatten?" Ella hob den Deckel von ihrem Teebecher und atmete tief ein. Dann konnte ich zusehen, wie die Anspannung von ihr wich. Ich war froh, den Zwischenstop eingelegt zu haben. Vorsichtig trank sie einen Schluck. „Wahrscheinlich kannten wir Trish nicht lange genug, um zu wissen, wie sie wirklich war, und jetzt ..." Gegen den Gedanken an Trishs unzeitiges Ende kam die beruhigende Wirkung des Tees nicht an, und die Tränen flossen. „Jetzt kriegen wir nie die Gelegenheit, sie richtig kennenzulernen. Sie war so alt wie ich. Na ja, fast. Das trifft einen immer besonders hart. Wenn jemand stirbt, den man kannte und der fast im selben Alter war." Meine Chefin seufzte tief. Sofort hob und senkte sich die weiße Bluse, die sie an diesem Tag zu einem vergleichsweise konservativen lila Rock trug, zusammen mit den Strängen aus roten und orangefarbenen Perlen, die sie sich um den Hals gehängt hatte. „So unerwartet!"

Ella war viel zu durcheinander gewesen, um Einzelheiten zu verraten, als sie mich angerufen hatte, um mir zu erzählen, daß Trish gestorben war. Ich hatte sie am Telefon auch nicht drängen wollen. Sich gleich neugierig nach den blutigen Details zu erkundigen schien mir doch etwas makaber. Neugierig war ich natürlich dennoch. „Wie ist sie eigentlich gestorben?" erkundigte ich mich.

Blinzelnd strich sich Ella die Tränen aus dem Gesicht. „Das ist das traurigste an der ganzen Sache", seufzte sie. „Trish war dabei, ihr Kleid anzuprobieren. Für die große Gala in historischen Kostümen zur Eröffnung des Museums. Es soll umwerfend schön sein, habe ich gehört. Goldene Seide mit einem Besatz aus ... nun, das spielt ja jetzt keine Rolle mehr. Wie dem auch sei, passiert ist folgendes, ganz merkwürdig ...“ Ella schüttelte den Kopf. „Nun, eigentlich kann sich das niemand erklären, aber es war wohl so, daß sie die Bänder an ihrem Korsett zu eng geschnürt hat. Als Merilee ein paar dumpfe Geräusche aus Trishs Zimmer hörte und nachsehen ging, war es schon zu spät. Sie ist erstickt.“

„An einem Korsett?“ Ich konnte mir den Spruch nicht verkneifen, er war da und wollte raus, noch dazu von leisem Kichern begleitet. Ein Blick in Ellas entsetztes Gesicht machte mir deutlich, wie unangemessen ein solches Benehmen war. Ich schenkte mir den nächsten Spruch, der mir bereits auf der Zunge lag (er wäre etwas in der Richtung von „Wie dumm kann ein Mensch sein?“ gewesen), und nickte ernst. „Merilee ist sicher zutiefst erschüttert. Was macht sie bloß ohne Trish?“

Ella stand auf. Allerdings nicht, ohne mir vorher einen Blick zugeworfen zu haben, bei dem mir etwas schwante. Sie hatte etwas auf Lager, war aber noch nicht sicher, wie sie es mir verkaufen sollte.

„Was?“ Auch ich stand auf. Klar, Ella war meine Chefin, aber im Stehen überragte ich sie um Haupteslänge. Manchmal war es ganz praktisch, diesen Größenvorteil zu nutzen. Vielleicht rückte sie so schneller mit der Wahrheit heraus. „Du verschweigst mir etwas.“

Ein Lächeln blitzte auf, um gleich wieder zu verschwinden. „Es ist etwas Gutes.“

„Wenn es etwas Gutes wäre, würdest du fröhlicher wirken.“

„Ich bin fröhlich. Natürlich nicht wegen Trish, wirklich nicht. Aber denk doch mal nach, Pepper! Hier eröffnet sich dir eine phantastische Gelegenheit. Noch dazu eine, die deine Geldprobleme löst. Ich habe mir nämlich Sorgen um dich gemacht, mir war nicht klar, wie du ohne geregeltes Einkommen über den Sommer kommen willst. Als sich dann diese wunderbare Möglichkeit ergab, habe ...“

So eine Gelegenheit gab es längst. Die Gelegenheit, ein paar Dollar zu verdienen. Wenn ich beweisen konnte, daß Didi das

Buch geschrieben hatte, für das alle Welt schwärmte, und wenn Harmony wirklich diese zig Millionen Dollar zugesprochen bekam und dann noch bereit war, einen winzig kleinen Teil davon in meine Richtung weiterzuleiten.

Nur sprach Ella sicher von etwas anderem.

Ich lachte bellend. „Spuck's aus, was hast du getan, Merilee meine Dienste als Sekretärin angeboten?"

Ella sagte nichts. Mußte sie auch nicht. Sie wurde so rot wie die Perlen in ihrer Kette.

„Nein – du hast es echt getan!" Die Worte kamen entsetzt über meine Lippen, und ich wich zurück. Vor Ella und ihrem makabren Sinn für Humor, vor dem bloßen Gedanken daran, einen ganzen Sommer lang der fürchterlichsten Schriftstellerin der Welt ausgesetzt zu sein, einer Schriftstellerin, die, soweit ich das beurteilen konnte, geradewegs aus der Hölle stammen mochte. „Sag, daß du mich verarschst. Du machst Witze. Bitte sag, es ist dir nicht ernst damit."

Aber Ella sagte nichts, sie widersprach mir nicht, sie argumentierte nicht. Sie warf mir nur dies spezielle Lächeln zu, das sie an ihren Töchtern erprobt hatte und das einen wissen ließ, daß Mama schon weiß, was gut für dich ist. Denn Mama will nur dein Bestes. „Es wäre perfekt", meinte sie schließlich ruhig. „Denk doch mal nach. Du brauchst Geld, und Miss Bowman braucht ..."

„Einen Sandsack? Einen Prügelknaben? Einen Trish-Klon, der ihr die Füße küßt?"

Ella kniff die Lippen zusammen. Sie straffte die Schultern. „Trish war keine Kriecherin. Sie hat Merilee geachtet, und so hat sie sich auch verhalten. Wer hätte auch keinen Respekt vor Merilee? Merilee ist ein Star, das darfst du nicht vergessen. Sie hat es sich verdient, mit einer gewissen Ehrerbietung behandelt zu werden."

Ich mußte mich verhört haben. „Ich bin viel zu schlau, um mich in diesen Unsinn mit reinziehen zu lassen!" versicherte ich laut. Ella und mir selbst. „Ich habe es nicht nötig, mich vor Merilee im Staub zu winden und ihr den Ring zu küssen. Außerdem, falls es dir bislang entgangen sein sollte, wobei ich inständig hoffe, daß das nicht der Fall ist, denn wenn du es nicht mitbekommen hast, dann mache ich etwas Entscheidendes falsch – ich bin viel zu schick, um Trishs Platz einzunehmen!"

Ich wandte mich dem Fenster zu, um Zeit zu schinden, vielleicht aber auch, weil es sich als potentieller Fluchtweg anbot. Gott sei Dank bin ich nicht die Schnellste. Ein Schritt weiter, und ich wäre volle Kanne mit Didi zusammengestoßen.

„Das ist genial!" Didis himmelblaue Augen blitzten vor Begeisterung. „Das ist genau die Gelegenheit, auf die wir gewartet haben."

„Nein." Das galt Didi. Aber auch Ella. Nur damit beide sich angesprochen fühlten, drehte ich mich um und wiederholte es. „Nein."

„Aber warum nicht?"

Ob Ella die Frage gestellt hatte oder Didi, war schwer zu sagen, denn Didi stand jetzt direkt hinter Ella, und beide Frauen redeten gleichzeitig auf mich ein.

„Es ist die Antwort auf unsere Gebete", sagte Didi.

„Es ist die Lösung für dein Problem", fand Ella.

„Es ist die perfekte Gelegenheit, Nachforschungen anzustellen", teilte mir Didi mit. „So kämest du an alle möglichen Insiderinfos."

„Der ganz enge, persönliche Kontakt." Ella lächelte. „Was für ein Glück du hast, die Gelegenheit zu bekommen, so eine Beziehung zu Miss Bowman herzustellen. Du kannst mir nämlich nichts vormachen!" Sie drohte mir spielerisch mit dem Finger. „Du bist ein heimlicher Fan. Egal, was du sagst. Ich hatte vollkommen vergessen, daß Merilee eine Schwester hatte, dabei habe ich das bestimmt irgendwo mal gelesen. Außerdem wußte niemand außer dir, daß sie auf dem Garden-View-Friedhof begraben liegt. Ich bin so sicher, daß du die ideale Kandidatin für den Job bist. Dir liegt etwas an der Familie, du kennst ihre Geschichte."

„Das kann man wohl sagen!" Didi griente. „Vielen Dank für die freundliche Unterstützung."

„Du wärst mir damit eine große Hilfe", fuhr Ella unerbittlich fort. „Wenn ich diese Krise gut regle und Merilee die perfekte Stütze beschaffe, stehe ich in ihren Augen als Wundertäterin da."

„Das wird perfekt", kommentierte Didi. „Vor allem, weil ich jemanden sagen gehört habe, daß Merilee in unserem alten Haus wohnt."

Wie munter die Stimmen der beiden in meinem Kopf herumhüpften, wie emsig sie miteinander wetteiferten und sich gegenseitig übertrumpften, um mir die übelsten Schuldgefühle einzureden und mich zum Nachgeben zu bewegen. Ich hielt es nicht aus. „Welche Rolle spielt es, wo Merilee wohnt?" schrie ich entnervt.

Ella konnte mir nicht folgen, sie verstand die Frage nicht. Wie hätte sie auch, sie konnte ja nicht ahnen, daß ich zwei Unterhaltungen gleichzeitig führte. Meine Chefin warf mir einen schrägen Blick zu. „Sie wohnt im alten Bowman-Haus", erklärte sie, was Didi zu einem kleinen Freudensprung veranlaßte. „Das spielt, soweit ich es beurteilen kann, für niemanden eine große Rolle. Außer eventuell für dich. Aber von deiner Wohnung bis zum Bowman-Haus in Ohio City fährt man bestimmt nicht länger als zwanzig Minuten. Du kannst sicher alle paar Tage mal bei dir zu Hause vorbeifahren und nach der Post sehen. Oder ich springe auf dem Weg zur Arbeit vorbei und bringe sie dir mit. Miss Bowman ist es nicht gewohnt, allein zu sein. Sie will bestimmt, daß du bei ihr im Haus lebst."

„Perfekt!" flötete Didi.

„Kommt nicht in Frage", sagte ich.

„Ach, komm schon, Pepper!"

Dieser Kommentar kam von Didi und Ella gleichzeitig.

Ich stieß einen Fluch aus, ließ mich wieder auf Ellas Besucherstuhl fallen und barg den Kopf in den Händen. „Warum?" ächzte ich. „Warum ist es so wichtig?"

Ella, die Vernünftige, dachte, die Frage sei an sie gerichtet. Sie eilte herüber und setzte sich auf den Stuhl neben mir. Sie wollte bessere Voraussetzungen für ein vertrauliches Gespräch von Frau zu Frau schaffen. „Merilee tut uns einen Riesengefallen. Mit uns meine ich natürlich die IDMSGF, aber auch den Garden-View-Friedhof. Denk doch an die prima Werbung, die wir durch sie schon bekommen haben." Sie runzelte die Stirn. „Abgesehen von diesem armen Fotografen natürlich, und jetzt Trish ..." Mit einem Ruck schüttelte sie diese störenden Gedanken ab. „Wir dürfen die vielen guten Dinge nicht vergessen! Es gab in der Presse jede Menge positiver Berichterstattung. Ohne Merilee wäre kein einziger dieser Artikel zustande gekommen. Sie war immer freundlich und nett. Generös ist sie auch. Sie spendet dem Museum wertvolle persönliche Erinnerungsstücke. Unter anderem das ursprüngliche, handgeschriebene Manuskript ihres Buches."

„Na, wenn das nicht dem Faß den Boden ausschlägt!" Didi hockte sich auf die Armlehne von Ellas Stuhl.

Ob mit oder ohne Gabe – Ella schien ihre Gegenwart zu spüren. Sie fuhr sich mit den Händen über die Oberarme, als sei ihr plötzlich kalt.

Didi war zu wütend, um das zu bemerken. Oder sie bekam es mit, aber es war ihr einerlei. „Das ist doch wohl unerhört!" zürnte sie. „Wie kommt sie zu der Behauptung, sie hätte das erste handschriftliche Original? Das erste handschriftliche Manuskript stammt von mir!"

„Wie kommt sie dazu?"

Ich wiederholte Didis Frage. Konnte Ella das wissen? Nein. Sie wirkte verwirrt. „Wie sie dazu kommt, das Manuskript zu spenden? Ich verstehe die Frage nicht, es gehört schließlich ihr. Halt – jetzt verstehe ich!" Grinsend wies sie mit dem Zeigefinger auf mich. „Wie kann sie sich von so etwas Wertvollem und Persönlichem trennen? Das beweist doch alles, Pepper, oder? Das beweist, daß du tief drinnen das Buch genauso liebst wie wir anderen. Du verstehst, wie schwer es Miss Bowman fallen muß, so etwas Wunderbares aus der Hand zu geben. Aber dann kapierst du hoffentlich auch, was für ein bemerkenswerter Mensch sie ist. Sie ist bereit, dem Museum ihr Manuskript zur Verfügung zu stellen! Welch großmütige Geste."

„Wie kommt es, daß sie im Besitz des Manuskripts ist?" An diesem Punkt war es mir egal, ob Ella mich verstand oder nicht, ich stellte die Frage erneut. Ich brauchte dringend Antworten – ehe ich mich auf etwas einließ, was unter Garantie die Mutter aller schlechten Ideen war.

Didi schmollte. „Sie hatte fünfzig Jahre Zeit, es abzuschreiben", sagte sie. „ Außerdem ist es egal, was sie besitzt oder nicht. Spielt keine Rolle mehr, sobald du im Haus bist."

„Warum? Was ist in dem Haus?"

Ella musterte mich wachsam. „Im Haus ist, was normalerweise so in Häusern ist", sagte sie. „Mit Ausnahme des Museums im Erdgeschoß. Oben sind Schlafzimmer. Du kriegst ein eigenes, mit eigenem Bad. Ich war selbst noch nicht dort, aber ich habe gehört, die Renovierung sei gigantisch. Vielleicht hast du sogar ein eigenes Wohnzimmer."

„Das hatte ich nicht gemeint." Dabei sah ich Didi an, nicht Ella.

„Das Manuskript", sagte Didi. „Das wahre Original, die handschriftliche Version von ‚Der Morgen so fern'. Meine handschriftliche Originalversion. Merilee weiß nicht, daß sie existiert. Ich hatte sie versteckt. Auf dem Speicher. Bevor ich starb. Ich wußte, daß es nie schlau ist, von einem Manuskript nur eine Kopie zu besitzen, also hatte ich eine zweite im Schlafzimmer, die ich abgetippt hatte, um sie an Verleger in New York zu schicken. Das Original hatte ich versteckt. Nur für alle Fälle. Ich weiß nicht mal mehr, an welche Fälle ich dabei dachte. Daß ein Feuer ausbricht oder so und das getippte Manuskript vernichtet wird. Wenn es stimmt, daß seitdem niemand mehr in dem Haus gewohnt hat, müßte das Buch eigentlich noch da oben liegen, wo ich es versteckt habe. Es zu finden dürfte eine Kleinigkeit sein. Wie gesagt, es liegt auf dem Dachboden, direkt unter dem Fenster, von dem aus man den Weg durch den Vorgarten sehen kann. Darunter ist ein Dielenbrett locker. Du trittst einfach auf das eine Ende, das Brett kippt hoch und voilà! Das würde ein für alle Mal alles beweisen, oder? Das Originalmanuskript. Dann glaubt Merilee doch kein Mensch mehr."

Das klang mir alles zu logisch, zu glatt. Ich kann nicht behaupten, daß Didis Argumente mich zufrieden stimmten. „Warum erzählst du mir das erst jetzt?"

Ella stand auf. „Ich habe es selbst gerade erst erfahren. Nachdem ich das mit Trish erfahren hatte. Miss Bowman rief an, um zu sagen, welche Umstände sie hatte und ..."

„Wieviel?" Ich stand auch auf. Nicht, weil ich Ella wieder überragen wollte. Ich konnte nur Didi nicht mehr sehen, wenn Ella stand. „Von meinem Lohn war bisher noch nicht die Rede. Nicht in Dollar und Cent."

„Du weißt, Harmony wird großzügig sein."

„Du weißt, Miss Bowman wird großzügig sein."

„Komm schon, Pepper, anders geht es nicht!"

„Bitte, Pepper. Es wäre mir eine große Hilfe."

Ich wurde von zwei Seiten in die Mangel genommen.

Von den Lebenden und den Toten.

Ich unternahm einen letzten verzweifelten Versuch, ihre Bitten zu ignorieren.

„Das kann nicht gutgehen", verkündete ich.

„Natürlich wird es das." Grinsend tänzelte Ella um den Schreibtisch herum, nahm den Telefonhörer, und noch ehe sie die entsprechenden Tasten gedrückt hatte, wußte ich, daß sie Merilee anrief, um ihr die frohe Botschaft zu übermitteln.

„Dann kann's ja losgehen!" Beim Klang von Didis Stimme drehte ich mich eilig um. Gerade noch rechtzeitig, um meinen Geist durch die Rückwand von Ellas Büro verschwinden zu sehen. Gleich darauf stand sie draußen vor dem Fenster und winkte mir freudestrahlend zu. „Wir sehen uns bei mir zu Hause!"

Geschichte hat mich nie interessiert.

Das klingt wahrscheinlich seltsam aus dem Mund von jemandem, der auf dem College als Hauptfach Kunstgeschichte belegt hatte. Aber mir ging es damals bei der Wahl eindeutig nicht um den Geschichtsanteil. Eigentlich auch nicht um den Kunstanteil.

Wenn ich ganz ehrlich bin, dann muß ich zugeben, daß mir gleich zu Beginn meiner Collegelaufbahn klargeworden war, daß ich Kunstgeschichte nicht ganz so unmöglich fand wie andere Fächer. Bio oder Chemie zum Beispiel. Es ging dort auch nicht ganz so langweilig zu wie in Englisch mit den ewigen Haarspaltereien, was nun ein Vergleich ist und was eine Metapher. Außerdem hatte ich nie vorgehabt, mit meiner Ausbildung etwas anzufangen. Kunstgeschichte war einfach Mittel zum Zweck gewesen. Es ging nur darum zu tun, was man von mir erwartete, das College zu durchlaufen und mit einem Abschluß in der Hand wieder rauszukommen. Außerdem wollte ich die richtigen Kontakte knüpfen, den richtigen Mann finden.

Das hatte ich alles tapfer absolviert.

Als sich über Nacht alle Sicherheiten in meinem Leben in Unwägbarkeiten wandelten, hatte mir all das nicht die Bohne genützt. Die richtigen Kontakte hatten sich als die falschen entpuppt, der richtige Mann auch. Was ich bestimmt schon mal erwähnt habe.

Um auf mein Verhältnis zur Geschichte zurückzukommen ...

Ob es mir gefiel oder nicht, mein Job als Fremdenführerin auf dem Garden-View-Friedhof brachte es mit sich, daß ich tagtäglich mit Geschichte konfrontiert wurde. Ich wußte inzwischen mehr über Cleveland, seine Bewohner und, ja, auch über seine Geschichte, als ich je für möglich gehalten hätte. Weit mehr, als ich je hatte wissen wollen. Also wußte ich, welche Gegend Ella meinte, als sie vom Bowman-Haus in Ohio City sprach.

Früher – fragen Sie mich jetzt bloß nicht, wann früher, es ist jedenfalls schon ziemlich lange her – war Ohio City das, was der Name vermuten läßt: eine eigene Stadt. Die Gegend liegt westlich der Clevelander Innenstadt, auf der gegenüberliegenden Seite des Flusses Cuyahoga, der das heutige Cleveland in zwei Teile teilt. Im Laufe der Zeit geschah das Unvermeidliche: Cleveland verleibte sich Ohio City ein und aus einer Stadt wurde ein Stadtteil – einer von vielen.

Heute ist Ohio City eine merkwürdige Mischung aus großen, altehrwürdigen viktorianischen Häusern, teuren Eigentumswohnungen, Kleingewerbe, charmanten Restaurants und nicht ganz so charmanten heruntergekommenen Häusern mit Brettern vor den Fenstern. In der Nähe letzterer zeigt meistens auch der Bürgersteig tiefe Risse. Während ich auf der Suche nach dem Haus der Familie Bowman durch die Straßen kreuzte, mußte ich unwillkürlich an die Gegend denken, in der Harmony heranwuchs. Zwischen beiden Stadtteilen gab es einen entscheidenden Unterschied. Auf Harmonys Seite der Stadt hatte schon immer die arbeitende Bevölkerung gelebt. Mit anderen Worten, dort waren die Häuser auf Zweckdienlichkeit ausgelegt. Ambiente hatte nie eine Rolle gespielt.

In Ohio City hatte gelebt, wer Rang und Namen hatte, wer etwas war, etwas bewegte. Zum Teil galt das dem Anschein nach auch heute noch. In jeder Straße, durch die ich fuhr, waren wenigstens zwei oder drei der großartigen viktorianischen Häuser liebevoll renoviert worden.

Vor einem dieser Häuser hielt ich an, stieg aus und sah einem Trupp Arbeiter zu, die gerade im Vorgarten ein riesiges Schild aufstellten:

„‚Der Morgen so fern'-Museum".

Da war ich wohl richtig.

Der Hintergrund des Schildes war dunkelblau, dieselbe Farbe, in der die Hälfte des türmchenverzierten Hauses dahinter gestrichen war. Die andere Haushälfte – nun, dazu ließ sich noch wenig sagen. Nur soviel: Wenn all die Arbeiter, die sich auf dem Grundstück tummelten, endlich dazu kamen, auch diese Hälfte zu streichen, würde sich das alte Haus gewiß sehr freuen. Soweit ich es von weitem beurteilen konnte, hatte das Bowmanheim die letzten weiß der Himmel wieviel Jahre als grauer, dreckiger Klotz zugebracht. Die Treppenstufen, die zum Eingang führten, waren durchgesackt, und um die Fenster hingen die Fensterläden wie die Haut um die Augen einer alternden Dame.

Trotz allem war jetzt schon zu sehen, daß das Museum ein Kleinod sein würde, waren die Arbeiten erst einmal abgeschlossen. Über die gesamte Vorderseite des Hauses erstreckte sich eine breite Veranda, den Treppenabsatz im ersten Stock zierte ein Buntglasfenster, und hinten hinaus gab es einen Garten, der, soweit ich erkennen konnte, seit Jahren im Dornröschenschlaf lag. Ein Gärtnertrupp war dabei, durch das hüfthohe Unkraut zu schreiten, den Ist-Zustand zu beurteilen und festzulegen, was zu retten war und was zu verschwinden hatte.

Verschwinden.

Ein kleines Wort und doch ein Leuchtfeuer in der Nacht. Nicht zum ersten Mal, seit ich in Ellas Plan eingewilligt hatte, dachte ich darüber nach, einfach hinzuschmeißen.

Ich konnte gehen.

Jetzt.

Ich sollte gehen.

Ehe ich mich mit Merilee auseinandersetzen mußte.

Der Haken dabei: Ich mußte mich mit Merilee auseinandersetzen, wenn ich belegen wollte, daß Didi zu Recht Anspruch auf die Autorenschaft eines der berühmtesten Bücher der Welt erhob.

Zweifel plagten mich, und obwohl ich versuchte, sie nicht zu beachten, waren es zu viele. Statt mich ihnen hinzugeben – wovon mir nur noch übler geworden wäre, als mir ohnehin schon war –, sprach ich mir Mut zu. Je eher ich dort reinging und das Manuskript fand, das laut Didi auf dem Speicher versteckt war, desto eher konnte ich auch Merilee, der Gnadenlosen mitteilen, daß ich es mir anders überlegt hatte und kündigte.

Dieser Gedanke verlieh mir den Mut weiterzumachen. Ich holte meinen Koffer aus dem Auto und ging den Gartenpfad entlang zur Haustür.

Das war nicht so einfach, wie es sich anhörte. Das Haus war, wie gesagt, eine halbe Baustelle. Überall lagen Latten herum, stapelten sich Farbdosen, waren Gerüstteile deponiert worden. Außerdem lungerten überall diese Reenactors herum.

Als ein Kerl in der Uniform der Kavallerie der Unionstruppen den Hut lüpfte und sich mit großem Pomp vor mir verbeugte, nickte ich ihm kurz zu, ehe ich mich an einer Frau mit Riesenreifrock vorbeidrückte, die gerade in ihr Handy sprach. Auf dem leeren Grundstück gegenüber, auf der anderen Straßenseite, hatte jemand ein kleines weißes Bierzelt errichtet, vor dem drei grau gekleidete konföderierte Soldaten mit zwei blaugewandeten Unionisten zusammensaßen und Karten spielten.

Einer der Unionsoffiziere kam mir ziemlich bekannt vor. Nikkelbrille, strubbeliges Haar ...

Ich ließ den Koffer fallen, drehte mich um und ging automatisch ein paar Schritte in Richtung Kartenspieler.

„Dan?"

„Äh, nein, Ma'am." Der Kavallerieoffizier, der sich immer noch in meiner Nähe herumdrückte, dachte wohl, er sei gemeint. Er trat vor und musterte mich gönnerhaft. „Ich heiße Joe, aber ich sag Ihnen was: Wenn Sie wollen, daß ich mich umtaufen lasse, bitte! Aber nur, wenn Sie mit mir einen trinken gehen."

„Nein. Danke." Ich schenkte ihm eines meiner reizenderen Lächeln und hoffte, es würde als Entschuldigung durchgehen. „Sie waren gar nicht gemeint, sondern der Mann da auf der anderen Straßenseite." Ich wandte mich in Richtung Bierzelt – wo jetzt nur noch ein Unionist mit den Rebellen Karten spielte.

Muß ich extra erwähnen, welcher der beiden spurlos verschwunden war?

Überrascht schüttelte ich den Kopf. „Scheiße."

Joe kicherte. In gespieltem Entsetzen riß er die Augen auf. „Aber Madam!" tadelte er gutmütig. „Wir schreiben das Jahr des Herrn achtzehnhundertdreiundsechzig. Eine Dame nimmt solche Worte nicht in den Mund."

„Ach ja? Dann werde ich Ihnen jetzt mal was sagen." Ich griff mir meinen Koffer und strebte erneut der Eingangstür zu, sorgsam darauf bedacht, weder auf ein vergammeltes Brett noch auf rostige Nägel zu treten. „Ich bin keine Dame. Das werden Sie merken, wenn Sie länger hier sind. Irgendwas sagt mir nämlich, daß ich noch eine Menge schlimmer Wörter in den Mund nehmen werde, ehe ich mit dem Job hier durch bin."

KAPITEL 9

NATÜRLICH WAR MIR NICHT KLAR, daß ich mir etwas vormachte. Damals nicht. Denn wenn man sich etwas vormacht und einem das klar ist, dann macht man sich ja nichts mehr vor, oder?

Als ich den Fuß ins Bowman-Haus setzte, erwartete ich doch wahrhaftig so etwas wie ein Begrüßungskomitee.

Wer könnte mir das verdenken?

Ich hatte mich von einer Sekunde auf die andere bereit erklärt, für die arme Trish einzuspringen, und präsentierte mich damit, das wollen wir doch mal festhalten, automatisch als Arbeitskraft, die ihrer Pflicht nicht nur nachkommt, sondern selbige übererfüllt. Rechnete man dazu noch die Tatsache, daß Ella das scheinbar Unmögliche möglich gemacht hatte, indem sie überhaupt jemanden fand, der bereit war, den Sommer an Merilees Seite zu verbringen, so wären eine Blaskapelle und ein Dutzend roter Rosen gewiß nicht übertrieben gewesen.

Ansonsten war ich bereit, mich damit zufriedenzugeben, wenn mich Merilee an der Tür erwartet hätte. Besser noch Merilee und ein Bauarbeiter (vorzugsweise gutaussehend, muskelbepackt und ohne feste Beziehung), der den Koffer auf mein Zimmer schleppte.

Man kann sich also meine Verwunderung ausmalen, als ich die Tür aufdrückte und dahinter absolut niemand zu sehen war.

„Hallo?“ Ich stellte meinen Koffer auf dem Marmorboden der Eingangshalle ab, um rasch einen Blick in die angrenzenden Räume zu werfen. Direkt vor mir lag der Flur, der in den hinteren Teil des Hauses führte und von einer Treppe in zwei Teile geteilt wurde. Links von mir lag ein Zimmer, das früher wohl das Wohnzimmer gewesen war, gegenüber ein Raum von ähnlichen Ausmaßen, in dem es zwei eingebaute Geschirrschränke gab. Die Decken hier unten erstrahlten in neuem weißen Glanz, der Kronleuchter über der Treppe funkelte, als sei er gerade aufgehängt worden. Die Wände zierte viktorianischer Kitsch: eine Relieftapete aus braunen und lila Blumen vor schwarzem Hintergrund, als Akzente hier und da grüne Ranken und goldene Blätter. Auch hier türmten sich die Bauutensilien: abgebaute Gerüste, Farbeimer, Baustoffe. In dem ganzen Wirrwarr vor dem Hintergrund skurriler Vegetation war es nicht einfach, einen klar definierten Durchgang auszumachen. Immer wenn ich dachte, ich hätte einen entdeckt, fand ich ihn letztlich dann doch mit in weißes Leinen gehüllten Möbeln und Ausstellungsstücken für das Museum vollgestellt.

Weißes Leinen – Leichentuch.

Natürlich stellte mein Hirn diese Verbindung her. Ich kann nicht sagen, daß mich das glücklich stimmte. Ich und diese Sache mit dem Leben nach dem Tod – kein Wunder, daß ich zu morbiden Gedanken neigte.

„Hallo?“ Fragen Sie mich jetzt nicht, warum ich mir die Mühe machte, aber ich wollte es noch einmal versuchen. Irgendwie war ich immer noch halbwegs überzeugt, daß man mich mit offenen Armen empfangen würde, wüßte man nur, daß ich da war. Irgend jemand würde gleich auftauchen und mir versichern, wie unendlich dankbar sie oder er mir sei und daß ich einfach phänomenal nett sei. „Ist da jemand?“

„Sind Sie Pepper?“

Wie aus dem Nichts drang der Klang einer Männerstimme an mein Ohr, und ich erschrak und verschluckte mich fast an meiner eigenen Spucke. Nachdem ich mich beruhigt hatte, sah ich mich noch einmal genau um und entdeckte oben auf dem Treppenabsatz einen Mann, der dort gerade erst aufgetaucht sein mußte.

Der fragliche Mann war groß und breit. Er trug ein fleckiges blaues Jeanshemd und Arbeitshosen, die an den Knien eingerissen und am Saum ausgefranst waren. Sein Gesicht war runzlig wie ein viel zu oft benutztes Bettuch, und das graumelierte Haar (mehr Salz als Pfeffer) lang und strähnig. Es war zum Pferdeschwanz gebunden.

Gut, wahrscheinlich hatte meine Fantasie auf Überstunden geschaltet und übertrieb gewaltig – immerhin hatte ich ja auch schon geglaubt, Dan spiele draußen auf der anderen Straßenseite mit ein paar Rebellen Karten. Dennoch war dieser Mann mir unheimlich. Als er nun aus den Schatten trat und sich so hinstellte, daß er mich über das Geländer am Treppenabsatz hinweg eindringlich mustern konnte, zog sich mir, das muß ich gestehen, der Magen zusammen. Er stand dem Buntglasfenster direkt gegenüber, und das rote Licht, das ins Treppenhaus fiel, färbte ihm die Hände.

War das jetzt ein Gleichnis oder eine Metapher?

So oder so – es sah verdammt nach Blut aus.

Mühsam löste ich meine morbiden Gedanken und meinen Blick von den glühend roten Händen und zwang mich, den Mann anzusehen. Der beugte sich vor und starrte mich durch die dicken Gläser einer Schildpattbrille an. Von meinem Standpunkt aus wirkten seine Augen zwei Nummern zu groß.

„Ja, ich bin Pepper." Meine Stimme klang dünn und atemlos. Bestimmt lag das an der Akustik der hohen Decken und nicht daran, daß ich nervös war.

„Sie wohnen hier, sagt Miss Bowman." Der Pferdeschwanzträger wies mit dem Daumen über seine Schulter. „Erste Tür links."

Ich lächelte – und wartete darauf, daß er herunterkommen und mir den Koffer abnehmen würde.

Was er nicht tat.

Weder erwiderte er mein Lächeln, noch stieg er herab, um meinen Koffer zu tragen.

Als ich erkannte, daß er das nicht tun würde, wuchtete ich den Koffer selbst hoch, schlängelte mich durch die Baulandschaft und stieg die Treppe hoch. Je näher ich dem Mann auf dem Treppenabsatz kam, desto stärker stank es nach Zigaretten. Glauben Sie mir, oben angekommen, versuchte ich, größtmöglichen Abstand zu halten – zum Mann und zum Geruch, der von ihm ausging –, aber dennoch schien es mir, als sei beides viel zu nah. Ich umschiffte die stinkende Klippe und versuchte, mir einen Überblick über die Örtlichkeiten zu verschaffen.

Genau wie in der Eingangshalle konnte man auch vom Treppenabsatz aus zwei Richtungen einschlagen. Rechts war der Flur mit Teppich ausgelegt, und an den Wänden rankten Blumen und goldene Blätter. Es roch nach Holzpflegemittel und Lavendel, eine angenehme Abwechslung zum Zigarettengestank. Dankbar atmete ich tief durch.

Als ich mich in die andere Richtung wandte, blieb mir die Luft weg. Hier lag weder ein Teppich am Boden, noch leuchteten Blumen an der Wand. Argwöhnisch beäugte ich die fleckigen, teilweise morschen Dielenbretter und den bröckelnden Putz an den Wänden.

„Merilee sagte links, sind Sie ganz sicher?" fragte ich den Mann mit dem Pferdeschwanz. „Es sieht so aus, als sei dieser Teil des Hauses noch gar nicht fertig renoviert."

„Erste Tür links. Sagt Miss Bowman."

Ich schluckte eine Menge übler Vorahnungen herunter und machte mich tapfer auf den Weg in die angegebene Richtung. Ich konnte mich später noch mit Merilee über die Renovierung meines vorübergehenden Wohnquartiers streiten – oder vielmehr über den Mangel an Renovierung. Erst einmal war mein dringlichstes Anliegen, mich möglichst weit von diesem Mann und dem Zigarettengestank zu entfernen.

Meine Hand lag bereits auf dem Türknauf des mir zugewiesenen Zimmers, als mein Begrüßungskomitee noch einmal den Mund auftat. „Ich heiße Bob", sagte er.

„Schön, Sie kennenzulernen, Bob." Jedes Jahr Ostern im Country Club, jedes Jahr Weihnachten mit den Teilen meiner Familie, die wie meine Eltern dabei waren, auf der gesellschaftlichen Leiter immer höher zu klettern, hatten mich gelehrt, wie man lügt, ohne rot zu werden – und mit einem Lächeln auf den Lippen. Ich wandte mich Bob zu, und he, ich mag eine professionelle Süßholzrasplerin sein und manchmal bereit, mich mit seltsamen alten Männern anzufreunden, aber alles hat seine Grenzen, und der Typ hier war eine – seine Hand würde ich nicht schütteln! Sicherheitshalber hielt ich mit allen zehn Fingern meinen Koffergriff umklammert. Wer keine Hand frei hat, dem kann man auch keine schütteln. „Arbeiten Sie hier?"

Bob kaute auf seiner Unterlippe, wobei er angelegentlich die Vorderseite meines limonengrünen Trägertops musterte. Zum ersten Mal, seit ich meine Sachen gepackt hatte, um mich Richtung Ohio City auf den Weg zu machen, wünschte ich, ich hätte etwas anderes angezogen.

Bobs Blick wanderte hinunter zu meinen Hüften und wieder hoch. „Lebe hier", sagte er. „Immer schon."

„Dann haben Sie sich all die Jahre für die Bowmans um das Haus gekümmert?" Ich nickte weise – Ella hatte mir erzählt, daß das Haus durchgehend im Besitz der Familie verblieben war. Allerdings hatte sich Bob nicht gut um das Gebäude gekümmert, wenn man meine Seite des Flurs betrachtete. Aber dazu sagte ich lieber nichts, denn wenn der Mann hier wirklich schon seit Didis Zeiten lebte, mochte er sich als wichtige Informationsquelle erweisen.

Ich öffnete die Tür zu meinem Zimmer. „Dann werden wir uns sicher in Zukunft häufiger sehen." Das sollte ein Hinweis darauf sein, daß, was mich betraf, unsere Unterhaltung als beendet gelten konnte.

Bob trat vor. „Sie ist gestorben. Hier drin, genau hier."

War Bob Telepath?

Das schoß mir durch den Kopf, gefolgt von einem Namen, der, kaum lag er mir auf der Zunge, auch schon ganz ohne mein Zutun über die Lippen kam.

„Didi?"

Bob zuckte zurück, als hätte ich ihn geboxt. Er starrte mich mit zusammengekniffenen Augen an. „Was wissen Sie über Deborah?"

Es wäre vielleicht lustig gewesen, Bobs Reaktion zu beobachten, wenn ich ihm erzählt hätte, daß meine neueste beste Freundin eine Frau war, die man vor fünfzig Jahren begraben hatte. Aber wie gesagt, ich konnte es mir nicht leisten, ihn gegen mich aufzubringen. Zumindest nicht, bis ich herausgefunden hatte, was er wußte. Über die Bowmanschwestern. Über „Der Morgen so fern".

„Ich bin ein Fan", sagte ich. Ich zuckte nicht die Achseln. Es hatte keinen Sinn, Bobs Aufmerksamkeit noch stärker auf meinen Busen zu lenken. „Ein Fan Merilees. Ich habe jedes Wort gelesen, das je jemand über sie geschrieben hat. Über ‚Der Morgen so fern' und das Haus, in dem wir jetzt stehen, und in dem sie gelebt hat, als sie das Buch schrieb. Ich habe auch viel über die Familie gelesen, natürlich habe ich von Didi gehört. Ich weiß, sie ist jung gestorben. Ich wußte nur nicht, daß es hier im Haus geschah."

Bobs Pferdeschwanz hüpfte munter von einer Schulter zur anderen, als der Mann ungestüm den Kopf schüttelte. „Das war auf der Lorain/Carnegie-Brücke. Nicht hier. Deborah ist hier nicht gestorben."

„Haben Sie nicht gerade gesagt ...?"

„Das war diese Trish. Die so stank. Nach Hustenbonbons." Er rümpfte die Nase, machte kehrt und schritt die Treppe hinunter. „In dem Zimmer, in dem Sie wohnen sollen, da ist sie gestorben. Ist gerade mal zwei Tage her."

„Na toll."

Nun, wo ich allein war, gab es nur noch das Geräusch meiner Stimme, die von der hohen Decke widerhallte, am nackten Boden abprallte und wieder zu mir zurückgeflogen kam. Ich fröstelte.

Kein Grund, sich zu fürchten, versicherte ich mir heldenhaft. Kein Grund, Angst zu haben.

Nur war ich auf die Bitte eines Geistes hin hier, dem ich helfen sollte zu beweisen, daß Merilee ihren Ruf und ihr beachtliches Vermögen auf Kosten ihrer toten Schwester erworben hatte. Außerdem würde ich eine der großen Legenden der amerikanischen Dichtkunst in den Ruin treiben, falls mir die gewünschte Beweisführung gelang.

Außerdem sollte ich die nächsten wer weiß wie vielen Tage in einem heruntergekommenen Haus verbringen. In Gesellschaft eines Mannes, der so gruselig war, daß sein Anblick mir eine Gänsehaut bescherte – und meiner neuen Chefin, neben der Cruella De Vil wie eine Kandidatin für die Heiligsprechung wirkte.

Als wäre das alles noch nicht genug, sollte ich überdies in einem Zimmer wohnen, in dem vor nicht allzu langer Zeit eine Frau ums Leben gekommen war. Zwar war die gute alte Trish zweifellos tot, das mußte aber noch lange nicht zwangsläufig heißen, daß sie auch von uns gegangen war.

Abgesehen von all dem, worüber sollte ich mir Sorgen machen?

Wenigstens stank es in dem Zimmer nicht nach Menthol, was zur Abwechslung eine gute Nachricht war. Ich weiß es genau, weil ich das Zimmer abschnüffelte, und zwar gründlich, Zentimeter für Zentimeter, ehe ich meinen Koffer abstellte. Hätte ich auch nur die geringste Spur von Trish gefunden oder gerochen, dann hätte ich umgehend die Biege gemacht, das kann ich Ihnen versichern.

Wie üblich gab es zur guten Nachricht auch eine schlechte: Der Raum, der für die nächste Zeit mein zweites Zuhause werden sollte, war eher ein Kämmerchen. Eine 3,5 mal 5 m große Schuhschachtel mit einem Fenster, das auf eine schmale Gasse hinausging. Die Tapete mochte früher einmal mit blaßrosa Nelken übersät gewesen sein, wer konnte das so genau sagen? Inzwischen hing sie in Fetzen von der Wand und zeigte eine insgesamt eher abstoßende, einheitlich bleiche Farbgebung. Der

Boden war nackt, die Matratze weich und durchgelegen. Als ich versuchte, meine Klamotten in der einen und einzigen Kommode des Stübchens unterzubringen, klemmten dort alle Schubladen und weigerten sich aufzugehen, bis ich ihnen einen energischen Schlag verpaßte.

Natürlich verfügte dieses Zimmer über kein eigenes, angeschlossenes Bad. Obwohl ich genau wußte, daß man so etwas bei einem Haus dieses Alters nicht erwarten darf, war mir der Gedanke zutiefst zuwider, mitten in der Nacht den Flur hinunter irren zu müssen.

Wo Bob wohl schlief?

„Such das Manuskript und dann nichts wie weg!" spornte ich mich an, während ich meine Kleider einräumte.

„Das Manuskript ist auf dem Speicher." Ich sammelte mein Haarwaschmittel, die Pflegespülung und mein Make-up zusammen, um mich auf die Suche nach dem Bad zu machen. Was hatte Didi gesagt? „Wenn du das Manuskript in die Hände kriegst ..."

Kurz vor der Zimmertür blieb die Spitze meiner rechten Sandale an einer rauhen Stelle im Fußboden hängen. Für einen Augenblick verlor ich das Gleichgewicht. Ich stürzte nicht, schaffte es aber auch nicht, die Sachen in meinen Händen festzuhalten. Shampoo und Spülung flogen in die eine, die Flasche Happy in die andere Richtung. Ein brandneues Fläschchen Pretty in Pink rollte, ehe ich es verhindern konnte, unter das Bett.

„Gottverdammt!" Ich sammelte auf, was aufzusammeln ging, ehe ich mich hinkniete und behutsam die Rüschenbordüre anhob, die das Bett umkränzte.

Es war zu dunkel, um etwas zu sehen.

„Verdammt, verdammt." Vorsichtig tastete ich mit lang ausgestrecktem Arm den Boden ab, und als mir das nichts weiter eintrug als eine Menge Staubmäuse, biß ich notgedrungen in den sauren Apfel und legte mich auf den Bauch. Ich streckte mich, soweit ich konnte, tastete weiter durch Dunkelheit und Staub, und endlich gelang es meinen Fingern, Kontakt zu einem Gegenstand herzustellen. Freudig packte ich zu.

Ein Pretty in Pink war das nicht.

Ich setzte mich hin, blies mir eine Haarsträhne aus den Augen und sah mir die Rolle breites Klebeband an, die ich unter dem Bett hervorgeholt hatte.

Sie konnte nicht lange da unten gelegen haben, dazu war sie im Vergleich zum Rest des Zimmers viel zu sauber. Einem Arbeiter gehörte sie auch nicht. Ein einziger Blick auf mein neues Domizil, und man wußte, daß hier schon lange kein Renovierungsspezialist mehr einen Fuß hineingesetzt hatte.

Eigentlich kam als Besitzerin der Rolle nur Trish in Frage.

Was mich im Grunde wenig interessierte.

Wenigstens nicht so sehr wie ein neuer Pretty in Pink.

Ich legte das Klebeband beiseite, um noch ein wenig unter dem Bett herumzufischen. Diesmal war ich erfolgreich. Pretty in Pink, Make-up und Haarpflegemittel in Händen brach ich wieder auf, um nach dem Bad zu suchen.

Das entpuppte sich als weiterer Raum, der noch auf die zärtlichen, liebevollen Zuwendungen eines Renoviertrupps wartete.

Ich stellte meine Schönheitsmittel auf dem Waschbecken ab und sah mich um. Abgestoßenes Linoleum, eine uralte Badewanne mit Klauenfüßen und dahinter ein Loch in der Wand, das einen ungehinderten Blick auf die Wanne und etwaige Badende ermöglichte.

„Schnell das Manuskript finden!" Schon wieder ein neues Mantra, und so merkwürdig es klingen mag, es verlieh mir irgendwie Mut. Ich befahl mir, dieses Mantra häufiger zu murmeln, kämmte mich und untersuchte mich und meine Kleidung auf eventuelle Staubrückstände.

Erst als ich sicher sein konnte, daß ich so gut beieinander war wie unter diesen Umständen möglich, fühlte ich mich bereit für ein Treffen mit Merilee. Ich machte mich auf die Suche nach meiner neuen Arbeitgeberin.

Ich hätte mir jede Sorge um Frisur und Make-up schenken können. Als ich Merilee fand, saß sie hinter einem riesengroßen Mahagonischreibtisch in ihrem Arbeitszimmer und schrieb emsig in ein Notizbuch. Sie sah nicht einmal auf, als ich ins Zimmer kam.

Ich blieb auf Zehenspitzen im Türrahmen stehen und fragte mich, wie ich sie am besten auf mich aufmerksam machen sollte, nutzte aber die Gelegenheit, mir einen ersten Eindruck vom Arbeitszimmer zu verschaffen. Hier waren die Wände mit einem satten, dunklen Holz getäfelt, auf dem Boden lagen dicke Perserteppiche, und jede Lampe glitzerte wie frisch geputzt. Sogar die Borde des leeren Bücherregals, das sich über eine ganze Wand erstreckte, glänzten. Ebenso die Tische zu beiden Seiten eines burgunderroten, recht unbequem wirkenden Sofas.

Durch dieses Zimmer war vor kurzem ein Reinigungstrupp gefegt. Alles glänzte und duftete, eine willkommene Abwechslung nach den modrigen Gerüchen in meinem Teil des Hauses. Ich aalte mich regelrecht im Zitronengeruch der Möbelpolitur.

Um so mehr wunderte mich eine kaum wahrnehmbare, aber doch störende Rauchnote in der Luft.

Ich warf einen Blick zum offenen Kamin, über dem zwei riesige Ölgemälde hingen. Das eine stellte eine Frau mit langen, goldenen Locken und auffallend strahlenden, himmelblauen Augen dar, die ein langes, saphirblaues Gewand mit weitem Rock und enger Taille trug. Es war tief ausgeschnitten, damit die Schultern und der schlanke Hals gut zur Geltung kamen.

Das zweite Bild zeigte einen dunkelhaarigen Mann mit buschigem Schnurrbart und der Andeutung eines Lächelns auf den Lippen sowie eines kühnen Zwinkerns in den Augen. Er trug eine blaue Uniform.

Auf dem Kaminsims drängte sich Nippes: unglaublich viele Frauen in langen Reifrockgewändern (eines davon saphirblau wie das der Frau auf dem Bild) und Männer in altmodischer Kleidung. Viel Phantasie brauchte man nicht, um zu erkennen, daß es sich hier um die handelnden Personen von DMSF handelte.

Die Nippesfiguren hätten sauberer nicht sein können, und der Kaminsims glänzte.

Deshalb wirkte das Häuflein Asche auf dem Feuerrost vielleicht auch doppelt so fehl am Platze.

„Es ist zu warm für ein Feuer."

Ich mußte mir keine Sorgen machen, daß Merilee mich gehört hatte. Sie war zu sehr in ihre Arbeit versunken – worin auch immer die gerade bestehen mochte.

Das bedeutete natürlich nicht, daß mich niemand gehört hatte – und daß niemand antwortete.

„Wir hatten hier nie ein Feuer brennen." Didi klang außer Atem, ihre Stimme hüpfte förmlich von Wort zu Wort. „Mutter fand das zu riskant. Als ich klein war, ist weiter unten in der Straße mal ein Haus abgebrannt. Danach hat Mutter nie wieder ein Feuer im Kamin erlaubt."

Als ich mich umdrehte, bekam ich mit, wie Didi sich materialisierte. An diesem Tag trug sie eine weiße Bluse zu einem karierten Faltenrock, hatte sich Rattenschwänze gebunden und ein Springseil mitgebracht, das sie gerade eifrig benutzte.

Ich verdrehte schweigend die Augen.

„Gefällt dir der Kleinmädchenlook nicht?" Didi lachte, und schneller, als man puh sagen konnte, sah sie wieder vernünftig aus. Soweit man bei einem Geist von vernünftig reden kann. „He, ich wollte mal ein bißchen meine Kindheit wiederaufleben lassen. Schließlich bin ich hier groß geworden."

„Das Buch hast du auch hier geschrieben? Habe ich das richtig verstanden?"

„Natürlich." Das war jetzt Merilee, von der anderen Seite des Raumes. „Das wüßten Sie, wenn Sie aufgepaßt hätten."

Ich wandte mich ihr zu und zwang mich, enthusiastisch zu klingen, obwohl ich mich überhaupt nicht danach fühlte. „Das sollte ein Scherz sein. Ella hat Ihnen doch gewiß gesagt, daß ich ein großer Fan von Ihnen bin."

„Natürlich." Merilee klappte eines der Bücher zu, die sich auf dem Tisch türmten, nahm die Brille ab, die sie weit vorn auf der

Nasenspitze trug, legte ihren Bleistift weg und schickte sich an, mich intensiv von oben bis unten zu mustern. Man brauchte keinen detektivischen Spürsinn, um mitzubekommen, daß sie mir die Erwähnung von Didis Namen auf dem Garden-View-Friedhof noch nicht verziehen hatte. Sie hatte sich damit abgefunden, daß ich nun Trish ersetzen sollte, aber einfach würde sie mir das Leben nicht machen.

„Cleveland hat im Bürgerkrieg eine interessante Rolle gespielt." Merilees Stimme klang hell und kühl, als hielte sie einen Vortrag. „Aber das wissen Sie ja zweifelsohne, wo Sie doch so ein großer Fan von mir sind. Ich bin sicher, wir werden im Laufe des Sommers noch viel Zeit für die eine oder andere kleine Diskussion finden. Wir könnten uns darüber unterhalten, wie während der Kriegsjahre die Ölraffinerien wie Pilze aus dem Boden schossen und überall neue Eisenbahnstrecken entstanden."

Ich konnte es kaum erwarten.

„Dann sind da natürlich ..." Merilee fixierte mich mit Laserblick. „... noch Elizabeth und Kurt. Ich nehme an, Sie wollen mir eine Menge Fragen über die beiden stellen, wo Sie doch ein so großer Fan sind."

Die Namen kamen mir vage bekannt vor.

Glauben Sie mir, es ist nicht einfach, höflich über Belanglosigkeiten zu plaudern, wenn man gar nicht weiß, welche Belanglosigkeiten gerade an der Reihe sind.

„Pssst!" Didis Lippen schwebten kalt ganz nah bei meinem Ohr, und dabei stand wirklich nicht zu befürchten, daß Merilee sie hörte. „Die Bilder." Sie wies mit dem Kinn Richtung Kamin. „Elizabeth Goddard ist der rotblonde Vamp in dem blauen Gewand. Im Film war sie Opal, und sie hatten ein Heidenglück, sie zu kriegen. Als die Dreharbeiten anfingen, ahnte niemand, daß sie sich gerade hatte schwängern lassen. Ein paar Monate später, und sie hätte nie und nimmer die Opal sein können – und Kurt!" Begeistert sah sie zum Bild des Mannes mit Oberlippenbart auf, eine Hand am Herzen. „Kurt war Palmer. Als erstes hatten alle an Gable gedacht, und er war auch die erste Wahl, aber mal ehrlich, der Mann war zu alt. Außerdem als Schauspieler nicht halb so gut wie Kurt. Eine Zeitlang ging sogar das Gerücht, man wolle Cary Grant die Rolle anbieten. Stell dir das mal vor!"

Freudig strahlte ich Merilee an. „Ich kann es kaum erwarten, mehr über Kurt und Elizabeth zu erfahren", gurrte ich. „Das muß ja nervenaufreibend gewesen sein, Elizabeth schwanger, und niemand ahnte etwas. Das hat wohl allerhand Staub aufgewirbelt – und Cary Grant als Palmer!" Ich lachte silberhell, auch wenn ich keine Ahnung hatte, wer dieser Grant sein mochte und warum die Vorstellung, er könnte Palmer darstellen wollen, so verrückt war. „Das muß man sich mal vorstellen!"

„Ja. Das muß man sich vorstellen." Merilee zog eine saure Miene. Sie war keine gute Verliererin, aber das hatte sie mir damals im Garden View schon so gut wie ins Gesicht gesagt. Sie haßte Überraschungen. Wenn ich beweisen konnte, daß Didi DMSF geschrieben hatte, war das wohl die ultimative Überraschung.

Nun gut – warum nicht gleich mit den Ermittlungen anfangen?

Ich rückte näher heran. „Bitte!" bat ich, wobei ich wirklich versuchte, mich wie ein Fan zu gebärden und nur nicht die Privatdetektivin raushängen zu lassen. „Erzählen Sie doch, wie es war, das Buch zu schreiben. Es muß eine Heidenarbeit gewesen sein. Gleichzeitig waren Sie voll berufstätig, nicht wahr?"

„Stimmt. Ich war Bibliothekarin und habe für die Stadtbücherei gearbeitet. In der Zentralkartei der Zweigstelle in der Innenstadt."

„Was erklärt, warum Sie soviel wissen."

Ich meinte das als Kompliment, aber Merilee faßte es nicht so auf. Sie runzelte die Stirn. Ein häßlicher roter Fleck breitete sich auf ihrem Hals aus und kroch bis ins Gesicht. Als sie antwortete, zitterte ihre Stimme. „Ich habe sechzig Jahre gebraucht, um die Kenntnisse zu erwerben, die ich besitze. Es hatte nichts mit der Bibliothek zu tun. Es hatte mit Fleiß zu tun, mit viel harter Arbeit. Ich setze mich nicht hin und erfinde irgendwas und behaupte dann, das wären echte Personen – und glaube das dann schließlich noch selbst. Ich schreibe nie über etwas, wenn mir keine dokumentarischen Belege für die Richtigkeit meiner Worte vorliegen. Denn darum geht es in der Geschichtswissenschaft: um Belege, Beweise. Nicht um dämliche fiktive Histörchen. Es geht um Zahlen, Fakten und ..." Sie verschluckte sich fast an ihrer Wut, und irgendwie wurde ihr wohl selbst bewußt, daß sie sich zu sehr in ihren Zorn hineingesteigert hatte. Mit bebendem Kinn preßte sie die Hände zusammen und rang sichtlich um Fassung.

„Sie wissen höchstwahrscheinlich", fuhr sie etwas gefaßter fort, „daß ich allgemein als die Expertin für den Bürgerkrieg und seine Auswirkungen auf die Industrialisierung der Nordstaaten gelte."

„Noch etwas, worüber wir uns irgendwann einmal unterhalten sollten!" meinte ich enthusiastisch.

Wenn die Hölle zufriert, dachte ich dazu.

„Etwas Ähnliches hatte ich gemeint", fuhr ich nun wieder laut fort. „Als ich fragte, wie es war, das Buch zu schreiben. Es kann nicht einfach gewesen sein. Hat Ihnen jemand geholfen?"

Zwei perfekt gezupfte Brauen unternahmen eine langsame Aufwärtsfahrt die Stirn hinauf. „Wollen Sie damit sagen ..."

„Nein!" Ich schüttelte heftig den Kopf – ich hatte mein Idol doch auf keinen Fall beleidigen wollen! „Ich meine nur, es kann nicht einfach gewesen sein, den Überblick über all die Informationen zu behalten und sich noch dazu Sachen auszudenken, die im Buch passieren sollen. Wie haben Sie es nur geschafft, all die vielen Seiten zu schreiben?"

„Recherche!" Merilee legte die Hand auf einen Bücherstapel auf ihrem Schreibtisch. „Es steht und fällt alles mit der Recherche."

„Aber das Buch ist so erstaunlich. Woher hatten Sie Ihre Ideen? Haben Sie sich mit jemandem darüber ausgetauscht?"

Merilee gab ein Geräusch von sich, das an Sandpapier auf Stein erinnerte. Vielleicht war es ein Kichern. „Mit wem denn?"

Ich zuckte die Achseln. „Ich weiß nicht. Vielleicht mit ihrer Schwester Didi? Haben Sie je mit ihr über Ideen für das Buch diskutiert?"

Alle Gefühle, die Merilee bei ihrem Vortrag über Eisenbahnen und Ölraffinerien gezeigt hatte, verflüchtigten sich umgehend. Der Blick, den sie in meine Richtung schoß, war das reine Gift. „Sie scheinen ja von meiner Schwester förmlich besessen zu sein. Wirklich, Miss Martin, wenn Sie Ella Silverman gestanden hätten, daß Sie nur für mich arbeiten wollen, um Ihrem krankhaften Interesse an meiner armen, unglücklichen Schwester ..."

„Aber nein!" Mein Achselzucken war hoffentlich angemessen beiläufig ausgefallen. „Ich bin an Ihnen und an Ihrem Buch interessiert, da bleibt es nicht aus, daß ich mich auch für Didi interessiere. Ich möchte sie in eine Führung aufnehmen, die ich gerade für den Friedhof vorbereite. ‚Bekannte Gesichter' – der Titel stammt von Ella. Da Didi zu unseren Bewohnerinnen zählt, würde ich sie gern erwähnen."

Diesmal war das Geräusch, das Merilee von sich gab, unmißverständlich ein Gelächter. Ein ziemlich bösartiges. „Sie wollen mich wohl veräppeln. Didi ein bekanntes Gesicht? Meine Schwester? Wofür ist sie denn bekannt? Dafür, daß sie die größte Herumtreiberin auf der Westside Clevelands war?"

Das hatte Didi bisher noch nicht erwähnt, und ich nahm mir sofort vor, sie bei nächster Gelegenheit dazu zu befragen, und rückte ein Stück näher an den Schreibtisch heran. „Ich dachte weniger an die Privatperson als mehr an die Schauspielerin Didi. An ihre Karriere im Filmgeschäft."

„Deborah? Beim Film?" Verdrießlich schnaubend wandte sich Merilee wieder ihren Büchern zu. „Da haben Sie etwas in den falschen Hals gekriegt. Ich werde Ihnen jetzt mal was erzählen, und wenn Sie nicht zuhören, dann klappt es mit uns beiden nicht diesen Sommer, dann werden wir uns nicht gut verstehen. Haben Sie schon vergessen, was ich gesagt habe? Recherche. Recherche ist von ausschlaggebender Bedeutung, und augenscheinlich haben Sie nicht genau recherchiert und alles falsch verstanden. Didi hat nie in der Filmbranche gearbeitet."

„Aber sie ..."

Den Rest meiner Worte schluckte ich gerade noch rechtzeitig herunter.

„Da habe ich mich wohl geirrt.“ Das sagte ich nicht nur zu Merilee, sondern auch zu mir selbst. „Ich dachte, sie sei in einem Film mit Kurt Benjamin aufgetreten. Ehe ‚Der Morgen so fern‘ gedreht wurde. In einer kleinen Rolle, aber immerhin.“

„Auf jeden Fall hätte das vor der Verfilmung des Buches sein müssen, denn als es verfilmt wurde, war Didi schon tot. Aber daß sie vorher an einem Film mitgewirkt hat ...“ Merilee stand auf und legte die Hände auf die Schreibtischplatte. „Didi hat Cleveland nie länger als ein paar Tage am Stück verlassen. Sie war nie in Hollywood, und ich weiß sicher, daß sie nie zusammen mit Kurt oder mit irgend jemand anderem an einem Film mitgewirkt hat. Recherche! Vergessen Sie das nie. Recherche ist das A und O. Wenn Sie Ihre Recherche über Didi sauber erledigt hätten, dann wüßten Sie, daß sie die größte Lügnerin diesseits des Mississippi war.“

Ich war nicht naiv; das war mir auch schon durch den Kopf gegangen. Aber ich hatte diesbezügliche Bedenken ad acta gelegt, nachdem ich Merilee kennengelernt hatte – und Harmony. Ich hatte sie beiseite geschoben, um mich auf die Suche nach Beweisen zu konzentrieren, die belegen sollten, daß Merilee die wahre Meisterlügnerin war.

Der Gedanke allein, daß ich mich geirrt haben könnte ...

Mein Magen fühlte sich eigenartig an. Wenn ich jetzt meinen Sommer für nichts und wieder nichts in diesem Rattenloch verbrachte ...

Ich holte tief Luft und riß mich zusammen.

„Na ja“, sagte ich lebhaft, „aber wir können Didi trotzdem in die Führung aufnehmen. Schließlich ist sie ermordet worden, und das macht einen berühmt, ob man will oder nicht. Sehen Sie das anders?“

„Mord?“ Merilees Schultern wurden ganz starr. „Wovon reden Sie? Was für ein Mord? Wer ist ermordet worden? Sind Sie der

Meinung, Didi sei umgebracht worden? Bei Ihnen stimmt ja keine einzige Information!“

Hoch erhobenen Hauptes schwebte Merilee an mir vorbei zur Tür hinaus.

„Wenn Sie anständig recherchiert hätten, dann wüßten Sie, daß meine Schwester nicht ermordet wurde. Sie ist gesprungen. Von der Lorain/Carnegie-Brücke.“

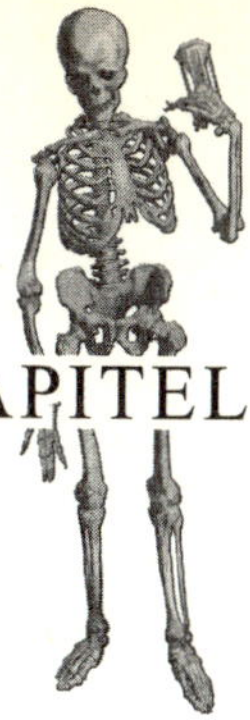

KAPITEL 10

War Didi die grösste Lügnerin diesseits des Mississippi?

Davon mußte ich ausgehen – falls stimmte, was Merilee über Didis nicht existente Kinokarriere und die Art ihres Ablebens erzählt hatte.

Ich hätte das gern mit Didi selbst geklärt, konnte sie aber nicht finden und somit auch nicht fragen. Aber selbst wenn ich sie hätte befragen können, durfte ich ihre Antworten glauben? Gab sie zu, eine Lügnerin zu sein, dann ließ sich kein Wort von ihr mehr für bare Münze nehmen – allerdings einschließlich des Bekenntnisses, eine Lügnerin zu sein. Behauptete sie, Merilee habe nichts als Scheiße im Kopf, dann wußte ich immer noch nicht, woran ich war. Sagte sie das, weil es wirklich so war, oder weil sie es sich ausgedacht hatte?

So oder so, ich steckte in einer üblen Zwickmühle und hatte eine Nuß zu knacken, die mir den ganzen Tag über zu schaffen machte. Mit vorhersehbarem Resultat: Ich bekam furchtbare Kopfschmerzen.

Denn unwichtig war die Frage ja nicht. Wenn Didi gelogen hatte, als sie mir gegenüber behauptete, in Filmen mitgespielt zu haben und getötet worden zu sein (beides immerhin keine unwichtigen Themen!), dann log sie vielleicht genauso, wenn es um „Der Morgen so fern“ ging. Wenn sie log, was „Der Morgen so fern“ betraf, dann verschwendete ich hier gerade meine Zeit –

und wenn ich hier nur meine Zeit verschwendete ... na ja, wenn ich herausfand, daß ich hier nur meine Zeit verschwendete, dann würde ich stinksauer werden!

Ich kniete gerade auf dem Boden des Arbeitszimmers, und das schon seit einer ganzen Weile. Jetzt ließ ich mich auf die Hacken zurückfallen, blies mir eine Haarsträhne aus den Augen und ließ die Schultern kreisen, um meinen Hals zu lockern. Die Muskeln weiter unten im Kreuz waren total verkrampft, und meine Arme fühlten sich an, als würden sie gleich abfallen.

Didi konnte ich für diese Schmerzen nicht verantwortlich machen.

Während ich Stunde um Stunde darüber nachdachte, ob sie nun eine gemeine Lügnerin war oder nicht, und was das für mich bedeutete, hatte ich einen Bücherkarton nach dem anderen ausgepackt. Alle vom unheimlichen Bob aus den unteren Regionen des Hauses herbeigeschleppt und mit einem Glitzern in den Augen sowie einem lüsternen Lächeln auf den Lippen vor mir abgestellt.

Jetzt wußte ich auch, warum die Regale an den Wänden des Arbeitszimmers leer gewesen waren.

„Wer zum Teufel schleppt denn eine ganze Bibliothek quer durchs Land", grummelte ich vor mich hin. Das durfte ich, niemand konnte mich hören, niemand würde mir antworten. Es war mittlerweile fast sieben Uhr abends, und Merilee war zu einem Dinner mit dem Bürgermeister aufgebrochen. Ich war allein. (Abgesehen von Gruselbob, aber darüber wollte ich lieber nicht nachdenken.)

Abschätzend betrachtete ich den Stapel ausgepackter Kartons und verglich ihn mit dem Stapel der noch nicht ausgepackten. Der zweite war größer. „Gibt es denn in Cleveland keine öffentliche Bibliothek?" fragte ich das leere Zimmer. „Ist das Internet nicht voll mit Informationen über den Bürgerkrieg? Hat diese Merilee den Verstand verloren?"

Was Merilees Geisteszustand anging – was konnte ich dazu sagen? Im Grunde spielte er keine Rolle, oder? Ehe ich nicht ein paar Dinge mit Didi geklärt hatte, wußte ich sowieso nicht mehr, wer bei Verstand war und wer nicht.

Vielleicht waren sie ja beide nicht ganz dicht, die Bowmanschwestern.

Ich zog das letzte Buch aus dem Karton, den ich gerade bearbeitete (es handelte sich um den interessanten Titel „Die Geburt der modernen Volkswirtschaft in den Turbulenzen des amerikanischen Bürgerkriegs") und stopfte es ins Regal zu den anderen Büchern, die sich mindestens ebenso öde anhörten.

„Das war's!" Ich stand auf und wischte mir den Staub vom Gesäß. „Keine Bücher mehr. Wenn es Ihrer Hoheit nicht gefällt ..."

„Ich bin diejenige, der das hier nicht gefällt. Kein Stück."

Erinnern Sie sich, wie ich sagte, ich sei allein im Haus?

Außer mir und Gruselbob niemand, so sollte es sein, das wußte ich genau. Wenn die beiden da neben Merilees Schreibtisch (er in der Uniform der Unionstruppen, sie im blauen Gewand) mich gehört hatten, dann war mir das total egal. Bob war schlimm genug. Aber daß die Alarmanlage versagt hatte, von der er mir versichert hatte, sie sei neuesten Datums und mit allen Schikanen ausgestattet, war weit schlimmer. Die beiden neben dem Schreibtisch hätten nicht hiersein dürfen.

„Sie dürfen hier nicht rein!" Mit hochgerecktem Kinn trat ich auf die beiden zu, eine Ausgabe von „Krieg, Petroleum und Eisen: der Kampf der Konföderierten um Unabhängigkeit und seine Auswirkungen auf die industrielle Entwicklung" hoch erhoben. Nur für den Fall, daß ich jemandem eins überbraten mußte. Oder zu Tode langweilen. „Das Museum ist noch nicht eröffnet, Sie können hier nicht einfach so reinspazieren. Das ist Hausfriedensbruch oder Einbruch oder so."

„Grotesk!" Die Frau warf den Kopf in den Nacken, und ihr Wasserfall aus goldenen Locken erstrahlte im Licht der untergehenden Sonne, das durch die Fenster an der Rückwand des Arbeitszimmers fiel. Sie sah auf das Notizbuch, das ganz oben auf Merilees Schreibtisch lag. „Fast schon beleidigend!"

„Es ist karmische Gerechtigkeit. Das ist es." Der Mann hielt mir den Rücken zugewandt, aber ich hörte das Lächeln in seiner Stimme. Er klang, als sei er mit irgend etwas außerordentlich zufrieden. „Man gewinnt eben mehr, wenn man sich auf die Kunst eines wahren Mimen verläßt statt auf die einer zweitklassigen Amateurin. Es wird Zeit, daß sie das begreift."

„Amateurin!" Die himmelblauen Augen der Frau blitzten. „Ich habe auf den Bühnen Londons und New Yorks gelernt, und laß dir sagen ..."

„Ja, ja, schon gut." Mit einer gelangweilten Handbewegung wischte der Mann ihre Proteste beiseite, drehte sich um und setzte sich auf die Kante von Merilees Schreibtisch.

Da sah ich, daß er einen buschigen Oberlippenbart trug.

Ein Blick zurück über die Schulter auf die beiden Porträts, die über dem Kamin hingen.

Ich wandte mich wieder um, um die Frau unter die Lupe zu nehmen. Richtig! Es war dasselbe Kleid, saphirblau und tief ausgeschnitten, um den schlanken Hals und die weißen Schultern zur Geltung zu bringen.

Mir wich das Blut aus dem Gesicht, und ich fühlte mich mit einem Mal sehr schwach – und kalt. Bis ins Mark.

„Nein!" Ich schüttelte wild den Kopf, als könnte ich damit auch das Bild abschütteln, das sich mir so deutlich präsentierte. „Ihr seid nicht hier, ihr könnt nicht hier sein. Ich habe meinen Anteil Gespensterspuk schon. Immer nur einer auf einmal. Zieht eine Nummer und wartet ab, bis ihr an der Reihe seid."

„Was zum Henker soll das Gesabbel, Schwester?" Die Frau mit dem goldenen Haar – von der ich inzwischen wußte, daß es sich wohl um Elizabeth Goddard handelte oder doch wenigstens gehandelt hatte, als sie noch am Leben war –, die Frau mit dem goldenen Haar also bedachte mich mit einem höhnischen Grinsen von epischen Ausmaßen. Ihr Akzent war reines New Jersey und paßte nicht zu dem Kleid und dem Engelsgesicht. „Siehst du nicht, daß wir uns unterhalten?"

„Doch, das sehe ich. Aber es gefällt mir nicht. Kein Stück." Ich schob mich näher an die beiden heran und wies auf die Tür. „Raus! Nur ein Fall auf einmal. Immer nur eine tote Person auf einmal, klar? Ich kann euch nicht helfen."

„Aber du lebst und kannst uns sehen!" Kurt Benjamin wirkte konsterniert. Er warf seiner Begleiterin einen fragenden Blick zu. „Ist das die, von der ich gehört habe? Die mit der ...?"

„Gabe? Ja, das bin ich." Ich antwortete, ehe Elizabeth dazu kam, und lassen Sie mich am Rande festhalten, daß mich nicht erfreute, wie die Dinge sich entwickelten. Kurt Benjamin, hatte Ella mir erzählt, war erst vor kurzem gestorben. Gleichwohl hatte er schon von mir gehört. Oder doch wenigstens von meinem speziellen Talent. Die Kunde davon schien auf der anderen Seite mit rasanter Geschwindigkeit die Runde zu machen.

„Könnt ihr nicht irgendwo anders rumhängen?" erkundigte ich mich unglücklich. „Ich habe im Augenblick wirklich keine Zeit für eure Probleme."

„Wir sind nicht deinetwegen hier." Ehe ich puh sagen konnte, hielt Elizabeth eine lange, silberne Zigarettenspitze elegant zwischen den Fingern – ich weiß wirklich nicht, wie diese Sachen laufen. Sie steckte sie sich zwischen die Lippen, nahm einen Zug und blies ein Rauchwölkchen in die Luft. „Es geht um Merilee."

„Eigentlich um die Fortsetzung von ‚Der Morgen so fern'." Kurt Benjamin warf einen Blick auf den Schreibtisch. „Daran arbeitet sie gerade."

Das war mir nicht neu. „Seit fünfzig Jahren. Was mir ein wenig eigenartig vorkommt. Euch nicht?"

Elizabeth schnaubte. „Höchstwahrscheinlich feilt sie so lange an genau der richtigen, unglaublich schmerzhaften Art, Palmer zu töten. Dieser Schuft hat sich doch gleich am Anfang unbeliebt gemacht, sozusagen gleich bei der ersten Szene, in der er vorkam."

„Ohne Palmer wäre Opal ein Nichts gewesen!" Kurts Akzent war geschliffener, als stamme der Mann aus einer alteingesessenen Familie und hätte gute Schulen besucht. Auch schwang in seiner Stimme ein Anklang Shakespeare mit. „Ohne Palmer ..."

„Ohne Palmer hätte Opal glücklich und zufrieden bis an ihr Lebensende bei Hanratty gelebt – und ich hätte den Oscar bekommen, der mir zustand. Aber nein!“ Das letzte Wort zog sie in die Länge. „Niemand hat mitgekriegt, was für eine Leistung ich vollbracht habe. Weil alle zu betroffen davon waren, wie du eine Szene nach der anderen ruiniert hast. Ich war toll. Der Film hätte toll sein können. Hättest du ihn nicht mit deinem Geächze und Gestöhne in ein Melodram verwandelt!“

„Melodram?“ Kurt stand auf und nahm die Schultern zurück. „Schatz, als das Wort ‚übertrieben‘ ersonnen wurde, hatte man dich im Sinn. Diese weit aufgerissenen Augen, die bebende Unterlippe!“ Auch Kurt konnte schnauben, und jetzt war er an der Reihe damit. „Das ist doch keine Schauspielkunst. Du hast ein einziges Mal wirklich geschauspielert: Als du beim Vorsprechen auf der Couch die Beine breit gemacht und behauptet hast, es gefällt dir.“ Elizabeth rauchte zu Ende. Fragen Sie mich nicht, was mit der Kippe geschah, aber als sie die Zigarettenspitze ablegte, lag sie danach nicht auf dem Tisch. „Schmollst du immer noch, weil du bei mir keine Chance hattest?“ Sie lachte. „Ich sage dir jetzt mal was, Süßer: Du hast nie in meiner Liga gespielt. Nicht als Mann und nicht als Schauspieler. Als wäre es schauspielern, wenn man die Brust herausstreckt und auf der Bühne umherstolziert. Oder auf einer Szene herumreitet, bis sie mausetot ist.“

Kurt trat vor, bis die beiden sich Auge in Auge gegenüberstanden. „Als wäre es schauspielern, wenn man dem anderen dauernd den Text klaut!“

„Ich war zumindest nicht furchtbar affektiert!“

„Als wüßtest du, wie man das schreibt.“

„Als wüßtest du, was es bedeutet!“

„Als ...“

Ich wußte, ich mußte den Schlagabtausch beenden, ehe jemand zu Schaden kam.

„He! Leute! Würdet ihr beide bitte mal tief Luft holen?“ Sowohl Elizabeth als auch Kurt sahen mich verblüfft an, und ich spürte, wie mir das Blut in die Wangen schoß. „Gut, ihr könnt nicht atmen. Wie wär's dann mit einer Pause? Ihr legt eine kleine Pause ein. Beide. Wenn ihr hier seid, um Merilee zu besuchen: Sie ist nicht da. Warum verzieht ihr euch also nicht dahin, wo ihr euch sonst so rumtreibt, wenn ihr nicht gerade in einem Haus herumspukt, und ich lasse euch wissen, wenn sie auftaucht?"

„Wir warten nicht auf Merilee. Nicht direkt." Elizabeth verdrehte die Augen.

„Wir warten darauf, daß sie sich hinsetzt und weiterarbeitet." Kurt sah auf den Schreibtisch. „Damit sie umblättert. Damit wir herausfinden können, was als nächstes passiert."

Elizabeth stöhnte. „Er glaubt, er kriegt eine größere Rolle."

„Sie glaubt, die Welt kann sich ohne Opal nicht weiterdrehen."

„Er hält sich für einen ganz heißen Typen."

„Sie weiß, daß sie Schnee von gestern ist und nicht die geringste Chance hat ..."

„Aufhören! Alle beide!" Ich klatschte in die Hände und schaffte es tatsächlich, ihre Aufmerksamkeit wieder auf mich zu ziehen. Die beiden hörten auf, sich zu kabbeln und sahen mich an. „Erstens: Die Fortsetzung ist noch gar nicht geschrieben, und zweitens – und das ist jetzt ziemlich wichtig, also paßt genau auf – spielt es gar keine Rolle, auf wen die größere Rolle zugeschrieben wird. Keiner von euch wird an diesem Film mitwirken, falls einer gedreht wird. Klar? Ihr holt euch euren Applaus jetzt im Himmel. Ihr seid tot!"

Kurt strich sich mit der Hand über seine Uniformbrust. „Das heißt aber noch lange nicht, daß wir nicht unseren Stolz haben." Er warf seiner Partnerin einen Seitenblick zu. „Bei ihr weiß ich das nicht, aber ich zumindest habe ihn. Ich hatte allerdings auch eine Karriere."

Elizabeth warf den Kopf zurück und lachte. „Klar! Du bist von ‚Der Morgen so fern' zu einer Serie Monsterfilme gewechselt. Allesamt B-Filme."

„Du bist direkt von ‚Der Morgen so fern' auf den Grund einer Whiskyflasche abgetaucht."

„Wenn ich trank, dann hatte ich meine Gründe."

„Gehört dazu auch, daß du eine schlechte Schauspielerin bist?"

„Dazu gehört, daß du ein schlechter Schauspieler bist! Wenn du nicht ständig versucht hättest, mich an die Wand zu spielen, würde sich alle Welt noch immer an meine verhaltene Interpretation der Szene erinnern, in der ich entlaufenen Sklaven helfe, einen sicheren Weg nach Kanada zu finden."

„Verhalten? So nennst du das? Ich weiß noch, was die New York Times dazu schrieb – mein Gedächtnis ist nämlich hervorragend: ‚Wir können nur vermuten, daß Miss Goddard in der Nacht, bevor die entscheidende Szene gedreht wurde, zu wenig Schlaf bekommen hatte. Wie eine Schlafwandlerin ...'"

„Quatsch!" Elizabeth stemmte die Rechte in die Hüfte. „Die würden eine gute Interpretation nicht mal erkennen, wenn man sie ihnen unter die Nase hält. Von dir behaupteten sie ..."

„Meine Darstellung sei gewandt und ausgereift."

„Was beweist, daß sie von Tuten und Blasen keine Ahnung haben."

„Was wiederum nur beweist, daß ..."

„Ihr seid ja schon wieder dabei!" Ich wußte nicht, ob Geister sich gegenseitig Schaden zufügen können, war aber auch nicht in der Stimmung, es herauszufinden. „Hört zu. Ihr wartet darauf, daß Merilee zurückkommt und weiterarbeitet? Da kann ich euch was Besseres bieten. Soll ich für euch umblättern? Wie wäre das? Dann könnt ihr euch alles ansehen, was ihr wollt, und danach verschwindet ihr wieder."

Elizabeth und Kurt tauschten Blicke.

„Genau, was ich gerade vorschlagen wollte", sagte er.

„Träum weiter!" Sie lachte und sah mich an. „Dann mal los, Schwester. Ich kann es kaum erwarten, diesem Star", aus ihrem Mund klang das Wort wie eine Obszönität, „zu zeigen, daß ich recht habe. Im nächsten Buch schafft sich Merilee Palmer vom Hals."

„Nun gut. Auf geht's." Ich ging um den Schreibtisch herum. „Aber vorher brauche ich eure Hilfe."

„Unsere?" Kurt warf Elizabeth einen Blick zu, der, wenn er hätte töten können und die beiden nicht ohnedies schon ... „Das kannst du nicht ernst meinen. Was können wir ..."

„Ihr könnt mir etwas über die Zeit erzählen, als das Buch herauskam. Das erste Buch." Merilees Notizbuch lag mitten auf dem Schreibtisch, und ich legte die Hand darauf, nur um diese beiden streitbaren Geister wissen zu lassen, daß ich keine Witze machte. Ihre Antworten waren der Preis für meine Kooperation. „Habt ihr damals, als das Buch veröffentlicht wurde, wirklich geglaubt, es stamme aus Merilees Feder?"

Elizabeth verdrehte die Augen. „Wir kannten sie damals nicht. Niemand kannte sie. Sie wurde erst berühmt, als das Buch herauskam und so eine Sensation wurde. Da kannte natürlich jeder ihren Namen! Persönlich habe ich Merilee erst kennengelernt, als sie zu den Dreharbeiten nach Hollywood kam. Davor ..." Sie warf den Kopf zurück, und das goldene Haar glänzte. „Davor mußte ich mich um meine Karriere kümmern. Ich war eine Naive." Sie sagte das Wort, als sei es etwas Besonderes, und als ich nicht reagierte, weil ich nicht wußte, wovon zum Teufel sie sprach, verzog sie das Gesicht.

„Na-i-ve. Das ist Französisch, Süße. Es bedeutet, daß ich jung war und ganz heiße Ware. Mein Gott, damals hatte ich wirklich wichtigere Dinge um die Ohren, als mich zu fragen, wer denn nun dieses Buch geschrieben hatte."

„Klar – du mußtest dich fragen, wer zum Teufel dich nach den horrormäßigen Kritiken zu deinem Auftritt in Heinrich dem Vierten am Broadway je wieder engagiert!" Kurt schüttelte sich – anscheinend hatte diese Inszenierung seine Gefühle als Künstler zutiefst verletzt. Er sah mich an. „Natürlich hat Merilee das Buch geschrieben. Ihr Name steht doch auf dem Cover, oder etwa nicht?"

„Ja, und du stehst im Who is Who für Schauspieler!" Dem Anschein nach fand Elizabeth das zum Schreien komisch. Sie lachte Tränen. Als sie sich wieder gefaßt hatte, sah sie mich aus zusammengekniffenen Augen an. „Willst du andeuten, du glaubst, sie sei nicht die Autorin?"

„Ich will damit sagen, ich weiß es nicht." Es hatte keinen Sinn, um den heißen Brei herumzureden. Nicht bei diesen beiden. Es würde mich keinen Deut weiterbringen, und vielleicht wußten sie ja etwas, das helfen könnte. „Ich habe es von Merilees Schwester Didi gehört. Sie sagt, sie habe das Buch geschrieben."

Elizabeth zündete sich die nächste Kippe an. „Eine Didi kenne ich nicht."

„Ich höre den Namen heute zum ersten Mal", sagte Kurt.

„Bist du sicher?" Ich sah ihn prüfend an. „Sie sagt, sie hätte zusammen mit dir in einem Film gespielt."

Er schmunzelte, ein echt heißes Lächeln. So ungern ich das über einen Toten sage: In diesem Moment verstand ich ein wenig, warum sich Millionen Frauen, die ihn auf der Leinwand erlebt hatten, in ihn verliebt hatten. Das Funkeln in Kurts Augen war wie Morsecode und ließ sich leicht entziffern: S-E-X. Das mußte damals, in der Steinzeit der Fünfziger, auf Frauen ziemlich anziehend gewirkt haben. Außerdem sah er gut aus, trotz des abgeschmackten Schnurrbarts.

Ehe er mir antwortete, ließ Kurt seinen Blick über meinen Körper gleiten. „Ich bin mit einer Menge Leute in Filmen aufgetreten, meine Liebe. Wenn sie nur eine kleine Rolle gespielt hat, wußte ich höchstwahrscheinlich noch nicht einmal ihren Namen."

„Ich muß wissen, ob sie in dieser Frage die Wahrheit sagt."

Er lächelte entschuldigend. „Da kann ich dir nicht weiterhelfen. Vielleicht hat sie in einem meiner Filme mitgespielt, vielleicht auch nicht."

So kam ich eindeutig nicht weiter. Nach wie vor hoffte ich, die beiden könnten mir weiterhelfen, wußte aber nicht recht, welche Fragen ich ihnen als nächstes stellen sollte. Vielleicht half es, wenn ich mich auf das konzentrierte, was – wenn die Kleider, die sie trugen, irgend etwas bedeuteten – für beide den Höhepunkt ihrer Schauspielerkarriere dargestellt hatte.

„Was ist mit der Zeit, als die Dreharbeiten stattfanden? Für ‚Der Morgen so fern', meine ich. Als ihr den Film gedreht habt, war da irgend etwas komisch an Merilee? Etwas, woraus man hätte schließen können, daß sie gar nicht so gut über das Buch Bescheid wußte, wie es eigentlich der Fall hätte sein müssen?"

Kurt schüttelte den Kopf. „Das Problem mit der Frau war nicht, daß sie zu wenig wußte. Das Problem war, daß sie zu viel wußte. Dauernd hat sie sich bei den Kulissenbauern, der Requisite und der Maske beschwert. Die Lampen waren nicht authentisch und paßten nicht in die Zeit, die Kleider waren falsch und so weiter. Sie hat sogar einmal was zu den Schuhen gesagt, die ich in der Szene am Bahnhof trage, in der ich mich von Opal verabschiede." Er neigte sich zu mir herüber. „Ich hätte die Chance am Bahnsteig nutzen und ihr einen kleinen Stoß versetzen sollen."

Elizabeth lachte beißend.

Kurt kam wieder auf unser Thema zurück. „Merilee sagte, ein Offizier der Union hätte nie im Leben solche Schuhe getragen. Von Details wie diesem war sie besessen."

„Fandet ihr das nie seltsam?"

„Das war mir nicht wichtig genug, um mir darüber den Kopf zu zerbrechen." Er zuckte mit den breiten Schultern. „Das war nicht meine Aufgabe."

„Was hat es denn auch schon zu bedeuten?" mischte sich Elizabeth ein. „Sie war schließlich die Autorin des Buches, und wir alle wissen doch, wie seltsam Autoren sein können."

„So seltsam wie Schauspieler?" Das sollte ein Witz sein, aber keiner der beiden verstand ihn. Also ritt ich nicht darauf rum. Obwohl mir immer noch unklar war, wie ich mit meinen Ermittlungen weiterkommen sollte, schlug ich erst einmal Merilees Notizbuch auf.

„Kapitel vierzehn", sagte Elizabeth prompt, indem sie näher an den Schreibtisch trat. „So weit sind wir gekommen."

Ich fand die richtige Seite. Merilees Handschrift war sauber und ordentlich, wenn auch vielleicht ein wenig verkrampft. Ich las den Text laut vor, um keinen der Geister allzu nah auf der Pelle zu haben.

„Palmer kam beim Haus an."

„Aha! Da." Kurt schob sich näher. „Das Kapitel beginnt mit Palmer. Sie mag ihn lieber."

„Klappe", sagte ich und las weiter.

„Er stieg die Treppe hinauf. Er klopfte an die Tür.

Klopf. Klopf. Klopf.

Niemand antwortete, und er ging die Treppe wieder hinunter. Dabei dachte er an die Panik des Jahres 1857 zurück und daran, daß dadurch die Zahl der Arbeitslosen in Cleveland um 25 Prozent gestiegen war.

Seitdem war vieles besser geworden. Der Krieg hatte Cleveland gutgetan."

„Ihr wollt mich verarschen, oder?" Erstaunt blickte ich von einem Geist zum anderen. „So etwas halten die Leute für große Literatur?"

„Das erste Buch war besser", gab Kurt zu. „Es hatte mehr Tiefe."

„Mehr Gefühl", ergänzte Elizabeth.

„Weniger ginge auch kaum", brummte ich leise. Ich blätterte weiter.

Der Handlungsablauf wurde nicht dichter. Eigentlich kam er, soweit ich das beurteilen konnte, nie über die erste, wäßrige Stufe hinaus. Ich las eine gestelzte Unterhaltung zwischen Palmer und jemandem namens Betty und die Beschreibung (wenn man sie denn als solche bezeichnen wollte, sehr beschreibend fand ich sie nicht) eines Hauses, das mich sehr an das erinnerte, in dem ich mich gerade aufhielt. Ein paar Seiten später war das Notizbuch leer.

Ich maße mir nicht an, Kritikerin zu sein. Schließlich hatte ich im College für meine Aufsätze nie gute Noten bekommen. Aber selbst ich hätte es besser machen können. Vor allem, wenn ich fünfzig Jahre Zeit gehabt hätte.

Ich ließ mich auf Merilees Schreibtischstuhl fallen. „Jetzt bin ich vollständig verwirrt!" gestand ich. „Ich sage ja nicht, daß ich einen Bestseller auf den ersten Blick erkenne, wenn man mir einen unter die Nase hält, aber das Zeug hier stinkt zum Himmel. Wenn es dem ersten Buch so gar nicht ähnelt ..."

„Willst du damit sagen, du hast es nie gelesen?" Elizabeth war entrüstet.

„Moment: Ich habe den Film gesehen!" Ich schlug mit der flachen Hand auf den Tisch, um meinen Worten Nachdruck zu verleihen. „Es geht um Jungs in Uniformen und Mädels in langen Gewändern – und um Pferde."

„Aber das Buch?"

Es lag eine Taschenbuchausgabe von DMSF auf dem Schreibtisch, und ich beäugte sie – und ihre mehr als achthundert Seiten – mit Mißtrauen. „Vielleicht könnt ihr euch das im Augenblick nicht so vorstellen", sagte ich, „aber ich führe ein ziemlich hektisches Leben. Ich habe Wichtigeres zu tun, als so ein abgeschmacktes Buch zu lesen."

„Wie willst du dann beurteilen, wer es geschrieben haben könnte und wer nicht?" wollte Kurt wissen.

Verdammt – wie ich es haßte, wenn die Geister recht hatten.

Leise grummelnd gestand ich meine Niederlage ein, schnappte mir das Buch und eilte aus dem Zimmer. Wenn ich schon in Merilees kleinem Haus der spukenden Monster festsaß, konnte ich mir ebensogut die Zeit mit Lesen vertreiben.

KAPITEL 11

Ich weiss, es hört sich nicht so an, aber ich hatte einen Plan. Ehrlich.

Ehe ich mich auf den Speicher schlich, um nach dem handgeschriebenen Manuskript zu suchen, das, so schwor jedenfalls Didi, dort versteckt lag, wollte ich warten, bis Merilee nach Hause kam. Dann wollte ich noch ein bißchen länger warten, genauer gesagt bis zum frühen Morgen. Bis ich ganz sicher sein konnte, daß meine Arbeitgeberin in ihrem Zimmer lag und tief schlief. Dieses Vorgehen schien mir sinnvoller, als das Risiko einzugehen, daß sie mich, womöglich noch mit dem Bürgermeister am Arm, überrumpelte, während ich an Orten herumschnüffelte, an denen ich nichts zu suchen hatte.

Außerdem, wem will ich denn etwas vormachen? Ich wollte auch warten, bis Gruselbob schlief. Mit ihm in einem dunklen Durchgang zusammenzustoßen war nämlich so ungefähr das letzte gewesen, was mein Herz begehrte.

Existierte dieses Manuskript wirklich und gelang es mir, es in die Finger zu bekommen, dann waren all meine Probleme mit einem Schlag Geschichte. Ich mußte es nur unter den Arm klemmen und die Biege machen. Aber ich würde nicht klammheimlich gehen! Ich hatte vor, der lieben alten Merilee einen prima Abschiedsgruß zu hinterlassen. Eine kleine Rache für die vierundzwanzig Stunden, in denen sie mir das Leben zur Hölle gemacht hatte.

Aber was, wenn das Manuskript gar nicht unter der Diele im Speicher lag?

Ich hatte mich in meinem Zimmer in einen uralten Lehnsessel gekuschelt, als mir die Frage wieder einmal durch den Kopf ging. Ich hatte mich in eine zerschlissene Tagesdecke gehüllt, die mir nicht ganz geheuer war, weswegen ich ständig hin- und herrutschte und es mir nicht gelingen wollte, es mir richtig gemütlich zu machen. Auch meine Bedenken trugen nicht gerade zur Bequemlichkeit bei. Ich dachte nicht gern daran, daß Didis Geschichte eventuell nichts als Fiktion war. Darüber und über die Folgen, die sich daraus ergaben, wollte ich mir eigentlich erst dann den Kopf zerbrechen, wenn alle Fakten auf dem Tisch lagen. Oder auch nicht – falls ich das Manuskript nicht vorfand.

Bis dahin mußte ich mich irgendwie ablenken, durfte keine voreiligen Schlüsse ziehen und schon gar nicht auf der Basis solcher Schlüsse irgendwelche Strategien erarbeiten.

Immer eins nach dem anderen. So ging eine richtige Privatdetektivin vor.

Wenigstens hatte ich etwas, womit ich mich beschäftigen konnte.

Ich las „Der Morgen so fern“. Ich hatte mir das Buch vorgeknöpft, nachdem ich Kurt und Elizabeth den Rücken gekehrt hatte, um es mir für die Wartezeit in meinem Zimmer einigermaßen gemütlich zu machen. Ich muß gestehen, daß ich vorsichtig an die Sache heranging. Etwa wie jemand, der zum ersten Mal Sushi ißt. Eigentlich hatte ich mir erst einmal nur ein Häppchen einverleiben wollen, um zu sehen, ob ich im Text einen Hauch von Didis Stimme entdeckte. Oder von Merilees. Niemand hätte überraschter sein können als ich, als aus dem Häppchen ein ordentlicher Bissen wurde und aus dem ordentlichen Bissen eine Mahlzeit.

Ich steckte mitten im zweiten Kapitel, als ich mitbekam, wie die Limousine Merilee vor der Haustür ablieferte. Als ich ihre Schritte auf der Treppe hörte und kurz darauf das leise Quietschen, mit dem auf der anderen Seite des Treppenabsatzes eine Tür ging, lag das vierte Kapitel hinter mir.

Als ich das nächste Mal auf die Uhr sah, war es fast zwei und ich tief im siebten Kapitel, in der bereits bis zum Erbrechen geschilderten Szene, in der Opal nach Baltimore aufbricht, um einen Schurken zu heiraten. Was Palmer nicht gerade heiter stimmt.

Gut, dann muß ich jetzt wohl Farbe bekennen. Ich gebe es nur ungern zu, denn irgendwie ist es auch gemein: Je weiter ich las, desto mehr hoffte ich, Merilee hätte das Buch nicht geschrieben.

Ich wollte nicht, daß sie mit so etwas Wundervollem etwas zu tun hatte.

Ich weiß, ich weiß ... zuzugeben, daß mir ein Buch gefiel, das Millionen verrückter Sammler und fast ebenso viele durchgeknallte Reenactors inspirierte, war etwa so, als würde ich gestehen, mir im Fernsehen die Lifestyleserie „Mitten im Leben“ anzusehen (was ich nun echt nicht tat). Oder als würde ich behaupten, Filme, die es nur darauf anlegen, ihre Zuschauerinnen zum Weinen zu bringen, seien nicht lahm (was sie ja nun wirklich sind!)

Aber ganz ehrlich: Ich konnte nicht anders.

Ich verschlang die Seiten wie im Fieber, konnte kaum abwarten herauszufinden, wie es weiterging.

„Der Morgen so fern“ war eine Seifenoper zwischen zwei Buchdeckeln. Es war wie eine Tüte Erdnußflips. Es war wie Schokolade in all ihren verführerischsten Formen.

Das Buch war dekadenter Kitsch. Es war schlicht und einfach ein Melodram.

Doch ich konnte es nicht aus der Hand legen.

Natürlich wußte ich, daß es nicht ewig so weiterging, daß ich es früher oder später aus der Hand legen mußte, um mich der Aufgabe zu widmen, die an oberster Stelle auf meiner Prioritätenliste stand. Als Opal also den Zug betrat, schniefte ich leise (denken Sie jetzt bloß nicht, daß ich weinte!) und zwang mich, das Buch zuzuklappen.

Ich legte es weg und konzentrierte mich auf das Hier und Jetzt.

Im ganzen großen, alten Haus war kein einziger Laut zu hören.

Dann konnte die Show ja losgehen. Ich schüttelte die Tagesdecke ab und griff nach der rosa Strickjacke, die ich am Fußende des Bettes abgelegt hatte. Obwohl es Frühling war, konnten die Nächte immer noch empfindlich kalt sein, und offenbar hatte niemand daran gedacht, die Heizung aufzudrehen. Möglich, daß sie in meinem Teil des Hauses noch gar nicht wieder funktionierte. Ich zog also die Strickjacke über, Turnschuhe an und steckte die Plastiktüte aus dem Wal-Mart ein, die ich auf der Kommode bereitgelegt hatte.

Nicht vergessen: Ich hatte einen Plan – und eine Taschenlampe, die ich mir, wie es der Plan vorsah, auf der Fahrt nach Ohio City besorgt hatte. Mit dieser Taschenlampe bewaffnet – auch wenn ich sie erst oben auf dem Dachboden anschalten wollte – öffnete ich meine Zimmertür und trat hinaus in den stockdusteren Flur.

Natürlich hatte ich mich vorher umgesehen, wußte ungefähr, wo was herumstand und wo ich die Tür finden würde, die Zugang zur Dachbodentreppe gewährte. Trotzdem ist es sehr viel leichter, sich bei Licht zurechtzufinden.

Im Dunkeln wirkte das altertümliche Haus größer, leerer und unheimlicher denn je. Fußbodenbretter ächzten und stöhnten, und nach jedem Schritt blieb ich stehen, um zu lauschen, ob auch wirklich niemand wach geworden war. Erst wenn nirgends eine Tür aufging, nirgends ein Licht aufflammte, schlich ich weiter. So schob ich mich durch den Flur, immer an der Wand entlang, um nicht die Orientierung zu verlieren. Bei der Tür angekommen, durch die man in den zweiten Stock gelangte, blieb ich stehen, holte tief Luft und wischte mir die Hände an der Hose ab.

So bereit, wie ich je sein würde, öffnete ich die Tür, schaltete meine Taschenlampe ein und stieg die Treppe hinauf, immer eine knarrende Holzstufe nach der anderen.

Der Dachboden war riesig, genauso vollgestellt wie das Erdgeschoß und viel, viel staubiger.

Der Lichtkegel meiner Taschenlampe glitt über Kartons, Koffer und Möbel, die mit alten Laken abgedeckt waren. Ich schob mich zwischen hohen Stapeln aus Umzugskartons hindurch und wäre einmal vor Schreck fast in Ohnmacht gefallen, als ich mit einer jener alten Schneiderpuppen zusammenstieß, die wie ein Frauenkörper ohne Kopf aussehen. Die Puppe schwankte und neigte sich bedenklich zur Seite. Nur gut, daß meine Reflexe so phantastisch sind, denn ich konnte sie gerade noch rechtzeitig an der Schulter packen, ehe sie auf den Boden knallte.

Millionen winziger Feen gleich, die im Licht der Taschenlampe tanzten, erhob sich eine Staubwolke aus der Schneiderpuppe. Ich mußte niesen – und erstarrte.

Ich wartete eine Minute.

Nichts.

Ich wartete noch eine Minute.

Immer noch nichts.

Wenn Bob oder Merilee das Geräusch auf dem Speicher gehört hatten, so kam zumindest keiner von beiden herauf, um nachzusehen.

Gut, ich mußte noch leiser sein – und noch schneller! Rechts und links von mir türmten sich Umzugskartons und dämpften meine Stimme, als ich Didis Anweisungen vor mich hinmurmelte. „Das Fenster nach vorn raus, von dem aus man den Bürgersteig sieht. Unter dem Fenster ist ein Brett lose, und wenn man auf eine Ecke tritt ..."

Ich tastete mich mit dem dünnen Lichtkegel als Richtschnur dorthin, wo meiner Meinung nach die Vorderseite des Hauses sein mußte. Nachdem ich mich zwischen einem Standspiegel mit Drehfuß und einem stählernen Aktenschrank durchgezwängt hatte, der größer war als ich selbst, stand ich auch wirklich vor dem gesuchten Fenster und durfte einen Seufzer der Erleichterung ausstoßen.

Hier stapelten sich keine Kartons, und dafür war ich dankbar. Wenigstens brauchte ich nichts beiseite zu räumen.

Ich hatte mich gerade hingekniet, um mir die Dielen genauer anzusehen, als ich von der anderen Seite des Dachbodens ein Geräusch hörte.

Es klang wie ein leiser Schritt.

Ich könnte nicht mehr sagen, wie lange ich mit angehaltenem Atem lauschte. Mir kam es unendlich lange vor. Als ich nichts weiter hörte, redete ich mir im Geiste gut zu, versicherte mir, das sei alles nur Einbildung gewesen, ein Produkt meiner blühenden Phantasie, die gerade auf Hochtouren lief, und je schneller ich die Sache mit dem Dielenbrett geregelt hatte und wieder in mein Zimmer abtauchen konnte, desto besser.

Mit dieser Vorstellung im Kopf strich ich mit den Händen über die Dielen.

Eine davon war lose, genau wie Didi gesagt hatte. Wie sie mir versichert hatte, ließ sie sich kippen, indem man auf das eine Ende drückte. Mit Didis Anweisungen im Kopf rüttelte ich, bis ich sie abheben und darunter schauen konnte.

Unter dem Brett befand sich wie versprochen ein Hohlraum, etwa dreißig Zentimeter breit und ebenso tief. Groß genug, um ein Manuskript darin zu verstecken.

Das Problem war nur: Der Hohlraum war leer.

Ich bin nicht dumm, auch wenn ich mich vielleicht manchmal so benehme. Ich hatte die ganze Zeit gewußt, daß die Möglichkeit bestand, hier oben eben nicht wie versprochen fündig zu werden. Trotzdem traf mich der Anblick des leeren Verstecks wie ein Schlag, deutete er doch darauf hin, daß Didis Behauptung, sie sei die Autorin von DMSF das einzige Stück Fiktion war, das meine gespenstische Auftraggeberin sich je hatte einfallen lassen. Ich rang nach Luft. In meinem Kopf hallten in einer Endlosschleife ein und dieselben Worte wider.

„Du hast mir wirklich geglaubt? Wie naiv bist du eigentlich?“

Die Stimme war die meines Vaters. Was an und für sich keine große Überraschung war. Überraschend war jedoch meine Reaktion.

Ich hatte fast zwei Jahre damit zugebracht, mit den Unaufrichtigkeiten meines Vaters und dem sich daraus ergebenden Gewirr aus rechtlichen Problemen zu leben (vom Absturz ins gesellschaftliche Nichts ganz zu schweigen), das seine Selbstsucht und seine

Gier uns beschert hatten, und ich schätze, ich war noch nicht richtig damit fertig.

Eine Träne rollte mir über die Wange.

Ich wischte sie weg, schniefte und fuhr mir mit dem Finger unter der Nase entlang.

Da bemerkte ich, daß meine Hände sauber waren.

Gut, ich weiß, ich habe gerade beteuert, nicht dumm zu sein, aber ganz ehrlich, ich hatte an nichts anderes denken können als an Didis Anweisungen, was als Entschuldigung durchgehen mochte. Dazu kam die Aufregung, mit der ich dem möglichen Fund unter dem Fenster entgegengefiebert hatte.

Ich ließ den Lichtkegel meiner Taschenlampe über die Dielen gleiten.

Keine anderthalb Meter von mir entfernt waren sie mit einer Staubschicht bedeckt. Aber hier, in der Nähe des Fensters, waren sie blank. Als hätte dort etwas gestanden – Kartons zum Beispiel – und wäre beiseite geschoben worden.

Jemand war vor mir hier gewesen.

Ich war so damit beschäftigt, über diese neue Entdeckung nachzudenken, daß ich auf das seltsam katzenartige Geräusch hinter mir nicht achtete. Oder zumindest erst, als es zu spät war.

Als nächstes hörte ich einen Aufprall und ein Poltern, fuhr hoch und leuchtete durch den Raum ...

Das letzte, was ich sah, war der stählerne Aktenschrank. Er stürzte. Direkt auf mich zu.

Ich wußte, wie es sich anfühlte, wenn man eins über den Schädel kriegt und das Bewußtsein verliert. Immerhin hatte der ganze Unsinn mit dieser Gabe so angefangen: Indem ich mir den Kopf auf der Treppe zum Mausoleum Gus Scarpettis angeschlagen und das Bewußtsein verloren hatte.

Damals war ich in der Notaufnahme wieder zu mir gekommen.

Diesmal ...

Ein dumpfes Stöhnen durchdrang einem Nebelhorn gleich den Nebel in meinem Kopf. Es dauerte ein paar Sekunden, ehe ich begriffen hatte, daß es von mir kam.

Ich schlug die Augen auf, und um mich herum herrschte totale Finsternis. Tot war ich nicht, das wußte ich, weil ich die Fußbodendielen an meiner Wange spürte. Mein Bauch lag auf dem Boden, und meine Beine waren wohl eingeschlafen, ich spürte sie kaum. Erst als ich vergeblich versuchte, sie zu bewegen, fing ich an, mir Sorgen zu machen.

Meinen Armen ging es besser, sie gehorchten mir. Ich hob den linken Arm, während ich gleichzeitig mit der rechten Hand nach der Taschenlampe tastete. Die fand ich nicht – dafür aber die Antwort auf die Frage, warum ich so absolut gar nichts sah. Auf mir lag etwas Warmes, Weiches, das sich anfühlte wie ein Tier.

Nun wacht man ja nicht jeden Tag mit dem Gefühl auf, daß einen ein Wookiee plattdrückt. Schreiend zerrte ich an dem Ding – meine Hand schloß sich um Fell und etwas, das sich wie Seidenfutter anfühlte.

„Pelzmantel", sagte ich mir und bekam vor lauter Erleichterung Schluckauf. Nur um mir zu beweisen, daß die Pelzmanteltheorie stimmte, riß ich das gute Stück von mir und schleuderte es so weit es ging weg.

Wobei ich auch gleich erkannte, daß es Morgen geworden war.

Durch die Dachbodenfenster strömte fahlgraues Licht. Jetzt konnte ich mich umsehen und eine Schadensbestandsaufnahme vornehmen. Ich konnte die Beine nicht rühren, weil sie unter dem stählernen Aktenschrank feststeckten, also mußte ich mich erst einmal darunter hervorschlängeln. Dann setzte ich mich auf, lehnte mich gegen die Wand, schob mir das Haar aus den Augen und begriff langsam, was für einen unglaublichen Dusel ich gehabt hatte. Der Schrank war mir nicht auf den Kopf gefallen, als er umkippte. Besser noch: Das, was darauf gelegen hatte – der Pelzmantel – war auf mich gefallen und hatte mich die Nacht über hübsch warm gehalten. Ich mußte das Holzkästchen, das jetzt neben mir lag (offen und leer) auf den Kopf bekommen haben und dadurch ohnmächtig geworden sein.

Gebrochen war nichts. Das wurde mir rasch klar, denn alles funktionierte so, wie es sollte, als ich Arme und Beine vorsichtig beugte und streckte. Gut, die Muskeln waren etwas steif, aber das war auch schon alles. Obwohl die Nacht auf dem Fußboden der Dachkammer weder meinem Aussehen noch meiner Laune gutgetan hatte. Ich hatte einen staubigen Geschmack im Mund, und als ich mir mit der Hand übers Gesicht fuhr, spürte ich förmlich, wie sich der Dreck in meine Haut grub. Ein Peeling mit tiefer Porenreinigung war angesagt – so schnell wie möglich.

Außerdem andere Klamotten. Meine Jeans hatten am linken Knie ein Loch, der rechte Träger meines Trägerhemdchens war zerrissen. Quer über die blaßrosa Strickjacke zog sich ein Schmutzfleck.

Nichts davon war so beängstigend wie die Fragen, die in meinem Kopf Purzelbäume schlugen.

Es hatte einen gewaltigen Radau gegeben, als der Schrank umfiel. Hatte den niemand gehört – und wenn doch, warum war niemand gekommen, um nachzusehen, was hier oben los war?

Es gab nur eine Möglichkeit, es herauszufinden. Mit Mühe überredete ich meine steifen Muskeln zum Aufstehen.

So sehr mir auch daran gelegen war, diesen ungastlichen Dachboden so schnell wie möglich zu verlassen, meine Arbeit als Privatermittlerin durfte ich nach dieser Nacht nicht vernachlässigen. Ich sah mir die Stelle an, an der der Aktenschrank gestanden hatte. Bislang war mir und meinem immer noch leicht benebelten Kopf nicht klar, was den Fall des Schranks verursacht hatte und ob das Geräusch, das ich kurz zuvor gehört hatte (oder jedenfalls gehört zu haben meinte), irgend etwas damit zu tun hatte. Im fahlen Morgenlicht sah ich, daß der Boden um den Standort des Schranks herum Fußspuren zeigte und der Staub dort teilweise zu kleinen Häufchen zusammengeschoben worden war.

Als hätte dort jemand gestanden und gedrückt.

Das Blut gefror mir in den Adern, und eine neue Sturzflut an Fragen brach über mir zusammen, drohte, mich zu überwältigen.

Wenn jemand den Schrank mutwillig umgeworfen hatte – wollte dieser Jemand mich erschrecken?

Oder töten?

Vorsichtig sah ich mich um. Gegenwärtig war niemand zu sehen, auch keine weiteren Spuren. Ich hatte dennoch nicht vor, irgendwelche Risiken einzugehen. Wie ein geölter Blitz schoß ich quer über den Dachboden und die Treppe hinunter, auf der Suche nach Antworten, Kaffee und einer langen, heißen Dusche.

Nicht unbedingt in dieser Reihenfolge.

Höchstwahrscheinlich hätte ich mich erst einmal unter die Dusche gestellt. Nur legte sich, kaum hatte ich die Dachbodentür hinter mir geschlossen, einer herrlichen, koffeingeladenen Wolke gleich der köstlichste Kaffeeduft um mich.

Wen scherte da noch ein dreckiges Gesicht und zerrissene Klamotten? Ich stürzte in die Küche, um mir eine Tasse Java einzuverleiben.

Ich suchte nach Kaffee und ...

Wie kann ich die Mischung aus Bestürzung und Verlegenheit am besten beschreiben, die mich überkam, als ich in die Küche trat und dort Quinn Harrison antraf, der sich gerade eine Tasse Kaffee eingoß?

Mit einer Körpergröße von einem Meter achtzig, Körbchengröße 85 D und Locken von der Farbe glühender Kohlen bin ich nicht gerade die Frau, die man schnell wieder vergißt.

Trotzdem schwöre ich, daß Quinn zum Wiedererkennen etwa eine Sekunde brauchte, nachdem er mich im Flur gehört und einen Blick über die Schulter geworfen hatte. Ich stand erschüttert in der Türöffnung und sah zu, wie ihm die Erkenntnis dämmerte.

Wie sich sein Kiefer anspannte und die Schultern steif wurden.

„Na, was hat die Katze denn da angeschleppt?" Langsam trank er einen Schluck Kaffee, wobei er mich über den Rand eines Bechers musterte, der mit blaßrosa Rosen und den schwungvollen Buchstaben des Logos IDMSFG verziert war. „Nein, sag nichts, laß mich raten", fuhr er fort. „Ich habe dir so gefehlt, da bist du mir nachgeschlichen und hast mich schließlich hier entdeckt."

„Du hast mir nicht gefehlt." Klar log ich, aber ist das ein Grund für Schuldgefühle? Ich war schmuddelig, ich war zerzaust, was ich am Leibe trug, war dreckig und zerrissen, und ich fühlte mich absolut scheiße. Da log ich den Mann doch lieber an, der auf der Liste der Kerle, die ich zu gern vernascht hätte, an erster Stelle stand. Allemal besser, als diesem Mann gegenüber als komplette Null dazustehen. Ich reckte das Kinn und versuchte, beim Durchqueren der Küche möglichst wenig zu hinken.

Sorgsam auf Abstand achtend – zu Quinn, wegen der oben erwähnten Liste mit den vernaschenswerten Kerlen und wegen der Gelüste, die sich unweigerlich in diesem Zusammenhang einstellten, sobald er in meiner Nähe war – angelte ich mir einen Becher, um ihn mit Kaffee zu füllen.

„Ich muß dir auch nicht nachschleichen", fügte ich quasi als Nachgedanken hinzu. „Ich arbeite hier. Genauer gesagt: Ich werde den Sommer über hier leben."

„Du scherzt."

Ich durchsuchte den Küchenschrank nach irgendeinem Süßstoff und verzog ungehalten das Gesicht. „Sehe ich aus, als würde ich Witze machen?"

Er beäugte mich gründlich, von der Spitze meiner Turnschuhe über die Löcher in meiner Jeans bis zu den Staubflusen in meinen Locken. Netterweise fragte er nicht, warum ich aussah, als hätte ich die Nacht auf den Dielen eines ungepflegten Speichers verbracht. Ein Punkt für ihn. Aber Quinn war ja sowieso eher der Typ, der gleich zur Sache kam. „Du siehst echt beschissen aus."

„Vielen Dank." Ich gab die Suche im Schrank auf und konzentrierte mich statt dessen auf die Schubladen im Regal neben dem Herd. „Damit wäre ja wohl auch erklärt, warum ich mir gerade Kaffee hole. Ich brauche dringend einen." Ich durchwühlte eine Schublade, fand nichts, durchstöberte die nächste. „Was ist mit dir? Verrätst du mir, was dich herführt?"

Keine Ahnung, wo er es herhatte, aber er streckte mir eines dieser winzigen Zuckerbeutelchen hin. „Suchst du nach so was?"

Gut, dann war es also kein Süßstoff, und die Kalorien waren zahlreich und leer. Aber hatte ich eine Wahl? Sollte ich mich jetzt auch noch über solche Bagatellen aufregen? Ich nahm ihm das Beutelchen aus der Hand, riß es mit den Zähnen auf und kippte den Inhalt in meinen Becher. „Hattest du vor, mich darum betteln zu lassen?" fragte ich.

Ich hatte das eigentlich gemeint als eine ... wie nennt man das? Richtig: rhetorische Frage. Ich hatte meine Frage rhetorisch gemeint, aber Quinn ging darauf ein. Er stellte seinen Kaffeebecher ab, legte den Kopf schief und lehnte sich mit verschränkten Armen an den Küchentresen. „Weißt du was?" fragte er. „Die Idee gefällt mir. Das mit dem Betteln. Vielleicht kann man das Szenario noch ergänzen, indem du dazu niederkniest?"

Habe ich schon erwähnt, daß Quinn umwerfend aussah?

Natürlich habe ich das, ich kann doch nicht über Quinn reden und den Teil mit dem umwerfenden Aussehen auslassen! Umwerfendes Aussehen gehört zu Quinn ebenso wie seine schroffe Art, die erst schießt und dann Fragen stellt – und wie seine Garderobe, die geschlossen aus Läden stammt, in denen ein Bulle vom Lohnniveau her eigentlich gar nicht einkaufen dürfte.

Dieser Tag bildete keine Ausnahme. Dunkelblauer Anzug. Frisch gebügeltes weißes Hemd. Rote Krawatte. Jedes einzelne Stück ausgesucht und teuer. Jedes Stück extra erschaffen, um die aus Granit gehauene Brust, das schlanke, störrische Kinn und das dunkle Haar, das so dick und lockig war, daß ich mehr als eine Nacht davon geträumt hatte, mit allen zehn Fingern hindurchzufahren, zur Geltung zu bringen.

Nichts von alldem bedeutete, daß ich weich werden würde.

Dazu war es noch viel zu früh.

Ich tat, als wüßte ich nicht, wovon er redete. Genau wie ich mir einzureden versuchte, daß mir nicht bis in die Zehenspitzen ganz warm und kribbelig wurde. Nach außen hin ungerührt nahm ich mir einen Löffel und rührte meinen Kaffee um. „Du hast mir noch nicht gesagt, warum du hier bist."

„Was kannst du mir über Merilee sagen?"

Ich zuckte die Achseln. Was war schon daran, daß mir der zerrissene Träger meines Trägerhemdchens den Arm herunterrutschte und in der Folge das ganze Hemd ein wenig tiefer hing? Sollte Quinn ruhig auch ein bißchen leiden, nach allem, was er mich hatte durchmachen lassen. Ich sah ihn verstohlen nach meinem Busen schielen. Recht so: Jetzt verstand er eventuell, wie mir zumute war. Das munterte mich erheblich auf.

„Merilee ist meine Chefin", sagte ich.

„Was ist aus dem Friedhof geworden?"

„Ich werde später wieder auf dem Friedhof arbeiten. Sobald Merilee die Stadt verläßt."

„Wie bist du denn an den Job rangekommen?"

„He! Findest du, ich sei nicht qualifiziert genug?" Ich muß mich loben, denn ich klang beleidigt, obwohl ich genau wußte, daß ich für den Job bei Merilee nicht die richtigen Voraussetzungen mitbrachte.

„Nein, ich wette, du bist prima qualifiziert." Quinn nahm wieder seine Kaffeetasse und trank einen Schluck. „Aber du hast bestimmt den Job hier im Museum gemeint und ob du für den qualifiziert bist. Ich hingegen ..." Sein Grinsen war so heiß, damit hätte man die Engel im Himmel ausräuchern können. „Na, ist egal, was ich gemeint habe."

Das Lächeln, das ich zurückwarf, war vielleicht etwas verkniffen. Was an meiner Abgespanntheit liegen mochte. Oder es lag eine solche Dreckschicht auf meinem Gesicht, daß ich es nicht schaffte, etwas Ehrlicheres zustande zu bringen. „Ich arbeite nicht im Museum, sondern den Sommer über als Merilees Sekretärin."

Quinn versuchte, sich nichts anmerken zu lassen, doch ich bekam den Ausdruck mit, der über sein Gesicht huschte. Rücksichtnahme? Hatte ganz danach ausgesehen. Aber hinter mir lag eine heftige Nacht, und Quinn hier in der Küche vorzufinden hatte mich ziemlich aus der Bahn geworfen. Möglich, daß ich mir diese Besorgnis nur eingebildet hatte.

„Also ..." Quinn hatte seine Gesichtszüge inzwischen wieder unter Kontrolle und widmete sich angelegentlich seinem Kaffee. „Du hast mir noch nicht gesagt, was du über Merilee weißt."

„Du hast mir immer noch nicht gesagt, was du hier machst."

„Was ist mit diesem alten Kerl, diesem Bob? Das ist nicht gerade der Kollege, den ich mir so tagtäglich an deiner Seite vorstellen kann."

„Meine Seite und die Bobs waren zu keiner Zeit Seite an Seite", erklärte ich ihm, „und werden es auch nie sein." Ich schüttelte mich. „Wenn ich den Mann sehe, läuft mir eine Gänsehaut über den Rücken."

„Das erste, worüber wir uns einig sind, seit ..."

Seit der Nacht, als wir um ein Haar zusammen im Bett gelandet wären.

Ich wußte, daß Quinn das dachte.

Quinn wußte, daß ich wußte, daß er das dachte.

Weswegen ich fand, es sei an Zeit, das Thema zu wechseln.

„Merilee ist ein echter Stachel im Fleisch", sagte ich. „Aber was geht das dich an?"

Er zuckte die Achseln „Vielleicht tut es das gar nicht. Vielleicht finde ich aber auch, daß es kein dummer Zufall sein kann, daß ich dich hier antreffe."

„Von dumm hat niemand was gesagt."

„Ich meinte doch gar nicht dich."

Das war ja fast schon eine Entschuldigung, und mehr würde ich von ihm nicht bekommen, das wußte ich. Ich trank schweigend meinen Kaffee aus. Wenn Quinn den gekocht hatte – und davon mußte ich ausgehen, da ich außer ihm bislang hier unten niemanden gesehen hatte –, dann gehörte Kaffeekochen auch auf die Liste der Dinge, die er besser draufhatte (oder höchstwahrscheinlich besser draufhatte) als jeder andere lebende Mann.

„Nenn mich verrückt ..." Was niemand tun würde, denn Quinn mag einiges sein, verrückt ist er auf keinen Fall. „Nenn mich verrückt, aber ich kann nicht glauben, daß du einfach nur hier bist, weil Merilee eine Sekretärin braucht. Ich kenne dich inzwischen ganz gut, Pepper. Du hast die Angewohnheit, deine Nase in Angelegenheiten zu stecken, die dich nichts angehen."

„Allzugut kennst du mich nicht", rief ich ihm ins Gedächtnis. „Was geht es dich an, warum ich hier bin?"

Nochmals musterte er mich von oben bis unten. „Vielleicht geht es mich etwas an, weil nicht zu übersehen ist, daß du ein paar Probleme hattest. Allem Anschein nach vor noch nicht allzu langer Zeit."

„Total bedeutungslos." Ich tat seine Besorgnis mit einer lässigen Handbewegung ab, vor allem, weil ich wußte, daß ich sie als professionell und nicht persönlich ansehen mußte. „Ich war oben auf dem Dachboden und wurde von einem Wookiee angegriffen."

Er hob die dichten Brauen.

Ich seufzte – und dann legte ich ein Geständnis ab. Was blieb mir auch anderes übrig, wenn er mich mit diesem tiefgründigen Blick bedachte? Dem Sag-mir-alles-was du-weißt-Blick? „Ich war auf dem Dachboden, als ein Aktenschrank auf mich fiel. Auf dem Aktenschrank lag ein Pelzmantel."

„Der Wookiee?"

„Der Wookiee."

„Aktenschränke fallen selten von allein um."

„Ich bin unverletzt." Als Beweis hüpfte ich mit ein paar flotten Tanzschritten quer durch die Küche. „Alles in bester Ordnung, alles läuft wie geschmiert."

Noch eine schnelle Musterung von unten bis oben. „Daran hege ich keine Zweifel. Was hast du auf dem Speicher gemacht?"

„Mich umgesehen."

„Hast dich um deinen eigenen Kram gekümmert?"

„Tue ich das nicht immer?"

„Nicht, wenn Kontakte zur örtlichen Mafia ein Indikator sind."

„Sind sie nicht." Das zumindest stimmte. Meine Ermittlungen im Mordfall Gus waren abgeschlossen. Die Tage, an denen ich mit der Mafia herumgehangen hatte, waren vorbei. „Ich bin hier, um Ella, meiner Chefin, einen Gefallen zu tun. Die ist zufälligerweise die Bandenchefin dieser verrückten DMSF-Fans", sagte ich zu Quinn. „Das ist alles. Ehrlich."

„Warum glaube ich dir nur nicht?"

„Ich weiß nicht, was du glaubst und was nicht. Ganz ehrlich: Es ist mir eigentlich auch egal." Ich schenkte mir einen zweiten Kaffee ein. „Wenn du hier deine Zeit totschlagen und den ganzen Tag Kaffee trinken willst, bitte. Ich habe momentan nur eins im Sinn: eine heiße Dusche und frische Klamotten." Ich ging zur Tür.

„Du hast es noch nicht begriffen, was?"

Ich wußte nicht, wie er das meinte, und ehrlich gesagt, es war mir herzlich gleichgültig, denn ich glaubte nicht, daß irgend etwas hier mit meiner Mission, mit Didi also, und dem verschwundenen Manuskript zu tun hatte. Das verschwunden sein mochte oder auch nicht, wer wußte das so genau? Gut möglich, daß es das Manuskript nie gegeben hatte.

Doch das Risiko, einen Hinweis zu verpassen, konnte ich nicht eingehen.

Ich drehte mich wieder um. „Was?"

„Du glaubst doch nicht etwa, ich bin bloß vorbeigekommen, um dir guten Tag zu sagen?"

„Ist das so undenkbar?"

„Ja, weil ich nicht wußte, daß du hier bist."

„Was dann wohl heißt ..."

Als sich in meinem Kopf die einzelnen Teilchen zusammenfügten, taten sie es mit einem vernehmlichen Klacken. Die Erkenntnis kam langsam, wie ich gestehen muß. Aber mein Hirn funktionierte auch nur im Schneckentempo; immerhin hatte ich vor kurzem einen empfindlichen Schlag auf den Kopf erhalten. Ich hatte das Bewußtsein verloren. Ich hatte die Nacht auf einem harten Holzfußboden verbracht. Mir hatte ein Mann aufgelauert, den ich nicht erwartet hatte – und mit dem Mann eine ganze Menge Wünsche/Bedürfnisse/Begierden, mit denen ich mich eigentlich nie wieder hatte auseinandersetzen wollen.

Zumindest nicht in Zusammenhang mit ihm.

„Trish ist gestorben“, sagte ich. „Hier. Erst vor ein paar Tagen, und ...“

„Bingo!“ Quinn grinste. Es war kein sehr beglücktes Grinsen.

„Das heißt ...“

„Du hast es kapiert.“ Als Quinns Handy klingelte, stellte er seinen Becher ab und griff danach. „Du arbeitest hier als Merilees Sekretärin. Offensichtlich hat niemand der neuen Sekretärin erzählt, was der alten zugestoßen ist. Sie ist nicht einfach gestorben. Sie wurde ermordet.“

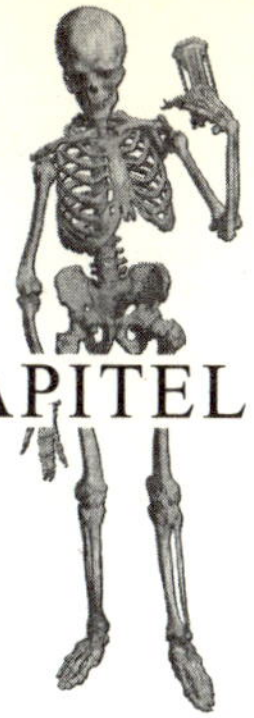

KAPITEL 12

IN MEINEM MUND machte sich ein saurer Geschmack breit. Daran war nicht Quinns Kaffee schuld.

Als er die Küche verließ, um seinen Anruf entgegenzunehmen, mußte ich allein mit den Informationen fertig werden, die er mir an den Kopf geknallt hatte.

Trish war getötet worden. Das ließ die Episode auf dem Dachboden in einem völlig neuen Licht erscheinen. Ähnliches galt für die Tatsache, daß ich in ihrem Zimmer wohnte.

In dem Zimmer, in dem sie gestorben war.

„Schokokeks? Oder Erdnußbutter?"

Didis fröhliches Zwitschern unterbrach meine finsteren Gedanken.

Ich drehte mich um, und sie stand neben dem Ofen. In einem Wespentaillenkleid, hohen Schuhen, Perlenkette und einer Schürze. Ihre Hände steckten in selbstgenähten Stepptopflappen, und sie streckte mir ein Kuchenblech entgegen. „Schokokeks?" Ein erwartungsvoller Blick richtete sich auf die linke Blechhälfte und die beiden Reihen dampfend heißer, mit klebrigen Schokostückchen übersäter Kekse. Sie schaute zur rechten Hälfte. „Oder Erdnußbutter?"

„Wie wäre es zur Abwechslung mit der Wahrheit?"

Dem Anschein nach hörte man mir an, daß es mir ernst war. Didi stellte das Backblech auf dem Ofen ab, woraufhin es umgehend verschwand, genau wie Elizabeths Zigarettenspitze. Genau wie die Topflappen, als sie sie abstreifte. „Wie soll ich das verstehen?" fragte sie.

Meinen Seufzer der Verzagtheit konnte ich gerade noch unterdrücken. Aber nichts vermochte den Groll und die Wut aufzuhalten, die sich in meinem Magen ausbreiteten und überzukochen drohten. „Wir könnten mit deiner Filmkarriere anfangen. Oder soll ich lieber sagen, mit deiner nicht existenten Filmkarriere?"

Können Geister erröten? Ich glaube schon: Ein tiefroter Schimmer huschte über Didis Wangen. Sie wackelte mit dem Näschen. „Es hat nichts geschadet, daß ich dir erzählt habe, ich wäre beim Film gewesen", verteidigte sie sich. „Ich wollte doch nur ... ich weiß auch nicht. Ich habe es nicht so wichtig genommen. Es macht doch Spaß, wenn man so tut als ob, oder?"

„Nicht, wenn man so tut, als sei man ermordet worden."

„Oh nein!" Sie wich defensiv ein paar Schritte zurück und schüttelte heftig den Kopf. „Ich habe nie gesagt, ich wäre umgebracht worden."

„Du hast mir nie gesagt, du wärst nicht ermordet worden."

„Du hast mich nie gefragt, wie ich ums Leben gekommen bin."

„Ich hätte nie gedacht ..." Meine Worte ertönten viel zu laut. Ich sah Richtung Flur, und als ich dort immer noch Quinns Bariton dröhnen hörte, senkte ich ein wenig die Stimme. Dezibel hin oder her, ich war sauer. „Die Nummer kannst du sein lassen. Woher soll ich wissen, wie das mit dieser dämlichen Gabe funktioniert? Gus war getötet worden, und ich konnte ihn sehen. Als du aufgetaucht bist, bin ich davon ausgegangen, daß du auch ermordet wurdest. Ich dachte, du wärst gekommen, weil ich deinen Fall untersuchen soll. Ich habe doch gesagt, daß ich nicht in deinem Mordfall ermitteln will, ein paar Mal habe ich dir das gesagt. Du hast mich nie berichtigt."

„Nein. Aber ich habe dir ein paar Mal gesagt, ich will, daß du die Wahrheit über mein Buch rausfindest. Nichts weiter."

„Aber du hast nie auch nur erwähnt, daß du eine Selbstmörderin bist!"

„Was spielt das für eine Rolle?" Didi ließ die Schultern sacken. Ihre Stimme bebte. Sie band sich die Schürze ab. Auch sie verschwand, sobald sie sie auf dem Tisch ablegte. „Tot ist tot."

Dagegen ließ sich nichts sagen.

Ich durfte mir allerdings nicht erlauben, auf das jämmerliche Beben in ihrer Stimme hereinzufallen. Ich durfte nicht zulassen, daß es mir an die Nieren ging, daß ich nur noch darüber nachdachte, welch schlimme Dinge in ihrem Leben sie zu einem so furchtbaren Akt der Verzweiflung getrieben hatten. Entschlossen konzentrierte ich mich auf die Angelegenheiten, um die es hier ging.

„Dann ist da noch die Sache mit dem Originalmanuskript."

Didis Miene hellte sich auf. „Hast du es?"

Ich mußte nicht antworten. Mein Gesichtsausdruck sprach Bände.

„Du hast es nicht gefunden." Wie von Zauberhand verschwand das Strahlen, genau wie das Backblech und die Topflappen. „Du glaubst nicht, daß es je hier war."

Ich war so überreizt, daß ich nicht mehr stillstehen konnte, weshalb ich anfing, in der Küche auf und ab zu laufen. „Was soll ich denn glauben? Du hast mir ziemlich viele Geschichten erzählt, Didi – und weil ich ein Weichei bin, habe ich dir erst mal alle abgenommen. Aber jetzt kommt eine Wahrheit nach der anderen ans Licht und versetzt mir eine Ohrfeige nach der anderen. Deine Filmkarriere, dein Tod, das Manuskript. Tut mir leid, wenn ich jetzt voreilige Schlüsse ziehe, aber so langsam kriege ich das Gefühl, ich sollte mir hüfthohe Gummistiefel kaufen, denn sonst komme ich durch deine Unwahrheiten nicht mehr durch. Wenn ich wenigstens in ‚Der Morgen so fern' etwas finden könnte, das sich nach dir anhört ..."

„Du liest es gerade?" Da war wieder das strahlende Lächeln. „Gefällt es dir? Gefällt es dir echt? Sei ehrlich! Ist es das beste Buch, das du je gelesen hast? Bist du schon an der Stelle ..."

„Ich bin bis zur der Stelle gekommen, wo Opal Cleveland verläßt, um nach Baltimore zu reisen", gab ich zu. „Aber es spielt doch wohl keine Rolle, wie ich das Buch finde. Ich lese es nicht zu meinem Vergnügen." Im Grunde keine Lüge, denn ich hatte im Traum nicht damit gerechnet, daß mir das Buch wirklich gefallen könnte. „Ich lese es, um die Wahrheit herauszufinden. Bisher habe ich dich nirgendwo in den Seiten gefunden."

„Aber Merilee findest du dort auch nicht."

Das ließ sich nicht leugnen. „Das stimmt. Ich hatte nur gehofft, irgendwo, irgendwie einen Hinweis zu finden, deine Stimme heraushören zu können. Daß die Art, wie du Dinge beschreibst, mit deiner Art zu reden übereinstimmt. Oder daß sich eine deiner Figuren so anhört wie du."

„Aber darum geht es doch nicht." Didi machte all meine Hoffnungen mit einer einfachen Geste zunichte. „Es ist nicht so, daß Autoren ihr eigenes Leben nehmen und es einfach aufs Papier bringen. Was in dem Buch steht, ist erfunden, Dummerchen. Das habe ich mir ausgedacht."

„Aber wenn deine Stimme zu hören wäre ..."

„Was ist mit dem, was nicht darin steht?"

Ich war nicht sicher, worauf sie hinauswollte, und diesmal war Didi an der Reihe, ungeduldig zu wirken. Sie warf mir einen durchdringenden Blick zu. „Wie weit bist du?"

„Das habe ich doch schon gesagt: Opal bricht gerade nach Baltimore auf."

„Das ist ..." Didi kniff die Augen zusammen. „So etwa Seite 147?"

Da lag sie richtig, soweit ich mich erinnerte. Ich nickte.

„Dann sag mir doch mal, ob auf den einhundertsiebenundvierzig Seiten, die du bislang gelesen hast, auch nur einmal die Zahl der Arbeitslosen in Cleveland im Jahr 1857 erwähnt wird."

„Nein ..."

„Hast du etwas über die petrochemische Industrie hier gefunden? Oder darüber, wie Stahl gehärtet wird? Oder über ...", sie schüttelte sich theatralisch, „... Volkswirtschaft?"

Ich verstand langsam, worauf sie hinauswollte. „Nein", sagte ich. „Damit willst du sagen ..."

„Damit will ich sagen, daß du nur einen Blick auf diese sogenannte Fortsetzung zu werfen brauchst, an der Merilee schreibt ...“

„Schon geschehen.“ Ich ließ mich auf einen Küchenstuhl fallen. „Du hast recht. Was ich in ihrem Notizbuch sah, hat wirklich nichts mit dem zu tun, was ich letzte Nacht las. Ich dachte nur, ein guter Lektor ...“

„Ich muß doch bitten!“ Didi rümpfte die Nase. „Der beste Lektor der Welt kann aus Schweineborsten kein Seidentäschchen nähen. Egal, wieviel Arbeit er hineinsteckt. Ich habe recht, was? Gib es zu, Pepper, ich habe recht.“

„Du hast recht.“

„Womit?“

Ich hatte zu Didi gesprochen, aber die Antwort kam von Quinn, der gerade wieder die Küche betreten hatte. „Nicht, daß ich dir widersprechen will“, fügte er schmunzelnd hinzu. „Ich habe meistens recht. Ich wüßte nur gern, womit ich deiner Meinung nach recht habe.“

„Mit nicht sehr viel, soweit ich das beurteilen kann.“ Das stimmte nicht, klang aber hartgesotten – und hartgesotten zu klingen war um Längen besser, als mich dem Mann zu Füßen zu werfen und ihn um eine zweite Chance für das Rendezvous anzuflehen, das wir ursprünglich einmal geplant hatten. Abendessen bei Pietro, Wein und Kerzenschein. Damals hatte ich ihn versetzt – na ja, ich hatte abgesagt, aber versetzt hatte ich ihn dennoch. Es ging nicht anders. Weil Rudy die Laus, Gus' Sohn, mir für denselben Abend ein Angebot gemacht hatte, das ich nicht hatte ablehnen können.

„Aber gerade dachte ich, du hast wohl recht, was Trish betrifft.“ Die Antwort war lahm, aber ich konnte ihm ja kaum erklären, daß in diesem Moment zwischen ihm und mir eine Frau herumwuselte, die schon tot gewesen war, ehe er oder ich zur Welt gekommen waren. Oder daß ich mich mit dieser Frau unterhalten hatte. „Mir hat wirklich niemand gesagt, daß sie ermordet wurde.“ Ein grauenhafter Gedanke schoß mir durch den Kopf. „Na prima!“

ächzte ich. „Jetzt habe ich ein schlechtes Gewissen, weil ich die ganze Zeit gedacht habe, wie blöd sie doch war, sich vom eigenen Korsett erdrosseln zu lassen."

„Die Geschichte mit dem Korsett ist ja auch richtig." Quinn kam näher. „Auch der Gerichtsmediziner glaubte anfänglich an einen Unfall. Aber bei der Autopsie kam heraus, daß der Winkel nicht stimmt. Die Dinger ..." Quinn wies auf seinen Rücken. „Wie nennt ihr die?"

„Schnüre? Meinst du die Dinger, mit denen man das Korsett zusammenbindet?"

„Ja, genau. Die haben auf Miss Kingstons Haut Druckspuren hinterlassen. Der Gerichtsmediziner konnte sehen, daß der Winkel falsch war. Miss Kingston hat vielleicht angefangen, das Korsett selbst zu binden, aber irgend jemand anderes hat den Job für sie beendet. Dieser Jemand zog immer stärker, schnürte sie immer enger. Bis Trish keine Luft mehr bekam."

Ich wollte mir gar nicht so genau vorstellen, wie der Mörder alle Hoffnung aus Trish herausgepreßt hatte. Zusammen mit der Luft in ihren Lungen. Ich sah sie vor mir, in dem Schlafzimmer, in dem ich jetzt wohnte, schlaff und wehrlos wie eine Stoffpuppe, unfähig, sich zu wehren. Grausen im Gesicht. Blau angelaufen.

Schauer krochen mir den Rücken hinauf – ich mußte mich schleunigst wieder auf die reinen Fakten konzentrieren.

„Klingt einleuchtend. Sieh mal." Ich stand auf, legte die Hände auf den Rücken und tat, als schnüre ich ein Korsett. „Wie weit ich da hinten mit den Händen komme, hat Grenzen. Wenn ich dann noch ein Korsett schnüren soll ..." Ich ging die Bewegungen durch, versuchte, mich dem Problem auf wissenschaftliche Art und Weise zu nähern.

Quinn dachte offenbar nicht an Wissenschaft. Seine Augen blitzten. „Gibt es da etwas, das ich wissen sollte? Über dich und Korsetts? Du scheinst dich mit sexy Unterwäsche bestens auszukennen."

„Möglich." Es konnte nicht schaden, ihn ein wenig zappeln zu lassen. „Wer weiß schon, ob ich nicht gerade ein Korsett trage?"

Interessiert kam er näher und warf einen Blick in meinen Ausschnitt. „Das glaube ich nicht. Ich gebe gern zu, daß sie das gewisse Etwas haben – Korsetts, meine ich. Aber sie sind steif und altertümlich. Irgend etwas sagt mir, der Ausblick hier wäre nicht halb so nett, wenn du eins anhättest."

„Detective, Sie lassen nach! Das hörte sich ja fast nach einem Kompliment an."

Quinn griff nach meinem Arm. „Das war ein Kompliment. Wenn man ..."

Sein Handy klingelte.

Quinn knirschte mit den Zähnen. „Die Pflicht ruft!" Schon war er aus der Küche.

„Er ist ein Traum!"

Ich brauchte keine Didi, um mich daran zu erinnern.

„Ja. Ein Traum, der einem immer wieder entschwindet."

Sie kicherte. „Das ist witzig. Aber hör zu, Kleines, wenn du ihn weiter so behandelst, kannst du nicht erwarten, daß er bleibt."

Ich hatte verträumt auf den Punkt gestarrt, an dem Quinn gerade eben noch gestanden hatte, und mich am Duft seines luxuriösen Rasierwassers erfreut, der noch in der Luft hing. Jetzt wandte ich mich zu Didi um. „Bitte?"

„Meine Liebe, hör mir jetzt mal gut zu." Gewiß hätte mir Didi einen Stoß in die Rippen versetzt, wenn sie gekonnt hätte. „Du bist jung. Wenn es darum geht, sich einen Typen zu angeln, gibt es für dich noch allerlei zu lernen."

„Aber du kennst dich aus?"

Sie zwinkerte. „Aber sicher. Ich hatte ein Baby, schon vergessen – und falls du denkst, das war ein Unfall oder so: Der Vater meines Babys war nicht mein erster Mann. Ich kannte mich aus, ich hatte Erfahrung. Romantische Erfahrungen, wenn du verstehst."

„Du meinst Sex."

Sie wurde schon wieder rot! „Zu meiner Zeit waren wir nicht so geradeheraus."

„Heute sind wir ziemlich geradeheraus."

„Genau das ist dein Problem!“ Als ich sie fragend ansah, verdrehte sie die Augen. „Man muß dafür sorgen, daß in einer Beziehung etwas Geheimnisvolles bleibt. So angelt man sich einen Mann. Außerdem muß man ihm seinen Willen lassen, ihm sagen, daß er recht hat. Auch wenn es nicht stimmt. Nachgeben.“

„Nein, danke!“ Ich hatte genug. Es wurde Zeit für die Dusche, nach der ich mich schon so lange sehnte. „Vergiß nicht, dies ist das einundzwanzigste Jahrhundert. Frauen sind keine Fußabtreter mehr.“

„Vielleicht sind deswegen so viele unglücklich.“

Diesmal war ich an der Reihe, die Augen zu verdrehen. „Verschon mich! Willst du sagen, ich soll Quinn den Boß machen lassen?“

„Wenn du ihn ins Bett kriegen willst, ja.“

„So funktioniert das nicht.“

„Das weißt du so genau, ja? Weswegen du ihn auch ins Bett gekriegt hast.“

Das war ein Schlag unter die Gürtellinie und außerdem nicht wahr. „Der Grund dafür, daß ich nicht mit Quinn im Bett war“, fauchte ich wütend, „war dein Freund Gus Scarpetti. Weil er uns dazwischengekommen ist! Wäre Gus nicht gewesen ...“

„Wenn er nicht gewesen wäre, hättest du dir einen Mann für eine Nacht eingehandelt. Bist du danach auf der Suche?“

Verdammt noch mal, ja!

Ich öffnete den Mund, um Didi genau das zu erklären, als mir eine andere Frage durch den Kopf schoß.

War das alles, was ich von Quinn wollte?

Ich klappte den Mund wieder zu.

„Hatte ich es mir doch gedacht.“ Didi wandte sich ab, dann drehte sie sich ebenso schnell wieder um. Nun trug sie erneut Schürze und Topflappenhandschuhe. „Dann laß dir mal von Mama einen guten Rat geben. Wenn dir der Sinn nach ein bißchen Gymnastik auf dem Rücksitz eines Autos steht – dafür kriegst du so gut wie jeden Mann, so, wie du aussiehst. Aber der Typ da ...“ Sie warf einen bedeutungsvollen Blick Richtung Flur. „Der macht den Eindruck, als wäre es schade, ihn sich durch die Lappen gehen zu lassen. Bei dem mußt du vorsichtiger sein. Jedenfalls, wenn du ihn ein Weilchen behalten willst. Sei eine Dame. Erlaube ihm, dir die Tür aufzuhalten. Frag ihn nach seiner Meinung. Vor allem bei Themen, von denen Frauen keine Ahnung haben. Geld, Politik, du weißt schon. Sag ihm ..."

„Nein, danke!" Ich ließ Didi nicht ausreden, goß mir hektisch einen dritten Becher Kaffee ein und hastete aus der Tür.

Quinn war inzwischen nirgends mehr zu sehen. Er war noch nicht einmal lange genug geblieben, um mir auf Wiedersehen zu sagen. Ich nehme mal an, das brachte meine Stimmung auf Hochtouren. Das – und Didis bizarre Beratungsstunde für Liebeskranke.

Ich grummelte und schmollte vor mich hin, und so wie ich das sah, hatte ich dazu auch jegliches Recht.

Immerhin war ich eine kluge, moderne Frau. Wenn es um Beziehungen ging, wußte ich, was Sache war. Mein Liebesleben war nicht so jämmerlich, daß ich diesbezüglich den Rat einer Toten gebraucht hätte.

Oder?

„Die hier müssen adressiert werden." Merilee wies mit einer königlichen Bewegung der perfekt manikürten Hände auf einen Stapel silberner Schachteln, der am Abend zuvor noch nicht auf ihrem Schreibtisch gestanden hatte. „Per Hand."

Die Schachteln erinnerten mich an die, in denen die Einladungen zu meiner Hochzeit gekommen waren. Wenn sie wirklich Einladungen enthielten, und zwar wie bei mir damals zweihundert pro Schachtel ...

„Alle?" Die Frage klang eher wie ein Wimmern.

Merilee hatte emsig geschrieben, als ich ins Arbeitszimmer gekommen war. Wahrscheinlich etwas Faszinierendes über die Schmelzverfahren bei Eisenerz. Im neunzehnten Jahrhundert. Jetzt legte sie seufzend den Stift aus den Hand. „Sind Sie wirklich so dumm, oder tun Sie nur so?" wollte sie wissen, gab mir aber keine Gelegenheit, auf die Frage zu antworten. „Natürlich. Das sind die Einladungen zur großen Kostümgala im Renaissancehotel, mit der wir die Einweihung des Museums feiern wollen. Das größte Ereignis in dieser Stadt seit Eröffnung der Rock'n'Roll Hall Of Fame. Die Leute sind ganz wild auf diese Einladungen." Sie griff wieder nach ihrem Stift, womit unsere Unterhaltung (wenn man es denn so nennen wollte) wohl als beendet gelten konnte. „In Ihrer besten Handschrift bitte."

„Die einzige, die ich je benutze." Ich grinste.

Was sie nicht mitbekam, denn sie sah nicht auf. „Sehen Sie außerdem zu, daß Sie mit den Büchern fertig werden, und schaffen Sie die Kartons hier raus." Immer noch ohne mich anzuschauen, zeigte sie auf die Bücherregale und die Kartons, von denen ich einige schon am Abend zuvor ausgepackt hatte.

Nennen Sie mich verrückt, aber Bücher auszupacken schien mir spannender, als mir Sorgen um meine Handschrift zu machen. Ich fing also mit den Kartons an.

„Nicht, während ich hier drin arbeite. Wie soll ich mich denn da konzentrieren?" Merilees Frust troff aus jedem Wort. „Das können Sie heute abend machen. Wenn Sie dann nicht zu müde sind."

Ich hatte geduscht und mich umgezogen. An meinem Erscheinungsbild gab es nichts, was auf meinen Ausflug zum Dachboden hingedeutet hätte. Wie sollte ich ihren Kommentar also sonst verstehen? Hatte sie doch etwas von dem Aufruhr dort oben mitbekommen?

„Ich komme mit wenig Schlaf aus", erläuterte ich. „Gestern zum Beispiel ..."

Sie stieß einen Seufzer von epischen Ausmaßen aus. „Sehen Sie mich arbeiten?"

Klar. Aber ich rührte mich nicht von der Stelle, und Merilee musterte mich über den Rand ihrer Brille hinweg. „Ist noch was?"

„Ja. Es ist noch etwas." Ich klemmte mir den Stapel Schachteln unter den Arm. „Sie könnten mir sagen, warum Sie nie erwähnt haben, daß Trish ermordet wurde."

Merilee zuckte zusammen, als hätte ich sie geschlagen. „Woher wissen Sie ... natürlich! Der Polizist. Na gut." Sie legte ihren Stift weg, lehnte sich zurück und faltete die Hände. „Ich konnte es Ihnen nicht sagen, weil ich es nicht wußte. Ich habe es erst erfahren, als dieser Polizist heute morgen auftauchte." Sie sah zur Tür, aber in dieser Frage war ich ihr gegenüber im Vorteil. Ich wußte, daß Quinn schon weg war. „Ich hoffe, er bringt hier nicht alles durcheinander", sagte sie.

Da ging es mir anders: Ich hoffte, er würde ordentlich was durcheinanderbringen.

Aber das war mein Geheimnis. Merilee würde ich das nicht auf die Nase binden.

Ich ließ meine neue Chefin keine Sekunde lang aus den Augen, hoffte ich doch, aus ihrer Miene etwas ablesen zu können, was zum Verständnis der Situation beitrug. „Läßt Sie das alles kalt? Machen Sie sich keine Sorgen? Trish ist getötet worden, hier, in Ihrem Haus. Macht Ihnen das keine Angst?"

„Diese Reenactors sind hier ein und ausgegangen – und die Arbeiter ..." Sie verzog den Mund zu einer verdrießlichen Grimasse. „Unter denen sind welche, die kein Englisch können, wissen Sie."

„Immer ein halbes Schuldeingeständnis." Die Ironie entging Merilee, also beschloß ich, mich an die Fakten zu halten. „Sie haben Trish gefunden, nicht? Was haben Sie gesehen, als Sie in ihr Zimmer kamen?"

„Gesehen?" Sie musterte mich, als hätte ich wie so viele dieser Bauarbeiter unerwartet angefangen, in einer anderen Sprache zu sprechen. „Trish habe ich gesehen. Sie lag auf dem Boden, direkt neben dem Bett. Sie tat gerade ihren letzten Atemzug. Es war ..." Merilees Stimme drohte zu brechen, und sie wandte den Kopf ab. Als sie mich wieder ansah, war ihr Gesicht so bar jeglichen Ausdrucks, als hätte sie um alle Gefühle eine hohe Mauer gezogen.

Über die würde sie mich auf keinen Fall hinwegsehen lassen. „Sind Sie nun zufrieden? Sie haben mich gezwungen, mich an ein besonders verstörendes Erlebnis zu erinnern. Glauben Sie mir, nach diesem Ereignis werde ich nie wieder dieselbe sein."

„Trish auch nicht."

„Vielleicht sollten Sie doch lieber die leeren Kartons wegbringen, ehe Sie mit dem Versenden der Einladungen anfangen. Ich brauche sie demnächst wieder, für die Heimreise nach Kalifornien. Wir müssen sie an einem sicheren, trockenen Ort lagern. Am besten wäre der Raum, in dem sie nach meinem Eintreffen zwischengelagert wurden. In Bobs Werkstatt." Merilees Lächeln war glatt und scharf wie ein Dolch. „Vergessen Sie nicht, sich hinterher die Hände zu waschen. Ehe Sie auch nur eine Einladung anfassen."

Sie hatte mich abblitzen lassen, das war kaum zu übersehen. Mir war klar, daß es nichts bringen würde, sie unter Druck zu setzen. Außerdem hatte ich eben ein paar nützliche Dinge erfahren, was Merilee wahrscheinlich nicht einmal bewußt war. Ich war jetzt ziemlich sicher, daß sie in der vergangenen Nacht mitbekommen hatte, wie lebhaft es auf ihrem Dachboden zugegangen war – und daß sie wußte, ich hatte etwas damit zu tun. Ihr war es egal, was aus mir wurde – deswegen hatte sie sich in der Nacht nicht die Mühe gemacht nachzusehen, was genau los war.

Außerdem wollte sie nicht über Trish sprechen – auch das wußte ich jetzt.

Nennen Sie mich verrückt: Ich glaubte nicht, daß es daran lag, daß Trishs furchtbarer Tod Merilees zarte Empfindsamkeit verletzt hatte. Soweit ich das beurteilen konnte, war Merilee bar jeglicher Empfindsamkeit.

Ich setzte die Einladungen wieder ab und stapelte statt dessen ein paar leere Bücherkartons ineinander, um sie mitzunehmen. Dabei fragte ich mich, was meine neuen Erkenntnisse zu bedeuten hatten. Auf Trishs Ermordung bezogen, aber auch, was meine Ermittlungen betraf.

„Wer hatte ein Interesse daran, Trish umzubringen?" murmelte ich, während ich meine Kartons durch den Flur und die Küche jonglierte, bis ich sie bei der Tür, die in den Keller führte, kurz abstellen mußte. „Sie war nicht bedeutend genug, um getötet zu werden."

Kaum waren mir die Worte entschlüpft, als mir siedend heiß wurde. Was, wenn Trish sie gehört hatte? Bei der Sache mit der Gabe war das ja durchaus drin.

„Tut mir leid." Ich öffnete die Tür und polterte die Kellertreppe hinab. „Aber es stimmt! Ich hoffe, du amüsierst dich drüben besser als hier, denn wenn ich dir mal die Wahrheit sagen darf: Auf dieser Seite warst du ungefähr so spannend wie ein graues Mäuschen. Du warst verweichlicht und ..."

Aber das stimmte ja nicht – zumindest nicht mehr an ihrem letzten Tag, bei unserem Treffen beim Sender.

Ich hätte wirklich zu gern gewußt, wie es zu dieser massiven Typänderung hatte kommen können, deren Zeuge ich geworden war – und ob ihre Bemerkung Ella gegenüber, alles würde sich zum Besten wenden, mit ihrem Tod zu tun hatte.

Allerdings war der Mordfall Trish Kingston nicht der Fall, in dem ich ermitteln sollte.

„Tut mir leid!" beteuerte ich noch einmal. Ich stellte die Kartons auf dem Kellerboden ab und schob sie mit dem Fuß den Flur entlang auf eine Tür zu, an der ein Schild verkündete: „Bobs Werkstatt. Draußen bleiben."

„Denk jetzt nicht, mir läge nichts an dir", fuhr ich immer noch an Trishs Adresse gerichtet fort. „Aber für deinen Fall sind die Bullen zuständig. Dafür sind sie schließlich da. Mach dir keine Sorgen, Quinn sitzt an der Sache. Ich weiß zwar nicht viel über den Mann, aber ich kenne ihn gut genug, um zu wissen, daß er nicht aufgibt. Er wird den Mord an dir aufklären."

Inzwischen – ich hatte meinen schrägen Monolog gerade beendet – stand ich vor der Werkstattür. Ich hatte erwartet, sie verschlossen vorzufinden, aber die Klinke ließ sich herunterdrükken.

„Bob?" Behutsam schob ich die Tür auf. Als niemand auf meinen Ruf reagierte, stieß ich einen Seufzer der Erleichterung aus.

Die Begegnung mit Gruselbob blieb mir erspart. Ich tastete nach dem Lichtschalter, schaltete das Licht ein und betrat die Werkstatt.

Die sah genau so aus, wie man sich eine Werkstatt vorstellt. Kein Fenster, da wir uns im Keller befanden, und als einzige Lichtquelle eine Neonröhre über der Werkbank. An den Betonwänden reihten sich Regale, dicht bestückt mit Einmachgläsern voller Schrauben, Nägel und Drahtenden. Das Ganze war kaum größer als die Schlafkammer, in der man mich untergebracht hatte, und während ich mich noch fragte, warum Merilee ausgerechnet diesen Raum zum idealen Aufbewahrungsort für leere Bücherkisten auserkoren hatte, wußte ich, daß ich eben diese Bücherkisten nicht einfach hier hereinschmeißen und abhauen konnte. Da konnte er noch so unheimlich sein, das war Bob gegenüber unfair. So ein Scheusal war ich nicht, ich würde die Kartons fein säuberlich in einer Ecke stapeln.

Am hinteren Ende der Werkbank stand einer dieser riesengroßen Plastikmülleimer. Ich hätte ihm keinen zweiten Blick gegönnt, hätte ich nicht, als ich mich abmühte, einen Karton in den anderen zu schieben, zufällig gesehen, daß sich etwas unter dem Deckel verkantet hatte und teilweise heraushing. Das fragliche Etwas war lang, gewunden und glänzend.

Ich stellte die Kartons ab. Selbst besaß ich keine Kamera, und wenn ich eine besessen hätte, wäre es eine digitale gewesen. Aber ich wußte, daß viele Leute diesen Hightech-Traum nicht teilten und immer noch mit ihren 35mm-Kameras arbeiteten – und daß man dafür einen Film brauchte.

Wenn Gruselbob sich als Fotograf betätigte, dann wollte ich lieber nicht wissen, was für Fotos er so schoß. Aber irgendwie war ich neugierig, so neugierig, daß ich den Film aus dem Mülleimer holte und gegen das Licht hielt.

Kein Wunder, daß Bob den Film weggeworfen hatte. Die Bilder, die ich darauf erkennen konnte, waren beschmutzt, verwakkelt und verzerrt. Auf einem Großteil war gar nichts zu sehen.

Als sei der Film belichtet worden.

„Müll", murmelte ich und hob den Deckel vom Mülleimer, um den Film wieder dorthin zu befördern, wo ich ihn gefunden hatte.

So kam es, daß ich die Kamera entdeckte, die am Grunde des Mülleimers lag.

Sie sah mir nicht nach Abfall aus. Nur um sicher zu sein, holte ich sie heraus.

Die Kamera sah teuer aus. Soweit ich das beurteilen konnte, war sie in einem erstklassigen Zustand. Ich drehte und wendete sie, bis sich das Neonlicht an den Buchstaben brach, die in den Boden der Kamera graviert waren.

„Rick Jensen", stand da. „National Inquisitor."

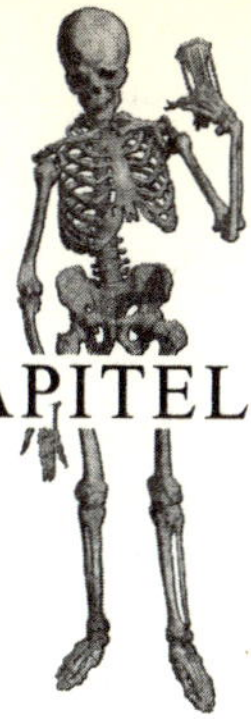

Kapitel 13

Zum Glück hatte ich alle Zeit der Welt, um über das mysteriöse Auftauchen von Rick Jensens Kamera in Gruselbobs Mülleimer nachzudenken.

Ich durfte der Frage den ganzen Nachmittag widmen, während ich Umschläge für die Einladungen zur Gala beschriftete. Auch der Abend stand mir zum Grübeln zur Verfügung – während ich Merilees Reisebibliothek fertig auspackte und so gut wie alle leeren Kartons im Keller lagerte. So gut wie alle, weil einer der Kartons es nie bis in Bobs Werkstatt schaffte. In dem verstaute ich die Kamera nebst Film, schmuggelte beides in mein Zimmer und schob den Karton in den Schrank.

Als es Zeit wurde, zu Bett zu gehen, hatte ich Krämpfe in beiden Händen und so etwas wie ein Burnout im Hirn. Aber der Lösung meines Rätsels war ich keinen Schritt nähergekommen.

„Warum sollte Gruselbob Rick Jensen niederschlagen und ihm die Kamera klauen?“ fragte ich mein Abbild in dem Spiegel, der über der Kommode in meinem Schlafzimmer hing. Inzwischen zuckte ich nicht mehr automatisch zusammen, wenn ich auf solche Fragen aus dem Nichts eine Antwort bekam.

Diesmal kam die Antwort von Didi. Deren Spiegelbild konnte ich nicht sehen, aber sie schien direkt hinter mir zu stehen.

„Wer ist Rick Jensen?“ wollte sie wissen.

Ich drehte mich um, den Mund geöffnet, um ihr alles zu erklären – aber dann verschlug es mir erst einmal die Sprache. Entgeistert wies ich auf ihren Kopf.

„Was zur Hölle ist das?"

Sie legte vorsichtig die Hand auf die blaßrosa Plastikrollen, die in säuberlichen Reihen auf ihrem Kopf angeordnet waren und um die sich ihr Haar rankte, je eine Strähne pro Rolle. „Das sind Lockenwickler, Dummerchen. Damit wickle ich meine Haare auf, damit sie lockig werden. Benutzt du keine?"

Immer noch leicht erschüttert sah ich mir diese Lockenwickler und die Plastikspießchen, die sie durch jeden einzelnen gesteckt und dann an ihrer Kopfhaut festgeklemmt hatte, an. „Keine Macht der Welt bringt mich dazu, mir sowas anzutun. Außerdem sind meine Locken Natur. Die Farbe im übrigen auch."

„Du Glückspilz." Sie warf einen prüfenden Blick in den Spiegel, in dem ich sie nicht sehen konnte, sie selbst sich anscheinend aber schon. Jedenfalls brachte sie es fertig, die Farbe am Haaransatz zu kontrollieren. Was sie sah, schien sie zufriedenzustellen, denn sie ließ sich mit einem freudestrahlenden Seufzer auf mein Bett fallen. Sie hatte sich für den Abend mit einem karierten Schlafanzug und flauschigen Pantoffeln herausgeputzt, die genauso blaßrosa waren wie diese unheimlichen Lockenwickler. „Sind Pyjamaparties nicht einfach himmlisch?"

„Ich wußte nicht, daß wir eine Pyjamaparty veranstalten. Außerdem ist dieser Begriff sowas von altmodisch ..."

Didi gluckste. „Aber himmlisch bleiben sie trotzdem."

„Nicht in diesem Haus des Schreckens." Ich schlüpfte aus meinen Jeans und holte mir die bequeme Flanellhose vom Fußende meines Bettes. Als ich bemerkte, daß Didi meinen Hintern musterte, tat ich, was jede Frau mit einem Funken Selbstachtung an meiner Stelle getan hätte. Ich ging in die Defensive. „Was? Stimmt etwas nicht?"

„Das ist eine Unterhose?"

Nun war ich an der Reihe, ich lachte herablassend. „Unterhose? Du hörst dich an wie eine Zweitkläßlerin. Ja, das ist Unterwäsche. Man nennt es Stringtanga."

„Kerle müssen davon total begeistert sein."

Über Kerle mochte ich nicht nachdenken, denn jegliches Nachdenken über Kerle brachte mich unweigerlich auf Quinn, und über Quinn nachzudenken ...

Ich schlüpfte in die Flanellhose, zog Trägerhemd und BH aus und streifte ein weites T-Shirt über. „Der einzige Kerl, für den ich mich im Moment interessiere, ist Gruselbob. Was weißt du über ihn?"

„Bob ist ..." Didi zuckte die Achseln. „Bob ist Bob. Er war schon immer hier. Du weißt schon, hat im Haus geholfen, Sachen repariert, Rasen gemäht, solche Dinge eben."

„Gehört er zur Verwandtschaft?"

„Zu unserer?" Didi schüttelte den Kopf. „Er wohnte gegenüber, als Merilee und ich klein waren. Er ist ein paar Jahre älter als wir. Als Merilee nach Kalifornien ging, verkaufte Bob sein Haus und zog hier ein, um ein Auge auf alles zu haben."

„Ach, und seitdem lebt er hier?" Ich nickte grüblerisch. Das half mir nicht weiter, erklärte es doch immer noch nicht, warum Bob den weiten Weg zum Garden-View-Friedhof auf sich genommen hatte, um eine Kamera zu stehlen und sie dann fortzuwerfen. Ich dachte intensiv nach. Welche Fragen konnte ich Didi stellen, um ein paar nützliche Antworten zu bekommen? „Weiß er es?" fragte ich Didi. „Das mit dir und ‚Der Morgen so fern'? Weiß Bob, daß du das Buch geschrieben hast?"

Sie kniff die Augen zusammen. „Vielleicht hat er mich mal daran arbeiten sehen", sagte sie nach einer Weile. Sie wies auf das leere Grundstück auf der anderen Straßenseite. „Er wohnte da drüben, damals stand natürlich noch ein Haus auf dem Grundstück. Unsere Schlafzimmerfenster lagen einander direkt gegenüber, und dort habe ich mein Buch geschrieben. Im Schlafzimmer. Ich saß abends daran, wenn ich von der Arbeit kam, und nachts vor dem Schlafengehen. Ich weiß noch, daß ich oft sah, wie er aus seinem Fenster herüber zu unserem Haus schaute. Ziemlich oft. Du weißt schon, beobachtend."

Ich wußte nicht genau, was sie damit meinte, aber ich konnte es mir ungefähr vorstellen, und wenn ich es mir vorstellte – na ja, dann wurde mir prompt ganz anders.

Gut – den Gedanken schob ich erst einmal auf die Warmhalteplatte. „Wenn Bob es nicht gewußt hat, wer dann? Du sagtest, du hättest über das Buch geredet."

„Klar. Ich habe mit ziemlich vielen Leuten darüber geredet."

„Mit wem denn?"

„Zum Beispiel mit Susan Gwitkowski. Das war meine beste Freundin. Wir waren Kolleginnen in der Schreibstube und haben jeden Tag zusammen Mittag gegessen. Sie wollte immer wissen, wie es mit der Geschichte weiterging, und ich habe ihr erzählt, was ich in der Nacht geschrieben hatte."

„Warum hat sie nichts verlauten lassen, als Merilee das Buch veröffentlichte?"

Da war wieder dieses Achselzucken! Nicht, daß Didis Mauern ihr irgend etwas einbrachten. Ich hatte die Frage kaum gestellt, als ich sie auch schon selbst beantwortete.

„Du hast Susan Gwitkowski angelogen. Genau wie mich. Du hast ihr alle möglichen Geschichten erzählt, kleine Lügen, die keine große Rolle spielten. Dann, als es um eine große Sache ging, die wirklich eine Rolle spielte – als das Buch herauskam und Merilee als siebtes Weltwunder gepriesen wurde –, da hat Susan wahrscheinlich gedacht, du habest sie bei der Sache mit dem Buch angelogen wie bei den vielen anderen Sachen auch. Sie hat geglaubt, Merilee sei die Autorin und du habest die ganze Zeit nur so getan, als würdest du ein Buch schreiben."

„Das ist möglich."

Es war mehr als möglich. Das wußte ich deswegen so genau, weil Didi es gerade nicht schaffte, mir in die Augen zu sehen.

Genau wie Paps.

Schon wieder so ein Gedanke, der mich aus der Bahn werfen wollte. Statt mich ihm hinzugeben, schnappte ich mir Gesichtsreiniger, Zahnbürste und Zahnpasta und ging Richtung Bad.

Als ich zurückkam, stand Didi an meinem Fenster.

„Da ist noch jemand", sagte sie. „Jemand, der es ganz genau weiß. Er wird dir sagen, daß ich das Buch geschrieben habe." Sie warf mir über die Schulter einen Blick zu, bei dem ich mich unwillkürlich fragte, warum die ganze Angelegenheit sie so verhältnismäßig kühl zu lassen schien. Sie klang weder freudig erregt, noch wirkte sie so. „Wenn er überhaupt mit dir redet ..."

„Warum hast du diesen kleinen Leckerbissen bis jetzt für dich behalten?"

Didi setzte sich wieder aufs Bett. „Ich dachte, du würdest das Manuskript finden, und dann wäre alles andere egal. Ich wollte ihn da nicht mit hineinziehen."

„Weil ..."

„Weil er mein Vorbild für Palmer war. Für den Helden in ‚Der Morgen so fern'."

„Ja und ...?"

„Das habe ich ihm natürlich auch gesagt. Er war ein besonderer Mensch, und ich war so glücklich darüber, etwas Besonderes für ihn tun zu können. Ich wußte, es würde ihn glücklich machen zu wissen, daß er in meinem Buch vorkam. Jede Frau, die das Buch las, würde sich in Palmer verlieben, und außer ihm und mir würde niemand wissen, daß Palmer in Wirklichkeit er war. Nur wir beide, das war unser kleines Geheimnis, und das machte alles noch so viel aufregender. Ich habe ihm das Buch sogar gewidmet."

Ich schlug meine Taschenbuchausgabe auf, die in Bettnähe auf dem Tisch lag, und las laut die Worte vor, die auf der ersten Seite standen.

„Für meine lieben Eltern und zum Andenken an all die tapferen Männer und Frauen, die für den Erhalt dieser Union gekämpft haben."

Ich sah zu Didi auf. „Ja, klar. Klar hast du ihm das Buch gewidmet!"

Didi sprang gereizt auf und drehte sich zu mir. „Das ist Merilees Widmung, nicht meine!“ Obwohl ich nicht mit Sicherheit sagen kann, was man sich allgemein unter rechtschaffener Empörung vorstellt, würde ich sagen, Didis Tonfall kam meiner Vorstellung davon schon ziemlich nahe.

„Begreifst du nicht?“ fragte sie. „Merilee hat sie geändert. Meine Widmung war für Thomas. Ich habe ihm sogar eine Abschrift der ersten Seite gegeben, mit der Widmung. Damit er sehen kann, daß ich das Buch nur für ihn geschrieben habe.“

Ein Fünkchen Hoffnung erglomm in der Düsternis meiner Ermittlungen. „Dieser Thomas, lebt der noch? Könnte er bestätigen, was du da eben gesagt hast?“

Didi kaute auf ihrer Unterlippe herum. „Ich weiß nicht“, sagte sie. „Nein – nicht, ob er noch lebt. Das weiß ich. Er lebt. Ich weiß auch, daß er dir gern alles über das Buch und über die Widmung und so erzählen würde. Aber ... für ihn steht zuviel auf dem Spiel! Das darfst du nicht falsch verstehen. Nicht, daß du ein schiefes Bild von ihm kriegst! Er ist ein wunderbarer Mensch ...“

Didis Proteste wurden schwächer, ebenso ihre Stimme. Das war nicht schade, viel mehr mußte sie gar nicht sagen, es fiel mir auch jetzt schon leicht, die Einzelteile zu einem Gesamtbild zusammenzufügen.

„Du hast ihn geliebt.“

Das war keine Frage, weswegen ich eigentlich auch keine Antwort erwartete.

Um so verblüffter war ich, als sie das Kinn hochreckte und mir unverwandt in die Augen sah. „Thomas Ross Howell war mein Chef. Ein ehrbarer Mann.“

„Ja, und du hast ihn geliebt.“

„Er war verheiratet.“

„Ja, und du hast ihn geliebt.“

Didi drehte mir den Rücken zu. „Wirklich, Pepper, du glaubst doch nicht, daß ein Mann in seiner Position ...“

„He, du hast doch selbst gesagt, du würdest dich auskennen, wenn es um Kerle geht. Wenn er einer von denen war ...“

„War er nicht."

„Aber du hast ihm das Buch gewidmet."

„Er war ein guter Mensch. Ich habe ihn angebetet, er war mein Idol. Ich hoffte, eines Tages genauso einen Mann wie ihn kennenzulernen und zu ehelichen."

„Klar, und ich bin von vorgestern." Des Gezänks müde, das mich kein Stück weiterbrachte, ließ ich mich aufs Bett sinken. „Ich gehe ihn besuchen."

Didi reagierte nicht, und ein kurzer Blick durchs Zimmer machte klar, warum nicht. Sie war verschwunden. Das war auch gut so. Ich wußte genau, was sie gefragt hätte, wenn sie geblieben wäre.

War es schlau, Thomas aufzusuchen?

Himmel, woher sollte ich das denn wissen? Ich wußte nur noch eines: Je schneller ich dazu kam, mich mit ihm und auch mit dieser Susan Gwitkowski zu unterhalten, desto besser. Denn je eher ich mit ihnen sprach, desto schneller kam ich der Wahrheit ein Stück näher.

Nicht Didis Version davon.

Oder Merilees.

Bloß der sprichwörtlichen reinen Wahrheit und nichts als derselben.

Denn etwas sagte mir, daß ich Didi nicht helfen konnte, wenn ich die Wahrheit nicht kannte, und Didi zu helfen ...

Plötzlich und aus unerfindlichen Gründen war es mir wichtig geworden, Didi zu helfen.

Ich ging ins Bett und zog mir die Decke bis unter die Nasenspitze. Das Licht ließ ich brennen. Nicht nur half es vielleicht, die Schatten in Schach zu halten, die der Mord an Trish im Zimmer warf – vielleicht erhellte es ja auch meine eigenen Motive. Tatsächlich: Nachdem ich einige Minuten lang einfach dagelegen hatte, dämmerte es mir.

Ich wußte jetzt, warum ich so darauf aus war, daß Didi Gerechtigkeit widerfuhr.

Seit meine Beziehung mit Joel Panhorst eine Bruchlandung erlebt hatte und in Flammen aufgegangen war, war ich mit Kummer und Herzeleid praktisch auf du und du. Hat man einmal so schlimmen Schmerz erfahren, dann erkennt man, wenn andere sich ebenso grämen.

Selbst wenn es sich um einen Geist handelte.

Es sah ganz so aus, als seien Didi und ich Seelenverwandte. Irgendwie.

Schlafen kam nicht mehr in Frage, dazu ging mir zuviel durch den Kopf. Also nahm ich mein Buch, machte es mir im Bett gemütlich und las weiter.

Für eine gute Liebesgeschichte hatte ich immer schon viel übrig.

„Wer, sagten Sie, sind Sie?“

Richter Thomas Ross Howell hatte in einem dicken, sehr langweilig aussehenden Buch gelesen, als ich mich, kaum hatte seine Sekretärin ihren Platz verlassen, um zum Mittagessen zu gehen, in sein Büro stahl. Er blickte auf, sah mich in der Tür stehen und legte einen Finger ins Buch, um beim Zuklappen zu markieren, wie weit er gekommen war. „Martin? Pepper? Kenne ich Sie?“

Er bat mich nicht, hereinzukommen und Platz zu nehmen, aber ich tat beides auch so. Eine stehende Person aus einem Gebäude hinauszueskortieren ist ein Kinderspiel. Jetzt, wo ich saß, mußte man schon einen ledernen Besuchersessel anheben, um mich auf dem Allerwertesten hinauszubefördern. Auch wenn der Mann hinter dem Schreibtisch aussah, als sei er körperlich dazu in der Lage, bezweifelte ich stark, daß er das Risiko eingehen würde, seinen Tausend-Dollar-Anzug zu gefährden.

Thomas Ross Howell sah mit achtzig immer noch so fit und attraktiv aus wie auf den zehn Jahre alten Bildern, die ich am Morgen im Zeitungsarchiv der Stadtbücherei gefunden hatte. Er war groß, sportlich und so braungebrannt, als sei er gerade erst aus Florida zurückgekehrt. Das stahlgraue Haar war dicht, und er trug es modisch geschnitten. Die Rolex an seinem linken Handgelenk erstrahlte im Licht der Schreibtischlampe, ebenso die goldenen Manschettenknöpfe.

„Nein. Sie kennen mich nicht." Ich lächelte charmant, als sei es keine große Sache, daß ich mich ohne Termin und unangemeldet in sein Büro gestohlen hatte. „Ich würde gern mit Ihnen über ein paar Dinge reden."

Die Brauen des Richters senkten sich tief über seine Augen. „Ich diskutiere nicht über anstehende Fälle. Jedenfalls nicht außerhalb des Gerichtssaals und ganz sicher nicht mit einer der beteiligten Parteien. Wenn Sie also das ..."

„Es geht nicht um einen Fall."

„Ich gebe auch keine Interviews. Es sei denn, ich hatte vorher Gelegenheit, mit dem Produzenten oder Herausgeber zu reden."

„Ich bin keine Reporterin."

„Dann sollten Sie wissen, daß Sie von mir auch keine Spende erwarten können. Meine Spenden laufen ausschließlich über die Stiftung, die meine Frau und ich ins Leben gerufen haben."

„Ich weiß. Ich weiß, daß Sie dem Orchester der Stadt, dem Kunstmuseum und auch noch einigen anderen Institutionen Geld geben. Das ist auch klasse, wirklich. Aber ich bin nicht auf der Suche nach Spenden. Ich habe nur gedacht ..."

Er streckte die Hand nach dem Telefon aus. „Wenn ich den Wachdienst rufe, sind Sie im Handumdrehen hier raus. Wenn Sie also glauben, Sie kämen mit einem Raubversuch ..."

„Nein. Nein. Kein Raub!" Ich beeilte mich, ihn vom Irrsinn dieser Annahme zu überzeugen, indem ich auf den konservativen braunen Hosenanzug mit der weißen Bluse zeigte, den ich an diesem Tag trug, um bei Gericht nicht weiter aufzufallen. „Sehe ich aus wie eine Diebin? Ich will kein Geld von Ihnen. Ich will nur mit Ihnen reden."

„Ich rede nicht mit Menschen, die ich nicht kenne."

„Aber es ist wichtig."

„Dann sollten Sie einen Termin vereinbaren."

„Damit Sie sich weigern können, mir einen zu geben?"

Er lächelte und griff nach dem Telefonhörer, und auch wenn ich auf einen etwas diplomatischeren Ansatz und eine Runde Geplauder gehofft hatte, um den Richter aufzulockern, wußte ich, daß ich jetzt meinen Trumpf ausspielen mußte. Denn sonst ging mir die einzige Chance durch die Lappen, herauszufinden, was der Mann wußte.

„Es geht um Didi Bowman", sagte ich.

Howell erstarrte, den Hörer bereits am Ohr. Langsam ließ er die Hand sinken und legte wieder auf. „Ich weiß nicht, von wem Sie reden."

„Ich glaube doch. Didi Bowman ... äh ... Deborah Bowman. Sie haben sie gekannt – in den fünfziger Jahren."

Ich hatte den Richter kalt erwischt, aber ich hätte wissen müssen, daß dieser Überraschungseffekt nicht lange vorhalten würde. Ein Mann bringt es nicht zum Richter und zur führenden Persönlichkeit einer Großstadt, wenn er keinen Mumm hat.

Howell lachte leise, als plauderten wir gerade auf einer von diesen von ihm gesponserten Wohltätigkeitsveranstaltungen ein wenig miteinander und hätten nichts weiter zu besprechen als beispielsweise das Wetter. „Sie erwarten im Ernst, daß ich mich an jemanden erinnere, den ich vor gut fünfzig Jahren mal kennengelernt habe?"

„Das hatte ich in der Tat erwartet, und wissen Sie auch, warum? Ich glaube, Didi war mehr für Sie als nur jemand, den Sie mal kennengelernt haben."

Howells Augen waren blau und kalt wie ein Gletscher. Sein Blick durchbohrte mich über den Schreibtisch hinweg und ließ mir das Blut in den Adern gefrieren. „Was soll das heißen?" fragte er.

Ich zuckte die Achseln. „Erst einmal gar nichts. Ich habe keine Zeit für Spielchen. Ich glaube, Didi und Sie waren mehr als nur Bekannte, denn wenn sie nur Bekannte gewesen wären, dann hätte sie Sie nicht geliebt."

Howell bewegte sich ziemlich schnell für einen alten Mann. Ehe ich sah, was auf mich zukam, war er aufgesprungen und hatte den

Tisch umrundet. „Nun hören Sie mal genau zu, junge Frau ..." Er richtete anklagend den Zeigefinger auf mich. „Wenn Sie meinen, Sie könnten hier einfach hereinspazieren und mit Anschuldigungen um sich werfen ..."

„Ich werfe gar nichts." Ich wahrte die Fassung – nach außen. Ich fühlte mich allerdings, als würde ich mir gleich vor Angst in die Hose machen. Mit einer lässigen Geste wischte ich seinen Protest beiseite. „Sie hat mir erzählt ..."

„Machen Sie sich nicht lächerlich! Didi hat Ihnen gar nichts erzählt. Sie ist seit 1956 tot."

Ich stand nun auch auf. „Sie sagten doch, Sie hätten sie nicht gekannt."

Er machte kehrt und marschierte auf seine Seite des Schreibtischs zurück. Er wollte Zeit gewinnen, das war mir klar, aber es gab wenig, was ich dagegen tun konnte. Noch zählte ich auf Howells Wissen und seine Hilfe. Ich bewegte mich auf sehr dünnem Eis. Noch konnte dieses Gespräch so oder so enden. Entweder er redete mit mir, oder er ließ den Wachdienst holen und mich in Handschellen abführen. Mit der Auflage, ihm nie wieder unter die Augen zu treten.

„Was wollen Sie?" fragte er schließlich.

„Nur Informationen. Ehrlich. Es geht um Didis Schwester Merilee und das Buch, das sie geschrieben hat."

„‚Der Morgen so fern'?" Howells Lachen klang unecht. „Gibt es denn in dieser Stadt kein anderes Thema mehr? Ich habe es satt, mir ständig etwas über dieses verdammte Buch anhören zu müssen. Wenn Sie auch einer dieser verrückten Fans sind und auf irgendwelche Insiderinfos oder Erkenntnisse hoffen, dann kann ich Ihnen nur versichern, daß ich von nichts eine Ahnung habe. Ja, ich kannte Didi. Jetzt habe ich es zugegeben. Zufrieden? Da Sie anscheinend bereits wußten, daß wir miteinander bekannt waren, sehe ich keinen Grund dafür, die Bekanntschaft zu leugnen. Aber Ihre Informationen stimmen nicht. Didi hat als Sekretärin in meinem Anwaltsbüro gearbeitet. Sie war eine meiner Angestellten, mehr nicht."

Ob das stimmte?

Die Frage nagte an meiner gespielten Tapferkeit. Nach all den Lügen, die Didi mir aufgetischt hatte, nach der Art, in der sie jegliche intime Beziehung zu Howell abgestritten hatte – vielleicht hätte ich es mir zweimal überlegen sollen, ehe ich ins Büro eines der einflußreichsten Männer dieser Stadt marschierte und mit dem Finger auf ihn zeigte.

Aber da war dieser Kummer in Didis Stimme gewesen, als sie über Howell sprach. Selbst die beste Lügnerin der Welt konnte so einen Schmerz nicht vortäuschen.

Nein, das Leid war echt gewesen. An diesen Gedanken klammerte ich mich, da es der einzige war, der mir in dieser Situation Mut verlieh, und den konnte ich jetzt gut gebrauchen.

Resolut schob ich alle störenden Nebengedanken beiseite. „Ist doch eigenartig! Sie wissen, in welchem Jahr sie starb. Dabei war Didi, sagen Sie, nur eine Angestellte."

Howell seufzte. Nicht, als würde er klein beigeben, eher, als stünde sein Geduldsfaden kurz vorm Zerreißen. „Miss Bowmans Tod hat in meinem Büro ziemlichen Wirbel verursacht. Das ist einer der Gründe, warum ich mich so genau erinnere. Außerdem starb sie in dem Jahr, in dem mein Sohn geboren wurde, das ist ein weiterer. Außerdem ..." Einen Moment lang blickte er zur Seite, und seine Züge wurden weicher, als gäbe er sich einer Erinnerung hin.

„Sie sind zu jung, um sie gekannt zu haben", fuhr er fort. „Wenn Sie sie gekannt hätten, dann wüßten Sie vielleicht, daß Miss Bowman ... wie soll ich das diplomatisch sagen? Es fällt jedenfalls schwer, sie zu vergessen."

„Weil sie eine heiße Biene war?"

Er rückte seine Krawatte gerade, eine Bewegung, die dazu beitrug, ihn wieder ganz ins Hier und Jetzt zu befördern. „Manche Leute fanden das, ja."

„Aber Sie nicht."

Howell musterte mich mit harten Augen. „Vielleicht haben Sie überhört, was ich über meinen Sohn sagte. Er wurde in dem Jahr geboren, in dem Miss Bowman starb. Meine Tochter war zu der Zeit drei Jahre alt. Sie sehen also, ich war glücklich verheiratet." Sein Blick glitt zu dem Foto auf seinem Schreibtisch, das eine elegante, silberhaarige Frau zeigte. „Ich bin es immer noch."

„Wie schön." Ich lächelte aufmunternd. „Ich will Ihnen ja auch gar nicht widersprechen oder Ihnen etwas unterstellen, ich versuche nur, die Sache zu verstehen. Wissen Sie, was mir immer noch unklar ist? Wenn alles, was Sie sagen, zutrifft, warum hat Ihnen Didi dann das Buch gewidmet?"

In Howells Kinn gab es ein Grübchen. Über das fuhr er sich jetzt mit dem Finger. „Ich weiß nicht, woher Sie Ihre Informationen beziehen, aber ..."

„Wenn ich Ihnen das sagte, würden Sie kein Wort glauben."

„Wieso sind Sie der Meinung, ich könnte Ihnen behilflich sein?"

„Ich nehme an, Sie wissen, wovon ich spreche. Didi hat Ihnen ‚Der Morgen so fern' gewidmet. Das stimmt doch, oder? Sie hat Ihnen die erste Buchseite geschenkt, in ihrer, Didis Handschrift. Das war lange, bevor Merilee das Buch herausbrachte. Was dachten Sie, als Merilee das Buch unter ihrem Namen veröffentlichte? Dachten Sie, Didi hätte einfach eine Seite aus dem Werk abgeschrieben und so getan, als wäre sie die Autorin? Um Sie zu beeindrucken?"

Howell musterte mich mit einer Eindringlichkeit, mit der er gewiß im Laufe der Jahre bei mehr als einem gegnerischen Anwalt erfolgreich gepunktet hatte. Ich trat von einem Bein aufs andere.

„Worauf wollen Sie eigentlich hinaus?" erkundigte er sich.

Es war an der Zeit, die Karten auf den Tisch zu legen. Wenigstens ein paar. „Ich glaube, Merilee hat das Buch nicht geschrieben", erläuterte ich. „Ich glaube, Didi hat es geschrieben, und ich glaube, Sie haben die ursprüngliche Version ihres Manuskripts früher einmal zu Gesicht bekommen. Wenn Sie bereit sind, darüber zu reden – darüber, daß Sie das Manuskript gesehen haben und wissen, daß es von Didi stammte –, dann sind wir vielleicht in der Lage zu beweisen, daß Didi die eigentliche Autorin ist. Daß all die Jahre die Falsche Millionen an Tantiemen eingestrichen hat."

„Es geht um Didis Tochter. Sie finden, Judy sollte das Geld bekommen."

Ich schüttelte den Kopf. „Judy ist tot. Schon seit Jahren. Aber Judy hatte eine Tochter. Das haben Sie eventuell nicht gewußt. Judys Tochter, Didis Enkelin. Wenn wir beweisen können ..."

„Warten Sie! Einen Moment!" Der Befehl klang fast wie ein Bellen. „Wie alt sind Sie?"

Die Frage erwischte mich kalt. „Fünfundzwanzig", antwortete ich furchtlos. „Aber ich verstehe nicht, was ..."

„Raus!" Howells Wangen überzogen sich mit häßlichen, dunkelroten Flecken, seine Stimme zitterte vor kaum unterdrücktem Zorn. Er deutete auf die Tür. „Verschwinden Sie aus meinem Büro! Was glauben Sie, wen Sie hier vor sich haben, Mädchen? Sie müssen verrückt sein, wenn Sie meinen, Sie könnten mich erpressen! Ich weiß, was Sie vorhaben, und lassen Sie sich eines gesagt sein: Sie können nichts beweisen. Kein Stück. Sie glauben, Sie können sich einfach einen Teil von meinem Geld und vom Prestige meiner Familie schnappen? Da haben Sie sich geschnitten. Schreiben Sie sich eines hinter die Ohren: Sollte ich Sie je wiedersehen, dann kriegen Sie eine einstweilige Verfügung vor den Latz geknallt, daß Ihnen Hören und Sehen vergeht."

„Wie bitte?" Der plötzliche Stimmungswechsel hatte mich so verwirrt, daß ich den Richter nur noch mit offenem Mund anstarrte. „Was reden Sie denn da? Ich will doch nur wissen, ob Didi Ihnen je das Originalmanuskript gezeigt hat. Ob Sie Ihnen erzählt hat, daß Sie ihr Vorbild für Palmer waren. Ich wollte nur wissen, ob ..."

Es interessierte Howell nicht die Bohne, was ich wissen wollte.

Ehe ich ein weiteres Wort sagen konnte, hatte er mich beim Arm gepackt, schleppte mich hinaus in den Flur und schlug die Tür seines Büros hinter sich zu. Selbst durch die geschlossene Tür hindurch konnte ich hören, wie er den Wachdienst anrief und angab, vor seinem Büro treibe sich ein unbefugter Eindringling herum.

Es wurde Zeit für einen rasanten Rückzug.

Gott sei Dank schaffte ich es ohne Zwischenfälle bis hinunter auf die Straße. Während ich so schnell wie möglich soviel Distanz wie möglich zwischen mich und das Gerichtsgebäude brachte, fragte ich mich immer wieder, was zum Teufel da oben gerade los gewesen war.

Was sollte die Frage nach meinem Alter? Warum schien sie eine so entscheidende Rolle zu spielen – und warum glaubte der Richter, mein Besuch hätte irgend etwas mit einer Erpressung zu tun? Warum unterstellte er mir, ihm und seiner Familie Geld aus der Nase ziehen zu wollen?

Augenblick mal!

Ich war gerade dabei, eine Straße zu überqueren, obwohl die Fußgängerampel auf rot stand, als mich wie ein Schlag die Erkenntnis traf. Stocksteif blieb ich mitten auf der Kreuzung stehen, und als ein paar Autos zu hupen anfingen und ein Fahrer sich wütend aus dem Fenster lehnte, um sich zu erkundigen, ob ich noch alle Tassen im Schrank hätte, während ein anderer mich des überhöhten Drogenkonsums bezichtigte, hörte ich das alles, als sei es Lichtjahre entfernt.

Natürlich! Das hätte mir schon von dem Moment an klar sein müssen, in dem ich kapierte, daß Didi und Howell mehr verband als nur der Weg in die Schreibstube.

Howell scherte sich nicht die Bohne um „Der Morgen so fern“ oder wer es geschrieben hatte. Er sorgte sich darum, daß ich versuchen könnte, aus einer eher familiären Bindung Kapital zu schlagen.

Deshalb hatte er nach meinem Alter gefragt.

Howell dachte, ich sei aus dem Nichts aufgetaucht, um Ansprüche an ihn als meinen lange verschollenen Großvater zu erheben.

Richter Thomas Ross Howell war der Vater von Didis Kind.

Das bedeutete ...

Das Hupen um mich herum wurde immer lauter und aufgeregter. Langsam setzte mein Bezug zur Realität wieder ein. Ich huschte auf die andere Straßenseite und folgte meinem Gedankengang bis zum logischen Schluß.

Der war nicht sonderlich schön.

Denn jetzt war ich überzeugt davon, daß Richter Howell nicht nur Judys Vater war.

Thomas Ross Howell war der Grund für Didis Selbstmord.

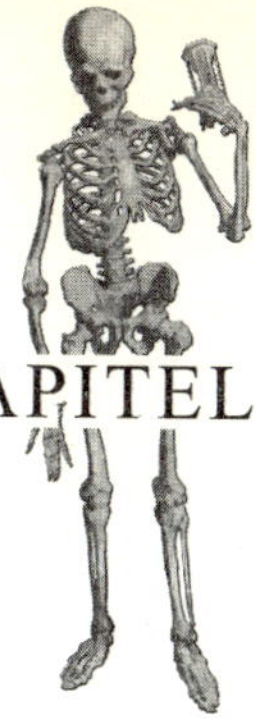

KAPITEL 14

Ich war höchst erpicht darauf, diese neue Theorie mit Didi zu erörtern – und wehe, sie wagte es, sie zu erschüttern! Aber wie es aussah, hatte sie von meinem lieben, verstorbenen Paten ein paar Tricks gelernt. Jedenfalls war sie verschollen – wie Gus so oft verschollen gewesen war, wenn ich besonders dringend mit ihm hatte reden wollen.

Bei meiner Rückkehr ins Bowman-Haus war sie nirgendwo zu sehen.

Dafür war quasi der gesamte Rest der Menschheit da.

Erst nachdem ich mir mühsam einen Weg durch die Massen im Eingangsbereich gebahnt hatte, erkannte ich, was los war. Eine Gruppe Arbeiter schleppte die Schaukästen für das Museum in das Zimmer, das früher das Eßzimmer gewesen war und in dem nun ein Teil der Ausstellung untergebracht werden sollte. Im Zimmer gegenüber, dem ehemaligen Wohnzimmer, standen die Schaukästen schon und wurden feierlich mit den ersten Exponaten bestückt.

Fotoreporter und Fernsehkameras hielten das bewegende Ereignis für die Nachwelt fest, wobei sie ausschließlich bemüht waren, die eine und einzige Merilee vor die Linse zu bekommen, die wie immer sehr gepflegt und königlich aussah, diesmal in Pfauenblau. Merilee harrte geduldig beim Fußvolk aus, hielt Hof und lächelte huldvoll, bis genügend Bilder gemacht waren und sie sich in ihr Arbeitszimmer zurückzog. Mit dem Versprechen (oder sollte ich sagen mit der Drohung?), sich wieder der Fortsetzung ihres vielgeliebten Buches zu widmen.

Es war keine Überraschung, daß Ella auch da war und ein Auge auf alles hatte.

Elizabeth und Kurt sahen auch zu. Was aber außer meiner begabten Wenigkeit niemand mitbekam.

Ich winkte dem dynamischen Streitduo zu, erhielt aber keine Gelegenheit, mit ihnen zu plaudern. Das war, wie ich genau wußte, nur gut so, selbst wenn das jetzt ein bißchen zynisch klingt. Die beiden Stars hatten sich neben dem Plakat aufgebaut, das damals im „Ziegfeld“ die Filmpremiere angekündigt hatte. So stand es jedenfalls auf der Tafel.

„Du siehst aus, als hätten sie dich einbalsamiert und ausgestopft, Liebling!“ verkündete Elizabeth mit einem verächtlichen Blick auf Kurts blaue Uniform munter.

„Du hingegen, meine Liebe ...“ Die Blitzlichter der Kameras um uns herum ließen Kurts Lächeln noch strahlender wirken. Mit Kennerblick musterte er das üppige Dekolleté, das aus dem berühmten blauen Samtkleid herauslugte. „Wer immer der irrigen Meinung war, New-Jersey-Abschaum als blaues Blut von Ohio ausgeben zu können, der muß komplett verrückt gewesen sein – und noch dazu kurzsichtig.“

Die beiden konnte ich getrost ihrer Kabbelei überlassen.

Ich hatte sowieso keine Wahl, denn sobald Ella mich bemerkt hatte, packte sie mich beim Arm und ließ nicht wieder los. „Ist das denn zu fassen!“ Sie schleppte mich zu dem Schaukasten, in dem die Kette aus (falschen) Diamanten und Saphiren ausgestellt war, die Opal trug, während sie den naiven Bankmenschen überredete, ihr das zur Rettung des Schiffbauunternehmens ihrer Familie erforderliche Geld zu leihen. Ich gab die erwarteten begeisterten Geräusche von mir, während ich mich gleichzeitig fragte, was Ella wohl gesagt hätte, hätte sie gewußt, daß Elizabeth inzwischen direkt hinter ihr stand. In dem grünen Kleid, das Opal während ihrem Besuch bei der Bank getragen hatte.

„Das ist der aufregendste Tag meines Lebens!" sagte Ella, und ich widersprach ihr nicht, obwohl sie das auch schon am Tag von Merilees Ankunft im Garden-View-Friedhof gesagt hatte. Warum mit ihr streiten? Was hätte das gebracht?

Ella war nicht mehr in der Lage, logisch zu denken.

Ihre Wangen glühten in derselben Farbe wie das flamingorosa Kostüm, das sie trug (darüber ein elegantes, passendes Pullöverchen). Flamingorosa und übers ganze Gesicht strahlend schwebte Ella von einer Vitrine zur anderen, mich freundschaftlich im Schlepptau hinter sich herziehend.

„Die Opalpuppe!" Ella drückte die Hände auf die Brust. Während sie die vierzig Zentimeter große Puppe begeistert anhimmelte, entzog ich ihr meinen Arm und schüttelte ihn aus, damit die Blutzirkulation wieder einsetzte. Die Puppe war angezogen wie Elizabeth bei unserem ersten Treffen an jenem Abend in Merilees Arbeitszimmer. Das heißt, sie trug das saphirblaue Kleid. Auch sonst glich sie ihrem Vorbild: ein Wasserfall aus blonden Locken, saphirblaue Augen. „Als Kind wollte ich unbedingt so eine Puppe haben. Ich sehnte mich so danach, daß ich einfach in den Bus stieg und in die Innenstadt fuhr, um den Weihnachtsmann zu bitten, daß er mir eine bringt." Ella zwinkerte mir zu. „Meine Mutter war nicht begeistert. Immerhin sind wir Juden. Aber ich habe die Puppe zu Chanukka bekommen. Heißt das, der Weihnachtsmann steht über den Religionen?"

Meine Antwort wartete sie gar nicht ab, aber das war in Ordnung. Viel konnte ich ohnehin nicht dazu sagen, und sie hätte mich wahrscheinlich auch gar nicht gehört. Ella stand nämlich schon vor der nächsten Vitrine, wo der Liebhaberenthusiasmus sie nun endgültig übermannte. „Die Der-Morgen-so-fern-Butterbrotdose! Ist das nicht das Schönste, was du je gesehen hast?"

Ich war nicht ganz sicher. So sehr ich mich auch anstrengte, ich sah eine gewöhnliche Metalldose, dreißig mal dreißig, darauf einen lächelnden Palmer und eine schmollende Opal. Noch ehe ich einen Kommentar abgeben konnte, hörte ich sie hinter uns.

„Sieh doch, Kurt, eine Butterbrotdose! Perfekt für einen Amateur wie dich."

„Ja, und für dich, Elizabeth. Aber nur, wenn immer eine echte Schnitte drin ist."

„Eine Butterbrotdose wie die hier ist so schwer zu finden wie eine Nadel im Heuhaufen!" Ella war lauter als die beiden Spukgestalten. Sie hing inzwischen so dicht vor der Vitrinenscheibe, daß ihr Atem das Glas beschlug. „Sie wäre der krönende Höhepunkt meiner Sammlung. Das einzige Stück, das mir noch fehlt."

„Ella! Du denkst doch nicht etwa: Gebt mir ein Hämmerchen, und sie ist mein?"

Das war humoristisch gemeint.

Ellas butterbrotdosenlüsterner Blick verriet mir, daß ich vielleicht gar nicht so sehr danebengelegen hatte. Zum Glück nicht nur für ihr Vorstrafenregister, sondern auch für mein Bankkonto siegte in Ellas Brust die gesetzestreue Bürgerin über die gewissenlose Sammlerin. Denn wenn man Ella verhaftet hätte, wäre ich zur Stelle gewesen, um ihre Kaution zu stellen und sie wieder aus dem Knast zu holen. Es gelang meiner Chefin sogar, den Blick von der Butterbrotdose zu lösen und auf mich zu richten. „Ich bin froh, daß du endlich da bist", sagte sie. „Ich habe dein Kleid abgeholt und dir mitgebracht, weil ich wußte, daß ich heute noch hier vorbeikomme. Ich hoffe, du hast nichts dagegen. Bob hat mir gezeigt, wo du wohnst, und ich habe es reingelegt."

Diese Sätze bargen reichhaltig Material für Bauchschmerzen. Ich wußte nicht, was ich schlimmer fand: die Vorstellung, daß Bob in meinem Zimmer gewesen war, oder die Befürchtung, die mich in bezug auf das Kleid beschlich.

Ersteres war zu unheimlich, als daß ich weiter darüber nachdenken wollte. Also konzentrierte ich mich auf das Kleid.

„Was für ein Kleid?"

Ella tätschelte mir den Arm. „Es ist einfach umwerfend! Natürlich mußte es komplett umgearbeitet werden, denn du und Trish ..." Sie lachte. „Trish war ein Strich in der Landschaft, und du bist so wunderbar kurvenreich. Aber mach dir keine Sorgen.

Ich war ja neulich in deiner Wohnung, um nach Post zu sehen. Bei der Gelegenheit habe ich mir die Freiheit genommen, einen Blick in deinen Kleiderschrank zu werfen und eins von deinen eleganteren Kleidern zur Schneiderin mitzunehmen. Die Maße für die Änderungen hat sie von diesem Kleid genommen, aber du mußt es natürlich anprobieren ..."

„Was für ein Kleid?"

Ich schätze, aller guten Dinge waren zwei. Oder vielleicht hörte mich Ella diesmal endlich, da ich meine zweite Frage eindeutig lauter stellte als die erste. Zunächst sah sie konsterniert aus, dann dämmerte es ihr. „Das Kleid? Du hast es vergessen, nicht wahr? Dein Festkleid. Du wirst es zur Gala tragen."

Nein, das hatte ich nicht vergessen, das hatte man mir einfach nie gesagt. Das wollte ich gerade monieren (und klarstellen, daß mich keine zehn Pferde in Reifrock und Korsett kriegen würden), aber ich kam nicht dazu. Denn gerade, als ich stehenbleiben wollte, um den Mund aufzumachen, entdeckte meine Chefin etwas im nächsten Glaskasten, und wenn ich stehengeblieben wäre, hätte ich ihr nicht die Arme um die Schulter legen können, um sie fürsorglich zu stützen. Denn was sie in der nächsten Vitrine entdeckte, berührte sie so, daß ich fürchten mußte, sie würde gleich zusammenklappen.

„Oh, Pepper!" Ellas Augen füllten sich mit Tränen. Ihre Schultern unter meinen fürsorglichen Händen zitterten hilflos. Ich glaube nicht, daß Museumsleute es gern sehen, wenn man ihre Vitrinen anfaßt, aber Ella kümmerte sich nicht darum. Sie streckte die Hand aus und berührte den Schaukasten. Mit einem Finger. Als sei das, was sich darin befand, so edel und kostbar, daß sie mehr nicht wagte.

Was sich laut darüber hängendem Schild in der Vitrine befand, war die handgeschriebene Originalfassung von „Der Morgen so fern".

Merilees handgeschriebenes Original.

„So etwas Großes, und so nah!" Ella seufzte tief, und ich mußte erneut Kondenswasser von einer Scheibe wischen, ehe ich mir die

Sammlung an losen Blättern im Schaukasten genauer ansehen konnte. Vor mir lag das Manuskript, aufgeschlagen bei der Szene, in der Opal nach Baltimore aufbricht.

Hastig überflog ich die ausgestellten Seiten. Ich will an dieser Stelle nur so viel sagen: Es ist selten ein Mädchen so aus der Fassung gebracht worden wie ich an jenem Tag durch den Anblick von Merilees Opus.

Ich konnte einfach nur dastehen und starren. Auf die Seiten, auf die ordentliche, leicht verkrampfte Handschrift, auf die makellos weißen Ränder, die nicht ein Fleck zierte, die Worte, die mir inzwischen vertraut waren. Erst vor ein paar Nächten hatte ich sie gedruckt vor Augen gehabt, in meinem Zimmer, im Sessel.

Da stand ich nun, und jede Frage, die mich je in bezug auf Didi und die von ihr behauptete Autorenschaft an diesem Buch geplagt hatte, ergoß sich über mich wie eine kalte Welle aus dem Eriesee.

Vor mir lag „Der Morgen so fern".

Jedes einzelne Wort fein säuberlich in Merilees unverwechselbarer Handschrift geschrieben.

Konnte es da den leisesten Zweifel daran geben, daß sie die Autorin war?

Konnte ich andererseits die Tatsache leugnen, daß sie fünfzig Jahre Zeit gehabt hatte, das Buch zu kopieren? Wort für Wort, natürlich in ihrer eigenen Handschrift?

Diese letzte Überlegung riß mich aus dem Bann, den die sauber beschriebenen Seiten auf mich ausübten, und zurück in die Realität der geheimnisvollen Affäre, in die ich verstrickt war.

Gut möglich, daß ich noch ein wenig über alle möglichen Fragen hätte grübeln können, wäre nicht in diesem Moment hinter Ellas linker Schulter ein Lichtblitz aufgeflammt. Automatisch glitt mein Blick in die Richtung, aus der er gekommen war.

Können Sie sich vorstellen, wie verblüfft ich war (oder war verärgert doch das treffendere Wort?), als ich gerade noch mitbekam, wie der Fotograf seine Kamera zusammenpackte und im Flur verschwinden wollte?

Meiner Meinung nach sah der Mann ziemlich nach Dan Callahan aus.

„Kannst du mich kurz mal entschuldigen?“ fragte ich Ella, wobei ich nicht sagen könnte, ob sie mich überhaupt hörte. Denn ich war, während ich diese Frage stellte, praktisch schon auf dem Weg zur Tür.

Dort mußte ich mich mühsam seitlich durch die Menge schieben, die den Durchgang zum Flur blockierte, und um mir den Weg durch die Meute in der Eingangshalle zu erkämpfen, war sogar Ellbogeneinsatz nötig. Als ich das geschafft hatte, mußte ich mich auch noch an all den Gaffern, Reenactors und Wichtigtuern aus der Nachbarschaft vorbeizwängen, die man zum großen Event drinnen nicht eingeladen hatte und die sich von daher auf der vorderen Veranda drängelten.

Klar war Dan, der ja ebensogut auch nicht Dan sein mochte (aber vielleicht ja doch), nirgendwo mehr zu sehen, als ich die letzte Treppenstufe überwunden hatte und im Vorgarten stand.

Eine Frau kann nur ein gewisses Maß an Belastung aushalten, ohne ihre geistige Gesundheit und ihren Verstand zu verlieren. Glauben Sie mir: Bei mir war es soweit. Gut, es hatte eine Weile gedauert, mich so weit zu kriegen. Aber ich hatte auch zu tun gehabt.

Ich hatte immer noch vollauf zu tun und allerhand, worüber ich nachdenken mußte. Über Ballkleider, über Gruselbob, den Kameradieb, in meinem Schlafzimmer und über das Geheimnis, das aufzuklären mein eigentlicher Auftrag war.

Aber abgesehen von all dem war ich jetzt noch dazu ganz offiziell total stocksauer.

Ich hatte beim Nachhausekommen nicht die Zeit gefunden, meine Handtasche abzustellen, und so waren, als ich dort wütend auf dem Rasen stand, meine Wagenschlüssel gleich bei der Hand. Ich zögerte keine Sekunde. Ich sprang in den Mustang, drehte den Zündschlüssel um und ließ den Motor aufheulen.

Ich wollte Antworten, und zwar sofort. Wild entschlossen lenkte ich mein Auto auf die andere Seite der Stadt, zum Krankenhaus, in dem ich zum ersten Mal mit Dan, dem Hirnmann zusammengestoßen war.

„Dan Callahan sagten Sie?"

Dr. Cecilia Cho hatte sich seit dem Tag, an dem ich mir den Kopf an Gus' Mausoleum aufgeschlagen hatte und in der Notaufnahme des Krankenhauses aufgewacht war, kaum verändert. Damals hatte sie, das Stethoskop in der Hand, über mich gebeugt dagestanden. Sie trug immer noch diesen mit kleinen bunten Schmetterlingen bedruckten OP-Kittel. Sie trug immer noch eine Brille, und ihr dunkles Haar war natürlich auch immer noch von vielen grauen Strähnchen durchsetzt.

Aber am Tag des Unfalls, der das Ende des Lebens markierte, wie ich es bis dahin gekannt hatte, und der den Anfang meines Lebens mit der „Gabe" einläutete – an jenem Tag war mir Dr. Cho sehr professionell, zuverlässig und kompetent vorgekommen.

Jetzt, wo ich ihr an ihrem Schreibtisch gegenübersaß, schien sie mir verwirrt.

„Ich bin jetzt nicht ganz sicher, wen Sie damit meinen könnten", sagte sie.

Einen Augenblick lang stammelte ich hilflos vor mich hin. Wer hätte mir daraus auch einen Vorwurf machen können? Ich hatte fest damit gerechnet, daß mich wenigstens Dr. Cho mit eindeutigen, einleuchtenden Antworten versorgen konnte. Angesichts ihrer Verwirrtheit fiel es mir schwer, einen klaren Gedanken zu fassen, von der Konstruktion eines klaren Satzes ganz zu schweigen. „Aber Sie müssen doch ... Sie müssen doch Dan kennen", stammelte ich. „Ich habe ihn hier kennengelernt. In der Notaufnahme. Er kam ins Untersuchungszimmer, um sich die Röntgenaufnahmen meines Hirns anzusehen – und meine CTs. Nicht am ersten Tag. Das war ein paar Tage später. Als ich noch mal hier war. Das müssen Sie doch in Ihren Akten haben. Daß ich noch mal hier war."

Dr. Cho las sich die Notizen in der Akte durch, die aufgeschlagen vor ihr lag. „Sie hatten Schlafprobleme", meinte sie. „Sie haben außerdem ziemlich merkwürdiges Verhalten an den Tag gelegt. Sie sprachen von Halluzinationen."

Das war am Tag nach meinem ersten Zusammentreffen mit Gus gewesen. Damals hatte ich mir unbedingt beweisen wollen, daß der Mann nichts anderes war als eine Fehlmeldung meines Gehirns.

Inzwischen wußte ich es besser.

„Habe ich", erklärte ich der Ärztin. „Über Halluzinationen geredet, meine ich. Aber getan habe ich es nicht. Halluziniert, meine ich. Ich weiß, daß ich mir Dan nicht eingebildet habe, daß er keine Sinnestäuschung ist. Dan Callahan. Dr. Dan Callahan. Das stand auf seinem Namensschild – es war ein Namensschild vom Krankenhaus. Putziger Typ. Richtig putzig." Ich dachte wieder an meine letzte Begegnung mit Dan. Wie er aus dem Nichts aufgetaucht war, mir das Leben gerettet und sich mit einem heißen Kuß verabschiedet hatte. Bei dieser Erinnerung schlich sich eine holde, zarte Röte in meine Wangen. „Ich habe mir nichts zusammenphantasiert."

„Wenn Sie es sagen." Dr. Cho nahm einen Stift und fügte meiner Akte eine weitere Notiz hinzu.

Leider konnte ich von meinem Stuhl aus nicht lesen, was sie geschrieben hatte.

„Also, dann erzählen Sie doch mal ..." Dr. Cho klopfte mit ihrem Stift auf das Papier. „Als dieser ...", sie warf einen Blick auf ihre Aufzeichnungen, „... Dan Callahan ins Untersuchungszimmer kam, um sich mit Ihnen zu unterhalten, war ich da auch da?"

Ich ließ die Bilder jenes Nachmittags Revue passieren. „Sie waren gerade gegangen", sagte ich. „Sie müssen im Flur an ihm vorbeigekommen sein. Sie können ihn gar nicht verpaßt haben, und bestimmt ist er Ihnen auch aufgefallen! Strubbelhaar, Nikkelbrille?“ Ich mußte an Dans Sinn für Mode denken – oder vielmehr an seinen Mangel desselben.

„Er sieht immer aus, als würde er sich mit geschlossenen Augen anziehen. Blaue Hose zum braunen Hemd, so Zeug. Er ist gescheit. An der Wand seines Büros hängen mehr Diplome, als ich je auf einem Haufen gesehen habe, und ...“ Mitten in dieser logischen Schilderung des Geheimnisses namens Dan schnürte sich mir der Magen zusammen. Ich musterte Dr. Cho mit hartem Blick.

„Halten Sie mich für verrückt?“

Sie lachte. Nicht gerade ein silbriger Klang, eher ein Verlegenheitslachen, aber ich war andererseits ohnehin nicht in der Stimmung, mich beruhigen zu lassen. „Natürlich würde ich das nie sagen. Jedenfalls nicht mit Sicherheit. Wenn ich ein solches Urteil abgebe, kann ich unmöglich nur von dem ausgehen, was Sie mir heute erzählt haben.“

„Ich habe ihn nicht erfunden, Dr. Cho.“ Himmel, ich winselte! Ich klang mutlos. Ich erteilte mir eine scharfe Rüge und reckte das Kinn, wobei ich Dr. Cho einen so einsichtsvollen, klaren Blick zuwarf, wie ihn eine Frau, die mit Toten spricht, eben zustande bringen kann. „Ich habe Dan gesehen. Ich habe mich mit ihm unterhalten. Wir waren zusammen einen trinken, und er hat mich nach Hause gebracht. Er hat mich angerufen und mehr als einmal Nachrichten auf dem Anrufbeantworter in meinem Büro hinterlassen.“

Er war kein Geist.

Ich gebe zu, seit dem Tag, an dem Dan angefangen hatte, unvermittelt aus dem Nichts aufzutauchen und genauso schnell wieder zu verschwinden, war mir mehrfach der Gedanke durch den Kopf gegangen, er könnte „von drüben“ stammen. Ich hatte diese Möglichkeit jedesmal wieder verworfen, auch jetzt wieder. Geister waren unkörperlich. Sie konnten nichts berühren. Sie konnten nichts bewegen. Sie konnten nicht mit Leuten sprechen.

Zumindest meistens nicht. Ich war die Ausnahme.

Aber um bei der Sache zu bleiben ... ich hatte Dan all die Dinge tun sehen, die Geister nicht tun. Als wir zusammen einen trinken waren, hatte er mit der Kellnerin geredet. Bei unserem Treffen im Café hatte er am Tresen meinen Latte bestellt, und als ein Auftragskiller mich im Visier gehabt hatte und drauf und dran gewesen war, mich mit seiner Riesenwumme zu zerfetzen, hatte ihn Dan mit einer echt klasse Karatenummer ins Reich der Bewußtlosen befördert.

Anders als bei der Gelegenheit, als Gus versucht hatte, mich am Arm zu packen, um zu verhindern, daß ich direkt vor ein näherkommendes Auto lief, erstarrte ich nicht zu Fruchtsorbet, wenn Dan mich berührte. Ganz sicher nicht, als er mich küßte.

Nein – als Dan mich küßte, war meine Reaktion weder kalt noch erstarrt gewesen.

„Ich weiß, daß Dan existiert", teilte ich Dr. Cho mit, wobei ich sie in dem Glauben ließ, ich würde über Halluzinationen reden, weil das besser war, als die Sache mit den Geistern aufs Tapet zu bringen. „Wie ich schon gesagt habe: Ich sehe ihn andauernd. Das beweist, daß er real ist, oder?"

„Tut es das?" Dr. Cho ordnete einen Papierstapel, bis dessen Kanten genau aufeinanderlagen. „Ich zweifle keinen Augenblick daran, daß Sie glauben, was Sie mir erzählen, Pepper, und doch: Wenn das so ist, muß ich mich fragen, warum Sie hier sind, um sich nach Dan zu erkundigen. Könnte es sein, daß Sie an sich zweifeln? Trotz der Tatsache, daß Sie versuchen, so sicher zu klingen, – daß Sie hier sind, weil Sie nach Bestätigung suchen?"

Ich antwortete, ohne zu zögern. „Nein. Ich bin sicher, daß ich Dan gesehen habe." (Das war ich nicht, nicht einhundert Prozent jedenfalls, aber darauf mochte ich jetzt wirklich nicht eingehen.) „Ich bin sicher, daß ich ihn hier im Krankenhaus kennengelernt habe. Ich war ja sogar ein paar Wochen später noch einmal hier, als Teilnehmerin an seiner Studie."

„Dann ist er in der Forschung tätig?" Dr. Cho machte sich weitere Notizen. „Hier im Krankenhaus? Ich nehme nicht an, daß Sie mir sagen können, zu welchem Thema er forscht?"

„Natürlich kann ich das. Abweichendes Verhalten und Hinterhauptlappen. Meine hohe Bereitschaft zur halluzinatorischen Bilderflut ..."

Pfui! Jetzt war ich genau reingetreten. Aber die Worte ließen sich nicht mehr zurücknehmen.

Dr. Cho nickte, sie hatte verstanden. „Die Tatsache, daß Sie seit Ihrem Unfall noch zweimal hiergewesen sind, ist ein Zeichen,", sagte sie.

„Ach ja?"

„Ob Sie es anerkennen oder nicht, es ist ein Hilferuf."

„Aber ich brauche keine. Hilfe meine ich."

„Sind Sie sicher?"

„Hören Sie ..." Meine Enttäuschung wuchs zusammen mit meinem Ärger. Verzweifelt fuhr ich mir mit den Fingern durch die Locken. „Ich bin nicht gekommen, weil ich auf der Suche nach einem Psychotherapeuten bin. Ich weiß es zu schätzen, daß Sie sich Sorgen machen, aber nein danke, ich brauche nichts. Ich möchte nur, daß Sie mir sagen, wo ich Dan finden kann. Denn dies kleine Versteckspiel, das er mit mir abzieht, macht mich langsam ziemlich wütend ..."

„Haben Sie schon länger Probleme mit diesen überraschenden Wutausbrüchen?"

„Ich habe keine Wutprobleme!" Das wäre höchstwahrscheinlich glaubwürdiger rübergekommen, hätte ich nicht mit der Faust auf den Tisch geschlagen. „Die einzigen Probleme, die ich habe, sind Dan-Probleme."

„Ich sehe nur eine Möglichkeit, Ihnen behilflich zu sein." Dr. Cho zog die oberste Schublade ihres Schreibtischs auf und entnahm ihr einen Monatsplaner. „Wir werden erst wissen, was mit Ihnen los ist, wenn wir einige Tests vorgenommen haben. Eine solche Untersuchung ist sehr gründlich, von daher natürlich auch mühsam. Je nachdem, was Ihre Krankenversicherung genehmigt, schlage ich vor, Sie bleiben mindestens zwei Nächte hier. Wie es aussieht, könnten wir Sie bereits nächste Woche einschieben. Ich finde, wir sollten den Termin gleich festklopfen. So können wir alle Probleme beim Schopf packen, und Sie müssen nicht immer wieder herkommen."

„Bitte?"

Dr. Cho griff in ein anderes Schubfach und zog eine bunte Hochglanzbroschüre heraus, die sie mir über den Tisch hinweg zuschob. „Es ist nicht halb so furchterregend, wie es klingt", meinte sie. „Sehen Sie. Hier sind ein paar Bilder. Es wird Ihnen vorkommen wie Urlaub. Unsere psychiatrische Abteilung ist sehr gemütlich."

„Oh, nein!" Ich sprang auf und schaffte mit einem Satz Abstand zwischen mir und diesem lächerlichen (und grauenerregenden) Vorschlag. „Ich will mich nicht abtasten, durchleuchten und analysieren lassen. Alles, was ich brauche ..."

Ich brauchte das, was ich die ganze Zeit schon gebraucht hatte: Ich mußte Dan finden. Es war klar, daß Dr. Cho mir da keine Hilfe sein würde. Ohne meinen Satz zu beenden, stürzte ich aus der Tür und sah zu, daß ich aus der Notaufnahme kam.

Das Krankenhaus verließ ich allerdings erst einmal nicht.

Eigentlich stand ich schon vor der Drehtür zur Tiefgarage, als ich eine Idee hatte. Ich sah mich um. Keine charmanten, jungen Männer in weißen Kitteln in Sicht, auch keine Dr. Cho. Nachdem ich mich überzeugt hatte, daß man mich dem Anschein nach nicht sofort in die Klapsmühle schaffen wollte, versuchte ich, mich an den Weg zu Dans Büro zu erinnern. Immerhin hatte ich mich zweimal dort mit ihm getroffen und wußte noch, daß ich die Eingangshalle durchqueren mußte und dann bei den Fahrstühlen ...

Gedacht, getan. Ehe ich recht wußte, wie mir geschah, stand ich vor Dans Büro.

Es war weit und breit niemand zu sehen. Ich klopfte – keine Antwort. Ich drückte die Klinke herunter.

Die Tür ließ sich mühelos öffnen, aber nur bis zu einem bestimmten Punkt. Beim zweiten Versuch nahm ich die Hüfte zur Hilfe und drückte; als auch das nichts half, tastete ich fluchend um die Tür herum nach dem Lichtschalter. Sobald das Neonlicht aufflackerte, steckte ich den Kopf durch den Türspalt.

Ein Eimer plus Feuchtmop blockierte die Tür. Beide von der großen Art, wie gewerbliche Reinigungstrupps sie benutzen.

Seltsam?

Ich fand es seltsam. Bei meinem letzten Besuch hier hatte Dans Schreibtisch an der einen Wand gestanden, und eine andere Wand war von oben bis unten mit Zeugnissen gepflastert. Hinter dem Schreibtisch hatte eine Ablage gestanden, in der er die Unterlagen für seine Studie aufbewahrte.

Vor seinem Schreibtisch hatte der Stuhl gestanden, auf dem ich gesessen hatte, als er mich an ein Gerät anschloß, um meine Hirnströme zu messen. Das war die Untersuchung, durch die laut Dan meine hohe Bereitschaft zu Halluzinationen bewiesen worden war, und jetzt ...

Ich schob den Fuß durch die Tür, Eimer und Mop aus dem Weg und trat in den Raum.

Schreibtisch und Regal waren verschwunden. Statt der Bücherschränke, die einen Großteil der Wand zu meiner Linken hätten einnehmen müssen, stand dort ein Metallregal. Vom Boden bis zur Decke voll mit Putzmitteln, Papierrollen und Gummihandschuhbehältern.

„Kann ich Ihnen helfen?"

Beim Klang der Stimme in meinem Rücken fuhr ich herum. Ich fand mich Auge in Auge einem jungen Mann in grauer Hose und passendem Hemd gegenüber. Laut Namensschild an seiner Brust hieß er José und gehörte zur Hausverwaltung.

„Nein, danke. Wirklich nicht." Ich ging über den kahlen Estrich wieder in den Flur. „Ich suche nur Dan. Wissen Sie, Dan Callahan. Das war früher sein Büro. Aber jetzt wird der Raum anscheinend als Lager genutzt."

José schüttelte den Kopf. „Haben Sie sich verlaufen? Das ist der Raum, in dem wir Sachen einlagern und aufbewahren. Waschmittel, Papier, solche Sachen."

„Das weiß ich. Das habe ich gesehen. Aber ..." Ich sah mich noch einmal um. „Ich weiß, daß ich hier richtig bin. Ich war schon mal hier. Vor ein paar Wochen erst."

José kratzte sich mit dem Finger hinter dem Ohr. „Ich arbeite hier seit sechs Monaten", sagte er, „und seit sechs Monaten hole ich mir hier meinen Mop und meinen Besen ab. Hier stelle ich die Sachen ab, wenn ich sie nicht mehr brauche. Ich glaube, Sie irren sich, Senorita."

Vor der nächsten Frage hatte ich beinahe schon Angst. Die Worte schafften es auch kaum über meine Lippen, so trocken war mein Mund plötzlich. Meine Stimme klang, als wäre mein Hals viel zu eng. „Was ist mit Dan?" fragte ich.

José zuckte die Achseln. „Callahan, sagen Sie? Auf diesem Flur hat nie jemand namens Dan Callahan gearbeitet."

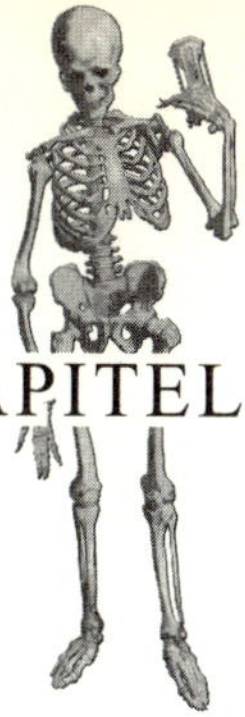

KAPITEL 15

WAR ICH ALSO VERRÜCKT?

Nein, verdammt.

Zumindest nicht so, wie es Dr. Cho mir unterstellte.

Lagerraum hin oder her, ich wußte, was ich wußte, und trotz dieser möglichen verstärkten Neigung zur Schaffung halluzinatorischer Bilder wußte ich, daß Dan kein Produkt meiner Phantasie war.

Nie im Leben küßt ein Phantasieprodukt so gut wie Dan.

Nachdem ich das für mich entschieden hatte, stellte ich das Problem Dan erst einmal hintan. Mit dem Mann würde ich mich auseinandersetzen, wenn er das nächste Mal seine niedliche kleine Nase in meine leider nicht so niedlichen und auch nicht kleinen Angelegenheiten steckte. Es schien keinen besseren Weg zu geben, mir meine geistige Gesundheit zu beweisen, als mich wieder an die Arbeit zu machen und etwas zu leisten.

Aber wie gesagt, verrückt war ich nicht. Wenn ich behaupte, ich beschloß, etwas zu leisten, dann hatte ich dabei gewiß nicht Merilees Einladungen im Kopf. Oder die Anprobe, die Ella von mir verlangte. Obwohl ich gern zugebe, daß mich das Ballkleid, das ich zur Gala tragen sollte, schon neugierig machte. Neugierig und besorgt, denn immerhin war das Kleid ursprünglich für Trish bestimmt gewesen. Man soll ja höflich sein, wenn man von Toten spricht, aber trotzdem: Trish hätte wirklich nicht als Aushängeschild für die Modebranche getaugt.

Egal – wenn ich sage, ich wollte etwas leisten, dann hatte ich dabei die Lösung von Didis Geheimnis im Sinn.

Eingedenk dessen war ich entschlossen, den Nachmittag auf die bestmögliche Art zu nutzen. Ich hatte Glück: In den Telefonzellen des Krankenhausfoyers gab es jede Menge Telefonbücher, und Susan Gwitkowski trug immer noch ihren Mädchennamen.

Ich notierte die Adresse, rief aber nicht an, um zu fragen, ob ich vorbeikommen dürfte. Meine Kontakte zur örtlichen Mafia hatten mich eines gelehrt: Der Überraschungseffekt ist von unschätzbarem Wert. Susan Gwitkowski war wahrscheinlich etwa Didis Jahrgang, und Didi wäre jetzt, wenn sie noch lebte ...

Ich stellte ein paar Berechnungen an.

Die Frau, mit der ich mich unterhalten würde, war inzwischen eine kleine, alte Dame. Mit kleinen, alten Damen kannte ich mich aus, ich hatte zwei anstrengende Großmütter gehabt, und dazu kamen noch die Seniorengruppen, die Führungen auf dem Garden-View-Friedhof buchten ... jawohl, mit kleinen, alten Damen kannte ich mich aus. Ich wollte nicht, daß Susan zuviel Zeit hatte, über die Vergangenheit nachzudenken und ihre Erinnerungen umzuschreiben. Ich wollte sie überraschen, ein wenig schütteln und schauen, was herausfiel. Über Didi. Über Karrieren in der Schreibstube. Ach ja, und über fünfzig Jahre alten Bürotratsch.

Sagte ich kleine, alte Dame?

Die Frau, die mir die Tür zu einem prächtigen alten Haus mit Türmchen, Schindeldach und Bleiglasfenstern öffnete, war klein, schlank und trug das lockige mahagonifarbene Haar in einer modischen Kurzhaarfrisur. Nie im Leben war das Mahagoni echt, aber ich gab der Dame Extrapunkte, weil sie sich Mühe gegeben hatte. Sie trug eine Caprihose im Leopardenmuster, dazu ein hautenges schwarzes Hemd, das Ganze durch goldene Sandaletten und Dutzende glitzernder Goldkettchen abgerundet. Die Ketten ruhten auf einem Busen, der zwar nicht annähernd so üppig wirkte wie meiner, aber ebenso keck.

Ich konnte nicht anders. Ich fragte mich, ob sie zu den Kundinnen meines Vaters gezählt hatte.

„Entschuldigen Sie die Störung!" Susan mochte nicht altmodisch wirken, freute sich aber bestimmt über ein wenig altmodische Höflichkeit. „Hätten Sie einen Moment Zeit? Ich würde gern ein wenig mit Ihnen plaudern."

Sie musterte mich prüfend. „Worüber?"

„Wie soll ich das sagen? Es ist mir etwas unangenehm. Es geht um Deborah Bowman."

„Didi?" In diesem Haus schien Didis Name das sprichwörtliche Sesam, öffne dich zu sein: Susan hielt mir die Tür auf und trat zurück, um mich einzulassen. „Den Namen habe ich schon lange nicht mehr gehört. Kommen Sie ruhig rein. Setzen Sie sich."

Das Wohnzimmer, in das sie mich führte, war größer als meine gesamte Wohnung. Durch die großen Fenster sah man in einen Garten, in dem rote und weiße Tulpen in der Frühlingsbrise mit den Köpfen nickten. Die letzten Osterglocken zierten die Flächen zwischen üppigen Fliederbüschen, die aussahen, als würden sie bald in voller Blüte stehen.

„Zauberhaft", sagte ich. Was ich von Susans Garten sehen konnte, war atemberaubend. Das Haus selbst ...

Ich versuchte, mich nicht allzu neugierig umzuschauen, aber seien wir ehrlich, ich war noch nie für meine Selbstbeherrschung bekannt. Susans Wohnzimmer war eine Mischung aus einem erstklassigen Möbelladen und einem billigen Puff. Vor den Fenstern hing purpurner Gazestoff, über der Ottomane, auf die ich mich setzte, eine Art Moskitonetz. Auf der dazu passenden Couch gegenüber türmten sich bunte, bestickte Kissen, überall standen Kerzen herum, und irgendwo brannten Räucherstäbchen.

Es roch nach Fichtennadeln.

Ich nieste.

„Ihr Haus ist phantastisch", sagt ich höflich zu Susan, denn ich fand, phantastisch faßte diese ganze Bandbreite an Stilrichtungen ziemlich gut zusammen. Ich hielt mir diskret ein Taschentuch an die Nase. „Da haben Sie es in der Schreibstube aber weit gebracht."

Bislang hatte mich Susan mit einem nichtssagenden, höflichen Lächeln betrachtet, das zeigte, wie wenig sie begriff, was mich zu ihr geführt haben mochte. Das Lächeln verschwand auch jetzt nicht, aber gleichzeitig tauchte etwas anderes in Susans dunklen Augen auf, etwas, das über bloße Neugier hinausging. „Ich habe klug investiert", sagte sie, und ihr Tonfall verriet, daß sie mehr zu diesem Thema nicht sagen würde. Sie nahm auf der kissenübersäten Couch Platz, die perfekt gezupften Brauen zu einem V zusammengezogen. „Sie sagten etwas von Didi. Sind Sie ...?"

„Verwandt?" Zum zweiten Mal an diesem Tag leugnete ich familiäre Beziehungen zur Familie Bowman. „Nein. Aber sie hatte eine Tochter, wußten Sie das?"

„Judy." Susan griff nach Zigaretten und dem goldenen Feuerzeug, alles in Reichweite, zündete sich eine Zigarette an, nahm einen tiefen Zug und lehnte sich zurück. „Ich kenne sie – wie denn auch nicht, ich habe die kleine Schlampe schließlich großgezogen."

Das war mir neu, und ich hätte mir in den Hintern treten können! Jede Privatermittlerin, die auch nur einen Pfifferling wert ist, hätte sich erkundigt, was nach Didis Tod aus ihrer Tochter geworden war. „Ich hatte gedacht, Merilee ..."

„Sie machen wohl Witze!" Susan spie die Worte zusammen mit einer dicken Rauchwolke aus. „Als Didi schwanger wurde, hat ihre Familie sie quasi verstoßen. Sie wollte nichts mit Judy zu tun haben. Was treibt sie denn so?"

Ich war mir nicht sicher, ob sich die Frage jetzt auf Didi oder Judy bezog. Im Grunde auch egal, denn meine Antwort galt für beide. „Sie ist tot", sagte ich.

„Ach?" Susan wirkte nicht, als würde die Nachricht sie sonderlich aufregen. „Von Judy habe ich seit ihrem achtzehnten Geburtstag kein Wort mehr gehört. Rechnen Sie nach. Das ist lange her. Sie ist einfach rausspaziert, hat die Tür hinter sich zugemacht, und das war es dann. Nie wieder ein Wort." Sie drückte ihre Zigarette in einem Aschenbecher aus, der wie ein Kamel aussah. „Nach allem, was ich für das Mädchen getan habe."

„Dann wußten Sie nicht, daß sie eine Tochter hatte."

Susan zog eine Schulter hoch. „Nein. Ist mir auch egal. He ... sind Sie hier aufgetaucht, weil Sie mir weismachen wollen, ich sei für das Kind verantwortlich? Warum bitten Sie nicht Merilee um Hilfe?" Auf dem Couchtisch – er war mit einem Kaschmirschal bedeckt – lag der aktuelle „Plain Dealer". Höhnisch grinsend musterte Susan das Gesicht auf der Titelseite, und ich verrenkte den Hals, um die Schlagzeile lesen zu können. „Der-Morgen-sofern-Museum steht kurz vor der Eröffnung."

„Die schwimmt in Geld, und man sollte doch meinen, sie hätte etwas für das Kind ihrer Schwester tun können. Aber nein. Didi lud Judy bei mir ab in der Nacht, als sie ... na ja, die Geschichte brauche ich Ihnen ja nicht zu erzählen, wenn Sie sich mit Didi auskennen. Danach hatte ich nie wieder Kontakt mit jemandem aus der Familie Bowman. Ich habe das Sorgerecht für Judy beantragt und bekommen, es hat mir niemand streitig machen wollen. Niemand hat mir je auch nur einen Groschen herübergereicht, um sich an ihrem Unterhalt zu beteiligen oder an den Kosten für ihre Ausbildung – und was hatte ich von meiner Gutherzigkeit? Nur Kummer. Dieses Mädchen war genau wie seine Mutter. Eine Lügnerin und Herumtreiberin."

„Ich dachte, Sie seien Didis Freundin gewesen?"

„Ach ja?" Susan betrachtete mich prüfend durch den dichten Zigarettenqualm, der zwischen uns in der Luft hing. „Wer hat Ihnen denn das erzählt?"

„Ich habe mit Thomas Ross Howell geredet." Keine Lüge, allerdings strenggenommen auch keine Antwort auf Susans Frage. „Ist er Judys Vater?"

Sie lachte bellend. „Ich habe vierzig Jahre lang für Thomas Ross Howell gearbeitet. Wenn ich eines über diesen Schweinehund weiß, dann das: Er schüttet niemandem gegenüber sein Herz aus. Nicht seinen Freunden, nicht seiner Familie und schon gar keiner

Fremden gegenüber. Nicht einmal, wenn sie so hübsch ist wie Sie. Keine Chance, daß er zugegeben hätte, Judys Vater zu sein."

„Aber Sie waren der Meinung, daß diese Möglichkeit bestünde."

„Was geht Sie das an?" Sie zündete sich die nächste Zigarette an. „Welche Rolle spielt das heute überhaupt noch? Didi ist seit fünfzig Jahren tot. Judy, sagen Sie, ist auch tot. Versuchen Sie, Howell Didis Enkelin aufs Auge zu drücken?"

„Ich versuche niemandem irgend etwas aufs Auge zu drücken. Ich versuche, mehr über das Buch herauszufinden."

Als das Wort Buch fiel, erstarrte Susan. Einen Herzschlag lang. Zwei. Ich rutschte nervös auf der brettharten Couch hin und her und fragte mich, was ich getan hatte, um mir ihren Unmut zuzuziehen. Noch ehe mir die richtigen Worte für eine Entschuldigung einfallen konnten, kam sie wieder zu sich, schüttelte sich ein wenig und richtete über den Couchtisch hinweg einen Laserblick auf mich. „Mit Buch meinen Sie wohl ‚Der Morgen so fern'."

„Soweit ich weiß, gibt es kein anderes." Das stimmt zwar nicht, denn da war ja noch die Fortsetzung (falls man das Machwerk so nennen wollte), an der Merilee arbeitete. Ich wollte die Sache aber nicht noch komplizierter machen, indem ich gleich alles zur Sprache brachte, also konzentrierte ich mich erst mal auf das eine Thema.

„Ja", antwortete ich ihr. „Ich meine ‚Der Morgen so fern'. Ich glaube, Didi hat es vielleicht geschrieben."

Susan hielt mitten in der Bewegung inne, die Zigarette dicht an den roten Lippen. Sie legte den Kopf schräg. „Echt? Das halten Sie für möglich? Dann sind Sie genauso dumm, wie ich es war. Denn es hat eine Zeit gegeben, in der auch ich glaubte, sie hätte es geschrieben."

„Warum haben Sie nie etwas gesagt?"

„Ich sagte, ich glaubte es eine Zeitlang. Es war ein sehr kurzer Zeitraum. Didi kam jeden Morgen zur Arbeit, völlig aus dem Häuschen über die Sachen, die sie in der Nacht zuvor geschrieben hatte. Wir saßen beim Mittagessen im Pausenraum zusammen, und sie hat mir haarklein erzählt, was in der Geschichte gerade los war und was sie als nächstes mit ihren Helden vorhatte."

„Als also das Buch herauskam und Merilees Name darauf stand ..."

Sie sog an ihrer Zigarette und atmete eine weitere Rauchwolke aus. „Ich habe viel mit Didi zusammen unternommen, war sogar ein- oder zweimal zum Abendessen bei ihrer Familie. So lernte ich auch Merilee kennen. Ich wußte, daß sie Bibliothekarin war und ich habe sie über den Bürgerkrieg sprechen hören, ein Thema, von dem ich keine Ahnung hatte. Aber ich merkte, daß Merilee wußte, wovon sie sprach. Wem hätten Sie denn geglaubt? Einer Gelehrten wie Merilee? Oder einer Herumtreiberin wie Didi?"

„Außerdem hatte sie Sie früher schon belogen."

„Den lieben langen Tag, und sonntags zweimal." Susan lachte. „Nicht, daß ich ihr deswegen Vorwürfe gemacht hätte, verstehen Sie mich nicht falsch. Didi war einfach Didi, so war sie nun mal. Sie hatte ein Herz aus Gold und eine Phantasie, die einfach nie eine Pause einlegte."

„Hat sie deswegen geglaubt, Thomas Ross Howell sei in sie verliebt?"

Susan legte ihre Kippe am Rande des Aschenbechers ab. Genau neben den Hintern des Kamels. „Ich weiß nicht, woher Sie Ihre Theorien beziehen", meinte sie langsam. „Sie kommen immer wieder auf Richter Howell zu sprechen, aber eines verstehen Sie nicht: er war und ist ein guter und ehrenhafter Mann. Sein Lebenslauf ist ohne Fehl und Tadel. Sein Ruf ist unangreifbar."

„Das verstehe ich ja alles. Aber irgendwo muß Judy ja hergekommen sein."

Susan grinste. „Wie wäre es mit von überallher?"

„Das heißt ..."

Das Telefon klingelte, und Susan fuhr hoch und sah sich um. Auf den ersten Blick war der Apparat nicht zu sehen, in der Nähe schien er aber nicht zu sein. Sie verließ das Wohnzimmer. „Nun machen Sie mal halblang, Schätzchen. Sie sind alt genug, Sie wissen, wie das gemeint war. Didi hatte viele Liebhaber. Jeder davon hätte Judys Vater sein können. Entschuldigen Sie mich bitte einen Augenblick."

Anscheinend hatte sie das Telefon gefunden, denn das Klingeln hörte auf, während ich dasaß und mir überlegte, was ich sie als nächstes fragen sollte, hörte ich aus einem Nebenraum das Murmeln ihrer Stimme.

„Psst." Das Geräusch kam von der gegenüberliegenden Zimmerseite. Ich sah auf, und dort stand Didi in der Tür.

„Wo zum Teufel warst du?" Mit einem Satz war ich vom Sofa an ihre Seite geeilt, um mich im Flüsterton mit ihr unterhalten zu können. „Überhaupt, was machst du da drüben? Komm gefälligst her und hilf mir. Susan gibt mir nichts, womit ich weitermachen könnte."

„Wetten, daß?" Didi winkte lockend mit dem Finger, Susan war immer noch irgendwo anders im Haus am Telefon zu hören, die Luft war rein, und ich folgte Didi.

Ich fand mich in der Bibliothek wieder. Ihre eine Wand bestand nur aus Fenstern. Davor stand ein Schreibtisch, auf den Didi fröhlich deutete.

„Wirf da mal ein Äugelein drauf", sagte sie

Ich zögerte. „Ich kann doch nicht einfach in fremder Leute Sachen herumschnüffeln."

„Klar kannst du." Sie trug ihre Ausgehkleidung, die für Höflichkeitsbesuche, und als sie nun zum Schreibtisch marschierte, wies sie mit der behandschuhten Hand auf einen Gegenstand auf der Schreibtischplatte. „Wenn sich unter den Sachen einer Person etwas befindet, das dieser Person gar nicht gehört."

Ehe ich mir den Kopf zerbrach, wie dieser Satz gemeint sein könnte, ging ich lieber gleich hin und sah mir diese Sache aus der Nähe an.

Auf Susans Schreibtisch lag ein Adreßbuch, daneben ein Stapel noch nicht beschrifteter Umschläge. Als hätte Susan vorgehabt, das Adreßbuch zu benutzen.

Das Büchlein war klein, vielleicht fünfzehn Zentimeter lang und halb so breit, der Umschlag schwarz, abgegriffen und an den Ecken umgebogen. Das Adreßbuch war ohne Zweifel alt.

„Das wolltest du mir zeigen?" Da ich Susan immer noch am Telefon hören konnte, riskierte ich einen genaueren Blick. „Das ist Müll."

„Es gehört mir."

Die Geschichte kaufte ich ihr nicht ab, was sie mir wohl an der Nasenspitze ansah.

„Mach schon", sagte sie. „Schlag es auf. Sieh dir die Innenseite des Umschlags an. Du wirst sehen, da stehen mein Name, meine Adresse und die Worte ‚Dieses Buch gehört Didi'."

Ich sah nach.

Das stand da.

„Ich wette, ich kann die Namen noch auswendig", fuhr sie fort. „Falls du noch Beweise brauchst. Such nach Anderson, James. Antonucci, Tony. Barkwill, David."

Ehe ich mir anhörte, wie sie den Inhalt des gesamten Buches herbetete, schlug ich lieber die entsprechenden Seiten auf. Da standen sie; James, Tony und David, genau, wie sie gesagt hatte.

„Also, wieso hat Susan dein Adreßbuch?" fragte ich. „Warum hat sie es überhaupt, und warum hat sie es immer noch? Was macht sie ..."

„Ist doch egal, oder?" Didi bedeutete mir, in die Gänge zu kommen. „Steck es ein! Schnell. Ehe Susan zurückkommt."

Ich riß vor Entsetzen die Augen auf, und der Magen schnürte sich mir zusammen. Privatdetektivin zu sein war eine Sache, aber Diebstahl ...

„Komm schon, Pepper", zischte Didi. „Ich würde es ja selbst einstecken, wenn ich könnte, aber du weißt, daß ich das nicht kann. Susan muß es mir irgendwann aus dem Schreibtisch geklaut haben, damals auf der Arbeit. Da hatte ich es liegen. Es ist nicht so, als würdest du es klauen."

„Aber sie wird wissen, daß ich es genommen habe."

„Ja, und?“ Wir hörten, wie Susan sich anschickte, ihr Telefongespräch zu einem Ende zu bringen. Didi und ich sahen zur Tür. „Es gehört mir“, sagte Didi. „Ich will es wiederhaben.“

„Aber ...“

„Denk drüber nach. Es muß einen Grund geben, daß sie das Adreßbuch hat. Einen Grund, weswegen sie es immer noch hat. Es sieht nicht aus, als wäre es für sie ein Erinnerungsstück, denn wenn das der Fall wäre, dann läge es in einem Regal oder wäre in einer Schachtel weggepackt. Es liegt aber offen auf ihrem Schreibtisch, sie benutzt es also. Das kann kein Zufall sein. Das weißt du, und ich weiß es auch. Es muß einen Grund dafür geben, und der muß etwas mit mir zu tun haben. Ich habe jedes Recht, das herauszufinden – und damit hast du jedes Recht, das Buch an dich zu nehmen, damit wir es später durchgehen können und dahinterkommen, was Susan im Schilde führt.“

Hatte ich erwähnt, wie ich es hasse, wenn Geister recht haben? Noch mehr war es mir zuwider, wenn sie recht hatten und ich deshalb zur Straftäterin wurde.

War es da ein Wunder, daß ich zögerte?

„Ich weiß nicht recht ...“, sagte ich, und wahrscheinlich hätte ich noch eine Weile herumgedruckst, ohne zu einem Schluß zu kommen, wenn sich Susan nicht just in diesem Moment vernehmlich von der Person am anderen Ende der Leitung verabschiedet hätte.

„Tut mir leid“, hallte ihre heitere Stimme durch den Flur. „Da mußte ich drangehen. Ich bin gleich wieder da.“

Jetzt blieb keine Zeit mehr für Skrupel und andere Belanglosigkeiten.

Mit zitternden Händen griff ich nach dem Buch und verstaute es in meiner Handtasche. Meine Beine trugen mich kaum zurück ins Wohnzimmer, so wacklig fühlten sie sich an, wie aus Gummi. Als Susan sich wieder sehen ließ, saß ich genau dort, wo sie mich verlassen hatte: auf der Couch. Bei ihrem Anblick sprang ich allerdings gleich auf.

„Jetzt habe ich Ihre Zeit wirklich lange genug in Anspruch genommen!“ sagte ich, und als mir klar wurde, daß ich mir die Handtasche mit beiden Händen an die Brust drückte und damit aussah wie das leibhaftige Schuldeingeständnis, hängte ich sie mir sicherheitshalber über die Schulter. „Sie waren mir eine große Hilfe.“

„Eigentlich nicht.“ Susan folgte mir, und als sie die Haustür geöffnet hatte, trat sie beiseite, um mich hinauszulassen. „Ich glaube, Sie wollten von mir hören, daß ich Didi für die Autorin von ‚Der Morgen so fern‘ halte, nicht wahr? Tut mir leid, daß ich Ihnen diesen Gefallen nicht tun kann. Ich wünschte, ich könnte so eine Behauptung guten Gewissens aufstellen. Damals, als Judy noch bei mir lebte – mein Gott, wie sehr habe ich gehofft, irgend etwas käme ans Tageslicht und es wäre bewiesen, daß Didi nicht gelogen hat. Daß sie wirklich die Autorin war. Dann hätte Judy die Tantiemen einstreichen können und hätte genug Geld gehabt. Dann wäre ich sie los gewesen.“

Gefühlsmäßig kam die Frau rüber wie ein Januartag an den Gestaden des Eriesees. Mir wurde ganz kalt, und ich war erleichtert, in die Nachmittagssonne hinaustreten zu können. „Ich verstehe“, sagte ich zum Abschied, obwohl ich in Wahrheit nur eines verstand: Diese Susan war erbarmungslos selbstsüchtig. „Aber Sie haben mir mehr geholfen, als Sie sich vorstellen können.“

Dann sah ich zu, daß ich Land gewann, ehe sie kapierte, wie meine letzten Worte gemeint waren. Ehe sie darauf kam, daß ich ihr Adreßbuch geklaut hatte und eine Lügnerin, Betrügerin und Einbrecherin war.

Ich war schon halb in Ohio City, ehe sich mein Herzschlag wieder auf annähernd Normaltempo eingependelt hatte. Ungefähr da traf mich einem Faustschlag gleich eine Erkenntnis.

Der Besuch bei Susan war keine Zeitverschwendung gewesen, besaß ich doch jetzt etwas, was ich vorher nicht besessen hatte.

Abgesehen von einem schlechten Gewissen, meine ich.

Ich besaß eine Schriftprobe von Didi.

Wie heißt es doch so schön: Nichts als Arbeit und wenig Vergnügen?

Bei mir lag der Fall noch schlechter: Nichts als Arbeit und nichts als Arbeit. Ich hatte den ganzen Tag lang an Didis Fall gesessen und hätte mich jetzt gern mit dem entführten Adreßbuch irgendwohin zurückgezogen, um herauszufinden, was es damit auf sich hatte und ob es eine Verbindung zu „Der Morgen so fern" gab, aber dieser Luxus war mir nicht vergönnt.

Kaum hatte ich das Haus betreten, als ich auch schon mit Merilee kollidierte – und mit ihrer Wut darüber, daß ich den Tag nicht mit Dingen zugebracht hatte, mit denen ich ihn ihrer Meinung nach und ihren Anweisungen entsprechend hätte zubringen müssen.

Also beschriftete ich den Rest des Nachmittags, den ganzen Abend und einen Teil der Nacht unverzagt Galaeinladungen.

Als es auf Mitternacht zuging, war ich nahezu fertig. Es waren wirklich nicht mehr viele Umschläge übrig, und der Gedanke, diese Arbeit ein für alle Mal abschließen zu dürfen, war höchst verführerisch, aber ich konnte einfach nicht mehr. Meine Finger streikten, der rechte Arm tat mir weh. Es ging schlicht und ergreifend nicht, ich konnte keinen weiteren Namen, keine weitere Adresse mehr zu Papier bringen. Hundemüde schleppte ich mich ins Bett, wo ich dann aber nicht einschlafen konnte.

Obwohl ich es versuchte.

Ich wurde immer wieder von irgendwelchen Geräuschen aufgeschreckt, die sich anhörten, als kämen sie von irgendwo über mir.

Als wäre jemand oben auf dem Dachboden unterwegs und suche dort etwas.

Irgendwann gegen drei schlief ich schließlich ein, und als ich am nächsten Morgen aufwachte, war ich überzeugt, mir die Geräusche nur eingebildet zu haben.

Die dunklen Ränder unter meinen Augen sprachen eine andere Sprache.

Mit Didis Adreßbuch konnte ich mich an diesem Morgen nicht befassen, denn dann hätte ich ja lesen müssen. Dazu aber waren meine Augen viel zu rot und viel zu müde. Außerdem hätte ich denken müssen, wenn ich mir das Adreßbuch vornahm – und das war nun überhaupt nicht drin. Ehe ich wieder denken konnte, brauchte ich ein paar Liter Kaffee und ein paar Stunden, um mich körperlich auf die Reihe zu kriegen. Dann würde unter Umständen auch mein Hirn wieder mitspielen.

Eigentlich also eine gute Zeit, meine Neugier zu befriedigen und mir das Kleid anzusehen, das Ella mitgebracht hatte. Wenn ich schon auf diese verdammte Gala mußte, hatte ich wohl auch das Recht zu wissen, in welchem Gewand.

Das Abendkleid hing in einem Kleidersack in meinem Schrank, genau wie Ella versprochen hatte. Ich zog den Reißverschluß auf.

Mich beeindruckt man in Kleiderfragen nicht so leicht – das ist inzwischen klar, oder?

Nennen wir es angeborenen guten Geschmack. Oder vielleicht handelt es sich auch nur um die letzten Spuren meiner Erziehung. Es fällt schwer, nicht automatisch das Beste zu erwarten und von allem anderen enttäuscht zu sein, wenn man sein Leben lang jede Menge Spaßgeld hatte.

Damit will ich sagen, daß ich fest damit gerechnet hatte, das Ballkleid widerlich zu finden.

Überraschung.

Beim bloßen Anblick des Kleides blieb mir die Luft weg. Als ich den Stoff berührte, fing meine Haut an zu kribbeln, und mein Herz raste.

Das mußte ich mir genauer ansehen; ich streifte den Kleidersack herunter, hielt das Kleid auf Armlänge und betrachtete die goldene Seide, den weiten Rock, die schwere, cremefarbene Spitze am tiefen Dekolleté und die Ärmel, die bis zu den Ellbogen reichten.

Es war das schönste Kleid, das ich je besessen hatte. Mit Ausnahme meines Hochzeitskleids vielleicht, aber das zählte nicht, denn schließlich war die Hochzeit letztlich ausgefallen, und ich hatte das Kleid gar nicht tragen dürfen. Dieses Ballkleid aber ... als ich es sah, wußte ich, daß bei Trish Kingstons Tod die Modegöttin ihre Hand im Spiel gehabt hatte. Trish hätte in dem Gewand ausgesehen wie ein aufgebrezelter Besenstil.

Ich? Ich würde aussehen wie eine Prinzessin.

Hastig streifte ich mir das T-Shirt über den Kopf und ließ die Schlafhose fallen. Ich konnte es kaum erwarten, wie eine Prinzessin auszusehen. Aber erst, als ich das Kleid vom Bügel nahm, wurde mir klar, daß es nicht allein reiste. Der Leinenbeutel beherbergte außerdem noch einen Reifrock.

Ach ja, und ein Korsett.

Ich beäugte diese seltsame Unterbekleidung etwas mißtrauisch, aber es ließ sich nicht leugnen, daß ich ein Korsett tragen mußte, wollte ich mich in dieses Kleid zwängen.

Gut, Korsettragen war nicht meine Lieblingsbeschäftigung, aber komplett daneben war es eigentlich auch nicht. Hatte Quinn nicht neulich betont, er fände Korsetts sexy? Hatte ich etwas dagegen, für ihn sexy auszusehen?

Entschlossen zog ich das Teil an und verschloß die Schnallen und Schnüre an der Vorderseite.

Die Schnüre auf der Rückseite waren eine andere Geschichte.

Ich mußte mich ziemlich strecken, um sie zu ertasten. Ich zog daran, so gut es ging, wobei ich dachte, wie schön es wäre, eine Dienerin zu haben. Ein Gedanke, der mir nicht zum ersten Mal kam. Kein Wunder, daß sich Damen früher Kammerzofen hielten. Allein bekam man einfach nicht den richtigen Winkel hin, man brauchte Hilfe, um die Bänder anständig festzuzurren.

„Verdammt", grummelte ich und versuchte es erneut. Langsam wurde ich böse. Mein Kampf mit den Tücken der Unterbekleidung wurde verzweifelter, die Flüche, die ihn begleiteten, ärgerlicher und lauter.

An diesen unflätigen Flüchen muß es wohl auch gelegen haben, daß ich gar nicht mitbekam, wie mit leisem Knarren meine Zimmertür aufging.

Weil ich mich zu sehr auf den Kampf mit den Schnüren konzentrierte, bekam ich auch nicht mit, wie jemand hinter mich trat.

Das merkte ich erst, als es zu spät war.

Eine Hand schloß sich um meinen Hals. Ich stieß einen Schrei aus, der sofort von der Wand gedämpft wurde, gegen die man mein Gesicht drückte, die Nase platt an der rauhen Rosentapete. Ich wand mich, ich strampelte. Der eiserne Griff um meinen Hals ließ sich nicht abschütteln. Da mein Angreifer hinter mir stand, konnte ich nicht einmal sehen, wer mich gepackt hielt.

Keuchend und wild strampelnd trat ich um mich, versuchte einen Ellbogenstoß nach hinten, der ins Leere ging. Ich war so damit beschäftigt, mich zu wehren, daß ich in den ersten Sekunden nicht mitbekam, was das eigentliche Problem war: daß mir das Atmen immer schwerer fiel.

Sobald ich es merkte, war mir auch klar, warum ich kaum noch Luft bekam. Ich erstarrte.

Ein entscheidender Fehler.

Denn während mich die Panik lähmte, gewann mein Widersacher die Oberhand. Die Schnüre an meinem Korsett ordneten sich, es wurde enger.

Ganz langsam preßte er mir die Luft aus der Lunge.

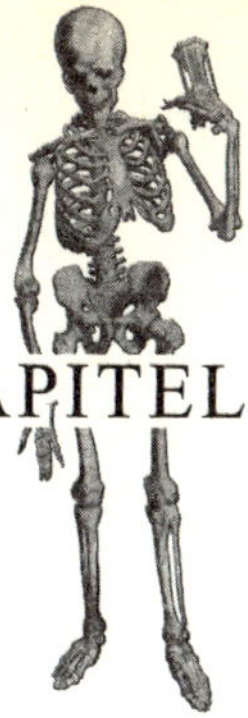

Kapitel 16

„Pepper!“

Dann hatte der Angreifer es also geschafft, und ich war tot.

Wie sonst ließe es sich erklären, daß ich Quinn nach mir rufen hörte?

Wenn ich tot war, beschloß ich, konnte ich mich ebensogut überraschen lassen. Mal sehen, was das Konzept „Himmel“ in bezug auf den appetitlichsten Kommissar der hiesigen Mordkommission mit mir vorhatte. Ich fühlte mich gar nicht mal unwohl – bis mir einfiel, daß die Toten ja keine Verwendung mehr für ihre Körper hatten. So war das zumindest bei denen gewesen, die ich bisher persönlich kennengelernt hatte.

Was bedeutete, ich konnte meine Vorstellungen vom Paradies im Zusammenhang mit Quinn knicken.

Diese Erkenntnis reichte, um mir klarzumachen, daß ich noch nicht zum Sterben bereit war. Nennen Sie mich oberflächlich, aber ich wollte wenigstens so lange leben, bis ich herausgefunden hatte, ob im bezug auf Quinn „himmlisch“ mehr zu bedeuten hatte als Engelsflügel.

„Pepper!“

Da war die Stimme schon wieder. Aber sie klang unendlich weit entfernt, und weit entfernt nutzte mir herzlich wenig. Das war mir selbst in meinem bejammernswerten Zustand klar. Ich konnte mich nicht rühren und bekam keine Luft. Es half mir nicht, daß in der Ferne jemand nach mir rief.

Schritte, die die Treppe heraufgestürmt kamen, halfen hingegen schon.

Ebenso schnell, wie sie begonnen hatte, war die Attacke auch schon wieder vorüber – und ich?

Ich tat, was jede vernünftige Frau in dieser Situation getan hätte: Ich brach heulend zusammen. Auf dem Boden.

Genau dort fand mich Quinn, als er in mein Zimmer stürmte. Er sank neben mir in die Knie und nahm mich in die Arme.

Hatten wir nicht gerade vom Himmel gesprochen?

Wenn nicht, dann sollten wir es jetzt tun: In Quinns Armen zu liegen fühlte sich göttlich an.

Luft zu kriegen war auch ein großes Plus.

„Was zum Teufel ..." Sein Blick schoß durchs Zimmer, nahm jedes Detail wahr und konnte wohl nichts Außergewöhnliches entdecken, denn er richtete sich gleich wieder auf mich. „Was zum Teufel ist hier passiert?"

„Ich weiß nicht ..." Meine Worte kamen stockend, genau wie mein unregelmäßiger Atem. Als Quinn mir den Arm um die Schulter legte, setzte ich mich auf und schnappte noch ein paarmal krampfhaft nach Luft, genoß jeden einzelnen, kostbaren Atemzug. „Irgendwer hat sich von hinten an mich angeschlichen." Die Worte kamen immer noch sehr stockend. „Ich wollte das Kleid ..."

Ich brauchte nicht zu erläutern, was ich mit dem Kleid vorgehabt hatte. Ein Blick auf Quinns Gesicht, in dem sich die Augen gerade beim Anblick des Korsetts und meiner Brüste darin weiteten (von denen allerhand zu sehen war, gleich über dem Spitzenbesatz), und ich wußte, er wußte Bescheid. Ich wußte auch, daß es für ihn nicht leicht war, seinen Blick von meinen Dekolleté loszueisen. Aber Quinn war ein Held, er schaffte es, einen klaren Kopf und professionelle Distanz zu wahren. Dickes Lob für ihn – Pech für mich.

„Wie bei Trish."

Das versteht man wohl unter Salz in die Wunde streuen. Ich fixierte meinen Retter mit einem Blick, der Bände sprach. Nicht nur meine Rippen hatten Schaden genommen, meinem Stolz ging es auch nicht gerade glänzend.

Quinn verdrehte die Augen. „Mein Gott, damit meinte ich doch nicht deinen Busen in diesem Ding. Ich meinte den Angriff. Genau das ist Trish passiert."

„Das hilft mir auch nicht weiter."

„Sollte es auch gar nicht." Er stand auf und streckte die Hand aus, um auch mir aufzuhelfen. Irgendwie kriegte ich das mit dem Aufstehen hin, obwohl meine Beine der reinste Brei waren. Wortlos drehte ich Quinn den Rücken zu, und eines mußte man dem Mann lassen: Er verstand sofort, was ich wollte. Er lockerte die Korsettschnüre, und ich konnte einen Seufzer der Erleichterung ausstoßen.

Als er fertig war, warf mir Quinn mein T-Shirt hin. „Wer war es?" fragte er.

Ich zuckte die Achseln. Was er nicht mitbekam, da ich mir gleichzeitig das T-Shirt über den Kopf zog. „Ich weiß nicht", sagte ich, sobald sich mein Kopf wieder im Freien befand. „Er kam von hinten. Es hätte jeder sein können."

„Jeder, der die Kraft hat, mit dir fertig zu werden."

„Was soll das denn heißen? Bin ich jetzt Kandidatin für das nationale Ringerteam?"

„Zierlich bist du nicht gerade." Er sprach über meine Körper- und vielleicht auch noch Körbchengröße, aber mal ehrlich, ich hatte gerade ein Nahtoderlebnis hinter mir und dachte noch nicht wieder korrekt. Ich beschloß, ihm den Spruch übelzunehmen – das kam mir zweckmäßiger vor, als noch einmal heulend zusammenzubrechen.

„Meine Kleidergröße hat doch wohl nichts ..."

„Stimmt. Hat sie nicht." Er warf mir meine bequeme Hose zu, aber ich war nicht in der Stimmung, sie anzuziehen. So zerknüllte ich sie im Schoß, während ich zusah, wie mein Retter sein Handy zückte, den Sprechknopf drückte und uniformierte Polizisten zur

Unterstützung anforderte, die das Haus nach meinem Widersacher absuchen sollten. Als das erledigt war, ließ er sich neben mich aufs Bett fallen.

„Was treibst du hier eigentlich?"

„Ich schätze, ich bin schwer damit beschäftigt, eine Frau mit Übergröße zu sein."

Der Blick, den er mir zuwarf, brodelte vor Ungeduld. „Das habe ich nicht gemeint, und das weißt du auch."

Ich verschränkte die Arme vor der Brust. „Das hast du aber gesagt."

„Tut mir leid. In Ordnung?"

Er klang nicht, als täte ihm irgend etwas leid. Was ich ihn wissen ließ, indem ich schmollend wegsah.

Quinn stand auf. „Wir versuchen es noch mal, ja? Ganz von vorn. Ich kam vorbei, weil ich Merilee ein paar Fragen über Trish stellen wollte. Nur um sicherzugehen, daß ich meine Fakten alle richtig beisammen habe. Kaum bin ich durch die Haustür, als ich von hier oben Tumult höre – und dich. Du hast gegrunzt, gestöhnt und geflucht wie ein Kesselflicker."

Hatte ich das?

Gegrunzt, gestöhnt und geflucht?

Das war ja so was von unattraktiv; höchstwahrscheinlich hatte ich mich aber wirklich so aufgeführt, die Möglichkeit ließ sich schwer von der Hand weisen. Ich wäre am liebsten im Boden versunken. Allerdings hatte mich, während ich mich so aufführte, irgendwer fast zu Tode gequetscht – vielleicht konnte das als Entschuldigung gelten.

„Als ich hochkam", fuhr Quinn fort, „fand ich dich vor. Halb ohnmächtig. Sicher weiß ich es natürlich nicht, aber ich nehme jetzt einfach mal an, daß du von derselben Person angegriffen wurdest, die Trish umgebracht hat."

„Sieht so aus." Ich zupfte an der Jogginghose.

„Willst du mir sagen, warum?"

Das konnte ich nicht. Nicht genau.

Zum einen, weil ich es nicht wußte.

Zum anderen – und das war wichtiger – wollte ich gar nicht erst anfangen, die ganze Geschichte aufzurollen. Ich wollte nicht erzählen, daß ich für eine Geistererscheinung arbeitete, die Autorin eines weltberühmten Buches war (oder auch nicht). Genausowenig wollte ich beichten, daß ich in dieser Sache für meine Klientin tätig war – um zu prüfen, ob sie die Autorin war oder nicht und ob sich das beweisen ließ. Ich wollte auch nicht sagen, daß meine Ermittlungen möglicherweise (möglicherweise aber auch nicht) etwas damit zu tun hatten, daß man auf dem Dachboden mit Aktenschränken nach mir geworfen hatte, und möglicherweise auch damit, daß auf dem Friedhof, auf dem ich arbeitete, wenn ich nicht gerade in der lokalen Version des Bates-Motels tätig war, ein Fotograf überfallen und zusammengeschlagen worden war. Auch die Tatsache, daß man gerade versucht hatte, mich zu zerquetschen wie eine Floridaorange auf dem Weg in die Saftflasche, hatte möglicherweise etwas mit meinen Ermittlungen zu tun.

„Ich weiß nicht, warum", teilte ich Quinn mit.

Etwa eine Minute lang glaubte ich, er würde mir die Sache abkaufen. So lange dauerte es, bis sein Geduldsfaden riß.

„Du glaubst, ich nehme dir das ab?" Seine Stimme hallte gefährlich durch mein kleines Zimmerchen. „Du willst ehrlich und aufrichtig ..."

„Ich weiß nicht, was du mir abnimmst. Ich weiß nur, daß ich nicht weiß, was geschehen ist. Du hast mich gefragt, warum mich jemand ..." Es war nicht leicht, das laut auszusprechen, und meine Stimme drohte mir dabei zu versagen, aber irgendwie schaffte ich es trotzdem. Nur, damit er begriff, daß ich kein Jammerlappen war. „Ich weiß nicht, warum mich jemand auf dieselbe Art töten wollte wie Trish. Es ist total unlogisch. Ich habe nichts getan."

„Genau wie letztes Mal, als dich jemand töten wollte. Da hattest du auch nichts getan."

Ich mußte nicht fragen, wie er das meinte. Was Quinn betraf, so war meine Bekanntschaft mit dem Aktenregal auf dem Dachboden ein Unfall gewesen. Was bedeutete, Quinn spielte auf Albert an, den muskelbepackten Schlägertypen, der mich in meiner Wohnung heimgesucht hatte, als ich am Mordfall Gus arbeitete.

„Du hast mir damals das Leben gerettet, und heute auch. Das weiß ich zu schätzen."

In Quinns Kinnlade zuckte ein Muskel. „Du zeigst mir deine Anerkennung, indem du mauerst und mich abblitzen läßt?"

Das war keine Frage, also war ich technisch gesehen auch nicht zu einer Antwort verpflichtet. „Ich mauere nicht", sagte ich trotzdem, denn ich fand, das sei ich ihm schuldig. Weil er mir abermals das Leben gerettet hatte. „Wenn ich nichts weiß, kann ich dir auch nichts erzählen."

„Du weißt nicht, warum jemand über dich herfallen sollte."

„Ich weiß nicht, warum jemand über mich herfallen sollte." Ich schaffte es, Quinn unverwandt in die Augen zu schauen, während ich ihm diese Lüge auftischte. „Außer bei dir, da weiß ich es. Aber wenn du über mich herfällst, ist das eine andere ..."

„Versuch nicht, mich abzulenken, damit kommst du nicht durch."

„Ich will dich gar nicht ablenken!" Natürlich wollte ich das, und es ärgerte mich, daß ich keinen Erfolg damit hatte. „Ich sage doch nur, wenn du dich auf mich stürzen wolltest ..."

„Was ich vorhabe. Eines schönen Tages – wenn du mal lange genug nicht in Lebensgefahr schwebst."

„Vielleicht ..."

„Nichts vielleicht." Als ich auf ihn zutrat, strebte Quinn Richtung Tür. „Ich sage dir eins, Pepper, ich werde dir jetzt ein bißchen Zeit lassen, über diese ganze Sache nachzudenken. Wenn du bereit bist, mich einzulassen ..."

Ich sah mich in meinem Schlafzimmer um und senkte dann die Stimme. „Du bist längst drin."

„So meinte ich das nicht, und das weißt du genau."

Draußen fuhr ein Auto vor und hielt an. Zweifellos der Streifenwagen, den Quinn zur Unterstützung angefordert hatte.

„Laß mich wissen, wenn du reden willst", sagte er. „Wenn nicht, dann habe ich die ganze Zeit falsche Signale aufgefangen."

„Aber ..."

Er hielt die Hand hoch, um meine Proteste zu unterbinden. Das war gut so, denn ich konnte ihm gegenüber nicht ehrlich sein.

Außer in dem Punkt, daß ich wirklich zu gern gesehen hätte, wenn er über mich hergefallen wäre.

Unten klingelte es. Quinn eilte in den Flur. „Ich sage dir was", warf er mir über die Schulter hinweg zu. „Ich bin auch auf der Gala. Nicht gern, aber meine Chefin findet, das wäre eine dufte Gelegenheit, um mit ein paar Leuten zu reden und ein paar Fragen zu stellen. Vielleicht kriege ich ja sogar ein paar Antworten, irgend etwas, was mir bei dieser Sache weiterhilft. Wenn du reden willst ..." Unten öffnete sich die Tür, und er rief den Uniformierten zu, einer von ihnen solle hochkommen und meine Aussage aufnehmen.

„Reserviere einen Tanz für mich."

Damit war er fort. Noch ehe ich ihm versichern konnte, daß das mit dem Tanz klar ging – obwohl ich nicht reden wollte.

„Allein wie er dich ansieht! Da schmelze ich wie Eis an der Sonne."

Ich hatte nicht gewußt, daß Didi auch im Zimmer war. Noch weniger ahnte ich, woher sie wußte, wem meine Gedanken gegolten hatten.

Ich klappte mein „Der Morgen so fern" zu, in dem ich sowieso nicht gelesen hatte, weil ich trotz der nächtlichen Stunde Tagträumen nachgehangen hatte, die sich alle um Quinn drehten.

„Du hast ihn heute morgen hier raufkommen sehen."

Didi trug ihren Pyjama und hatte sich ein Handtuch um den Kopf geschlungen wie einen Turban. Grünliches, klebriges Zeug bedeckte Wangen, Nase, Stirn und Kinn, und sie nickte, als wäre es ihr noch nicht einmal peinlich, des Lauschens überführt worden zu sein.

Zum Stichwort Lauschen fiel mir die nächste Frage ein. „Wenn du hier warst, mußt du doch mitgekriegt haben, wer mich angegriffen hat."

„Tut mir leid." Als sie ihre Nase krauszog, schimmerte das klebrige Zeug darauf im Lampenlicht. „Ich bin erst aufgetaucht, als ich den ganzen Lärm hörte, und da war es schon zu spät. Ich habe gleich begriffen, daß etwas nicht in Ordnung war, und dann habe ich diesen Bullen gesehen ..." Sie erschauerte theatralisch. „Der sieht aus wie Tab Hunter."

Die Götter mochten wissen, wer das war. Mir war es einerlei.

„Ich weiß, daß Quinn spitze aussieht", sagte ich. „Außerdem ist er total sauer auf mich."

„Weil du ihm nichts von deinen Ermittlungen berichten willst. Oder von meinem Buch."

„Über das Buch kann ich mit ihm nicht sprechen. Dann müßte ich ihm ja von dir erzählen. Ich kann ihm auch nicht sagen, daß meiner Meinung nach wer auf dem Speicher rumschnüffelt. Gruselbob und die Kamera in dessen Mülleimer, die eigentlich diesem Fotografen auf dem Friedhof gehört – all das kann ich auch nicht ins Gespräch bringen. Aber vor allem kann ich ihm nicht sagen, warum mich jemand töten will, weil ich es gar nicht weiß."

„Es sei denn, wir sind zu dicht davor, etwas herauszufinden, und irgendwer will das verhindern."

Ich brauchte nicht zu fragen, wie sie das meinte. Als hätten wir es vorher geübt, sahen wir beide gleichzeitig zu meiner Handtasche hinüber.

„Dein schwarzes Büchlein." Kaum ausgesprochen, zog ich es auch schon aus der Handtasche.

Ohne den Hintergrund von Susans nobler Bibliothek mit den getäfelten Wänden und dem dichten Teppichboden sah das Buch noch schäbiger und mitgenommener aus. Vorsichtig schlug ich es auf.

„Du hast die Namen hier drin alle gekannt", sagte ich, um Didi daran zu erinnern, wie sie in Susans Haus eine ganze Liste heruntergerattert hatte. „Du sagtest ..."

„Anderson, James. Antonucci, Tony. Barkwill, David." Didi ging erneut die ersten Buchstaben der alphabetischen Liste durch.

„Was sind das für Typen?"

„Das waren meine Liebhaber."

Ich blätterte die Seiten durch. Mit Ausnahme von K,Q und Z standen überall Namen, Adressen und Telefonnummern. Insgesamt etwa dreißig. „Alle?" fragte ich.

Die Frage hörte sich wohl ein wenig schroff an, denn Didi richtete sich auf und nahm die Schultern zurück. „Soll ich mich etwa entschuldigen?"

„Nein. Echt nicht. Nur ..." Ich dachte an Ella und ihre Vorträge über Frauenrechte. Die Vorstellung so vieler Männer im Leben einer einzigen Frau hatte damals, als Didi jung war, wahrscheinlich eine Menge Leute schwer schockiert. Wir waren wesentlich aufgeklärter, und das verdankten wir Ella und ihren emanzipierten Freundinnen.

„Was du tust ..." Ich korrigierte mich. „Was du getan hast, geht mich nichts an." Das sagte ich nicht nur so, ich meinte es ernst. „Es ist nicht meine Aufgabe, irgendwelche moralischen Urteile abzugeben, und außerdem hast du dich wahrscheinlich prima amüsiert."

Fast hätte sie gegrinst und damit ihre grünliche Maske ruiniert. Sie schaffte es gerade noch, ihre Gesichtszüge nicht entgleisen zu lassen, und ich konnte wieder auf unser Thema zurückkommen. „Was wollte Susan mit einem Adreßbuch voller Namen und Telefonnummern deiner ehemaligen Liebhaber?"

Während ich sprach, blätterte ich das Buch noch einmal durch, diesmal viel gemächlicher. So fiel mir auf, daß hier weit mehr zu finden war als eine einfache Auflistung von Namen. Ich stieß einen leisen Pfiff aus. „Ich kann verstehen, daß du dir die Namen und Telefonnummern deiner Liebhaber aufgeschrieben hast, aber sie dann auch noch schwarz auf weiß zu benoten! Das ist hart."

„Was?" Sie sah mir über die Schulter, und ich zeigte ihr, was ich meinte. Einige der Namen waren mit Sternchen versehen.

„Die sind nicht von mir", sagte sie. „Was heißt ..."

„... sie sind von Susan.“ Ich sah mir die Namen genauer an. „David Barkwill hat einen. Jemand namens Jack Edwards auch. Dazu noch vier oder fünf andere.“ Einer davon war Thomas Ross Howell, was ich unkommentiert ließ. Richter Thomas war ein Extrathema. Ich hatte viele Fragen zu dem Mann, die aber alle warten mußten. „Was ist mit diesen Männern? Fällt dir dazu etwas ein?“

Sie kniff die Augen zusammen und dachte intensiv nach. „Lies mir die Namen noch mal vor.“

Ich kam ihrer Bitte nach, wobei ich Richter Howell ausließ. „Barkwill, David. Edwards, Jack. Javits, Michael. Paskovitch, Ken. Simpson, Daniel.“

„Jetzt die ohne Sternchen?“

Diese Liste war länger, aber ich ging auch sie durch.

Didi kaute auf ihrer Unterlippe. „Na ja, ich weiß, daß Jimmy Anderson im Staatsgefängnis von Ohio gelandet ist. Hatte mit gestohlenen Autos zu tun. Tony Antonucci ... ah!“ Sie erschauerte und schlang die Arme um ihren Oberkörper. „Ein Bild von einem Mann. Wie dein Bulle. Er fuhr einen Milchwagen.“

„Das sind die Namen ohne Stern. Daniel Simpson hat einen Stern, der ist aber wieder durchgestrichen.“

„Dan starb vor fünfzehn Jahren“, sagte Didi. „Er hatte einen Herzinfarkt. Beim Golfspielen in seinem Countryclub.“

Ich trommelte, während ich zuhörte, mit den Fingerspitzen auf den vergilbten Seiten des Büchleins herum, und vielleicht war es der Rhythmus – dieses dumm, dumm, dumm, dumm –, der mein Gehirn wieder zum Arbeiten brachte. „Die Typen mit Sternchen – weißt du, was aus ihnen geworden ist?“

Didi nickte. „Dave gehört jetzt eine riesige Baufirma. Er schwimmt in Geld, hat massenhaft Kohle. Kenny war Banker, und von Mike Javits hast du höchstwahrscheinlich schon gehört. Er hat eine Weile Profifootball gespielt. Ich glaube, er ist sogar in der Hall of Fame. Jack Edwards ... den Namen kennst du bestimmt.“

Das war nicht der Fall, was ich ihr auch mitteilte.

„Reverend Jack?" Sie sah mich überrascht an. „Das ist der Fernsehprediger, der unten in Akron diese wahnsinnig große Kirche hat. Er schreibt Bücher, tritt in Talkshows auf und ist richtig berühmt. Als ich ihn kannte, predigte er in einer alten Tankstelle. Der Inhaber war Mitglied in Jacks Gemeinde und hat sie ihm sonntags überlassen."

Langsam sah ich das Licht am Ende eines sehr langen, sehr dunklen Tunnels. Dazu brauchte ich nicht einmal Howell ins Spiel zu bringen. „Du sagst, alle Kerle, die Sternchen haben, sind erfolgreich, oder? Sie haben Geld."

Didi dachte darüber nach, aber ich brauchte sie nicht, um meinen Verdacht zu bestätigen. Ich wußte auch so, was Susan im Schilde führte. „Didi, sie erpreßt diese Typen!"

„Was?"

„Susan. Susan erpreßt diese Typen. Sie weiß, daß alle diese Männer ein Verhältnis mit dir hatten, und erpreßt sie damit."

„Ach, Quatsch!" Didi winkte ab. „Auf keinen Fall. Das ist fünfzig Jahre her. Wen kümmert das? Warum sollte es den Männern etwas ausmachen, daß sie ihnen droht?"

Ich wies auf den ersten Namen. „Sag du es mir. Barkwill. Warum sollte es ihm etwas ausmachen?"

Didi sah zur Decke. „Na ja, er war verheiratet. Das Geld für die Baufirma kam von ihrem Vater, und als ich mich das letzte Mal bei denen umgesehen habe, war Daddy immer noch ziemlich munter. Schon damals war der Typ ein richtig mieses, geiziges Miststück, und ich kann mir gut vorstellen, daß er heute immer noch den Finger auf dem Geldhahn hat."

„Was ist mit Jack, dem Prediger?"

Tauchte da unter der grünlichen Schmiere ein Hauch holder Röte auf? Ehe ich mir sicher sein konnte, hatte Didi den Kopf weggedreht. „Der predigt Inferno und Verdammnis. Tat er damals schon."

„Du warst wohl heißer als die Hölle." Nachdenklich sah ich mir das Buch an. „Es gilt für alle Kerle, hab ich recht? Jeder von ihnen hatte schon damals gute Gründe, euer Verhältnis geheimzuhalten, und keiner von ihnen will, daß es jetzt plötzlich auffliegt und sie in den Arsch beißt. Selbst nach all den Jahren nicht."

„Es wäre möglich."

„Das ist mehr als möglich", antwortete ich. „Ich bin mir sicher. Deswegen hat Susan das Adreßbuch aus deinem Schreibtisch genommen. So hat sie es geschafft, aus ihrem Lohn in der Schreibstube ein Vermögen zu machen. Eine kluge Investition!" Dann fiel mir etwas ein, das mir Susan erzählt hatte. „Sie hat etwas gegen diese Männer in der Hand, weil sie deine Geschichten kennt. Du hast ihr haarklein erzählt, was du mit jedem einzelnen getrieben hast!"

„Vielleicht habe ich den einen oder anderen mal erwähnt", gab Didi zu. „Gut möglich, daß ich gleich am Tag nach dem jeweiligen Rendezvous was gesagt habe. Gut möglich, daß ich Susan erzählt habe, was gelaufen ist."

„Ja, und seitdem lebt die Frau davon!" Ich nahm mir fest vor, nie wieder kleine, alte Damen zu unterschätzen. „Auch Howells Name hat ein Sternchen", meinte ich betont beiläufig, wobei ich Didi keine Sekunde aus den Augen ließ. „Deswegen hat sie ihn wohl auch so vehement verteidigt. Sie kann nicht riskieren, daß bei Howell irgendwer die Katze aus dem Sack läßt, denn das würde ihr eine prima Einnahmequelle ruinieren. Also muß sie auch ein Geheimnis kennen, das ihn betrifft, hm? Ich meine, was könnte das für ein Geheimnis sein? Weiß Susan, daß Thomas Ross Howell Judys Vater war? Glaubst du, sie hegt den Verdacht, du seiest seinetwegen gesprungen?"

Didi zitterte, als wären meine Worte Ohrfeigen und prasselten auf sie ein. Aber sie rannte nicht weg und versteckte sich auch nicht, und dafür gebührte ihr Achtung. Weglaufen und sich verstecken sind nämlich Dinge, die Geister ziemlich gut draufhaben. Die Tatsache, daß sie blieb und sich mir und meinen Ahnungen stellte, sagte viel über Didi aus. Viel Gutes.

„Wir waren verabredet", sagte sie. „Thomas Ross Howell und ich. In jener Nacht. Auf der Lorain/Carnegie-Brücke. Um zusammen die Stadt zu verlassen, weißt du."

Ein nächtliches Treffen. Ein verheirateter Mann. Eine heiße, heißblütige Sekretärin, die gerade sein Kind zur Welt gebracht hatte.

Das hörte sich nicht nach dem ehrenwerten Richter an, den ich getroffen hatte, aber das war damals gewesen und heute war heute. Damals war Howell noch jung und seine Karriere gerade erst dabeigewesen abzuheben. Wenn ich meine Phantasie anstrengte, konnte ich mir durchaus vorstellen, wie es gewesen war. „Er wollte seine Familie verlassen?"

Didi nickte. „Wir wollten einen Neuanfang, und wir wußten, das würde hier nicht möglich sein. Er hatte eine gutgehende Anwaltskanzlei, einen Ruf und große Träume. Er konnte es sich nicht leisten, etwas davon zu riskieren. Ja, er hatte auch eine Familie. Judy war erst neun Monate alt." Ihre Stimme verhallte, und ich wußte, wenn ich sie zu tief in ihre schmerzhaften Erinnerungen tauchen ließ, würde ich vielleicht nie die Antworten bekommen, die ich suchte.

„Was war mit Judy?" fragte ich. „Was hielt Howell davon, noch ein Kind zu haben?"

Didi riß sich gewaltsam aus ihren Überlegungen. „Er war begeistert. Er liebte sie sehr. In jener Nacht war Judy bei Susan. Du hast recht, Susan wußte über Thomas Bescheid. Sie wußte, daß wir die Stadt verlassen wollten. Sobald wir uns niedergelassen hatten und alles in geregelten Bahnen verlief, wollten wir Judy nachkommen lassen. So war es geplant. Aber ..."

„Dann ist er nicht aufgekreuzt."

Fragen Sie nicht, woher ich das wußte, ich wußte es einfach. Nur so ließ sich das traurige Ende einer Nacht erklären, die mit so großen Hoffnungen begonnen hatte. „Du hast gewartet und gewartet, und der Ekeltyp ist einfach nicht gekommen."

„Es war nicht seine Schuld." Dicke Tränen rissen Rinnen in die grünliche Maske. „Es war alles wegen seiner Frau. Sie hat gesagt, wenn sie je herausfinden würde, daß er ihr untreu ist, würde sie zuerst ihre Kinder umbringen und dann sich selbst. So ist es gelaufen, das weiß ich. Thomas hat versucht, sie zu verlassen. Er wollte gehen. Mehr als alles andere wollte er bei mir und Judy sein. Aber irgendwie hatte Tammy es herausgefunden. Er konnte das Risiko nicht eingehen, daß sie den Kindern etwas antat. Dazu liebte Thomas die Kinder zu sehr. Genau, wie er mich liebte."

„Er liebte dich nicht genug, um zur Brücke zu kommen und dir zu erklären, was los war." Daß Didi meinen Kommentar für gefühllos halten könnte, war kein Problem: Sie hörte ihn nicht. Ihr Blick war starr, als richte sie ihn in weite Ferne. Sie sah durch mich hindurch. Direkt in jene schlimme Nacht.

„Es war einer dieser feuchten, grauen Märztage. Es war gerade dunkel geworden. Der Wind kam von Norden, vom See her." Didi schlang die Arme um sich, wandte sich von mir ab, und als sie sich wieder zu mir umdrehte, hatte sie keinen Pyjama mehr an. Auch die grüne Maske war fort. Sie trug hochhackige Schuhe und einen schwarzen Mantel, der ihr bis zu den Knien reichte, und mit der behandschuhten Hand umklammerte sie einen Koffergriff. Ihr Haar war zurückgekämmt und unter ein kleines Samthütchen geschoben. Die Federn darauf zitterten in der Brise, die mit einem Mal durch mein Zimmer wehte und so kalt war, daß ich es bis in die Knochen spürte.

„Nun mach mal halblang!" protestierte ich, doch über das, was hier geschah, hatte ich offenbar keine Kontrolle, Gabe hin oder her. Die Luft wurde klamm. Nebelfetzen zogen über mich hinweg. Das Licht wurde schwächer.

Als es wieder hell genug wurde, daß ich mich umsehen konnte, mußte ich feststellen, daß ich im Freien war. Irgendwie. Mit Didi. Als Zuschauerin bei einer Begebenheit, die sich fünfzig Jahre zuvor zugetragen hatte.

„Die Straßenlampen sahen aus wie verschwommene Lichtbällchen." Der Nebel, der um unsere Füße waberte, dämpfte Didis Stimme. Wir standen auf einem Gehsteig, und als ich mich umsah, erkannte ich, daß sie recht hatte. Die Straßenlaternen glühten in einem geisterhaften Gelbton, und ihr Licht war an den Rändern ganz weich.

„Ich weiß noch, ich dachte, ich sollte mir das mit den Straßenlaternen und den Nebelschleiern notieren", sagte Didi. „Damit ich es nicht vergesse. Weil das Bild ... na ja, sag selbst! Ich fand es gut und dachte, vielleicht kann ich es ja mal verwenden. Ich sah also in meinen Taschen nach ..." Sie stellte den Koffer ab und durchsuchte ihre Taschen, wobei sie erst ein Taschentuch und einen Kaugummi herauszog, ehe sie ein zusammengefaltetes Stück Papier fand. „Aber ich hatte keinen Stift, also habe ich den Satz immer wieder aufgesagt. Verschwommene Lichtbällchen. Verschwommene Lichtbällchen. Damit ich ihn nicht vergesse."

Sie stopfte die Hände in die Manteltaschen und ging an einer Mauer entlang auf und ab, die ihr bis zur Taille reichte. Als sie an mir vorbeikam, klarte der Nebel einen Moment lang auf, und ich erkannte zwei riesige Steinsäulen, eine auf jeder Straßenseite. Beide zierte das Relief eines Automobils, Hommage an die Industrie der Region.

Ich bin eine waschechte Clevelanderin, hier geboren und aufgewachsen, weshalb ich den Ort erkannte, an dem ich mich befand. Wie auch jeder andere Clevelander ihn erkannt hätte. Inzwischen hieß die Brücke Hope Memorial. Damals, zu Didis Lebzeiten, war sie unter dem Namen Lorain/Carnegie-Brücke bekannt.

Ja, wir standen auf der Brücke, von der Didi gesprungen war.

Als mir klar wurde, wo wir waren, was für eine Nacht es war und was gleich geschehen würde, bildete sich ein Kloß in meinem Hals. Ich rannte vor, um Didi zu warnen, aber es war, als sei ihr meine Gegenwart gar nicht bewußt. Sie ging mit großen Schritten auf dem Bürgersteig auf und ab.

„Es war ganz still", sagte sie. „Wie es in einer regnerischen Nacht eben sein kann. Als wäre die Welt in Watte gepackt. Ich hörte das Nebelhorn eines Schiffs draußen auf dem See ..." Ein gespenstischer Ton hallte durch die Nacht. „Aber ich sah niemanden und hörte auch keine Autos. Nach einer Weile war mir so kalt und klamm ..."

„Da wurde dir klar, daß er dich versetzt hatte."

Sie hatte meine Gegenwart tatsächlich vergessen. Didi wirbelte herum. Sie schüttelte ungestüm den Kopf. „Nein. Ich wußte, er würde kommen. Er würde mich nicht im Stich lassen. Er hätte nie ..." Der Rest des Satzes ging in heißen Tränen unter. Sie wandte sich der Steinmauer zu, die den Bürgersteig zum Cuyahoga hin absicherte, der etwa sechzig Meter unter uns lag. „Ich habe stundenlang gewartet. Mir war so kalt, ich spürte meine Füße nicht mehr. Ich bin auf und ab gegangen, aber es hat nicht viel genutzt. Ich sagte mir immer wieder, er würde schon kommen. Ich wußte, er würde kommen. Aber er kam nicht, und mir wurde ganz elend. Es fühlte sich an, als säße ein Tier tief in mir und nage an meinem Herzen. Ich ... bin auf die Mauer geklettert."

Sie tat ebendies, und obwohl ich wußte, daß alles, was ich zu sehen bekam, nicht mehr war als die übriggebliebenen Spuren einer vor vielen Jahren geschehenen Tragödie, klopfte mir das Herz zum Zerspringen, und mein Magen schlug Purzelbäume. Ich sprang vor und streckte die Hand aus. „Didi, nicht!"

Der Nebel warf seltsam hallend meine Worte zurück. Zumindest glaubte ich, es sei meine eigene Stimme, die ich hörte. Das war schwer zu sagen, da mein Herz wie rasend klopfte und das Blut in meinen Adern rauschte. Ich stand da und fragte mich verzweifelt, wie ich den Lauf der Ereignisse aufhalten könnte, die vor fünfzig Jahren passiert waren – und während ich noch zusah, ging eine Gestalt an mir vorbei auf Didi zu.

Mann oder Frau? Ich konnte es wirklich nicht sagen, denn die Person war so amorph wie der Nebel, der um uns herum waberte, nicht realer als die Schatten, die ihr Gesicht verhüllten.

Irgendwo hinter mir ertönte eine Stimme.

„Er kommt nicht", sagte sie.

Die Stimme riß Didi aus ihrer Erstarrung. Sie drehte sich um, immer noch auf der Steinmauer hockend, so hoch über der Stadt. Im blassen, gelben Licht der Straßenlaternen schien ihr Gesicht zu leuchten. „Er wird kommen. Er muß! Er hat gesagt, er würde hier sein."

„Er wird sie nie verlassen."

„Er hat gesagt, er kommt mich holen."

„Das hat er nicht so gemeint."

„Er würde mich nie belügen."

„Bist du sicher?" Ich hörte ein Kichern und ein schabendes Geräusch auf dem Beton. Dann sah ich die Schattengestalt auf Didi zugehen. Sie packte Didi am Mantelärmel, hielt sie fest, wollte sie vor Schaden bewahren.

Didi warf einen letzten Blick über die Schulter auf die Skyline von Cleveland, ehe sie der Gestalt die Hand entgegenstreckte, um sich von der Mauer helfen zu lassen.

Ich stieß einen Seufzer der Erleichterung aus.

Dann waren die Ereignisse in jener Nacht doch nicht so abgelaufen, wie Didi sie in Erinnerung hatte, und ich war nicht gezwungen, sie im Nebel und in der Kälte sterben zu sehen.

Vielleicht ...

Ich sah, wie die Gestalt neben Didi jemandem einen Blick zuwarf – nicht mir, sondern einer Person, die in den Schatten hinter mir stand.

„Mach schon", sagte die Stimme.

Die Gestalt nickte, packte Didis Ärmel fester und stieß sie hinunter.

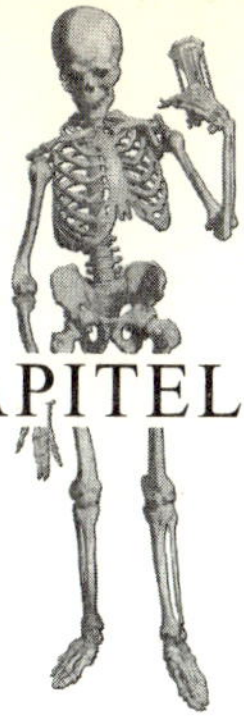

KAPITEL 17

„Warum zur Hölle hast du mir erzählt, du hättest Selbstmord begangen?"

Gut, besonders taktvoll war meine Frage nicht. Ich war auch nicht besonders gefaßt. Was erwarten Sie von mir – wie soll man sich denn verhalten, wenn man gerade Zeugin eines Mordes geworden ist? Gut – der Mord war fünfzig Jahre her. Aber trotzdem ...

Nachdem ich mich in der Sicherheit meines Zimmers wiedergefunden hatte, hockte ich mich auf die Bettkante und versuchte, mich zu beruhigen. Mein Atem ging immer noch zittrig. Die eine Hand hatte ich aufs Herz gelegt, mit der anderen wischte ich mir die Tränen von den Wangen.

„Du bist ermordet worden!" Ich sagte das laut, einerseits, weil diese Botschaft bei meiner aktuellen Geisterbekanntschaft nicht recht anzukommen schien, andererseits, weil ich so durch den Wind war, daß ich gar nicht anders konnte. „Wieso wußtest du nicht, daß man dich getötet hat?"

„Das klingt verrückt, aber ..." Didi drehte sich einmal um die eigene Achse, und als sie mich wieder anschaute, sah sie genauso aus wie vor dieser angsteinflößenden Reise in die Vergangenheit. Pyjama, Turban, grünliche Schmiere. „Ich habe nie darüber nachgedacht. Ich erinnere mich ..." Sie fröstelte, als läge der Nebel jener Nacht immer noch kalt und schwer auf ihren Schultern. „Ich erinnere mich, daß ich auf der Brücke stand, auf der Mauer. Ich erinnere mich an den ersten Schritt ins Nichts. Es kam mir vor wie Fliegen. Ich wußte nicht ..." Sie schüttelte den Kopf. „Ich war so durcheinander, ich war wirklich nicht ganz bei mir – und ich habe ja auch einen Abschiedsbrief hinterlassen. Das weiß ich, weil sich ein paar Leute auf meinem Begräbnis darüber unterhalten haben. Wie konnte ich da annehmen, ich hätte gar nicht Selbstmord begangen?"

Ich ließ die Szene auf der Brücke noch einmal vor meinem geistigen Auge Revue passieren und entdeckte den Haken an Didis These. Langsam entwickelte ich mich zur echten Ermittlerin. „Du hast einen Abschiedsbrief hinterlassen? Aber du hattest keinen Stift dabei. Du hast doch noch nach einem gesucht. Ich wette, der, der dich von der Brücke gestoßen hat, wußte das nicht."

Didis himmelblaue Augen wurden weit und rund. „Die Sache mit dem Stift hatte ich vergessen. Ich hatte keinen ..." Erneut schüttelte sie den Kopf, als könne ihr das helfen, einen klaren Gedanken zu fassen. „Erst auf meiner Beerdigung und dann immer wieder, im Laufe der Jahre ... ich habe die Version mit dem Selbstmord so oft gehört ... ich habe sie wirklich geglaubt. Ich dachte die ganze Zeit, ich hätte mich selbst getötet."

Langsam wurde mir das Ausmaß dieser neuen Erkenntnisse bewußt. „Scheiße!" flüsterte ich bestürzt.

„Das kannst du laut sagen." Didi ließ sich neben mich aufs Bett fallen. „Was jetzt?"

Ich konnte nur verlegen den Kopf schütteln. Das war nicht gerade das richtige, um im Herzen meiner Mandantin Glauben und Vertrauen zu wecken, aber wem wollte ich etwas vormachen? „Wir müssen uns fragen, ob dein Tod mit dem Buch zu tun haben könnte", sagte ich. „Viel hängt natürlich auch davon ab, wer dich stieß." Ich schwieg gespannt. Als Didi nichts sagte, versuchte ich es mit einem direkteren Ansatz.

„Wer hat dich denn nun gestoßen?" fragte ich. „Was ich gesehen habe, war zu undeutlich. Nur Schatten, wie im Fernsehen, wenn das Kabel nicht angeschlossen ist. Könnte es Merilee gewesen sein?"

Didi schoß vom Bett wie von der Tarantel gestochen. „Nun mach mal halblang! Merilee ist meine Schwester. Meine eigene Schwester würde doch nie ..."

„Dein Manuskript stehlen?"

„Das ist etwas anderes."

„Ist es das? Wenn sie das Manuskript so sehr haben wollte ..."

„Wollte sie nicht. Sie wollte sich immer nur über mein Buch lustig machen. Wenn ich ihr davon erzählte, hat sie meine Recherchen kritisiert oder mir erzählt, meine Personen würden sich bestimmt nicht so verhalten, wie ich sie geschildert hatte, würden nicht so sprechen, wie ich sie sprechen ließ. Sie wollte das Manuskript auf keinen Fall. Nicht, solange ich noch lebte. Erst als ich tot war und ihr klar wurde, daß es nie herauskommen würde, wenn sie nicht ..."

„Geschichtsklitterei!" Ich sprang auch auf und stemmte die Fäuste in die Hüften. „Hörst du dich eigentlich selbst reden? Du verteidigst sie plötzlich."

„Nein. Aber du sagtest ..."

„Verdammt, Didi, ich habe gerade mit angesehen, wie dich jemand von einer gottverdammten Brücke stieß. Ich sage nur, wir müssen herausfinden, wer es war."

„Nein. Du verstehst das nicht, du begreifst überhaupt nichts. Ich bin tot. Ich bin schon länger tot, als ich je gelebt habe. Ich habe meinen dreißigsten Geburtstag verpaßt, ich durfte nicht miterleben, wie meine Tochter erwachsen wurde. Ich hielt meine Enkelin nie in den Armen. Ich konnte nicht den Mann heiraten, den ich liebte." Sie ließ die Schultern sinken, sackte in sich zusammen. „Ich habe mich umgebracht. Das sagten alle, und sie waren sich so sicher, daß niemand sich die Mühe gemacht hat, es zu hinterfragen. Alle haben angenommen, ich sei eine dieser unverheirateten Mütter, die die Schande nicht ertragen können. Ich war niemandem wichtig genug, niemand hat meinen Tod je untersucht. Verstehst du nicht? Nachdem es all die Jahre allen so egal war, ist es mir auch gleichgültig geworden."

Ich konnte nur teilweise nachvollziehen, was Didi meinte. Ich hatte nie ein Kind gehabt, wußte noch nicht einmal, ob ich überhaupt eines haben wollte. Diese Sache mit dem Muttersein war mir fremd. Aber ich war auch nicht herzlos, ich wußte, wie es war, jung und lebendig zu sein. Ich wußte, wie es sich anfühlt, wenn Träume zerplatzen und Hoffnungen zerstört werden.

Aber dann war da noch die Sache mit der Gerechtigkeit.

Ob Didi das begreifen würde?

Das konnte ich nicht sagen, und so schwieg ich mich zu dem Thema lieber aus. Denn ehrlich gesagt, ich verstand es selbst nicht zu einhundert Prozent.

Was ich allerdings genau wußte, war folgendes: Tantiemen hin oder her, Didis Name auf dem Buch oder nicht, Didis Geist war verurteilt, so lange unstet auf Erden umherzuirren, wie ihr Mörder auf freiem Fuß blieb.

Nennen Sie mich ein Weichei.

Das konnte ich einer Frau mit grüner Schmiere im Gesicht nicht antun.

Die gute Nachricht lautete, daß an Verdächtigen kein Mangel herrschte.

Die schlechte Nachricht?

Siehe oben.

Als ich am nächsten Tag auf dem Bett saß und eine Liste anlegte, wurde mir klar, daß eine ganze Menge Leute Didis Tod gewollt haben konnten.

Merilee gehörte dazu, und man brauchte wirklich keine blühende Phantasie, um sich vorzustellen, warum. Sie hatte von Didis Manuskript gewußt. Wenn sie sicher gewesen war, daß es ein Erfolg werden würde, und die Möglichkeit gesehen hatte, sich an diesem Hit zu bereichern, dann war das ein prima Mordmotiv. Dann war sie unter Umständen mehr als glücklich gewesen, Didi aus der Welt schaffen zu können.

Gruselbob kam in Frage, weil ...

Na ja, ein Motiv hatte ich bei ihm bisher nicht feststellen können, dafür war der Mann aber zweifellos unheimlich.

Thomas Ross Howell stand auch ziemlich weit oben auf meiner Liste, auch wenn ich das Didi gegenüber im Moment noch um nichts in der Welt erwähnen würde. Sie war selbst nach fünfzig Jahren noch verliebt in den Mann. Irgendwie ahnte sie wohl auch die Wahrheit und wußte, daß es dem Richter das korrekte Leben ruiniert hätte, wäre seine Affäre mit ihr ruchbar geworden. Warum es ihr also extra unter die Nase reiben? Wo es doch so weh tat?

Als nächstes kam Thomas Ross Howells Frau Tammy auf die Liste – immerhin hatte sie auch etwas zu verlieren.

Dann Susan. Sie hatte mit Didi in einem Büro gearbeitet, sie kannte das schwarze Büchlein. Wenn sie darin ihren Schlüssel zum Reichtum gesehen hatte, war sie unter Umständen auch bereit gewesen, dafür zu morden.

Hatte ich jemanden vergessen?

Gewiß. Es waren zwei Leute auf der Brücke gewesen – außer Didi und mir. Einer hatte Didi den entscheidenden Stoß versetzt – aber der andere hatte den Befehl geben.

Wo sollte ich nur anfangen?

Ich betrachtete meine Kommode, wo in der mittleren Schublade, wohl verwahrt zwischen der Unterwäsche, das schwarze Büchlein lag. „Verdammt", sagte ich mir beim Gedanken an die vielen Namen, die in diesem Buch standen. „Jeder dieser Männer kommt als Mörder in Frage, und die Premiere ..." Ich seufzte. Unmöglich, in dieser kurzen Zeit mit allen Männern zu reden, die in dem Buch standen. Ich wußte noch nicht einmal, wie ich sie ausfindig machen sollte. Obwohl ...

Meine Gedanken hatten sich im Kreis gedreht, nur noch damit beschäftigt, die dramatischen Neuigkeiten zu verarbeiten und in Beziehung zu meinen bisherigen Ermittlungen zu setzen. Aber nun erwachte mein Gehirn, das um ein Haar leergelaufen wäre, unerwartet mit einem Ruck zu neuem Leben. Mit anderen Worten: Ich hatte eine Idee.

Ich riß die Schublade auf, schnappte mir das schwarze Büchlein und begab mich auf die Suche nach den letzten noch verbliebenen Galaeinladungen.

Bis zur Gala konnte ich in bezug auf meine Ermittlungen nicht mehr viel tun. Was nicht hieß, daß ich dem Müßiggang frönte, im Gegenteil. Merilee sorgte dafür, daß mir keine ruhige Minute blieb.

Die Reinigung, der Goldschmied, der Florist, die Schneiderin.

Kein Wunder, daß Trish mager wie ein Hänfling gewesen war, so wie Merilee einen scheuchte. Die Frau war die reine Sklaventreiberin – noch dazu andauernd schlecht gelaunt, völlig herzlos und eine gräßliche Nervensäge.

Aber ganz waren Hopfen und Malz nicht verloren.

Dank der nie enden wollenden Forderungen meiner Arbeitgeberin hatte ich jeden Tag Botengänge zu erledigen. Die ließen mir eine Menge Spielraum.

So schob ich an dem Nachmittag, an dem ich losfuhr, um Merilees Galagewand sowie den Schmuck (Halskette und Armband), den ihr ein örtlicher Goldschmied für den großen Abend lieh, abzuholen, einen kleinen Abstecher zum Garden-View-Friedhof ein.

Dort hatte sich seit meinem letzten Besuch wenig verändert. Immer noch trieben sich Horden von Reenactors auf dem Gelände herum, bei deren Anblick es mir kalt den Rücken hinunterlief. Schön war, daß keiner davon aussah wie Dan, der Hirnmann.

Also konnte ich jeden Gedanken an den Mann streichen und mich auf meine eigentliche Mission konzentrieren. Es gab zwei Anlässe für meinen Besuch. Einer davon war Ellas Geburtstag, der bevorstand. Ich wollte ihr etwas ganz Besonderes besorgen, denn obwohl es ihre Schuld war, daß ich momentan als Leibeigene der Königin der Schrecken mein Dasein fristete, hatte sie doch viel für mich getan. Die Liste der normalen Geburtstagsgaben war ich schon durchgegangen (Badeschaum, Körperlotion, schicke Seife, bla, bla, bla), ohne daß es Klick gemacht hätte. Aber irgendwo zwischen der chemischen Reinigung und dem Goldschmied hatte die Inspiration bei mir eingeschlagen wie eine Kanonenkugel der Unionstruppen.

Merilee, die Pingelige, erlaubte in ihrem Arbeitszimmer weder Geschmackloses noch Modernes. Für die Suche nach dem Geburtstagsgeschenk aller Geburtstagsgeschenke brauchte ich das Internet. Deshalb der Abstecher in mein Büro.

Ich hatte Glück: Ella war nicht da, und ich mußte mir keine Erklärungen aus den Fingern saugen. Ich sagte kurz Jennine guten Tag und tauchte in mein Refugium ab, wo ich den Computer hochfuhr und mich an die Arbeit machte.

„Der-Morgen-so-fern-Memorabilien." Zufrieden murmelte ich die Worte vor mich hin, während mein Rechner googelte. Ich war ein Genie, und in wenigen Minuten würde meine Suche beendet sein.

Ich hatte ja keine Ahnung, wie viele verrückte Sammler sich im Netz tummelten!

Überwältigt starrte ich auf die Liste der Webseiten, die sich allesamt dem DMSF-Kitsch verschrieben hatten. Es ging nicht anders, ich mußte sie eine nach der anderen abarbeiten, angefangen bei einer Seite, die DMSFwahnsinn.com hieß. Dort wurden Opalpuppen und Bilder Palmers sowie eine Tür, die angeblich die echte Eingangstür des Hauses war, in dem die Szene gedreht worden war, in der Opal Charleton Hanratty kennenlernt, angeboten.

Bislang keine Butterbrotdose.

„Scheiße!" Also weiter zur nächsten Seite – und zur nächsten und übernächsten.

Ich hätte eine Nachbildung des Nachthemds kaufen können, das Opal in ihrer Hochzeitsnacht getragen hatte, ein Duplikat der Muskete, mit der Palmer in den Krieg gezogen war, und jede Menge Figürchen, Sammelteller und Weihnachtsschmuck.

„Da sollte man meinen, eine verdammte Butter..."

Meine Augen huschten über den Bildschirm, wo sie an einem Text hängenblieben, der die Worte in meinem Mund zum unverständlichen Gurgeln werden ließ.

„Zu verkaufen. Gerade hereingekommen“, stand neben einem Eintrag auf der Seite Morgennarr.com. „Wertvoll! Erste Seite des Originalmanuskripts von ‚Der Morgen so fern‘! Alter kann nachgewiesen werden. Ein handschriftlicher Vermerk auf der Seite gilt nur als unerhebliche Beschädigung. Für echte Sammler unerläßlich. Einzigartig.“

„Das kann man laut sagen!“ Hätte ich fünfzig Dollar gehabt, hätte ich sie direkt auf den Tisch gelegt und gewettet.

Daß ich wußte, wer der Verkäufer war, der sich msman nannte.

Ohne auch nur eine Sekunde zu zögern, legte ich mir den Namen Nummer1Fan zu und verfaßte eine E-Mail, in der ich förmlich darum bettelte, mir die Seite ansehen zu dürfen. Ich gab vor, die glühendste DMSF-Verehrerin auf Gottes weiter Welt zu sein. Ich schwor, Opal zu bewundern, und gestand, in Palmer verliebt zu sein, beides, seit ich das Buch zum ersten Mal gelesen hatte. Ich behauptete, den Film Dutzende Male gesehen zu haben und jede Zeile auswendig zu kennen. Ich verzehrte mich nach dieser Manuskriptseite, ich mußte sie unbedingt haben. Der Preis (dieser Behauptung widmete ich eine Extrazeile, damit er sie auch nicht übersah) spielte keine Rolle.

Nicht die ganze Mail war reine Unwahrheit. Zumindest der letzte Teil, der mit meiner Sehnsucht, das Manuskript in die Finger zu kriegen, stimmte.

Der Rest war gelogen.

Machte mir das etwas aus?

Kein bißchen. Denn wenn msman der war, für den ich ihn hielt, und die Seite echt war ...

Mein Herz raste. Als ich die Mail abschickte, geschah das mit gedrückten Daumen.

Vielleicht würde ich bald Gelegenheit haben, einen Blick auf eine Originalseite des ursprünglichen Manuskripts werfen zu dürfen, die mit den „Originalseiten" des Museums im Bowman-Haus nichts gemein hatte – außer dem Inhalt natürlich. Das wühlte mich derart auf, daß ich nicht mehr imstande war, nach der Butterbrotdose zu suchen. Ich nahm mir vor, mich dieser Sache so bald wie möglich wieder zu widmen. In Hochstimmung – so gut war meine Laune nicht mehr gewesen, seit sich Didi ihren Weg in mein Leben gespukt hatte – steuerte ich meinen Mustang zum neuen Teil des Friedhofs, wo ich den zweiten Grund für meinen Besuch zu finden hoffte.

Ich hatte Glück: Beim Mausoleum der Familie Bowman angekommen, sah ich sofort, daß sich auch hier nicht viel getan hatte. Es hingen immer noch nur ein paar Leute herum, und Rick Jensen lauerte immer noch auf das perfekte Foto.

Ich stellte den Wagen ab. „Hallo!" rief ich ihm zu, während ich einen kleinen Pappkarton aus dem Kofferraum holte. „Ich habe was für Sie!"

Rick fielen fast die Augen aus dem Kopf, als er den Inhalt des Kartons sah. „Das ist meine Kamera! Wo haben Sie die ...? Wie kommen ...?"

„Das ist eine lange Geschichte", sagte ich. Auch wenn es eigentlich keine war – bis auf den Teil vielleicht, daß ich nie in die Werkstatt von Gruselbob eingedrungen wäre, gäbe es da nicht einen gewissen Geist. „Es spielt keine Rolle, wo ich sie gefunden habe, obwohl der Fundort schon etwas bedeuten könnte. In der Frage, wer Sie überfallen hat, meine ich. Ich glaube, ich weiß, wer es war, aber ich kann damit nicht zu den Bullen gehen. Noch nicht. Ich muß erst einmal ein paar Dinge klarkriegen. Deswegen möchte ich gern, daß Sie noch mal genau nachdenken, Rick. Denn wenn Sie das tun, erinnern Sie sich bestimmt daran, die betreffende Person hier gesehen zu haben. Großer, kräftiger Typ. Pferdeschwanz. Trägt Jeans und ein schmutziges Jeanshemd."

Rick gab sich Mühe, das muß ich ihm lassen. Er schloß die Augen und stand ein, zwei Minuten reglos da, die Stirn krausgezogen, als ginge er in Gedanken eine Liste aller Personen durch, die das Mausoleum in seiner Anwesenheit besucht hatten.

Dann schüttelte er den Kopf. „Tut mir leid. Ich kann mich nicht daran erinnern, so jemanden gesehen zu haben. Aber hier kommen jede Menge Leute vorbei und starren das Mausoleum an. Verdammt, ich wünschte, diese Merilee Bowman würde auch mal auftauchen. Ein gutes Bild von ihr würde ja schon reichen, um mir einen Namen zu machen. Aber der Typ, den Sie da beschrieben haben ..." Er dachte noch einmal ganz genau nach, wie man ihm ansah.

„Eventuell, ja", sagte er. „Eventuell, nein. Ich tendiere eher zu nein."

Das war nicht, was ich hatte hören wollen. Nicht, wenn ich mir meiner selbst, meiner Theorie und der nicht von der Hand zu weisenden Beweise, die ich in Gruselbobs Werkstatt entdeckt hatte, so sicher war. Ich versuchte es erneut. „Sind Sie sicher? Kommen Sie, Rick, es ist wichtig. Denken Sie nach! Der Typ stinkt nach Zigarettenrauch."

„Dann weiß ich genau, daß er hier nie war." Rick schüttelte den Kopf. „Ich war Raucher. Drei Schachteln am Tag – es ist kein Jahr her, daß ich aufgehört habe. Glauben Sie mir, an Zigarettengeruch würde ich mich erinnern." Er atmete tief ein, als röche er ihn auch jetzt und erfreue sich an jedem einzelnen krebserregenden Molekül. „Was gäbe ich nicht für eine Camel ohne Filter!" Seufzend wischte er sich ein gieriges Lächeln aus dem Gesicht.

„Tut mir leid", wiederholte er. „Ich bin ziemlich sicher, daß der Mann, von dem Sie reden, nie hier war, um sich das Mausoleum anzusehen."

„Aber er könnte derjenige sein, der Ihnen einen Schlag auf den Kopf versetzt hat."

Wie nannten sie so etwas immer in den Gerichtsserien im Fernsehen? Zeugenbeeinflussung durch Suggestivfragen?

Klar wollte ich Rick beeinflussen! So lange, bis er sich an Bobs Beteiligung am Überfall erinnern konnte.

Leider führten meine Versuche zu nichts.

„Ich habe es Ihnen doch schon erzählt." Rick war überzeugt. „Jemand hat sich von hinten an mich angeschlichen. Ob der Typ nun groß war oder nicht – ich habe ihn nicht gesehen."

Ich hielt noch den Karton in der Hand, in dem sich außer der Kamera auch der belichtete Film befand. Vielleicht bot sich hier die Möglichkeit, Gruselbob zu entlarven. „Sie mögen nichts gesehen haben", sagte ich erregt, „aber vielleicht ja Ihre Kamera." Ich fischte den Film aus dem Karton. „Könnte der hier etwas beweisen?"

Er sah sich den Film an. „Der ist belichtet. Er ist Schrott."

„Aber Sie könnten es doch versuchen. Oder? Ihn entwickeln oder so?"

Rick schien sich nicht so sicher, und ich glaube, das hätte er auch so gesagt, wenn ich nicht die Mitleidskarte ausgespielt hätte.

Gepaart mit meinem charmantesten Augenaufschlag.

„Ich habe Ihre Kamera gefunden", sagte ich und dachte an die Lektionen in der Kunst der nicht allzu sanften Überredung bei Gus zurück. „Ich habe sie Ihnen zurückgebracht. Das mindeste, was Sie für mich ..."

„Da haben Sie recht." Als ich ihm den Karton hinstreckte, nahm Rick ihn mir aus der Hand. „Ich weiß nicht, was ich Ihrer Meinung nach auf diesem Film entdecken soll, denn an dem Tag, an dem ich überfallen wurde, ist hier nichts Außergewöhnliches passiert. Das habe ich Ihnen erzählt, das habe ich den Leuten vom Friedhof erzählt, die danach gefragt haben, und den Bullen auch. Ich kann mich nicht erinnern, an dem Tag Bilder gemacht zu haben, die etwas Besonderes gewesen wären. Das ist so klar wie nur irgendwas. Wenn ich an den Überfall zurückdenke, erinnere ich mich ohnehin an sehr wenig. Außer ..."

„Außer ...?" Gespannt beugte ich mich vor.

Rick wandte den Kopf ab. „Sie werden mich für verrückt halten", sagte er.

Verrückt? Ich war die einzige Friedhofsfremdenführerin der Welt mit der makabren Gabe, mit Toten kommunizieren zu können. Langsam gewöhnte ich mich daran, daß nichts wirklich verrückt war, aber das konnte ich dem Mann schlecht sagen.

Vielleicht war auch irgendwie alles verrückt.

Eine interessante philosophische Frage, auf die ich leider in jenem Augenblick nicht eingehen konnte.

„Sagen Sie es einfach", drängte ich. „Vielleicht können wir gemeinsam herausfinden, was es bedeutet."

Ricks Hände waren groß. Er schlang sie um seine Kamera. „Es ist nur ..." Er errötete. „Ich komme mir blöd vor, wenn ich das zugebe. Ich bin kein Psychologe oder so, aber sogar ich weiß, daß das, was ich Ihnen gleich erzähle, auf ernstliche psychische Probleme hindeutet. Meine Großmutter hat getrunken, sie war Alkoholikerin. Als ich klein war, hat sie mich oft ziemlich brutal verprügelt. Wenn sie voll war. Sie hat immer gedacht, sie kann uns alle zum Narren halten und daß wir es nicht mitkriegen, wenn sie wieder an der Flasche hing. Als wären wir blöd!" Er verzog unwillig das Gesicht. „Sie hat versucht, den Alkoholgeruch zu überdecken."

Rick war es so unangenehm, dies alles gestehen zu müssen, daß er mir vielleicht leid getan hätte – wäre ich nicht allzusehr damit beschäftigt gewesen, nach dem Sinn seiner Worte zu suchen.

„Das ist bestimmt der Grund, warum mir immer wieder diese eine komplett schräge Erinnerung in den Sinn kommt, sobald ich an den Tag des Überfalls denke", fuhr er fort. „Als würde sich die Tatsache, daß ich einen Schlag auf den Schädel bekommen habe, irgendwie mit meinen Erinnerungen an die Zeit vermischen, als ich noch klein war und meine Großmutter mit Jack Daniels herumhing. Deswegen kommt bei mir auch jedesmal, wenn ich an den Überfall denke, eine bestimmte Gefühlsregung hoch. Ich wette, ein Psychologe würde groß was daraus machen."

„Das kommt darauf an, von welcher Gefühlsregung Sie sprechen."

„Ich sagte ja, es ist verrückt." Rick räusperte sich, ihm war offenkundig unwohl. „Jedesmal, wenn ich daran denke, wie mir eins über den Schädel gezogen wurde, denke ich an meine Großmutter. So wollte sie nämlich den Alkoholgeruch überdecken. Mit Mentholhustenbonbons. Das fällt mir ein, wenn ich mich an den Schlag auf den Kopf erinnere."

KAPITEL 18

„ES IST SCHÖN, nicht?“

Ella ließ den Blick durch den Ballsaal des Renaissance-Hotels sowie über die vielen kostümierten Partygäste, die sich um die Büffettische drängten, wo unzählige Kerzen schimmerten und der Sekt in Strömen floß, schweifen. Ihr Gesicht leuchtete.

Meines dagegen ...

Sagen wir, mein Interesse an dem Bild, das sich uns bot, war eher wissenschaftlicher Natur.

Dementsprechend sah ich mich rasch um. Kurt und Elizabeth waren auf der anderen Seite des Saales, sie im blauen Samtkleid, er in blauer Uniform. Sie stritten darüber, welches ihrer sechs Meter hohen Konterfeis, die an der hinteren Ballsaalwand hingen, besser beziehungsweise attraktiver beziehungsweise professioneller wirkte.

Wenn ich Glück hatte, brauchte ich mich um die beiden nicht zu kümmern, denn sie schienen ausreichend mit sich selbst beschäftigt.

Der Rest der Gäste war eine ganz andere Sache. Thomas Ross Howell entdeckte ich auch auf der anderen Seite des Saales. Er trug einen Smoking, in dem er eine glänzende Figur abgab, und an seinem Arm hing eine zierliche, silberhaarige Frau. Wahrscheinlich seine Frau Tammy. Ihr seegrünes Ballkleid sah spektakulär aus. Es hatte bestimmt soviel gekostet, wie ich im Monat für meine Wohnung an Miete zahlte. Aber wer war ich, andere Frauen zu kritisieren? Wer hat, der hat – so hatte meine Devise früher gelautet, und so lautete sie auch heute noch.

Ich bewies sie, indem ich Präsident Lincoln anstrahlte, der gerade an mir vorbeiging und mir beim Anblick meines Dekolletés gönnerhaft zuzwinkerte. Gleichzeitig fragte ich mich, ob Howell wußte, daß David Barkwill auch auf dem Ball war. Der Baulöwe – wie Howell einer von Didis Liebhabern und Verdächtiger in meinem aktuellen Mordfall – holte sich gerade ein Glas Bowle.

Vielleicht wußte Thomas Ross Howell nicht, daß Barkwill da war, aber ich wußte es. Oh, ja! So eindrucksvoll und atemberaubend das Spektakel um mich herum auch sein mochte, ich hatte nicht vergessen, was meine eigentliche Mission war. Ich plante, mit Thomas Ross Howell, mit Barkwill und all den anderen Männern aus Didis kleinem schwarzen Buch, die auf die in meiner schönsten Handschrift verfaßten persönlichen Einladungen reagiert hatten, zu reden.

Ich wollte mir jeden einzelnen vorknöpfen – aber erst einmal galt es, Ella abzuhängen.

Leichter gesagt als getan.

Ellas Augen wetteiferten mit dem Glanz ihres rosafarbenen Ballkleids. Ihre Arme steckten bis zu den Ellbogen in Handschuhen, und mit einem von ihnen hakte sie sich nun bei mir ein. „Oh, Pepper. Als wäre ich in eine Szene aus ‚Der Morgen so fern' getreten! Wie ein Traum, der wahr wird."

Ich versuchte, diskret mein Korsett zurechtzurücken, das mir in die Brüste kniff. „Nur wenn es dein Traum war, Masochistin zu werden", antwortete ich trocken.

Ella hielt das für einen Witz, sie lachte. „Du siehst aus wie eine Märchenprinzessin."

Sie hatte recht, und getreu der Wer-hat-der-hat-Theorie schämte ich mich meines Aussehens auch nicht. Das goldene Seidenkleid mit seinen endlosen Metern an cremefarbenem Spitzenbesatz paßte phantastisch zu meinem Haar, und ich sah darin wirklich gut aus, obwohl die ganze Aufmachung natürlich, modisch gesehen, unglaublich altbacken war. Ich bitte Sie: Enge Taille, weiter Rock – muß ich mehr sagen?

Natürlich wirkte dieser schulterfreie Look in gewisser Weise Wunder. Ebenso wie die Tatsache, daß das Korsett meinen Busen zusammen- und hochdrückte, der dadurch im tiefen Ausschnitt des Kleides mehr als ausreichend zur Geltung kam. Aber wie ich aussah und wie ich mich fühlte, das waren zwei ganz verschiedene Paar Schuhe.

Hinter mir bat mich ein Mann um Entschuldigung, weil er an mir vorbei wollte. Ich trat ein paar Schritte zur Seite, wobei mein Rock gefährlich zu schwanken begann und ich ihn mit beiden Händen festhalten mußte. Sonst hätte er sich selbständig gemacht und wäre mit mir im Schlepptau Richtung Tanzfläche enteilt. „Wie zur Hölle haben diese Frauen je etwas geregelt bekommen, wenn sie ständig in solche Klamotten gezwängt waren?“ zischte ich Ella zu. „Das Korsett und die langen Unterhosen und dieser verdammte Reif...“

„Aber, aber“, schalt Ella gutmütig lächelnd. „Eine Dame von Welt sagt so etwas nicht.“

„Ich habe Neuigkeiten für dich: Ich bin keine Dame.“

„Darauf setze ich eigentlich.“

Das kam von hinter mir. Ich brauchte mich nicht umzudrehen, um zu wissen, daß Quinn dort stand. Erstens sah Ella in die Richtung, um sofort hold zu erröten. Vom Ausschnitt – sittsamer als meiner – bis hinauf zur Stirn. Zweitens kribbelte es beim Klang der Stimme in meiner Wirbelsäule, ein seltsam elektrisierendes Gefühl. Feuer, Eis und reine sexuelle Energie.

Keine schlechte Mischung.

Nicht, daß ich mir das anmerken lassen wollte. Dazu war der Abend noch zu jung.

Als ich mich umdrehte, hoffte ich, Quinn würde es dem Eigenleben meines Reifrocks zuschreiben, daß ich zitterte.

Vergebliche Hoffnung.

Denn als ich mich zu ihm umwandte und sah, daß er einen Smoking trug ...

Na ja, sagen wir so: Der Ausdruck „Augenschmaus" erhielt eine völlig neue Definition.

Ich verschlang den Gesetzeshüter mit den Augen. Von den Spitzen seiner Schuhe, die so blank waren, daß man sich darin spiegeln konnte, bis zum Scheitel. Oben sah er prima aus, unten sah er prima aus, und auch die Mitte war ganz passabel.

„Detective!" Ich nickte würdevoll. „So schick? Damit hatte ich gar nicht gerechnet."

„Hattest du auf nackt gehofft?"

Ein Kribbeln schoß durch meine Adern.

„Ich glaube, für mich wird es Zeit, die anderen IDMSFG-Leute zu begrüßen", sagte Ella, ehe sie mir leise kichernd den Arm tätschelte, um in der kostümierten Menge zu verschwinden.

„Na, da hat sie ja morgen im Büro was zu erzählen", sagte ich, was gemein war, denn ich wußte, daß Ella nicht tratschte. Dafür war sie viel zu rational. „Du wirkst heute mächtig zufrieden mit dir selbst."

„Ja, und du siehst mächtig gut aus." Quinn musterte mich – ein wenig diskreter als ich zuvor ihn –, wobei sein Blick an meinem tiefen Dekolleté hängenblieb. „Kein Wunder, daß die gute alte Zeit als so romantisch gilt."

„Mach dir keine Illusionen. Irgend etwas sagt mir, daß die Frauen damals nicht soviel Haut gezeigt haben." Ich ließ die Schultern kreisen und versuchte, mir nicht ganz so eingeschnürt vorzukommen. „Ich würde hier auch nicht so tief ausgeschnitten herumlaufen, wenn ich mein Kleid rechtzeitig genug anprobiert hätte, daß noch Zeit für Änderungen geblieben wäre."

Quinn schaltete das Funkeln in seinen Augen einen Gang herunter, bis es nur noch ein leises Glimmen war. „Jemand hat versucht, dich zu ermorden, als du das Kleid zum ersten Mal anprobieren wolltest, und wir haben nie auch nur den kleinsten Hinweis darauf gefunden, wer das gewesen sein könnte. Ich kann mir vorstellen, daß du danach nicht mehr allzu erpicht darauf warst, es ein zweites Mal anzuziehen."

„Das kannst du laut sagen." Ich verschwieg ihm, daß ich zudem viel zu sehr mit anderen Dingen beschäftigt gewesen war, um das Kleid anzuprobieren. Allein meine Korrespondenz mit msman, der laut seiner letzten Mail – Gott sei Dank – noch keinen Käufer für seine Originalmanuskriptseite gefunden hatte, nahm viel Zeit in Anspruch. Leider hatte er auch mitgeteilt, der Preis, den ich geboten hatte (und der höher lag, als ich es mir erlauben konnte), sei etwas zu niedrig.

„Du weißt nicht zufällig, woher ich auf die Schnelle fünftausend Dollar in bar herkriege?" Die Frage war mir herausgerutscht, ehe ich es verhindern konnte.

Quinns Blick glitt zu meiner Brust, und ein Lachen spielte um seine Mundwinkel. „Ich werde mich hüten, das Naheliegende zu erwähnen."

„Ist auch besser so."

„Wozu brauchst du soviel Geld?"

Ich hatte daran gedacht, Quinn einzuweihen. Nicht in die Sache, für die ich Geld brauchte – ehe mir die Frage herausgerutscht war, hatte ich gar nicht daran gedacht, das Geld zu erwähnen. Aber es gab andere Dinge, bei denen ich sowieso früher oder später Quinns Hilfe brauchen würde. War das ein guter Zeitpunkt, ihn ins Vertrauen zu ziehen? Wahrscheinlich nicht. Aber ich wußte, daß es einen perfekten Augenblick nicht geben würde.

„Ich will etwas kaufen", sagte ich. „Eine Seite aus dem handschriftlichen Originalmanuskript von ‚Der Morgen so fern‘."

Er lachte bellend. „Ausgerechnet du! Erzähl mir nicht, du mutierst jetzt langsam zu einem dieser ..."

„Freaks?" Ich senkte die Stimme, damit die Freaks um uns herum mich nicht hörten. „Auf keinen Fall. Aber ich glaube, es gehen eigenartige Dinge vor. Was das Buch betrifft. Was das Manuskript betrifft, das im Museum ausgestellt ist." Merilee stand auf der anderen Seite der Tanzfläche und unterhielt sich mit dem Bürgermeister und dem Chefmoderator einer überregionalen Nachrichtensendung, aber ich warf dennoch einen ängstlichen Blick über die Schulter und senkte die Stimme. „Ich glaube, sie hat es nicht geschrieben“, verriet ich Quinn.

Unter Garantie gelang es einem nicht oft, Quinn zu überraschen – und wenn doch, dann ließ er es sich bestimmt nicht gern anmerken. Deswegen faßte ich es als Kompliment auf, als er seinen Blick zwischen mir und Merilee hin- und herschießen ließ und einen leisen Pfiff ausstieß. „Wer …?“

„Ihre Schwester. Glaube ich. Na ja, eventuell. Ich bin ziemlich sicher.“ War ich auch. Irgendwie. „Wie dem auch sei: Ich habe online jemanden gefunden, der behauptet, eine Seite des Originalmanuskripts zu besitzen. Wenn ich die Seite kaufe und du sie untersuchen läßt, um festzustellen, wann sie geschrieben wurde, oder was ihr sonst so anstellt, damit ihr rausfindet, wie alt Sachen sind … und wenn du die Schrift auf der Seite mit einer Handschriftenprobe von Didi vergleichen lassen kannst, die ich habe … dann könnten wir es beweisen. Dann wird jeder wissen, daß in Wirklichkeit Didi das Buch geschrieben hat.“

Eines muß man Quinn lassen: Selbst wenn er überrascht wird, hält das nicht lange an. Auch diesmal war er sofort in der Lage, sich auf das Wesentliche zu konzentrieren. Er kniff die Augen zusammen und warf mir einen ernsten Blick zu. „Woher weißt du das alles?“

Ich zuckte die Achseln. Wollte ich Zeit schinden? Wollte ich Quinn ablenken, indem ich meine Brust ins Spiel brachte? Wie soll ich sagen – beides funktionierte, und beides war besser, als Farbe zu bekennen. Zu beichten, woher ich wußte, was ich wußte – oder doch wenigstens zu wissen meinte.

„Eigentlich kann es egal sein, wieso ich das weiß, oder? Wichtig sind ganz andere Sachen: Wenn Didi das Buch wirklich geschrieben hat, dann gebührt die Ehre dafür ihr – und die dicken, fetten Tantiemenschecks.“

Gegen Argumente wie diese konnte selbst Quinn nichts vorbringen. Er nickte. „Dann sollten wir uns mit Didi unterhalten und hören, was sie zu sagen hat.“

„Das geht nicht.“ Die Antwort war technisch gesehen korrekt, da ja nicht wir über die Gabe verfügten. „Sie ist tot.“

„Wie ...“

„Kommt sie dann an das Geld?“ Besser, ihn gleich umzuleiten, ehe er die Frage stellen konnte, die nun eigentlich logisch folgen mußte: „Wie kommt es, daß du das weißt?“

„Didi hatte eine Tochter“, erläuterte ich. „Die ist zwar auch tot, hatte aber auch eine Tochter. Was bedeutet, daß Didi eine Enkelin hat. Wenn ich beweisen kann, daß Didi das Buch geschrieben hat, dann kann Harmony – ihre Enkelin – das Geld für sich bean...“

Quinn war clever – mehr brauchte er nicht zu hören. Er unterbrach mich mit einem Blick, der bange machen sollte. „Du sprichst von einer Menge Geld. Eine Menge Geld würde auch erklären, warum jemand versucht, dich umzubringen. Mir erklärt es außerdem, daß du wußtest, was abgeht, als du an jenem Tag in deinem Zimmer angegriffen worden bist. Du wolltest es mir nur nicht sagen. Anscheinend steckst du nun schon zum zweiten Mal, seit wir uns kennen, deine Nase dorthin, wo sie nicht hingehört.“

Das konnte ich kaum bestreiten. Der Mann hatte recht, aber seit wann ließ ich mich von so etwas aufhalten? „Meine Nase ist genau da, wo sie hingehört. Ich kenne Harmony. Das Geld gehört ihr von Rechts wegen, sie verdient es. Ich weiß, daß etwas faul ist in der DMSF-Welt. Ich weiß, daß die Falsche die Ehre für ein Buch kassiert, das Millionen Menschen lieben. Reicht das, Herr Kommissar? Nein? Dann denk mal über folgendes nach: Alle Welt denkt, Didi hätte Selbstmord begangen. Aber in Wirklichkeit hat man sie getötet, eventuell wegen des Manuskripts, und Trish Kingston – du erinnerst dich doch bestimmt an den Namen, du ermittelst da gerade in einem Mordfall –, Trish Kingston war am Überfall auf diesen Fotografen auf dem Garden-View-Friedhof beteiligt. Ich weiß nicht, wie du das siehst, aber ich finde, dieser Überfall könnte auch etwas mit Trishs Ermordung zu tun haben.“

Puh! Ich hatte das alles blitzschnell heruntergerasselt, damit Quinn keine Gelegenheit erhielt, mich zu unterbrechen und mir mitzuteilen, ich hätte nicht alle Tassen im Schrank. Aber jetzt war mir die Puste ausgegangen, und ich mußte erst einmal tief durchatmen.

„Jetzt weißt du Bescheid", sagte ich abschließend. „Ich bin moralisch verpflichtet ..."

„Dich beseitigen zu lassen?"

„Das wollte ich damit nicht sagen!"

„Aber das wird geschehen! Verdammt noch mal ..." Quinn schwieg, um sich erst einmal zu beruhigen. Leicht war das nicht. Er fuhr sich mit der Hand durchs Haar und sah sich suchend um. Wir standen am Rande der Tanzfläche, und um uns herum sammelten sich langsam die Feiernden, die auf den ersten Tanz des Abends warteten. Quinn nahm mich beim Arm und zog mich von möglichen Zuhörern weg zu den hohen Fenstern des Ballsaales, von denen aus man einen Blick auf den Public Square hatte.

„Halt dich da raus", fauchte er.

Dafür war es zu spät. Nur konnte ich Quinn nicht erklären, warum. Andererseits: Wo stand eigentlich geschrieben, daß ich ihm eine Erklärung schuldete? „Dazu ist es zu spät", sagte ich. „Ich stecke schon bis zur Halskrause drin. Aber ich weiß auch, wie ich schnell wieder rauskomme oder doch wenigstens die Sache mit dem Manuskript geklärt kriege. Dazu muß ich nur diese Seite kaufen und an dich weiterleiten. Du läßt sie untersuchen und ..."

„Versprechen kann ich nichts." Er meinte es ernst, das war ihm anzuhören. Die Art, wie er mich ansah, dagegen ... glauben Sie mir, ich bin eine gute Menschenkennerin. Quinns Lippen sagten das eine, seine Augen etwas anderes. Er versprach nichts, aber er würde tun, worum ich gebeten hatte. Für mich.

„Ich werde mich umsehen. Ich werde ein paar Fragen stellen. Wenn an deiner Geschichte etwas dran ist, unternehmen wir den nächsten Schritt."

Sie können sich kaum vorstellen, wie beruhigt ich war. Nicht nur, weil ich jemanden gefunden hatte, der mir helfen würde, den Ankauf der Seite zu finanzieren. Ich hatte einen Verbündeten gefunden. Ihn an meiner Seite zu wissen gab mir das Gefühl, nicht mehr alle Last der Welt auf den Schultern zu tragen.

Ich rückte näher an Quinn heran – flirttechnisch gesehen ein guter Schachzug. Keine gute Idee, was den Reifrock betraf. Den mußte ich erst einmal zurechtrücken, damit er Quinn keinen Schaden zufügte. „Wir kaufen das Manuskript?" gurrte ich mit Augenaufschlag.

„Ja. Wenn ..."

Da war er wieder, dieser scharfe Blick, der bis auf die Knochen drang, der unnachgiebig darauf wartete, daß ich klein beigab.

Ich knickte ein. Wer hätte mir daraus alles in allem einen Vorwurf machen können? Ich wäre um ein Haar getötet worden. Eines blöden Manuskripts wegen – und wegen Millionen und Abermillionen Dollar, die in keiner Weise, Form oder Farbe je mir gehören würden. Es wäre klug gewesen, die Sache von Anfang an den Profis zu überlassen.

„Ich halte mich raus", sagte ich. „Versprochen. Ich werde nichts tun, bis ich höre, was du herausgefunden hast."

„Du tust gar nichts!" Sein Blick ließ nicht locker, als wäre er nicht sicher, ob ich die Bedeutung des Wortes verstanden hatte. „Das meine ich ernst. Du unternimmst nichts wegen dieses Manuskripts und in bezug auf diesen Todesfall, der deiner Meinung nach ein Mord war. Wie kommst du darauf? Wenn alle Welt denkt, es sei Selbstmord gewesen?"

Zum Glück wartete er meine Antwort gar nicht erst ab. „Egal jetzt", sagte er. „Das kannst du mir später erläutern. Auch, warum du glaubst, Trish sei in einen Überfall auf einen Fotografen verwickelt gewesen. Dir ist klar, daß sich das ziemlich durchgeknallt anhört?"

Das war mir klar. „Das ist mir klar", gab ich zu. „Aber weißt du, Rick, der Fotograf, hat Menthol gerochen. Kurz bevor ihn der Schlag am Kopf traf. Trish hat in einer Tour Hustenbonbons gelutscht und ..."

„Genug!" Über Quinns Blick hatte sich ein Schleier gelegt, er stoppte mich, ehe die Sache noch schlimmer werden konnte. „Laß mich mit ein paar Leuten reden und sehen, was ich herausfinden kann." Er sah zur Tanzfläche.

„Gut, und ich werde ..."

„Nichts tun." Er sagte das, als ginge er davon aus, daß ich ihm nicht widersprechen würde, und das hatte ich auch nicht vor. An diesem Fall saß jetzt mein persönlicher Polizeibeamter. Ich konnte mich zurücklehnen und ihn die Arbeit erledigen lassen.

Sittsam faltete ich die Hände über dem Reifrock. „Machen Sie sich keine Sorgen, Herr Kommissar. Ich werde hierbleiben und mich um meinen eigenen Kram kümmern. Wie es sich für eine Dame geziemt."

„Werd bloß nicht zu damenhaft!" Quinns Augen funkelten im Licht der Kristalleuchter. „Ich will dich lebend, aber nicht langweilig."

An diesem Gedanken erfreute ich mich immer noch, als er sich umdrehte und ging.

Ich war so in meine Diskussion mit Quinn vertieft gewesen, daß mir gar nicht aufgefallen war, wie still es um uns herum geworden war. Jetzt sah ich mich um. Am Rande der Tanzfläche war der Bürgermeister hinter ein Mikrophon auf der Bühne getreten und bat mit erhobenen Händen um Ruhe.

„Meine Damen und Herren!" Unser ehrbares Stadtoberhaupt war ein großer, dünner Mann mit graumeliertem Bart. Ähnlich wie Quinn hatte er gar nicht erst versucht, sich der DMSF-Clique anzupassen, sondern trug einen Smoking mit schickem rotem Kummerbund und ein blütenweißes Hemd. „Ich habe heute die Ehre, Ihnen eine der angesehensten Bürgerinnen dieser Stadt vorstellen zu dürfen." Mit großer Geste wies er nach links, wo Merilee wartete. Sie trug die exakte Kopie von Opals saphirblauem Ballkleid.

Interessanterweise stand direkt hinter ihr Didi in genau demselben Gewand.

Mein Blick wanderte von ihr zu Merilee und dann zu Elizabeth, die den Ereignissen von der Seitenlinie aus zusah, wobei ihre Miene deutlich klarstellte, daß ihr drei Opals auf einem Haufen zuviel waren.

Ich wandte mich wieder zu Didi um. Unsere Blicke begegneten sich über die Tanzfläche hinweg. Didi strahlte. „Das bin ich!" formte sie mit den Lippen, wobei sie auf den Bürgermeister wies. „Er meint mich."

Nein. Zumindest nicht wissentlich.

„Der Ehrengast des heutigen Abends ist nicht nur ein Star", sagte der Bürgermeister, „sie ist geradezu ein Denkmal."

Didi nickte enthusiastisch.

„Ihr weltberühmter Roman ‚Der Morgen so fern' hat unsere Phantasie angeregt wie kaum ein zweites Buch."

Diesen Worten folgte freundlicher Beifall. Didi streckte mir den hochgereckten Daumen entgegen.

„Es wurde in Dutzende von Sprachen übersetzt und zur Vorlage für einen unserer großen Kinoklassiker."

Weiterer Beifall. Didi errötete.

„... und es hat ganz sicher dazu beigetragen, daß inzwischen die halbe Welt weiß, was wir in Cleveland schon immer gewußt haben: daß wir in einer Stadt leben, die heute ebenso lebendig und wohlhabend ist wie zur Zeit des Bürgerkriegs. Für das Vergnügen und die Ehre, die dieses Buch uns und unserer Stadt beschert, haben wir einer Frau zu danken, die heute unter uns weilt."

Didi trat neben den Bürgermeister und schenkte der Menge ein strahlendes Lächeln.

„Meine Damen und Herren ...", sagte er mit einer Geste nach links, die den Geist neben ihm völlig ignorierte, „Merilee Bowman!"

Die Menge fing, wie man so schön sagt, an zu toben. Die Kapelle spielte „The Battle Hymn of the Republic", und ein paar als Soldaten verkleidete Männer, die verhältnismäßig weit vorn standen, brachen in laute „Hussa, hussa“-Rufe aus, womit sie den Rest des Publikums ansteckten. Bald riefen alle hussa, und wenn ich auch nicht wußte, was das Wort bedeutete, klang es eindeutig nach einem Kompliment. Erst als sich die Aufregung gelegt hatte, bemerkte ich, daß Didi nicht mehr auf der Tribüne stand. Ich stellte mich auf die Zehenspitzen und reckte den Hals, konnte aber keine Spur von ihr entdecken.

Bis ich mich umdrehte.

In der Nähe der Fenster, wo ich mich gerade eben noch mit Quinn unterhalten hatte, bewegte sich etwas Blaues. Ich packte meinen Reifrock mit beiden Händen und bahnte mir einen Weg dorthin.

Als ich bei ihr ankam, sah Didi mit zitternden Schultern aus dem Fenster, und als sie sich umwandte, sah ich, daß ihr Gesicht vom Weinen ganz feucht war.

„Dieser Applaus hätte mir gelten sollen“, flüsterte sie. „Aber statt dessen – schau sie dir an!“ Wir blickten dorthin, wo Merilee mit stolz gerecktem Kinn und strahlendem Gesicht eine letzte Verbeugung machte, ehe sie sich am Arm des Bürgermeisters auf die Tanzfläche begab. „Es ist mein Buch. Es sind meine Charaktere. Sie sagen die Worte, die ich ihnen in den Mund gelegt habe. Sie tun, was ich wollte. Es ist unehrlich. Es ist unlauter ...“

„Wir werden das aufklären!“ Ich weiß nicht, warum ich dachte, meine Worte könnten sie trösten. Ich versuchte schon seit Wochen, dieser Sache auf den Grund zu gehen, und bislang war nichts dabei herausgekommen. Ein klassischer Fall von ‚so weit, so schlecht‘. „Quinn hilft mir jetzt, und Quinn ...“

„Du hast ihm versprochen, dich herauszuhalten. Nichts mehr zu tun.“ Didis Schmollmund war beeindruckend. Mir ging es gegen den Strich, daß sie wieder mal bei einer Unterhaltung mit meinem Lieblingsbullen zugehört hatte, aber ich kam gar nicht dazu, dies zu monieren. „Er hat dir befohlen, nichts mehr zu unternehmen, bis er sich meldet“, fuhr Didi fort. „Glaub mir, ich weiß, wie so etwas läuft! Die Männer kriegen immer, was sie wollen. Mir hast du gesagt, du willst alle Verdächtigen an einem

Ort zusammenbringen, damit du sie ausfragen kannst. Aber das läuft nicht mehr, oder? Weil du die Sache ihm überläßt? Ich mache dir daraus keinen Vorwurf. Männer sind nun mal gescheiter als Frauen, sie kennen sich in der Welt besser aus. Sie wissen, wie die Dinge laufen, sie sollten das Sagen haben. So war es ja immer schon ..." Sie schniefte. „Wir sind nur Frauen. Letztlich gibt es wohl nichts, was wir tun könnten."

Wenn es je einen Augenblick gab, in dem ich mir wünschte, ich könnte mir einen Geist schnappen und ihn ordentlich durchrütteln, dann war es dieser.

Aber das ging nicht.

Also ließ ich es.

Statt dessen warf ich ihr einen listigen Seitenblick zu. „Nichts, was wir tun könnten? Wer hat denn das behauptet?"

Didis Gesichtsausdruck hellte sich auf. „Meinst du ..."

„Damit meine ich, daß wir uns um die Sachen kümmern werden, um die wir uns kümmern müssen. Um Quinn kann ich mir später Gedanken machen." Ich richtete mich auf, nahm die Schultern zurück und glitt, Reifrock hin oder her, zurück in den Trubel des Empfangs. „Morgen ist auch noch ein Tag", flüsterte ich Didi zum Abschied zu.

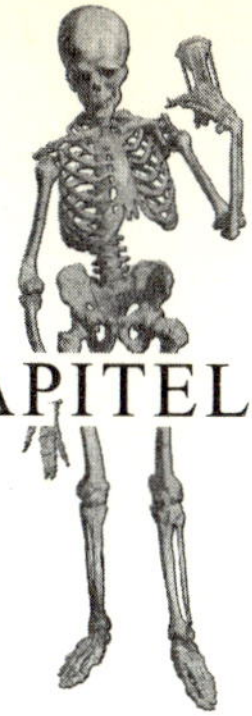

Kapitel 19

Ich hielt Wort.

Didi gegenüber. Nicht Quinn gegenüber.

Ich unterhielt mich mit David Barkwill, dem Baulöwen. Ich plauderte mit Michael Javits, der, wie sich zeigte, einen Großteil der Gebrauchtwagenhandlungen im nordöstlichen Ohio besaß. Ich lieferte mir ein Wortgefecht mit Ken Paskovitch, dem Bankier, und brachte es bis zu einer Audienz bei Reverend Jack, der eine eigene kleine Schar von Bewunderern um sich versammelt hatte. Die Gründe dafür konnte ich nicht nachvollziehen, sah er doch aus wie von einem Präparator in den blauen Smoking gestopft.

Das war reichlich Konversation.

Es brachte mich ...

Ich gebe es ungern zu, aber Tatsachen sind und bleiben nun einmal Tatsachen, und die Tatsache in diesem Fall ist: Meine Plauderarbeit brachte mich keinen Schritt weiter.

Nach vier Gläsern Punsch und vier Unterhaltungen mit vier alten Männern, die mich angrabschten (Reverend Jack, wer hätte das gedacht!), mich mit ihren Blicken auszogen (der Baulöwe) und mir unsittliche Anträge machten (der Gebrauchtwagenhändler), wußte ich eigentlich nur eines sicher: Sie alle hatten für die Nacht, in der Didi gestorben war, ein Alibi. Soweit sie sich erinnern konnten. Sprach es nicht eigentlich schon Bände, daß sie überhaupt meinten, sich erinnern zu können? An etwas, das so lange zurücklag?

Abgesehen von der Sache mit den Alibis wußte ich nach all den Gesprächen noch eines sicher: Wenn es nach mir ging, würde ich mich erst einmal lange, lange Zeit nicht mehr mit alten Männern unterhalten.

Aber man darf als Privatdetektivin nicht wählerisch sein. Jedenfalls nicht, solange man an einem Fall sitzt. Ich mußte mir immer noch Richter Howell zur Brust nehmen (bildlich gesprochen!), und so trat ich an die Tanzfläche, um nach ihm Ausschau zu halten. Dort beendeten die Tänzer gerade etwas, das der Dirigent als „letzte Quadrille vor der Pause“ ausgerufen hatte – fragen Sie mich jetzt aber nicht, was eine Quadrille ist!

Mit meiner Suche nach Thomas Ross Howell hatte ich wenig Glück. Als ich mich zum Büffet umdrehte, um mich auch dort umzusehen, glitt mein Blick kurz über das Orchester und blieb an einer Klarinette hängen, hinter der ich, zusätzlich noch mit einem buschigen Schnurrbart getarnt, ein vertrautes Gesicht erkannte.

„Dan Callahan!“ knurrte ich mit einem Ausfallschritt Richtung Musiker, aber irgendwie stimmte das Timing hinten und vorne nicht. Gerade tanzte nämlich eine Dame an mir vorbei, deren Reifrock noch ausladender war als mein eigener. Wir kamen einander zu nahe, kollidierten und prallten voneinander ab wie Pingpongbälle. Sie (eindeutig keine echte Dame der Bürgerkriegsära) verfluchte ihren Tanzpartner, weil sie anscheinend fand, er hätte mich sehen müssen, auch wenn er gerade in eine ganz andere Richtung geschaut hatte. Als nächstes verfluchte sie mich, weil ich ihr in die Quere gekommen war – und was tat ich? Ich trat einen fieberhaften Rückzug an, der mich mit brummendem Schädel in die Nähe der Tische katapultierte, die man in einiger Entfernung von der Tanzfläche für die aufgebaut hatte, die nicht tanzen wollten.

Mein Rock verfing sich an einem Tischbein. Mit einem Ruck riß ich mich los. „Dreckiger Mist, elender!“ fluchte ich.

„Sieh an. Man kann sie fein herausputzen, aber unter Leute gehen kann man mit ihr nicht.“

Nun hatte sich schon zum zweiten Mal an diesem Abend jemand an mich angeschlichen. Allmählich reichte es. Zumal die Stimme hinter mir diesmal nicht Quinn gehörte und in meinem Blut kein elektrisierendes Prickeln der Erwartung auslöste. Es war die Stimme einer Frau. Während Quinns Worte durch mich hindurchgeflossen waren wie warmer Honig, wurde mir beim Klang der Frauenstimme eiskalt. Ich sah zu, daß ich mein Gleichgewicht wiederfand, drehte mich um und starrte in Susan Gwitkowskis mordlüstern funkelnde Augen.

„Für wen zum Teufel halten Sie sich eigentlich?" verlangte Susan Gwitkowski zu wissen.

„Pepper." Ich war immer schon eine Klugscheißerin, und so streckte ich ihr jetzt mit einem breiten Lächeln die Hand hin. „Wir sind uns schon begegnet. An dem Tag, an ..."

„An dem Tag, an dem Sie sich mit kaltblütiger Schwindelei den Weg in mein Haus erschlichen haben, um etwas zu entwenden, das mir gehört."

Das ließ sich schwer leugnen, da sie ja recht hatte. Susan saß am Tisch, der Stuhl neben ihr war leer. Ich verzichtete auf gutes Benehmen und setzte mich, ohne dazu aufgefordert worden zu sein. „Sie sprechen von Didis schwarzem Büchlein. Mit dessen Hilfe Sie die Hälfte der männlichen Bevölkerung im Nordosten Ohios erpreßt haben."

Sie schnappte hörbar nach Luft, aber eines mußte ich ihr lassen, sie knickte nicht ein. Jedenfalls nicht gleich. „Woher ...?"

„Woher ich das weiß?" Ich lächelte. „Sagen wir, ein kleines Vögelchen hat es mir ins Ohr gesungen. Wollen Sie es etwa bestreiten?"

Susan trug Schwarz: glänzendes, perlenbesticktes Kleid, Federboa, Abendtäschchen. Nicht gerade auf dem Niveau der Bürgerkriegsleute, es sei denn, sie wollte einen auf Prostituierte des neunzehnten Jahrhunderts machen. Sie schlürfte Sekt (vier leere Flöten standen bereits vor ihr) und musterte mich über den Rand ihres Glases hinweg. „Sie halten sich wohl für oberschlau, was? Sie glauben, eine solche Bemerkung reicht, und ich ergebe mich mit hoch erhobenen Händen? Sie glauben, ich fühle mich schuldig? Wegen meiner Taten? Ich will Ihnen mal was sagen: Es ist nichts falsch daran, eine Situation auszunutzen. Das ist ausgleichende Gerechtigkeit. Das war das mindeste, was Didi für mich tun konnte, nachdem sie mir ihr Balg aufs Auge gedrückt hatte."

Was sie sagte, klang so kalt und berechnend, daß ich unwillkürlich erschauderte. Obwohl ich sie irgendwie auch verstand – auf verdrehte Art und Weise holte sie sich ihre Bezahlung und ihre Rache. „Sie haben das Beste daraus gemacht", sagte ich.

„Ganz recht. Wie oft habe ich Didi mit diesem Adreßbuch gesehen. Wie sie wieder einen neuen Namen eintrug, eine neue Telefonnummer, einen neuen Liebhaber. Ich kann Ihnen nicht sagen, wie viele Mittagspausen ich mir ihre Erlebnisse anhören mußte." Susan goß sich einen Schluck Sekt hinter die Binde. „Ich saß da wie ein Holzklotz, aß meine Wurstbrote und hörte zu, was Didi von ihren heißen Rendezvous zu erzählen hatte."

Vom Büffet blitzten Dutzende von Kerzen in silbernen Kronleuchtern zu uns herüber. Ihr Licht spiegelte sich in Susans Augen, ließ eine Wirklichkeit aufleuchten, die mit einem Mal allzu deutlich zutage trat.

„Es geht nicht um das Geld, oder?" fragte ich, aber ich brauchte gar keine Antwort, denn die kannte ich so gut wie meinen eigenen Namen. „Sie haben es nicht des Geldes wegen getan, das war nur das Tüpfelchen auf dem i, das Sahnehäubchen sozusagen, und der Spruch eben mit Judy – damit wollen Sie Ihr Tun nur irgendwie rechtfertigen. Aber eigentlich läuft alles auf Eifersucht hinaus. Didi hatte die Männer, und Sie? Sie ...?"

Susan würde sowieso nicht antworten, also redete ich weiter. „Sie hatten nur Ihren Schreibtisch im Büro und vierzig Jahre Arbeit für einen Mann, der nie mehr für Sie übrig hatte als ein freundliches Nicken und zu Weihnachten einen Truthahn. Mein Gott, diese Schreibstube war ja der reine Hexenkessel der Gefühle. Sie haben für Thomas Ross Howell geschwärmt, nicht? Genau wie Didi. Nur, daß er es in Didis Fall mitbekommen hat und in Ihrem ... na ja ..." Ich musterte Susan. Geld oder keins, tot oder lebendig – mit Didi konnte sie es nicht aufnehmen. Sie war nicht so hübsch wie mein Geist, sie war nicht so sexy, sie hatte auch nicht annähernd Didis Ausstrahlung. Didis Charakter.

„Sie waren neidisch!“ sagte ich und wußte, ich hatte recht. „Haben Sie Didi deswegen von dieser Brücke gestoßen?“

Bisher war Susan ungerührt und gleichmütig geblieben, wenn auch auf eine etwas giftige Art. Sobald ich aber auf den Mord zu sprechen kam, löste sich ihre Ruhe in einen Wutanfall auf. „Die Schlampe hat Selbstmord begangen. Das wissen Sie, das weiß jeder. Sie hat sich umgebracht, aber vorher hat sie mir noch ihr Balg aufgehalst. Finden Sie nicht, sie ist mir dafür was schuldig?“

„Ich finde, Sie haben auf jeden Fall etwas verdient.“ Die Musik hatte geendet. Die Tänzer applaudierten höflich, um dann die Tanzfläche zu verlassen. Einen Augenblick lang war es im Saal relativ still. Ich senkte die Stimme, damit wirklich nur Susan mich hören konnte. „Eines schönen Tages werden Sie es wahrscheinlich auch bekommen.“

Ohne ein Wort, ohne mich zu verabschieden oder zu entschuldigen, stand ich auf und ging einfach, ließ sie sitzen. Mein Abgang wäre bestimmt dramatischer ausgefallen, wenn sich mein Reifrock nicht zwischen einem fülligen Herrn in der Uniform der Konföderierten und einer Dame im Reithabit verkeilt hätte. Nachdem es mir gelungen war, mich zu befreien, strebte ich erneut der Kapelle zu.

Der Platz des Klarinettisten war leer, als ich ankam. Überrascht das jemanden?

Seufzend sah ich mich um.

Keine Spur von Dan, dem Hirnmann, oder jemandem, der aussah wie er, mit oder ohne Schnurrbart. Aber noch war nicht alles verloren. Als ich mich von der Bühne abwandte, sah ich ganz in der Nähe Thomas Ross Howell neben einer Topfpflanze stehen, in ein munteres Gespräch mit dem Vorsitzenden des Stadtrats vertieft.

Ich ging zu den beiden.

Wahrscheinlich hätte ich es auch bis dorthin geschafft, wenn mich nicht auf halber Strecke jemand festgehalten hätte.

Ich blieb stehen. Mein Rock ging weiter. Ich schlug auf ihn ein, bis er sich gehorsam zeigte. Erst dann schaffte ich es, mich umzudrehen. Es war Quinns Hand, die auf meinem Arm lag.

„Du hast mir nicht gesagt, daß sie vor fünfzig Jahren gestorben ist", sagte er.

Ich mußte nicht fragen, von wem die Rede war. Während ich mich mit der Männerriege siebzig plus vergnügt hatte, hatte Quinn seine Hausaufgaben erledigt, zu denen wohl unter anderem ein kurzer Abstecher ins Stadtarchiv gehört hatte. Ich zog die rechte Schulter hoch – eine Geste, die beim Rest der Szene hier bestimmt gut angekommen wäre. „Du hast nicht gefragt."

„Ich frage jetzt."

Am Morgen noch, als ich mit Ella über die Festivitäten des Abends gesprochen hatte, hatte meine Chefin darauf bestanden, daß ich zu dem Ballkleid auch den Fächer trug, der zu meiner Kostümierung gehörte. Ich hatte mich lange gesträubt und Ella an den Kopf geworfen, sie hätte nicht alle Tassen im Schrank. Nun mußte ich wieder einmal erkennen, daß jedes Ding seinen Sinn und Zweck hat, selbst so etwas Albernes und Altmodisches wie ein Fächer. Indem ich ihn aufklappte und mir Luft zufächelte, konnte ich Zeit schinden und gleichzeitig die Topfpflanze und Thomas Ross Howell im Blick behalten. Als das geklärt war, wandte ich mich wieder Quinn zu. „Was willst du wissen?"

„Woher du das mit dem Mord weißt. Was es dich angeht. Warum du meinst, es ginge mich etwas an oder sollte mich etwas angehen."

„Aber Herr Kommissar!" Ich klappte den Fächer zusammen und versetzte Quinn damit einen spielerischen Schlag auf den Arm, begleitet von einem schelmischen Augenaufschlag, der jeden anderen Kerl aus den Puschen gehauen hätte. „Mord verjährt nicht. Das wissen wir beide."

„Du bist nicht süß, Pepper."

Wenn die Nummer bei Quinn nicht zog, hieß das nur, ich mußte noch eins drauflegen.

Ich trat so dicht an ihn heran, wie es der Monsterrock meines Killergewandes zuließ, und sah schmachtend hinauf in seine Augen. „Ich bin nicht süß?“

„Nein.“ Wie um das zu beweisen, trat er einen Schritt zurück und verschränkte die Arme vor der Brust. „Du kannst süß sein, aber momentan bist du es nicht.“

„Aber du wirst mir dennoch helfen. Indem du das Manuskript kaufst, es untersuchen läßt und ...“

„Ich sagte, du sollst dich um deine Angelegenheiten kümmern.“

„Wieso glaubst du, das hätte ich nicht getan?“

„Weil du dich mit vielen Leuten unterhalten hast, mit denen du dich nicht hättest unterhalten sollen.“

Ich grinste, als nähme ich seine Bemerkung völlig wertfrei. „Du hast mich also nicht aus den Augen gelassen?“ Am liebsten hätte ich ihm wieder einen Klaps gegeben, konnte mich aber gerade noch beherrschen. Wie gesagt: Bei jedem anderen Typen ...

In Quinns Augen züngelte grünes Feuer. „Ja, ich habe dich beobachtet, und ich habe dich mit einer Menge Leute reden sehen, und ich frage mich, was du wohl mit einem heißen Hirsch wie Barkwill vorhast oder mit einem Schweinehund wie dem guten alten Reverend Jack, dem größten Betrüger diesseits der kanadischen Grenze. Sie haben nichts, aber auch gar nichts mit dir gemeinsam. Jeder von ihnen dürfte ungefähr achtzig Jahre alt sein, und bitte verzeih mir, wenn ich dir Unrecht tue, aber du machst auf mich nicht den Eindruck von jemandem, der ein Herz für Senioren hat. Ich kann mir nicht vorstellen, daß es auf der ganzen Welt ein Thema gibt, das du mit diesen alten Knaben diskutieren wollen würdest. Es sei denn ...“

Als sei der Satz vom Säbel eines Kavallerieoffiziers in Stücke gehauen worden, erstarben die Worte auf Quinns Lippen. So kann es gehen, wenn der Blitz der Erkenntnis einschlägt.

Anklagend richtete er den Finger auf mich. „Du bist verrückt!“

„Das sagst du nicht zum ersten Mal.“

„Aber heute meine ich es ernst.“

„Damals hast du es auch ernst gemeint. Hast du jedenfalls behauptet.“

„Du glaubst, Barkwill, Reverend Jack und ...“ Er schüttelte den Kopf, als sei er sich sicher, irgend etwas falsch verstanden zu haben – dabei hatte er natürlich alles genau richtig verstanden. „Du glaubst, einer der Männer, mit denen ich dich sprechen sah, hatte etwas mit dem Mord an Didi zu tun?“

Endlich! So kamen wir wenigstens weiter. Ich schnitt eine Grimasse. „Ja, der Meinung war ich, aber leider können wir die Bande quasi streichen.“ Ich ließ die Gespräche, die ich mit meinen Verdächtigen geführt hatte, im Geiste noch einmal Revue passieren. „Sie hatten alle ein Motiv. Jeder einzelne. Jeder von ihnen hatte irgendwann mal eine Affäre mit Didi. Nicht immer nur nacheinander, manchmal auch parallel. Aber Barkwill war in Florida, als Didi starb. Er sagt, das weiß er noch, weil es der Geburtstag seiner Frau war und sie zum Geburtstag seiner Frau immer nach Florida fahren. Jackson hat live im Fernsehen gepredigt. Du kriegst so langsam ein Bild? Jeder hat ein wasserdichtes Alibi. Selbst Susan Gwitkowski da drüben.“ Ich wies mit dem Kinn auf Susan, die gerade ein Glas Sekt von dem Tablett nahm, das ein Kellner an ihr vorbei trug. Als ich sie zu mir herüberschauen sah, formte ich mit den Lippen die Worte: „Er ist ein Bulle“, und deutete auf Quinn. Nur, um ihr Angst zu machen.

„Susan hatte auch ein Motiv, denn sie hatte es auf Didis schwarzes Büchlein abgesehen und wollte jeden, der drin stand, erpressen. Jedenfalls alle, die Geld hatten. Aber ich glaube, sie hat es nicht getan. Sie scheint ziemlich überzeugt von der These, daß Didi Selbstmord begangen hat.“

„Der Ansicht war auch der Untersuchungsrichter.“

„Dann hat er sich geirrt.“ Ich verschwieg, woher ich das so genau wußte. Ich hatte gesehen, wie der Mord geschah. „Jetzt gibt es nur noch eine einzige Person, die in Frage käme ..." Ich warf einen Blick über meine Schulter, gerade noch rechtzeitig: Howell verabschiedete sich soeben per Handschlag vom Stadtratsvorsitzenden. Ihre Unterhaltung unter vier Augen schien beendet. In der Nähe des Ausgangs sah ich Frau Howell ungeduldig auf und ab gehen.

„Hör mal", sagte ich. „Ich muß los. Da ist noch wer, mit dem ich sprechen muß."

„Nicht so schnell!" Wieder schnappte sich Quinn meinen Ellbogen. „Erst mußt du mir noch erklären, woher du das alles weißt."

Howell setzte sich in Bewegung Richtung Tür.

„Ich erläutere es dir!" beteuerte ich. „Das verspreche ich hoch und heilig. Aber wenn ich jetzt nicht in die Gänge komme ..."

Gewiß kann einem Quinn eine Szene machen, wenn er Grund dazu hat. Nur war er viel zu sehr Gentleman, um so eine Szene beim größten gesellschaftlichen Ereignis des Jahres hinzulegen. Er gab mich frei, und ich schoß los, schaffte es, zu Howell aufzuschließen, ehe der wiederum zu seiner Frau hatte aufschließen können, und schaffte es, mich und meinen Reifrock zwischen ihn und den Durchgang zu quetschen, den er gerade passieren wollte.

„Richter Howell!" Ich tat, als sei ich unangenehm berührt, aber unfähig, meinen Reifrock zu bändigen und aus dem Weg zu manövrieren. „Nett, daß Sie mir hier über den Weg laufen. Ich hatte gehofft, es würde sich noch einmal die Gelegenheit zu einem Gespräch ergeben."

Howell richtete sich zur vollen Größe auf. „Das ist interessant. Denn wissen Sie, ich hatte das Gegenteil gehofft."

Ich versetzte ihm einem verspielten Schlag mit dem Fächer. „Was sind Sie doch für ein Spaßvogel! Dabei dachte ich, Sie würden gern mit mir übers Geschäft reden. Das ist doch von Mensch zu Mensch viel angenehmer als per E-Mail, finden Sie nicht?"

Er brauchte einen Moment, um zu begreifen, worauf ich hinauswollte, aber man wird nicht zu einem der mächtigsten Männer der Stadt, wenn man dumm ist. Howell winkte seiner Frau zu, sie möge sich noch eine Sekunde gedulden, packte mich am Arm und schob mich – Entschuldigungen rechts und links – quer durch die Menge aus dem Ballsaal. Schließlich standen wir im Foyer des Hotels neben einem plätschernden Wasserspiel.

Ich richtete den Fächer auf Howell. „Sie sind msman."

Er wollte es leugnen, ich sah, wie ihm die Worte praktisch schon auf den Lippen lagen. Aber dann entschied er sich für die Wahrheit. Vielleicht, weil es das richtige ist, die Wahrheit zu sagen. Ich glaube allerdings, daß er sich einfach nicht die Gelegenheit entgehen lassen wollte, ein paar hübsche Dollars extra zu verdienen.

Eigentlich war ich auch ziemlich sicher, daß ich genau wußte, warum.

Howell beäugte mich, als wäre ich ein Verbrecher, den er gerade zu einer Haftstrafe verurteilt hatte. Mit der Auflage, den Zellenschlüssel wegzuwerfen. „Was, wenn ich es wäre?"

„Wenn Sie es sind, dann haben Sie mich belogen, als ich bei Ihnen im Büro war. Didi hatte Ihnen wirklich eine Seite des Manuskripts geschenkt, und diese Seite hat sich die ganze Zeit in Ihrem Besitz befunden. Sie wollen sie verkaufen, weil Sie jetzt bei dem ganzen Rummel um Merilee, das Museum und die Premiere den optimalen Preis erzielen können."

„Ja und?"

„Sie verkaufen – und Sie verkaufen jetzt –, weil Sie soviel Geld brauchen, wie sie nur kriegen können. Immerhin erpreßt Susan Gwitkowski Sie seit Jahren. Was ist los, hat Sie die Daumenschrauben angezogen, die Preise erhöht? Verlangt sie so viel, daß Ihre Frau Ihnen auf die Schliche kommt? Versuchen Sie deswegen, an Extraeinnahmen zu kommen?"

Howell wurde blaß. Ihm stockte der Atem. Nennen Sie mich erbarmungslos, aber ich muß zugeben, daß es mir Spaß machte, ihn sich winden zu sehen. Der Mann hatte seine Tochter und die Frau, der er gesagt hatte, er liebe sie, im Stich gelassen. Er hatte Didi auf der Brücke in Nebel und Kälte stehenlassen.

Oder?

Ich trat zurück und legte den Kopf schräg, betrachtete ihn prüfend und fragte mich, ob der Richter in jener Nacht nicht vielleicht doch bei seinem Rendezvous aufgetaucht war. Vielleicht, um seiner Didi einen Stoß zu versetzen?

Möglich, daß ich meine These zur Sprache gebracht hätte, nur um zu sehen, ob ich dem Mann irgendeine Reaktion entlocken konnte – aber in diesem Moment tauchte Didi an meiner Seite auf.

„Er sieht immer noch so außergewöhnlich aus!“ Didi lächelte, aber in ihren Augen blinkten Tränen. „Wir wären zusammen so glücklich geworden. Statt dessen mußte er sein Leben mit ihr verbringen.“ Sie warf einen vernichtenden Blick über ihre Schulter, wo Frau Howell die Wartezeit überbrückte, indem sie mit einer mütterlich aussehenden Dame in dunkelblauem Kostüm plauschte. „Er ist kreuzunglücklich.“

Ich sah mir Howells Smoking an, die goldenen Manschettenknöpfe, die braungebrannte, sehr gesund wirkende Haut. „Er sieht nicht so aus“, sagte ich.

„Was reden Sie denn da?“ Howell schüttelte seine Benommenheit ab. „Was wollen Sie?“ erkundigte er sich brüsk.

Warum um den heißen Brei herumreden? „Zum einen will ich die Wahrheit wissen. Zum anderen will ich die Manuskriptseite. Lassen Sie uns eine Sache nach der anderen angehen. Wo waren Sie in der Nacht, als Didi starb?“

Howell war es nicht gewohnt, daß man ihn so direkt anging. Man braucht wohl nicht extra zu betonen, daß ihn das nicht eben froh stimmte. Er warf mir einen vernichtenden Blick zu, unter dem ich hätte dahinschmelzen müssen wie Butter an der Sonne. Ich ignorierte seine Wut.

„Ich weiß, daß Sie mit ihr verabredet waren“, fuhr ich fort, und wenn er sich fragte, warum ich meinen Kopf bei dem Wort „ihr“ ein wenig zu der Seite neigte, auf der Didi stand, dann mußte er sich das wohl weiter fragen. „Sie wollten sie auf der Brücke treffen. Fragen Sie mich nicht, woher ich das weiß, das ist eine viel zu komplizierte Geschichte und würde hier den Rahmen sprengen.

Belassen wir es dabei, daß ich weiß, was an jenem Abend geplant war. Didi und Sie wollten sich treffen, um die Stadt zu verlassen. Sie wollten woanders ein neues Leben anfangen."

Er warf einen wutentbrannten Blick Richtung Ballsaal. „Susan! Das können Sie nur von Susan wissen. Als hätte sie nicht schon genug getan, um mein Leben zu ruinieren."

„Susan?" Ich ging mit einem Lachen über die Anschuldigung hinweg. „Vielleicht, vielleicht aber auch nein. Vielleicht spielt es auch keine Rolle. Etwas anderes spielt aber durchaus eine Rolle: Ich weiß, daß Didi dort auf Sie gewartet hat – und daß Sie nie aufgetaucht sind."

„Das konnte er doch nicht!" Didi antwortete, ehe Howell es tun konnte, einen Hauch Trauer in der Stimme. „Er wollte. Das habe ich dir doch gesagt. Er konnte nicht, wegen Tammy. Sie hat es herausgefunden und ..."

„Wollen Sie mich einer Straftat beschuldigen, Miss Martin?" Thomas Ross Howells Frage übertönte zum Glück Didis hilfloses Gerede. Ich hatte es so satt, mir anzuhören, wie sie diesen abscheulichen Feigling in Schutz nahm. „Wollen Sie behaupten, Miss Bowman hätte nicht Selbstmord begangen?"

„Das behaupte ich nicht, das weiß ich. Ihnen hätte das klar sein müssen. Didi war als Mutter um Längen besser als Sie als Vater. Sie hätte Judy nie allein gelassen. Wenn Sie auch nur annäherungsweise, auch nur zur Hälfte der Mann gewesen wären, für den Didi Sie hielt, dann hätten Sie in dem Augenblick Bescheid gewußt, an dem Sie die Nachricht von Didis Tod hörten. Dann hätten Sie sofort geahnt, daß dies kein Selbstmord gewesen sein konnte. Es sei denn, Sie wußten es bereits vorher. Weil Sie dabei waren, als Didi starb."

„Er wußte es. Natürlich wußte er es!" Jetzt kannten die Tränen kein Halten mehr und ergossen sich wasserfallgleich über Didis Wangen. Ihre Stimme überschlug sich beinahe. „Aber nicht aus den Gründen, die du genannt hast. Er hat Judy geliebt, und mich auch. Er wußte, ich hätte ihn nie verlassen. Er mich auch nicht. Sie hat ihn dazu gezwungen. Sie ..."

„Vielleicht sollten Sie Tammy nach jener Nacht befragen", sagte Thomas Ross Howell, der von dem halb wahnsinnigen Geist an meiner Seite nichts ahnte. „Sie weiß, daß ich nicht auf der Brücke war."

„Weil sie das mit Ihnen und Didi herausgefunden hatte. Sie hat Sie gezwungen zu bleiben. Wie hat sie das geschafft? Hat sie gedroht, sich etwas anzutun? Oder den Kindern?"

Ich hatte mit allen möglichen Reaktionen gerechnet, aber gewiß nicht mit Gelächter. „Ich muß zugeben, Miss Martin", sagte der Richter, als er sich wieder beruhigt hatte, „daß mich das Ausmaß Ihrer Informiertheit verblüfft. Damit sage ich nicht, daß Ihre Informationen stimmen. Ich sage auch nicht das Gegenteil. Ich sage nur – sie sind interessant. Aber mal angenommen, alles, was Sie mir hier unterstellen, sei wahr – glauben Sie wirklich, Tammy hätte sich deshalb etwas angetan? Wegen einer nichtigen Affäre? Glauben Sie, sie hätte unseren Kindern etwas angetan? Sie haben eine blühende Phantasie! Vielleicht sollten Sie Bücher schreiben."

„Dann war das nicht der Grund für Ihr Fernbleiben?"

Didi und ich stellten die Frage zur gleichen Zeit.

Natürlich richtete Howell seine Antwort an mich. „Sie sind nicht nur dumm, Sie sind auch noch naiv. Tammy wußte um meine Affäre mit Didi Bowman. Sie wußte um all meine Liebschaften. Worüber sie nicht Bescheid wußte, das war Judy, und diese Tatsache ließ Susan all die Jahre wie ein Damoklesschwert über meinem Haupt schweben, verdammt sei die Frau. Tammy wußte, daß all diese Liebschaften nicht lange dauerten, nichts zu bedeuten hatten, daß ich die Frauen immer wieder verließ. Aber ein Kind?" Er räusperte sich, als könnte er dadurch die Tatsache Judy aus seinem Leben streichen. „Das hätte sie mir nie verziehen."

„Dann war ..."

Wieder setzten Didi und ich synchron zur selben Frage an. Der große Unterschied: Sie wagte nicht, sie zu Ende zu bringen.

Ich hatte nicht annäherungsweise soviel zu verlieren.

„Dann war es nicht Tammys Idee?" Allein schon die Worte auszusprechen verursachte mir Sodbrennen. Ich wagte es nicht, einen Blick auf Didi zu werfen, die ich neben mir weinen hörte. „Sie haben ..."

„Worauf Sie Gift nehmen können." Die Nüstern des Richters bebten, sein Antlitz wurde dunkelrot. „Didi war dufte, wenn man sich ein wenig amüsieren wollte. Aber dann wurde sie schwanger und zur Klette. Nichts als Elend. Ich hätte nie ihretwegen meine Familie verlassen, sie war es nicht wert. Schon gar nicht war sie es wert, ihretwegen meinen Ruf aufs Spiel zu setzen. Ich war in jener Nacht zu Hause. Die ganze Nacht. Was Tammy bestätigen kann. Wenn Sie ihr auch nicht glauben: Wir haben an dem Abend mit Nachbarn zu Abend gegessen. Diese Nachbarn sind immer noch am Leben und können meine Aussagen bestätigen, wenn Sie Wert darauf legen. Was mich betrifft ..." Er trat zurück, schuf Abstand zu mir. „Ich hatte nie vor, mich in jener Nacht mit Didi zu treffen. Ich meinte es sicher nicht ernst, als ich ihr versprach, mit ihr zusammen die Stadt zu verlassen. Wenn Didi nicht so naiv gewesen wäre, hätte ihr das klar sein müssen."

„Aber du hast mich geliebt!"

Didis gequälter Schrei hallte schmerzhaft durch meinen Kopf.

„Aber Sie haben sie geliebt", sagte ich.

Thomas Ross Howells Lächeln war scharf und bohrend wie ein Dolch. „Ja? Glauben Sie das? Dann sollten Sie eines wissen: Die Entscheidung, mich an jenem Abend nicht mit Didi zu treffen, hat mir nie leid getan, nicht einen einzigen Augenblick lang. Ich bin für ihren Tod nicht verantwortlich, aber auch der hat mir nie leid getan. Mein Leben war ohne Didi einfacher. Nun, wenn Sie mich entschuldigen wollen ..." Mit diesen Worten wandte er sich ab.

Ich sah nicht nur sämtliche Ermittlungserfolge im Mordfall Didi Bowman entschwinden, sondern noch dazu meine einzige Chance zu beweisen, daß Didi „Der Morgen so fern" geschrieben hatte.

„Warten Sie!" Thomas Ross Howell zuckte zusammen und fuhr herum, als ich ihn am Arm packte. „Das Manuskript!" sagte ich eilig, ehe er die Drohung aus seinem Büro wahr machen und den Sicherheitsdienst rufen konnte. „Es handelt sich um die Seite, die Didi Ihnen gegeben hatte, nicht? Die Seite mit der Widmung an Sie? Ich habe die fünftausend Dollar, die Sie verlangen. Ich kann Sie Ihnen morgen bringen. Ich ..."

Thomas Ross Howell schüttelte meine Hand ab. „Die Seite steht nicht mehr zum Verkauf. Weder für Sie noch für irgend jemanden sonst."

„Aber ..."

„Wenn ich es recht bedenke ..." Howells Blick war kalt wie der einer Schlange. „Ich werde sie verbrennen, wenn ich nach Hause komme. Ich hoffe, Sie sind eine schlaue junge Frau und kapieren, was das bedeutet. Ich will Sie nie wieder sehen. Sie können nichts beweisen. Nicht in bezug auf Didis Tod und ganz sicher nicht in bezug auf irgendwelche weit hergeholten Behauptungen, Didi und nicht Merilee Bowman hätte dieses alberne Buch geschrieben. Nun guten Abend."

Howell war fort, ehe mir etwas eingefallen war, um ihn zu einer Meinungsänderung zu bewegen.

Als ich mich umdrehte, mußte ich feststellen, daß für Didi das gleiche galt wie für die Liebe ihres Lebens: Auch sie war verschwunden.

Soweit zu meinen Plänen, in dieser Nacht einen bedeutenden Durchbruch zu erzielen.

So genau kann ich nicht mehr sagen, was ich vorhatte, als ich mich erneut in die rauschende Ballnacht stürzte. Meine Hoffnungen waren sämtlich zerschlagen, meine Laune so schwarz wie die Nacht draußen vor dem Hotel, aber gehen wollte ich nicht. Vielleicht würde sich ja Quinn meiner erbarmen, und wir konnten tanzen. Oder doch wenigstens miteinander reden – falls er es denn aufgegeben hatte, dickköpfig sein zu wollen, und nicht mehr darauf bestand, daß ich ihn in alle meine Vorhaben einweihte und auch noch begründete, warum ich tat, was ich tat. Oder vielleicht konnte ich mir einfach eine Scheibe bei Susan Gwitkowski abschneiden und mir ein bis drei Gläschen Schampus hinter die Binde gießen. Möglich, daß ein kleiner Rausch Wunder wirkte und mich vergessen ließ, was für eine jämmerliche Privatdetektivin ich war. Wenn es für Leute wie mich eine Bewertungsskala gab, so von null bis zehn, dann rangierte ich momentan ganz sicher irgendwo im negativen Zahlenbereich.

Ich hoffte natürlich auf das Szenario mit Quinn, aber wenn es nicht anders ging, würde ich mich auch mit dem Champagner begnügen. Prickeln ohne Reue. Mit dem Gedanken setzte ich einem vorbeieilenden Kellner nach.

Ich war kurz davor, mir eine Kristallflöte von seinem Tablett zu schnappen, als sich ein Arm um meine Taille legte und eine Stimme mir etwas zuflüsterte.

„Du willst doch nicht etwa betrunken Auto fahren?"

Was weiß ich – vielleicht war ich das ja schon.

Betrunken, meine ich.

Das würde erklären, warum ich die Stimme sofort erkannte.

Ich fuhr herum und schüttelte den Arm – und den Mann, zu dem er gehörte – ab. Kein Oberlippenbart kann buschig genug sein, um das Gesicht zu tarnen, dem ich mich gegenübersah.

„Dan! Was zum Henker ...?"

„Ich freue mich auch, dich zu sehen." Dan klang höflich, nur wollte seine Miene nicht recht zu den Worten passen. Er sah sich vorsichtig um, und obwohl eigentlich niemand nah genug stand, um uns belauschen zu können, kam er dicht zu mir heran. „Willst du mir erzählen, was du vorhast?"

„Die Frage sollte ja wohl eher ich stellen."

„Du meinst ..."

„Die Tatsache, daß du mich auf dem Friedhof fotografiert hast, daß du mir nach Ohio City gefolgt bist – und im Krankenhaus arbeitest du auch nicht, stimmt's? Hast du auch nie."

Obwohl er so ein Niedlicher war (und glauben Sie mir, Dan war überaus niedlich), war er ein Meister darin, einem Thema auszuweichen, auf das er keine Lust hatte. In dieser Hinsicht nahm er es spielend mit den besten Ausweichkünstlern meines Bekanntenkreises auf. Auch hatte er ein Supergeschick darin, das Thema zu wechseln. Das fand ich heraus, als er in die Innentasche seiner Anzugjacke griff und ein Foto herauszog.

Er streckte es mir hin. „Wir müssen reden."

Das Bild zeigte mich und war an dem Abend aufgenommen, an dem ich angefangen hatte, Merilees Reisebibliothek auszupacken. Ich stand im Arbeitszimmer des Bowman-Hauses und ...

„Du hast mir nachspioniert. Durchs Fenster!" Erstaunt hielt ich das Bild umklammert. Sollte Dan nur wagen, mir zu widersprechen.

Er versuchte es nicht einmal. „Sieh es dir genau an", sagte er.

„Ich brauche es mir nicht anzusehen, ich weiß, was ich an dem Abend getan habe. Die Frage ist doch: Was hast du getan? Was tust du überhaupt, meine ich. Warum hast ...?"

Ich drückte das Bild an meine Brust, während ich immer ärgerlicher wurde. Dan legte sanft die Hand darauf und zog das Foto so weit von meinem Körper weg, daß ich es sehen konnte. „Sieh es dir an, hab ich gesagt."

Hatte ich erwähnt, daß Dan mir einmal das Leben gerettet hat? Ich würde jetzt gern so tun, als hätte ich mir das besagte Foto nur deswegen genauer angesehen, weil ich dem Mann noch einen Gefallen schuldete. Aber ich muß zugeben, das stimmt nicht. Dans Stimme, seine ganze Art, strahlte Autorität aus, auch wenn er flüsterte. Außerdem war der Griff, mit dem er meine Hand umklammert hielt, ehern. Ich hätte mich nicht weigern können, seiner Aufforderung nachzukommen, selbst wenn ich es versucht hätte.

Also schluckte ich den Protest hinunter, den ich sonst auf jeden Fall noch von mir gegeben hätte, und nahm das Bild befehlsgemäß ein zweites Mal in Augenschein. Ich stand darauf neben Merilees Schreibtisch, und zwar mit offenem Mund, als sei ich gerade dabei, etwas zu sagen. Dabei war außer mir niemand im Zimmer.

Oder?

Ich kniff die Augen zusammen und sah genauer hin.

Rechts und links vom Schreibtisch waren zwei weiße Flecken auszumachen, kaum sichtbar, aber doch vorhanden. Der eine sah aus wie eine Glocke. Oder wie eine Frau im Reifrock. Der andere Fleck war größer und eindrucksvoller, wirkte auch gegenständlicher. Er sah aus wie ein Mann in Uniform.

Kurt und Elizabeth.

Mir stockte der Atem, und meine Kinnlade fiel herunter.

„Wie ..."

Dan gab mir keine Gelegenheit, die Frage zu Ende zu stellen. „Hast du eine Ahnung, womit du da spielst?"

„Ich spiele nicht. Mit gar nichts. Ich ..."

„Weißt du nicht, wie gefährlich das sein kann?"

Er nahm mir das Foto aus der Hand, wobei er sich erneut vorsichtig umsah, ehe er sich wieder an mich wandte. „Ich sage dir jetzt etwas, was ich dir eigentlich nicht sagen dürfte. Was ich dir auch nicht sagen würde, würde ich mir nicht solche Sorgen um dich machen. Du hast keine Ahnung, worauf du dich da einläßt."

„Ja, und du weißt nicht, wovon du redest."

War das meine Stimme, die es schaffte, so verärgert, königlich und total opalmäßig zu klingen? Ich hob das Kinn, um möglichst ebenso stolz auszusehen, wie ich mich anhörte.

Hatte ich erwartet, daß Dan den Schwanz einzog? Wenn ja, dann hatte ich mich gehörig geirrt.

Ruhig verwahrte er das Foto wieder dort, wo er es hergenommen hatte, und trat zurück. „Das war eine freundschaftliche Warnung", sagte er. „Eine zweite kriegst du nicht."

„Eine freundschaftliche Warnung?" Inzwischen hämmerte mir das Herz gegen die Rippen, und mein Korsett fühlte sich an, als wolle es gleich platzen. Ich holte tief Luft. „Im Gegensatz zu ...?"

Dan verbeugte sich höflich von der Taille abwärts, wie ein echter Gentleman der Bürgerkriegszeit es getan hätte. „Ich kann niemandem eine zweite Chance geben, so gern ich es auch täte.

Nicht mal dir. Vergiß nicht, was ich gesagt habe. Spiel nicht mit Mächten, die du nicht im Griff hast."

Er wich noch einen Schritt zurück, und in der nächsten Sekunde schon hatte ihn die Menge verschluckt, während ich dastand und mich wundern konnte, was zum Teufel denn das gerade gewesen war.

Viel Zeit zum Grübeln hatte ich nicht, denn sofort rief noch jemand nach mir – diesmal von der Tür her.

„Miss Martin!" Es war Rick, der Fotograf. Ein Blick in sein vor Aufregung gerötetes Gesicht, und ich wußte, irgend etwas lag an.

„Miss Martin, sehen Sie nur!" Er eilte auf mich zu, einen großen gefütterten Briefumschlag in der Hand, den er mir erregt übergab. „Ich habe mich mit meinem Presseausweis hereingeschmuggelt!" meinte er. „Ich bin ja so froh, daß ich nicht warten brauchte, bis Sie wieder mal auf dem Friedhof auftauchen. Ich konnte es nämlich kaum abwarten, Ihnen das zu zeigen."

Ich warf einen Blick in den Umschlag. Schon wieder Fotos. Ich zog sie heraus und blätterte sie durch, ohne recht zu verstehen, warum Rick so aufgeregt war. Auf dem Foto von Dan waren wenigstens die nebelhaften Umrisse Kurts und Elizabeths zu sehen gewesen, aber auf diesen hier sah man kaum mehr als ein paar graue Flecken.

Ich nehme mal an, mein Gesicht sprach Bände, denn Rick nahm mir die Bilder aus der Hand und drehte sie so, daß sie richtig herum lagen. „Ich weiß, es ist schwer zu erkennen", sagte er. „Ich sagte ja schon, der Film wurde belichtet. Also mußte ich tief in die Trickkiste greifen, damit man überhaupt etwas ausmachen kann. Aber hier – sehen Sie." Er hatte das Bild gefunden, nach dem er gesucht hatte, und legte es oben auf den Stapel. „Erkennen Sie etwas?"

Ich kniff die Augen zusammen, legte den Kopf schief und kniff die Augen noch etwas stärker zusammen.

Langsam wurde das Bild schärfer.

„Heilige Scheiße!" murmelte ich.

Zum zweiten Mal in ebenso vielen Minuten begriff ich, daß ich einen Geist vor mir sah.

Das Foto zeigte das Bowman-Mausoleum. Klar, es war verwakkelt – ja, und auch verschwommen. Es war außerdem (jedenfalls nach dem zu urteilen, was ich davon sehen konnte) aus ziemlicher Entfernung aufgenommen worden.

Aber das spielte keine Rolle.

Was eine Rolle spielte, war das, was kaum sichtbar im Hintergrund zu erkennen war – eine magere Frau in einem unauffälligen Kostüm und praktischen, aber wenig modischen Schuhen.

Keine Frage, wer das war.

Außerdem keine Frage, was sie im Schilde führte.

Während Rick damit beschäftigt gewesen war, auf das perfekte Foto der perfekten Merilee beim Besuch ihrer lieben, lieben verstorbenen Eltern zu warten, hatte er zufällig ein Foto von Trish Kingston geschossen.

Sie machte sich gerade an der Urne mit den Blumen zu schaffen, die vorm Mausoleumseingang stand, und auch wenn ich nicht genau sehen konnte, was sie da tat, wußte ich doch eines: Was immer es gewesen sein mochte, es hatte Rick die Kamera gekostet und ihm bei der Begegnung mit der Spitze eines marmornen Engelsflügels eine dicke Beule am Hinterkopf eingebracht.

KAPITEL 20

IN EINER LIMOUSINE zur rauschendsten Ballnacht des Jahres gefahren zu werden, war nicht schlecht gewesen – natürlich hätte ruhig jemand anderes als Merilee neben mir sitzen dürfen, die auf dem ganzen Weg von Ohio City bis in die Innenstadt dem Sekt aus der Minibar zusprach, ohne mir ein einziges Glas anzubieten. Ansonsten aber hätte ich mich ziemlich schnell daran gewöhnen können, daß mir ein Chauffeur in Uniform die Tür öffnete und mir beim Aussteigen behilflich war. Auch der Jubelschrei, der sich aus Tausenden von Fankehlen löste, sobald ich einen Fuß auf den Bürgersteig setzte, war nicht schlecht. Er hatte mir sogar ziemlichen Auftrieb gegeben – obwohl ja keiner der Jubelnden auf mich gewartet hatte.

Indes saß ich jetzt fest – mit den Fotos von Trish in der Hand und dem brennenden Wunsch, hinüber zum Garden-View-Friedhof zu fahren und herauszufinden, warum Trish in der Urne herumgestochert hatte. Das war die Kehrseite der Medaille: kein eigenes Auto vor der Tür.

Gott sei Dank war Rick ein dufter Kumpel.

Sein Auto stand gleich um die Ecke.

Ich bot ihm den Exklusivbericht über den Fund an, den wir hoffentlich gleich machen würden – ganz egal, was das für einer sein mochte –, und quetschte mich auf die Rückbank seines PT Cruisers, weil mein Reifrock und ich nicht auf den Vordersitz paßten. Dann waren wir auch schon unterwegs.

Wir fuhren durch den Angestellteneingang des Friedhofs, und während die Reenactors, die Fans und die Crème de la Crème der Clevelander Gesellschaft sich noch im Hotel die Füße wund quadrillierten, standen Rick und ich vor dem Bowman-Mausoleum.

„Halt!" warnte Rick, als ich Anstalten machte, mich auf die Urne zu stürzen. „Sie werden Ihr Kleid schmutzig machen." Aber die Zeiten, in denen mir das etwas ausgemacht hätte, waren vorbei. Ich zog die langen Handschuhe aus und machte mich über die Blumen her.

Die waren seit Merilees Besuch bei ihren lieben Eltern natürlich ein paar Mal ersetzt worden – das aktuelle Arrangement bestand aus weißen Chrysanthemen und gelben Rosen. Die Sonne war schon lange untergegangen, weswegen die Chrysanthemen im Dunkeln wie geisterhafte kleine Bälle leuchteten. Von den Rosen mußte ich niesen.

Ich steckte die Hand in die Urne, und es dauerte nicht lange, da hatte ich das Ende der Blütenstengel und das weiße, schwammartige Zeug, in dem die Blumen steckten, ertastet. Ich hob Blumen und weißes Zeug heraus und reichte den Krempel an Rick weiter, ehe ich erneut meine Hand in die nunmehr leere Urne steckte.

Die, wie es sich herausstellte, gar nicht leer war.

„Was ist das?" fragte Rick, als ich ein dickes, schweres Paket aus dem Wasser fischte, das man in Pappe und wasserdichtes Plastik eingepackt und außerdem noch mit Klebeband versiegelt hatte.

Klebeband wie das, welches ich am Tag meines Einzugs ins Bowman-Haus unter Trishs Bett gefunden hatte.

„Ich glaube, das sind Papiere." Ich hatte Rick den Exklusivbericht versprochen, war aber noch nicht bereit, alle Karten offen auf den Tisch zu legen. Erst mußte ich sicher sein, daß das, was ich gefunden hatte, auch war, wofür ich es hielt.

„Was für Papiere? Was haben Sie mit ihnen vor?" bohrte Rick nach.

Gute Frage. Während ich überlegte, wie ich ihr ausweichen konnte, schaltete sich bei meinem Begleiter der Reporterinstinkt ein. Rick war kein Dummkopf. „Hat das hier etwas mit dem Mord an dieser Kingston zu tun?“

Aber hallo!

Das war so sicher wie die Tatsache, daß mein Kleidersaum auf dem Weg vom Auto zum Mausoleum im nassen Gras ziemlich dreckig geworden war und daß mich die Reinigung ein Vermögen kosten würde.

Genau so sicher wußte ich aber auch, daß es nur eine Person gab, der ich in bezug auf meinen Fund trauen konnte.

Wie erwähnt: Rick war ein dufter Kumpel. Ich hatte ihn in Nullkommanichts soweit, daß er zu einem Zwischenstop im Bowman-Haus bereit war. Dann wollten wir weiter zum Justizzentrum.

„Sind Sie sicher, daß wir hier sein dürfen?“

Rick stand hinter mir. Über meine Schulter warf er einen Blick in den dunklen Hauptsaal des Der-Morgen-so-fern-Museums. „Das Museum ist geschlossen!“

„Ich arbeite hier!“ Seine Hektik war ansteckend. Weil Rick flüsterte, flüsterte ich auch. „Außerdem wohne ich hier im Haus. Was technisch gesehen bedeutet, daß ich kommen und gehen kann, wann ich will.“

„Ja, aber sonst ist hier niemand ...“

„Das“, erklärte ich ihm, „ist ja der Sinn der Sache.“

Ehe ich das vergessen konnte, stürmte ich das Museum, schaltete die Lichter ein und eilte hinüber zu der Vitrine, in der Merilees „Originalmanuskript“ ausgestellt war. Das Museumskuratorium hatte fest versprochen, daß es eines Tages für sämtliche „unersetzlichen“ Ausstellungsstücke eine gesonderte Alarmvorrichtung geben würde, aber dieser Tag mußte glücklicherweise erst noch kommen.

Somit konnte ich problemlos den Riegel am Schaukasten heben und die Glastür öffnen.

„Was tun Sie da?“ Kreidebleich eilte Rick zu mir herüber. Sein Mund öffnete und schloß sich wie der eines Fischs auf dem Trokkenen. „Sie werden doch nicht ...?“

„Das Manuskript entwenden? Machen Sie sich nicht lächerlich, das würde Merilee ja mitbekommen.“ Kopfschüttelnd verbannte ich die Frage ins Reich des Unwahrscheinlichen, während ich gleichzeitig in die Vitrine griff und ein paar Seiten mitten aus dem Manuskriptstapel zog. „Ein paar Seiten wird niemand vermissen.“ Ich schloß die Tür und verschloß sie.

„Aber ...“ Rick hatte den Kaninchen-vor-der-Schlange-Blick. Er stand zwischen mir und der Tür und, Gott segne den Mann, er dachte wirklich, er müsse mich vor meinen niederen Instinkten schützen! „Sie dürfen diese Seiten nicht entwenden. Das ist unehrlich. Sie kriegen Ärger.“

Ich hielt meine Beute fest in der Hand. Die andere stemmte ich in die Hüfte. „Sie sind doch Reporter! Sie sind tapfer, risikofreudig und bereit, alles zu tun, um an eine gute Geschichte zu kommen.“

„Ich bin Fotograf“, korrigierte Rick mich hastig. „Für ein Foto wäre ich bereit, alles zu tun.“

Ich zuckte die Achseln. „Dann knipsen Sie mich doch.“

„Wie Sie das Manuskript entwenden?“ Ricks Stimme klang durchdringend. „Aber dann wissen die Bullen, daß ich dabei war. Das macht mich zum Helfershelfer. Oder Mitwisser. Oder ...“

„Nun bleiben Sie mal auf dem Teppich.“ Ich machte Anstalten, ihn beiseite zu schubsen. Anders kam ich nicht an ihm vorbei, da er zwischen dem Schaukasten mit Kurts Originaluniform und einer lebensgroßen und von daher ziemlich gruseligen Schaufensterpuppe stand, die das Kleid trug, mit dem Opal zur Gartenparty gegangen war. „Vertrauen Sie mir. Wir tun nichts Falsches. Denken Sie an den Exklusivbericht.“

Rick mochte nicht zu der Riege der Tapferen und Wagemutigen gehören, aber für exklusiv hatte der Mann eine Menge übrig. Er nickte bedächtig – womit er praktisch seinen Status als Komplize anerkannte – und wandte sich ab.

Generell war es klasse, daß er voranging.

So war er es, der an der Tür mit Gruselbob zusammenstieß.

Der pflanzte sich uns in den Weg, die Arme vor dem dreckigen Jeanshemd verschränkt. „Was treibt ihr beiden denn hier?“ wollte er wissen.

Als es darum gegangen war, mein Abweichen vom Pfade der Tugend zu kommentieren, war Rick mit Worten schnell gewesen. Nun, wo es galt, sich Gruselbob zu erklären, der den Mund zu einem schmalen Strich zusammengekniffen und im Geiste praktisch schon die Polizei angerufen hatte, war der Mann nicht mehr ganz so beredt.

Auf der Suche nach Antworten wandte er sich zu mir um.

Ich hatte die kurze Gelegenheit genutzt, mich. während die beiden einander fixierten. kurz umzudrehen. Jetzt, wo beide eher etwas von mir wollten als voneinander, befaßte ich mich wieder mit ihnen, schenkte Bob ein heiteres Lächeln, und zeigte auf die als Opal verkleidete Schaufensterpuppe. „Ich habe es Ihnen gleich gesagt“, meinte ich zu Rick. „Das Kleid ist grünlich. Sie sagten ...“

„Ich war sicher, daß es blau ist.“ Gott segne Rick! Nicht nur war er ein guter Kumpel, er war noch dazu schnell von Begriff. Er schlug sich gegen die Stirn. „Natürlich. Ich hätte wissen müssen, es ist grün. Sie hatten recht.“

„Ja, und der Bürgermeister auch.“ Ich sah Bob an, um ihn in die Geschichte mit hineinzuziehen. „Der Bürgermeister war sich bei grünlich genauso sicher wie ich. Der Mann hat gerade auf dem Fest das Der-Morgen-so-fern-Quiz gewonnen, mit dem darf man sich nicht anlegen. Er bestand auf grünlich. Ich bin froh, daß wir gleich hergefahren sind und nachgesehen haben. Die ganze Party wird froh sein, daß das geklärt ist.“

Ich war beim Sprechen immer näher an die Tür herangerückt, und als Bob keine Anstalten machte, sich von der Stelle zu rühren, drückte ich meinen Rock platt und schob mich Zentimeter für Zentimeter seitwärts an ihm vorbei. „Ich habe gehört, wie der Bürgermeister mit dem Polizeichef gewettet hat“, plapperte ich weiter. „Unter der Hand, versteht sich. Der Bürgermeister hat fünf Dollar auf grün gesetzt. Der wird sich mächtig freuen, wenn wir ihm die frohe Botschaft überbringen.“

„Aber ..." Bob war bestimmt vom Kopf her nicht der Schnellste, doch eines muß ich ihm lassen: Meine Geschichte war so weit hergeholt und durchschaubar wie nur was, und das fiel ihm auch auf. Mißtrauisch sah er sich um.

Aber letztlich konnte er nicht viel sagen, da alles noch haargenau so aussah, wie es ausgesehen hatte, als wir den Raum betraten. Er musterte mich prüfend, wobei es mir schwerfiel, gelassen stehenzubleiben und ihm nicht auf die Füße zu kotzen, als er mich praktisch mit den Augen auszog. Züchtig faltete ich die Hände im Schoß, reckte das Kinn und erwiderte seinen Blick voll opalmäßig und hoheitsvoll.

„Bis später dann, Bob!" Ohne auf eine Reaktion zu warten und mit Rick im Schlepptau, der es auch ziemlich eilig hatte, schaffte ich es ohne weitere Zwischenfälle bis zur Haustür und auf die Straße hinaus.

Erst als wir im Auto saßen, wagte es Rick, den Mund aufzumachen. „Was zum Teufel haben Sie ...?"

„Mit den Manuskriptseiten angestellt?" Ich griff lächelnd unter meinen Reifrock. „Anscheinend sind diese blöden, alten Röcke ja doch zu was nutze."

Die ganze Nacht und auch noch den kompletten folgenden Morgen hüpfte mein Hirn zwischen Dan und Quinn hin und her wie früher meine Libido. Wußte Dan von der Gabe? Von den Geistern? Worauf bezogen sich seine Warnungen, und wo zum Teufel steckte Quinn, wenn ich ihn brauchte?

Antworten auf meine Dan-Fragen würde ich so schnell nicht erhalten, was mir klar war. Den Mann selbst würde ich auch erst wieder sehen, wenn er es wollte. Also konzentrierte ich mich auf den zweiten Mann in meinem Leben. Als mein ewiges Herumtigern mir nicht einen Telefonanruf von ihm einbrachte, rief ich seinerseits ihn auf dem Revier an.

Er war nicht da.

Hatte er das Päckchen erhalten, das ich abgegeben hatte?

Das konnte der Bulle, der meinen Anruf entgegengenommen hatte, nicht beantworten. Vielleicht wollte er auch nicht. Wie dem auch sei: Dieser Anruf plus die drei, die ich an diesem Tag noch folgen ließ, plus die fünf am nächsten Morgen sowie der Trip aufs Revier, um persönlich nachzufragen, lehrten mich, daß Bullen an sich eine ziemlich zugeknöpfte Bande sind.

Detective Harrison, wurde mir jedesmal freundlich mitgeteilt, arbeite an einem Fall und würde sich mit mir in Verbindung setzen, sobald es ihm möglich war.

In dem Bemühen, mir positive Gedanken und gutes Karma zu erhalten, oder auch den Segen von wer weiß wem oder was sonst vonnöten war, damit die Dinge so liefen, wie ich es gern gehabt hätte, versuchte ich, Quinn all das nicht zum Vorwurf zu machen. Ich ging meinem Job halbherzig und mehr schlecht als recht nach, erledigte Botengänge für Merilee, beantwortete Anrufe und kümmerte mich um die Planung der Termine, die nun, da die Premiere stetig näherrückte, immer schneller auf uns einprasselten.

Da waren die Mittagessen, zu denen man Merilee einlud, Lesungen sowohl in den städtischen Büchereien als auch in denen des Landkreises und an einem stark bewölkten Tag eine Signierstunde in einem örtlichen Buchladen, wo Tausende Fans stundenlang im Regen Schlange standen, nur um sich von der lieben, lieben Merilee ihre Exemplare von „Der Morgen so fern“ signieren zu lassen. Als wir an diesem Tag nach Ohio City zurückkamen, ging Merilee (die, wollte man ihren Worten Glauben schenken, immer schon sehr zerbrechlich gewesen war) sofort zu Bett, weswegen es an mir hängenblieb, den Gouverneur anzurufen, mit dem sie zu Abend essen sollte. Merilee würde kommen, erklärte ich der Sekretärin der Sekretärin seiner Assistentin, der einzigen Person, zu der ich durchzudringen vermochte. Aber sie würde einen Tick später eintreffen als verabredet. Nach all dem Signieren tat ihr die Hand weh, und sie brauchte ihren Schönheitsschlaf.

Ich stand im Arbeitszimmer am Schreibtisch, als ich diesen Anruf tätigte, und hatte schon aufgelegt, als ich auf einem Stapel Bücher einen Zettel entdeckte.

„Für Pepper", stand dort in einer Handschrift, die ich gleich wiedererkannte, weil es dieselbe war wie auf dem Pappschild an der Werkstattür unten im Keller. „Ein Quinn hat angerufen. Er möchte sich mit Ihnen treffen. Heute abend. Er sagt, auf der Brücke. Acht Uhr."

Heute abend?

Mein Herz raste. Meine Phantasie schlug Purzelbäume.

Halleluja! Am Abend würde ich endlich Bescheid wissen.

Allerdings nur, wenn mit „heute abend" auf dem Zettel wirklich der heutige Abend gemeint war.

Bumm. Mein Herz blieb stehen, die hochfliegenden Träume stürzten ab.

Auf dem Zettel mit der Nachricht stand kein Datum.

Ich schoß aus der Tür, zum ersten und einzigen Mal seit meiner Ankunft im Bowman-Haus in der Hoffnung, Gruselbob zu treffen, und zum Glück mußte ich nicht lang suchen. Ich fand ihn in der Küche und hielt mich nicht mit Höflichkeitsfloskeln auf. „Wann?" knurrte ich, indem ich ihm mit dem Zettel vor der Nase herumfuchtelte. Weitere Erklärungen hatte er meiner Meinung nach nicht verdient. „Warum haben Sie nicht Bescheid gesagt, daß Quinn angerufen hat? Warum haben Sie den Zettel auf dem Schreibtisch liegenlassen? Es war doch gar nicht klar, daß ich ihn da finde. Vielleicht hätte ich die Nachricht nie erhalten ..."

„Kriegen Sie sich mal wieder ein." Bob machte sich gerade ein Sandwich. Er leckte das Messer ab, mit dem er Mayonnaise auf die Brotscheiben gestrichen hatte, um es dann zurück ins Mayonnaiseglas zu stecken – um dieses Glas würde ich also in Zukunft einen großen Bogen machen müssen. „Der Anruf kam heute morgen, und ich hoffe, Sie wissen, was das alles bedeutet. Ich könnte Ihnen nämlich nicht weiterhelfen, weil ich nur Bahnhof verstanden habe. Weiß dieser Quinn nicht, daß es in dieser Stadt eine Menge Brücken gibt?"

Gruselbob hatte recht, es gab viele Brücken, aber ich wußte genau, welche Quinn meinte. Auch wenn es mir merkwürdig vorkam, daß er mich an einem naßkalten Abend wie diesem draußen im Freien treffen wollte.

Aber wie ich schon sagte, die Bullen in dieser Stadt kriegen nur schwer die Zähne auseinander. Ich war mir sicher, daß Quinn den Treffpunkt nicht grundlos gewählt hatte, und konnte es kaum erwarten, diesen Grund zu erfahren.

Während mir all das im Kopf herumging, warf ich einen Blick auf die Uhr über dem Herd. Kurz nach sieben. Bis zur Brücke waren es von hier aus nur ein paar Minuten, aber ich hatte nicht vor, irgendein Risiko einzugehen. Ich rannte in mein Zimmer, um meinen Regenmantel zu holen. Bei der Gelegenheit rief ich gleich Quinn an, erreichte aber nur seine Mailbox, auf der ich die Nachricht hinterließ, daß ich um acht auf der Brücke sein würde. Dumm bin ich nämlich nicht, egal was manche Leute denken. Ich nahm mir die Zeit, rasch mein Make-up aufzufrischen, mir schnell mit dem Kamm durch die Haare zu fahren und andere Klamotten anzuziehen. Gewiß würde ich mich nicht mit Quinn treffen und dabei aussehen, als hätte ich den ganzen Tag herumgestanden und Bücher aufgeklappt, damit Merilee ihre liebe, liebe Unterschrift auf die erste Seite setzen konnte!

Die Klamottenfrage war gar nicht so einfach. Jeans und ein leichter Pulli?

Eher nicht! Nicht bei einem wichtigen Treffen mit einem so heißen Typen.

Ich entschied mich für eine schwarze Hose, ein schwarzes Trägerhemd und ein entzückendes kurzes Jäckchen, das ich online für einen Apfel und ein Ei ersteigert hatte.

Noch ein Hauch Pariser Nächte auf die Lippen, und schon saß ich in meinem Mustang. Wenn das Glück mir weiter hold war, würde ich in einer knappen Stunde Bescheid wissen. Dann würde ich wissen, ob die Seiten, die ich Quinn zur Überprüfung überlassen hatte, das waren, worauf ich hoffte: Didis handgeschriebenes Originalmanuskript von „Der Morgen so fern" – und die Fortsetzung.

Die Hope Memorial Bridge ist eine der Hauptverkehrsadern, die den Osten der Stadt mit dem Westen verbinden (oder den Westen mit dem Osten, je nachdem, wohin Sie gerade fahren). Die Straße hat vier Fahrspuren, je zwei pro Fahrtrichtung. Außerdem gibt es auf beiden Seiten einen Gehsteig. Auf der Brücke sind keine Parkmöglichkeiten vorhanden, was eigentlich schade ist, denn man hat von hier aus einen phantastischen Blick auf die Skyline der Innenstadt und das alte Industriegebiet.

Da ich ein vernünftiger Mensch bin (zumindest, wenn es darum geht, Haare und Wimperntusche vor dem Regen zu bewahren), beschloß ich, mein Auto nicht vor der Brücke zu parken und mich nicht zu Fuß auf die Suche nach meiner Verabredung zu machen. Statt dessen kreuzte ich ein paarmal zwischen der Ontario und der Lorain Avenue hin und her.

Dabei sah ich weder Quinn noch sonst eine Menschenseele.

So kam es mir jedenfalls vor.

Die Sicht war schlecht. Es hatte den ganzen Tag geregnet, die Luftfeuchtigkeit lag jenseits von Gut und Böse. Die Temperaturen waren mit Einbruch des Abends merklich gesunken, und Nebelschwaden trieben vor meinem Auto her, um sich am Geländer, das die Brücke zum Fluß hin begrenzte, in richtigen Nebeltaschen zu sammeln.

„Ja, die Brücke. Toller Vorschlag." Leise fluchend fuhr ich die Brücke noch einmal hinunter, ließ meinen Blick zwischen linker und rechter Straßenseite hin- und herschweifen und fragte mich, was um alles in der Welt sich Quinn bei der Auswahl dieses Treffpunkts gedacht haben mochte. Meine Scheiben waren so beschlagen, daß ich das Gebläse einschalten mußte. „Hätte es ein elegantes, kleines Café in einem netten Stadtteil nicht auch getan? In Tremont zum Beispiel? Oder eine schnuckelige Bar im Warehouse District?"

Natürlich hätte mich Quinn auch an einen anderen Ort bestellen können, aber er hatte es nicht getan.

Ich war etwa auf der Mitte der Brücke, unterwegs Richtung Osten, und hatte gerade beschlossen, auf der Höhe des Jacobs Fields illegal zu wenden und noch einmal zurückzufahren, als sich der Nebel teilte und ich auf dem Bürgersteig einen Mann warten sah.

Quinn und sein Hang zur Dramatik! Leise fluchend lenkte ich mein Auto so dicht wie möglich an den Bürgersteig heran, zog den Schalthebel des Automatikgetriebes auf P und betätigte die Warnblinkanlage.

„Quinn?" Als ich aus dem Auto stieg, hatte der Regen Gott sei Dank aufgehört, weshalb ich mein Outfit nicht unter einer Kapuzenjacke verstecken mußte. Eine Kapuzenjacke ist modisch gesehen so grausam nichtssagend! Allerdings war es empfindlich kalt. Eisiger Wind fegte vom See her in die Stadt. Ich zitterte, als ich um das Auto auf den Gehsteig zuging. „Hättest du dir nicht ein trockeneres Plätzchen aussuchen können? Ein wärmeres eventuell auch?" Ich trat auf den Gehsteig. „Hättest du dir ..."

Da erkannte ich den Mann, der auf mich wartete, und der Rest des Satzes blieb mir im Halse stecken. Was gut war. Alles, was ich sonst noch hätte sagen wollen, riß der nächste eiskalte Windstoß weg.

Denn wissen Sie was? Der Mann auf dem Bürgersteig war gar nicht Quinn. Es war noch nicht einmal Dan Callahan.

Es war Gruselbob.

Nennen Sie mich einen Feigling. Oder vielleicht habe ich auch einfach nur viel mehr gesunden Menschenverstand, als man mir allgemein zutraut. Ich blieb stocksteif stehen – um gleich darauf vorsichtig zurückzuweichen.

„Was zur Hölle tun Sie denn hier?"

Bob antwortete nicht. Das war auch nicht nötig.

Die Antwort erklang direkt hinter mir.

„Wir können doch nicht zulassen, daß Sie uns alles verderben, oder?"

War ich überrascht, als ich mich umdrehte und Merilee keinen Meter hinter mir stehen sah?

Wollen Sie die Wahrheit hören? Nicht besonders. Wie heißt es so schön in dem alten Spruch: Wenn es watschelt wie eine Ente und quakt wie eine Ente ...

In diesem Fall hatte es eigentlich vom ersten Tag an gequakt.

„Wenn Sie jetzt von mir Überraschung erwarten, muß ich Sie enttäuschen", sagte ich. Allerdings war mir grausam kalt. Ich schlang die Arme um den Körper. „Es ging von Anfang an um das Manuskript, nicht?"

Merilee hatte sich in einen geschmackvollen zartlila Überwurf mit kleinem Pelzbesatz gehüllt. Nicht gerade der Hit, modemäßig gesehen, schon gar nicht im Frühsommer, aber auch Merilee war in Cleveland aufgewachsen. Sie wußte, wie unberechenbar das Wetter hier sein kann.

Da stand sie also im zartlila Überwurf und zupfte an ihren Lederhandschuhen. „Ich habe es bei unserer ersten Begegnung erwähnt", sagte sie. „Ich mag keine Überraschungen."

„Ich wette, das ging Trish genauso". Hinter mir erklang ein Geräusch. Ich sah mich um: Bob war nähergerückt. Mein Instinkt riet mir, mich näher ans Geländer zu begeben, die Vorsicht riet davon ab. Zwischen Geländer und Fluß war das Nichts, eine Menge Nichts. Ich wollte keine Risiken eingehen, also blieb ich stehen, wo ich war.

„Darum geht es doch, nicht war?" wiederholte ich. „Trish fand das Manuskript auf dem Speicher. Ich weiß nicht wie, aber sie hat es gefunden. Eventuell war sie einfach neugierig."

„Eventuell war sie einfach eine komplette Nervensäge." Merilees Worte klangen so kalt wie der Lufthauch vom See. „Vielleicht hätte sie sich um ihre eigenen Angelegenheiten kümmern sollen."

„Aber das hat sie nicht. Sie hat sich um Ihren Kram gekümmert. Trish hat dafür gesorgt, daß auf dem Speicher keine Kartons direkt unter dem Fenster standen, Trish war der Grund dafür, daß das Manuskript nicht mehr im Versteck lag, als ich danach suchte. Aber sie war nicht dumm. Sobald ihr dämmerte, was sie gefunden hatte, muß sie nur eins und eins zusammengezählt haben. Sie kannte Ihre Handschrift, sie wußte, daß dieses Manuskript nicht von Ihnen stammte. Lassen Sie mich raten! Als sie Ihnen von ihrem Fund berichtete, hat sie Ihnen nicht das ganze Manuskript gezeigt, habe ich recht? Das war auch nicht notwendig. Sie fuhr zum Garden-View-Friedhof und versteckte es. Wußten Sie, daß es die ganze Zeit zwischen den Blumen Ihrer lieben, lieben Eltern steckte? Ihnen hat sie nur ein paar Seiten gezeigt, um zu beweisen, daß sie das Manuskript besaß. Mannomann! Ich wette, Sie haben sich fast in die Hose gemacht, als Sie die Seiten sahen!"

„Bitte!" Merilee rümpfte die Nase, als liege ein übler Geruch in der Luft. „Es besteht wirklich kein Grund, unhöflich zu werden."

Bob bewegte sich noch einen Schritt vor, und was tat ich? Ich versuchte, die Entfernung zwischen mir und meinem Auto einzuschätzen. Vielleicht hätte ich den Blitzstart in Richtung Mustang gewagt, hätte sich nicht just in diesem Augenblick der Nebel leicht gelichtet. In Bobs Hand blitzte etwas auf. Eine Knarre.

Bis zum Mustang würde ich es auf keinen Fall schaffen. Also spielte ich Bob und Merilee eine Tapferkeit vor, die ich nicht empfand. „Das hat Trish gemeint, nicht? Als sie zu Ella sagte, alles liefe sehr gut für sie. Es lief ja auch prima. Sie hat Sie erpreßt. Das erklärt auch ihr merkwürdiges Benehmen am Tag des Fernsehinterviews – und wieso sie es sich leisten konnte, sich derart aufzubrezeln." Mir fiel wieder ein, was Howell am Abend der Gala über seine Manuskriptseite gesagt hatte und wie er sich ihrer entledigen wollte. „Das erklärt auch, warum ich Asche im Kamin Ihres Arbeitszimmers gefunden habe. Nachdem Sie sich Trish vom Hals geschafft hatten, mußten Sie die verdächtigen Seiten loswerden, was am besten – und vor allem am endgültigsten – ging, indem Sie sie verbrannten."

„Das ist ein Weg, sich eines Problems zu entledigen." Merilee nickte, und obwohl ich wußte, daß sie damit Bob das Signal gab, war ich nicht schnell genug. Ehe ich mich versah, hatte er mich mit einer Hand am Arm gepackt.

Das Quaken wurde lauter. Zumindest in meinem Kopf. Ich hätte mir mit der flachen Hand gegen die Stirn geschlagen, hätte ich nicht befürchtet, daß Merilee und Bob dann gesehen hätten, wie sehr ich zitterte. Viele Optionen blieben mir nicht mehr, also spielte ich meine Trumpfkarte aus. Mein Blick glitt von Merilee dorthin, wo Bobs Finger mein Jäckchen zerknautschten.

„Genau wie Didi“, sagte ich.

Auch wenn sie versuchte, es mit einer Kopfbewegung zu überspielen, sah ich, wie Merilee die Augen aufriß. „Didi? Was soll dieses dauernde Gerede von Didi?“

Ich zuckte die Achseln – gar nicht einfach, wo doch Bobs Hand wie ein Schraubstock meinen Arm umspannte. „Vielleicht, weil Sie sie getötet haben?“

Merilees Blick war bar jeglicher Gemütsbewegungen, wie der einer Schlange. „Dann hatte Susan also recht. Sie haben diese verrückte Wahnvorstellung, was meine arme, traurige Schwester angeht.“

Susan.

Natürlich, das ergab Sinn. Ich hatte mich auf der Gala mit Susan unterhalten. Das hatte Merilee anscheinend mitbekommen und sich gefragt, wie der Kontakt zustande kam.

„Was haben Sie getan?“ fragte ich sie. „Haben Sie sich Susans Geldgier zunutze gemacht?“

„Die Frau ist so primitiv!“ Erneut warf Merilee den Kopf hoch. „Für ein paar hundert Dollar ...“

„Sie hat Ihnen erzählt, ich glaubte, jemand hätte Didi gestoßen. Von der Brücke. Von daher wußten Sie auch ...“ Ich warf einen hastigen Blick Richtung Bob – und Richtung Knarre. „Deshalb wußten Sie von der Brücke. Deswegen haben Sie die Nachricht erdichtet, ich solle mich hier mit Quinn treffen.“

„Dumm.“ Bobs Gelächter war alles andere als warm und einladend. Er zerrte mich zum Geländer.

„Töten Sie mich, wenn Sie wollen“, sagte ich furchtlos, wobei ich natürlich hoffte, sie würden mich nicht unbedingt beim Wort nehmen. „Für Sie ändert das nichts. Ich weiß genau, was Didi zugestoßen ist – und Quinn weiß es auch. Ich habe ihm alles berichtet.“ Gut, dann war das eben eine Lüge. Wie nannten sie das in den Krimiserien im Fernsehen? Außergewöhnliche Umstände?

Außergewöhnlich waren die Umstände auf jeden Fall.

„Ich wette, Susan hat Ihnen erzählt, daß Didi und Richter Howell sich in jener Nacht hier treffen wollten. Deshalb wußten Sie, wo Didi war." Ich hielt mir erneut die Szene vor Augen, deren nachträgliche Zeugin ich geworden war. „Das erklärt auch das Geräusch, das ich hörte, als Didi hier am Geländer stand. Sie waren davon ausgegangen, sie habe eine Kopie des Manuskripts im Koffer. Sie waren hinter dem Manuskript her."

Ich hätte schwören können, daß Merilee erbleichte – auch wenn es schwer auszumachen war, denn das Licht war schlecht, und Nebelschwaden waberten um uns herum.

„Sie halten sich wohl für sehr schlau! Aber Sie denken sich das alles nur aus. Sie können es nicht wissen. Wie kommen Sie zu der Annahme, irgendwer würde Ihnen diesen Unsinn glauben? Didi hat einen Abschiedsbrief hinterlassen."

Ich schüttelte den Kopf. „Der einzige überzeugende Text, den Sie je geschrieben haben", sagte ich. „Bei der Polizei ist niemandem aufgefallen, daß Didi keinen Stift dabei hatte. Das haben Sie auch nicht gewußt, was? Hören Sie! Wenn Sie wirklich Schriftstellerin wären, dann hätten Sie Ihren Handlungsablauf besser durchdacht und am Tatort einen Stift hinterlassen."

„Wenn ich Schriftstellerin wäre?" Merilees Stimme wurde schrill. „Wollen Sie damit sagen, Didi war eine? Nennen Sie den Schmutz, den sie geschrieben hat, Literatur?"

„Das tun Millionen Menschen."

„Millionen Menschen irren! Ich bin die Wissenschaftlerin in der Familie, ich bin die Schriftstellerin. Sie war nicht kultiviert und klug genug. Sie hat nur über diese überspannte Opal und diesen Palmer geschrieben. Sie hat Geschichte erfunden!"

„Aber sie hatte Phantasie."

Als Merilee lachte, lief mir ein Schauer über den Rücken. Sie nickte Bob zu, der seine Knarre wegsteckte, um beide Arme um mich zu schlingen. Er hob mich hoch, aber ich würde es ihm nicht leicht machen und mich einfach zum Geländer schleppen lassen.

Ich trat um mich. Ich strampelte. Ich rief. Aber ich hatte ja schon erwähnt, daß Bob groß und kräftig war. Die Brüstung kam immer näher. Die Skyline Clevelands ebenfalls. Bob hob mich höher.

Die ganze Zeit durchdrang Merilees Stimme die Nacht. „Nein, Sie irren. Ich habe Phantasie. Ich habe es aussehen lassen wie Selbstmord, und alle haben mir geglaubt. Bei Ihnen werden alle dasselbe glauben." Sie zupfte ein Stück Papier aus den unteren Regionen ihres umfangreichen Überwurfs, das sie mir unmittelbar, bevor Bob mich über das Geländer schwang, unter die Nase hielt. „Sehen Sie? Ihren Abschiedsbrief habe ich auch geschrieben."

„Ich glaube, ich habe genug gehört."

Muß ich sagen, wie erleichtert ich war, als Quinns Stimme aus dem Nebel an mein Ohr drang?

„Laß sie los!" befahl er.

„Befiehl ihm das nicht!" schrie ich.

Zu meinem Glück war Bob so verblüfft, daß er herumfuhr, ehe er etwas anderes tat. Als er mich fallen ließ und die Hände hochnahm, lag ich auf dem Gehsteig. Natürlich mitten in einer Pfütze.

Fluchend kroch ich auf Händen und Knien an zwei uniformierten Polizisten vorbei, die aus dem Nichts auftauchten, um Gruselbob Handschellen anzulegen. Was Quinn währenddessen tat, bekam ich nicht mit. Ich würde gerne glauben, daß er herbeieilte, um mir zu Hilfe zu kommen – wahrscheinlicher ist jedoch, daß er in Merilees Richtung sprintete.

Sobald mir klar wurde, daß ich nicht in den kalten Fluten des Cuyahoga enden würde, kapierte ich auch, warum er Merilee als Ziel auserkoren hatte und nicht mich.

Für eine Dame ihres Alters war Merilee Bowman flink. Sie war auf das Brückengeländer geklettert.

„Ich gehe nicht ins Gefängnis", verkündete sie Quinn und der Welt im allgemeinen. „Sie werden mir meinen guten Ruf nicht nehmen."

„Sie haben keinen guten Ruf." Ich hatte mich währenddessen aufgerappelt und baute mich rechts von Merilee auf, während Quinn links von ihr stand. Keiner war ihr nahe genug, um sie packen und am Sprung hindern zu können. „Ihren ganzen Ruhm haben Sie für Didis Arbeit eingeheimst. Sie haben sie getötet."

Merilee lächelte, als sie den Kopf wandte, um mich über die Schulter hinweg anzusehen. „Darauf können Sie Gift nehmen!" erklärte sie. „Ich habe auch Trish getötet. In Glanz und Glorie habe ich gelebt, in Glanz und Glorie werde ich abtreten!"

Sie bewegte sich, aber ich war schneller. Ehe sie sprang, schnappte ich mir den Zipfel ihres Überwurfs. Quinn war ebenso schnell. Er und ich, wir würden schon dafür sorgen, daß Merilee nirgendwo hinging.

Außer ins Gefängnis.

Es versteht sich eigentlich von selbst (ich erwähne es aber trotzdem), daß es danach ziemlich verrückt herging.

Ein Team Feuerwehrleute, das Quinn vorausschauenderweise mitgebracht hatte, hob Merilee wieder herunter.

Gruselbob wurde in einem Streifenwagen fortgeschafft.

Merilee folgte schreiend und kreischend in einem weiteren.

Quinn und ich blieben allein zurück.

„Du kannst von Glück sagen, daß ich deine Nachricht bekommen habe", sagte Quinn, was ziemlich hartherzig klang. Aber als er sah, wie ich zitterte, zog er seinen Mantel aus und legte ihn mir um. „Würdest du mir mal erklären, was zum Henker hier los war?"

„Das habe ich dir doch schon gesagt. Ich habe Verdacht geschöpft. Das kam durch meine Arbeit im Museum, bei der mir klar geworden ist, daß Merilee das Buch nicht geschrieben haben kann."

„Woher wußtest du, daß Merilee und ihr Schlägertyp Merilees Schwester umgebracht haben?"

Quinn hatte mir diese Frage kaum gestellt, als Didi hinter ihm auftauchte. „Sag es ihm ruhig, wenn du willst", meinte sie.

„Ach, nee." Ich schüttelte den Kopf. „Selbst wenn ich es ihm sagte, er würde es mir ja doch nicht glauben."

Quinn drehte sich um. „Mit wem sprichst du da?"

Meine einzige Antwort bestand aus einem Lächeln.

„Schon gut – ich gebe auf." Er stieß einen Seufzer aus, der einhundert Prozent reine Verzweiflung war. Dann griff er in seine Tasche und zog eine kleine beige Karte heraus. „Hier!" Er drückte sie mir in die Hand.

Ich brauchte mir die Karte gar nicht weiter anzusehen, ich wußte auch so, was es war. „Was nützt mir deine Visitenkarte?" fragte ich. „Ich habe dich bestimmt ein Dutzend Mal und mehr angerufen. Sind die Laborergebnisse schon da?"

„Nein, aber ich glaube, irgendwie ist klar, was sie beweisen werden." Er nahm mir den Mantel von den Schultern, hängte ihn sich selbst um und steuerte auf sein Auto zu. „Auf der Rückseite steht meine Privatnummer. Wenn du bereit bist zu reden, ruf an."

Didi und ich sahen ihm nach, wie er wegfuhr. „Glaubst du, ich habe das Richtige getan?" fragte ich.

„Ich weiß nicht. Er scheint mir nicht gerade der geduldige Typ zu sein – und er ist so unglaublich süß."

„Ich meinte nicht Quinn. Ich meinte Merilee. Hätte ich sie springen lassen sollen?"

Didi warf einen Blick über das Brückengeländer. Sie wirkte so nachdenklich, daß ich mich unwillkürlich fragte, ob sie an ihren eigenen Sturz von der Brücke dachte. Daran, wie es gewesen war, als die Welt an ihr vorbeizog und sie genau wußte, daß der Tod sie erwartete.

„Ich wäre nie gesprungen", sagte sie. „Das hätte ich Judy nicht angetan."

„Was ist mit Merilee?"

„Merilees guter Ruf wird im Eimer sein."

Das ließ sich nicht leugnen, und irgendwie freute mich die Vorstellung. Ich bin kein rachsüchtiger Mensch, aber ich wußte genau, der Verlust ihres guten Rufs war für Merilee schlimmer als der Tod.

KAPITEL 21

Ich hatte keine Ahnung, wie lange ein Labor gewöhnlich braucht, um zu tun, was Labore so tun. Ich wußte nur, daß es mir in unserem Fall zu lange dauerte. Die Resultate der Überprüfung von Didis Manuskript und Merilees Abschrift trafen erst einen Tag vor der Premiere ein.

Nach dem, was in jener Regennacht auf der Hope Memorial Bridge geschehen war, überraschten sie mich nicht im geringsten. Den Rest der Welt hingegen ...

Die neue und verbesserte Version der Verfilmung von „Der Morgen so fern" erlebte im Great Lakes Science Center ihre Premiere, weil man dort über ein 3D-Kino verfügte. Weil es sich um ein so bedeutendes Ereignis handelte und weil noch dazu die Frau, von der man fünfzig Jahre lang gedacht hatte, sie sei die Autorin des berühmten Buches, das dem ebenso berühmten Film als Grundlage gedient hatte, in Untersuchungshaft saß und des fünfzig Jahre zurückliegenden Mordes an der eigenen Schwester sowie des erst kürzlich verübten Mordes an Trish Kingston angeklagt werden würde – wegen all dieser Dinge war das Kino am Tag der Premiere bis auf den letzten Platz gefüllt und summte vor Aufregung.

Als Ella auf die Bühne trat, dauerte es eine Weile, bis die Menge sich beruhigt hatte.

Ich mußte Ella loben: Sie wirkte so kühl wie die Farbe ihres mintfarbenen Kleides, das ihre Knöchel umspielte. Keine leichte

Sache, wenn man bedenkt, daß sie sich noch immer nicht ganz von dem Schock von Merilees Verhaftung erholt hatte. Zusätzlich mußte sie jetzt noch mit dem Schock fertig werden, den ihr der Brief mit den Laborergebnissen beschert hatte. Uns allen war beim Betreten des Kinos ein Glas Sekt in die Hand gedrückt worden, und Ella hielt ihres in sehr zittrigen Händen.

Als die ersten Nachrichten über die Laborergebnisse durchgesickert waren, hatte sich Ella erst einmal ordentlich ausgeweint. Aber meine Chefin war eine ziemlich zähe Frau, das hatte ich inzwischen begriffen. Ihre Stimme mochte belegt sein, ihre Augen rot, aber sie wußte, die Show mußte weitergehen. Also räusperte sie sich.

„Ich habe Ihnen eine wichtige Mitteilung zu machen", sagte sie. „Es geht um ein Buch – und um einen Film –, das und den wir alle sehr lieben. Es besteht inzwischen kein Zweifel mehr daran, daß das handgeschriebene Manuskript, das im Der-Morgen-sofern-Museum ausgestellt ist und das Merilee Bowman zugeschrieben wird, nichts weiter als eine Kopie ist. Das bei dieser Abschrift verwendete Papier wird erst seit zehn Jahren hergestellt. Dieses Wissen – und eine wissenschaftliche Handschriftenanalyse – nun, die Ergebnisse lassen nur einen Schluß zu: Merilee hat das Buch nicht geschrieben."

Muß ich noch sagen, daß die anwesenden Massen an diesem Punkt vollständig durchdrehten?

Noch vollständiger wären sie durchgedreht, hätten sie gesehen, was ich sah: Auf der Bühne, direkt neben Ella, stand Didi. In einem trägerlosen blaßrosa Kleid mit passender durchsichtiger Stola sah sie aus wie eine Million Dollar. Obwohl das auch an ihrem Lächeln liegen mochte.

Ich saß etwa in der Mitte der Schar auf einem Platz am Mittelgang neben Harmony, die ihre Pflegeeltern mitgebracht hatte. Ich beugte mich zu dem Mädchen hinüber und hob die Stimme, damit sie mich in der ganzen Konfusion hören konnte.

„Deine Großmutter genießt jede Sekunde!"

Harmony zeigte ihren neuen Reichtum unter anderem durch einen Straßstein in der rechten Braue, die sie jetzt spöttisch hochzog. „Ach ja?“ Sie lachte. „Sie meinen wohl, sie würde jede Sekunde genießen. Wissen Sie was? Ich habe das Buch gelesen. Nachdem ich von Ihnen wußte, daß Sie meine Oma für die Autorin halten. Meine Oma muß recht cool gewesen sein.“

Ich sah zur Bühne und der Frau, die im Schatten ihrer Schwester gelebt hatte und gestorben war. „Aber hallo!“ sagte ich. „Und ob sie das ist.“

Ella hatte die Hand gehoben und um Ruhe gebeten. Auch wenn es eine Weile dauerte, langsam wurde es stiller im Saal. Von hinten erklang eine Stimme. „Wer hat es denn nun geschrieben?“

Ella räusperte sich erneut.

„Jetzt ist die Wahrheit ans Licht gekommen“, sagte sie, und ich schwöre – es muß der reine Zufall gewesen sein! –, bei diesen Worten sah sie nach rechts, genau dorthin, wo Didi stand. „Wir haben das Originalmanuskript! Dessen Authentizität konnte anhand des Alters des Papiers und einer Handschriftenprobe der wahren Autorin nachgewiesen werden, die wir uns beschaffen konnten.“ Sie sah lächelnd in meine Richtung. „Die wahre Autorin von ‚Der Morgen so fern‘ ist Merilees Schwester, Didi Bowman. Didi Bowman haben wir die Geschichte zu verdanken, die unsere Herzen und unsere Phantasie schon so lange gefangenhält. Meine Damen und Herren!“ Ella hielt ihr Glas hoch, und die Menge erhob sich wie ein Mann. „Auf Didi Bowman!“

„Didi Bowman!“

Der Name hallte durch den großen Saal mit der hohen Decke, ein erhebender Moment, der mir das Herz wärmte, das gestehe ich gern, auch wenn ich damit wie ein Weichei rüberkomme.

Ich sah, daß es Didi ähnlich ging. Sie hatte Tränen in den Augen, als sie sich verbeugte und der Menge zuwinkte. Als wir unsere Sektgläser leerten, warf sie uns Kußhände zu.

Konnte es sein, daß mir der Sekt zu Kopf gestiegen war?

Kritisch beäugte ich mein Glas, und als ich wieder zu Didi hochsah, war sie noch unschärfer geworden. Ihr Kleid wurde immer transparenter, das Gesicht verschwamm – wie bei einem verblassenden Fernsehbild. Nach einer Weile erkannte ich nur noch ein weiches Blaßrosa, wie man es manchmal unmittelbar vor Sonnenaufgang am Himmel sieht.

Ehe sie endgültig verblaßte, sah Didi noch einmal zu mir herüber. „Danke!" flüsterte sie, und als sie sich umdrehte, um von der Bühne zu treten, wartete gleich hinter dem Vorhang Kurt auf sie. In der Offiziersuniform der Unionsarmee. Er bot ihr seinen Arm, sie legte die Hand darauf, winkte mir ein letztes Mal zu, und dann verschwanden die beiden in einem flüchtigen Nebelschleier aus blaßrosa Licht.

„Hallo!"

Harmonys Stimme riß mich aus meinen Gedanken. Um mich herum hatten sich alle wieder gesetzt, und das Licht im Saal war ausgegangen. Sie zupfte mich am Ärmel. „Der Film fängt gleich an."

Das tat er wirklich. Fragte sich Harmony, warum ich Tränen in den Augen hatte, als auf der Leinwand der Titel ‚Der Morgen so fern' erschien?

Na ja – wenn sie mich darauf ansprach, konnte ich ihr immer noch erzählen, ich hätte nun mal eine Schwäche für Frauen in Reifröcken und Männer in Uniform. Ach ja, und für Pferde.

Kurz vor Mitternacht war alles vorbei. Da ich nicht mehr die Sekretärin einer Über-Autorin war (der übersten überhaupt), war ich an diesem Abend nicht in den Genuß einer Luxuslimousine gekommen. Ich hatte mich höchst eigenhändig zur Premiere chauffiert und meinen Wagen in der Nähe der Rock'n'Roll Hall of Fame geparkt, die sich direkt neben dem Science Center befand, und obwohl mir Harmony anbot, mich in dem schicken silbergrauen Jaguar mitzunehmen, den sie für Doug und Mindy gemietet hatte (mit dem Versprechen, ihnen ein solches Auto baldmöglichst zu kaufen), wollte ich lieber zu Fuß gehen. Die Nacht war warm, und ich fühlte mich wohl, war zufrieden mit mir. Ich brauchte eine Auszeit. Ich sah dem Mondlicht zu, das sich auf dem See spiegelte, ich betrachtete die Rock Hall, die wie eine Pyramide aussah, und sah mir auch die riesige Werbetafel an, die neben dem Museum aufragte.

„Still rockin' after all these years" stand da über zwei Postern, auf denen dieselbe Rockgruppe abgebildet war. Auf dem einen waren fünf alternde Kerle mit vorstehenden Bäuchen und strahlendem Grinsen zu sehen, die sich offenkundig freuten, die aufregenden Jahre von Sex, Drugs und Rock'n'Roll lebend überstanden zu haben. Auf dem anderen Bild waren nur vier dieser Überlebenden zu sehen, dazu ein Mann, der auf dem ersten Plakat fehlte. Auch war dieses Bild Jahrzehnte vor dem anderen entstanden. Hier waren die Rocker noch junge Schlingel mit schulterlangem Haar und einem Glitzern in den Augen. Sex, Drugs and Rock'n'Roll, besagte dieses Glitzern, darum ging es im Leben. Um nichts anderes.

Ich hätte das alles gar nicht beachtet.

Wenn da nicht der Typ gewesen wäre, der auf dem alten Bild zu sehen war, auf dem jüngeren aber nicht. Das Foto war Schnee von vorgestern, aber Tatsachen sind Tatsachen. Die Tatsache in diesem Fall: Der Typ war einer, für den es sich zu sterben lohnte. Ehrlich!

Er hatte langes, dunkles Haar, gewellt und glänzend. Seine Augen waren geheimnisvoll. Seine Brust war nackt, und irgend jemand hatte es geschafft, ihn in eine Lederhose zu gießen, die so eng war, daß bei ihrem Anblick unweigerlich jede Phantasie aufflammte, die ich je in bezug auf Männer gehegt habe.

Was für ein angenehmer Anblick! Ich lächelte vor mich hin. Um gleich darauf in einem eisigen Windhauch zu erzittern, der ein süßes, durchdringendes Aroma mit sich trug. Einen Geruch, den ich nicht einordnen konnte. Bis ich mich an Partys erinnerte, an denen ich während meiner Collegezeit teilgenommen hatte und die meist in den Häusern von Studentenverbindungen stattgefunden hatten.

Gras.

Suchend sah ich mich um. Da entdeckte ich den Mann, der im Heiligenschein der Nachtbeleuchtung in der Nähe des Eingangs zur Hall of Fame stand.

Er hatte langes, dunkles Haar, gewellt und glänzend. Er trug eine Lederhose, die sich knalleng an einen knackigen Hintern schmiegte. Seine Augen waren geheimnisvoll. Die Brust war nackt.

Mein Herz donnerte gegen meine Rippen, und ich sah von dem Mann zur Werbetafel und wieder zurück.

Nein, das konnte nicht sein – und doch ...

„Sind Sie sicher, daß Sie nicht mitfahren wollen?"

Ich hatte nicht mitbekommen, daß ein Auto neben mir gehalten hatte. Mit einem leisen Schrei fuhr ich herum: Doug, Mindy und Harmony im Jaguar.

„Kommen Sie!" Harmony streckte den Kopf aus dem Rückfenster. „Wir gehen zur Feier des Tages noch Burger essen. Wir bringen Sie später wieder her, damit Sie Ihren Wagen holen können."

Es war ein nettes, großzügiges Angebot, aber ich konnte nicht klar denken. Statt ja oder nein zu sagen wies ich auf die Anzeigentafel. „Sie beide sind doch ..."

Ich sah Doug und Mindy an – nette, wirklich nette Leute mittleren Alters – und schluckte hastig das Wort alt herunter, das mir schon auf der Zunge gelegen hatte. „Sie kennen sich mit Rock'n'Roll wahrscheinlich besser aus als ich. Wer ist das da? Der da im Vordergrund?"

Mindy beugte sich vor, um besser sehen zu können. „Damon Curtis. Die Rocklegende – von dem haben Sie doch bestimmt schon gehört! Er war in der Gruppe Mind at Large. Wie ich hörte, geben die demnächst hier in der Rock Hall ein Riesenkonzert. Mein Gott, Damon Curtis ..." Schmunzelnd betrachtete sie das Bild. „An den und seine Band habe ich schon ewig nicht mehr gedacht. Er dürfte jetzt gut vierzig Jahre tot sein."

Tot.

Klar.

Das hatte ich mir schon gedacht.

Was auch der Grund dafür war, daß ich ganz schnell in den Jaguar hüpfte und zusah, daß ich wegkam. Während wir uns in den Verkehr einfädelten, warf ich noch einen Blick zurück.

Ja, Damon Curtis stand immer noch da. Er war wirklich das Heißeste, was mir je in meinem ganzen Leben unter die Augen gekommen war.

Aber in diesem Fall war heiß wohl nur eine Beschreibung meiner Gefühle bei Damons Anblick. Denn der Typ selbst – der Verdacht war mir auch vor Mindys Erklärung schon gekommen – der Typ selbst war ziemlich kalt .... und er beobachtete mich.

Oh, verdammt.